Zum Buch:

Der Job als Aushilfe auf einem Weingut in Spay kommt Mia gerade recht. Etwas Geld und eine Unterkunft kann sie jetzt gut gebrauchen, nachdem sie ihren alten Job als Köchin aufgegeben hat. Außerdem freut sie sich darauf, auf dem Weingut zu arbeiten, auf dem sie aufgewachsen ist, denn mit dem Hof und dem Ort Spay verbindet sie viele Erinnerungen. Und während Mia sich aufopferungsvoll um die Arbeiter auf dem Hof kümmert, merkt sie immer mehr, dass sie mit einigen Ereignissen aus ihrer Vergangenheit noch nicht abgeschlossen hat. Unter anderem mit ihrem Kindheitstraum, einmal selbst auf dem Hof zu arbeiten und zu leben. Immer öfter ertappt sie sich dabei, wie sie wieder in Träumen schwelgt. Und dann ist da noch Hannes, der neue Gutsbesitzer, der Mias Gefühle ganz schön durcheinanderwirbelt. Früher oder später muss Mia eine Entscheidung treffen.

Zur Autorin:

Jule Böhm ist ein richtiges Naturkind und hat es als kleines Mädchen geliebt, die Wälder und Felder ihrer Heimat zu durchstreifen. Sie studierte Germanistik und Musik und arbeitete als Kauffrau im Gesundheitswesen. Sie ist verheiratet, hat zwei Kinder und lebt bei Köln. Richtig gut entspannen kann sie daheim in ihrem Garten, bei einem unterhaltsamen Liebesroman und einem guten Glas Riesling.

Lieferbare Titel:

Das Herz im Wald, die Füße im Sand

JULE BÖHM

Das Weingut im Tal der Loreley

ROMAN

HarperCollins

1. Auflage 2024

Originalausgabe

Umschlaggestaltung von bürosüd, München
unter Verwendung von Shutterstock
Gesetzt aus der Stempel Garamond
von GGP Media GmbH, Pößneck
Druck und Bindung von GGP Media GmbH, Pößneck
Printed in Germany
ISBN 978-3-365-00627-6
www.harpercollins.de

Druckprodukt mit finanziellem
Klimabeitrag
ClimatePartner.com/15109-2009-1001

MIX
Papier
FSC FSC® C014496

Für Willem

Kapitel 1

Sie war wieder da.

Mia trat hinaus auf den Bahnsteig und sah sich um. Die Sonne war noch nicht aufgegangen, und alles lag in einem diffusen Dämmerlicht. Nur hinter einzelnen Fenstern war es bereits hell, aber sie spürte direkt ein heimeliges Kribbeln in ihrem Bauch: Sie war zu Hause. Sie hatte schon die halbe Welt bereist und viele traumhaft schöne Orte kennengelernt, und doch war dieserart Glückgefühl für sie nur mit ihrem Heimatdorf Spay verbunden.

Während sich hinter ihr die Türen der Mittelrheinbahn mit einem vernehmlichen Zischen schlossen und der Zug seine Fahrt fortsetzte, atmete sie tief durch. Im Gegensatz zu diesem heimeligen Wohlfühlmoment hatte sie die Zugfahrt von Straßburg hierher dieses Mal überhaupt nicht genießen können. Anstatt zu schlafen, hatte sie sich unruhig auf ihrem schmalen Sitz hin und her bewegt und nachgedacht. Nicht nur über den letzten Abend, sondern über die gesamte Zeit ihrer Beziehung zu Florent. Und besonders darüber, wie das Ganze so hatte eskalieren können.

Mia schulterte ihren Wanderrucksack und machte sich langsam auf den Weg zu Franzi. Gestern am späten Abend, nach einem letzten lautstarken Krach mit Florent, hatte sie ihrer besten Freundin eine Textnachricht geschickt, dass sie für die nächsten Tage dringend eine Bleibe suche. Keine zehn Minuten später, ohne wissen zu wollen, warum, hatte diese bereits geantwortet und Mia wie selbstverständlich ihre Couch angeboten.

Inzwischen war es fast fünf Uhr am Morgen, und Mia fühlte sich nach der langen Nacht wie gerädert. Der Streit mit ihrem Freund hatte sich während der Abendschicht in Florents Restaurant an einem Salatteller entzündet. An einem Salatteller!

Sie schüttelte noch einmal fassungslos den Kopf und kickte einen Kiesel zur Seite. Einem Salatteller, der Florents Meinung nach falsch dekoriert worden war. Wenn sie jetzt darüber nachdachte, brannte die Wut von Neuem in ihr hoch. Gestern hatte sie nur noch ihre Messer genommen, war aus der Restaurantküche gestürmt und hatte in ihrer gemeinsamen Wohnung die wichtigsten Sachen in ihren Rucksack gestopft.

Dass sich ihre Hoffnung erfüllte, noch den letzten Zug in Richtung Koblenz zu erwischen, war das einzig Gute an diesem verpfuschten Tag gewesen.

Sich über Kleinigkeiten freuen zu können, war eigentlich einer ihrer wesentlichen Charakterzüge, der ihr schon mehr als einmal über die eine oder andere Klippe in ihrem Leben hinweggeholfen hatte. Genau deshalb hatte sie versucht, sich an ihrem Platz im Großraumwagen gemütlich einzurichten. Doch trotz aller Bemühungen war es ihr dieses Mal nicht gelungen, optimistisch und zuversichtlich in ihr neues Leben zu fahren, denn während der Zug durch die Nacht rollte, hatte zunehmend der Ärger Oberhand genommen. Wie konnte es sein, dass sie bisher nur verkorkste Beziehungen aufweisen konnte? Alles Training?

Warum konnte sie keine Beziehung führen wie ihre Freundin Franziska und deren Mann Jonas? Eine Beziehung, die schon seit Jahren auf Augenhöhe funktionierte.

Mia seufzte. Zumindest hatte sie durch ihren Ärger mit Florent gelernt, dass man ein romantisches Verhältnis zum eigenen Chef tunlichst vermeiden sollte, denn sonst war am Ende der Beziehung gleichzeitig auch noch der Job futsch. In ihrem Fall auch noch die Wohnung.

Ein Hattrick, welch ein Glück, dachte sie sarkastisch.

Sie ruckelte ihren Wanderrucksack zurecht und ging die Koblenzer Straße entlang in Richtung St. Lambertus Kirche. Bis auf das Zwitschern der Vögel herrschte noch absolute Stille im Dorf. Keine Menschenseele war unterwegs. Sie betrachtete die Häuser rechts und links der Straße, dachte an die Menschen, die sie bewohnten und die sie von Kindheit an kannte. Zunehmend merkte sie, wie der Ärger von ihr abfiel: Endlich wieder zu Hause!

Franzi bewohnte die obere Etage ihres Elternhauses, einem der prächtigen Fachwerkhäuser im Kieselsteinweg, und winkte Mia bereits vom Küchenfenster aus zu, als diese, wie verabredet, zu ihr hinaufschaute, um nicht klingeln zu müssen. Sie spürte, wie sich ein breites Grinsen über ihr Gesicht zog, als sie das Haus schließlich betrat und ihr der wohlvertraute Geruch nach Kindheit in die Nase strömte. Wie oft war sie wohl schon durch diese Tür gegangen? Wie viele Nächte hatte sie gemeinsam mit ihrer Freundin in deren Kinderzimmer verbracht, Pläne für Streiche geschmiedet und Geheimnisse ausgetauscht?

»Pippilotta!«, begrüßte Franziska sie mit überschwänglichem Flüstern und nahm sie herzlich in den Arm.

Mia erwiderte die feste Umarmung und drückte die einzige Person, die sie Pippilotta nennen durfte, eng an sich. Diesen Namen hatte Franziska ihr schon im Kindergarten verpasst, weil Mia sie mit ihren zu Zöpfen geflochtenen krausen roten Haaren und den vielen Sommersprossen an ihre gemeinsame Heldin Pippi Langstrumpf erinnerte. Bis heute hatte sich der Spitzname gehalten, und Mia wusste immer, dass sie willkommen war, wenn sie ihn hörte.

»Geh gleich durch ins Wohnzimmer«, sagte Franziska leise, nachdem sie sich voneinander gelöst hatten.

Dann schloss sie erst die Haustür und anschließend auch die Wohnzimmertür hinter ihnen.

»Ich bin so froh, dass er schläft«, sagte sie in normaler Lautstärke, während sie den Raum hinüber zur Couch durchquerte.

Mia wusste sofort, welchen ihrer beiden Männer sie meinte. Nico war nämlich erst vier Monate alt und schlief bisher nie mehr als drei Stunden am Stück. Was sie ihrer Freundin auch deutlich ansah. Dicke schwarze Halbmonde lagen unter ihren Augen.

»Und jetzt komme ich auch noch in aller Herrgottsfrühe hier an und halte dich von deinem gemütlichen Bett fern«, erwiderte sie deshalb mit schlechtem Gewissen.

»Ach Quatsch.« Franzi machte eine wegwischende Handbewegung. »Ich bin so froh, dass du wieder mal hier bist.«

»So lange ist das noch gar nicht her«, wehrte Mia ab, schließlich hatte sie Franziska und Jonas erst zu Nicos Geburt besucht. Nichtsdestotrotz freute sie sich auch, ihre

Freundin wiederzusehen, und nahm sie erneut herzlich in den Arm.

»Möchtest du einen Kaffee?« Franzi zeigte auf den eingedeckten Wohnzimmertisch.

»Du bist ein wahrer Engel. Mensch, du sollst doch schlafen, wenn dein Kind dich lässt, und nicht für lästigen Besuch Frühstück machen.« Mia stellte ihren Rucksack in die Ecke hinter der Tür und setzte sich voller Wohlbehagen in einen Sessel.

»Erstens bist du kein lästiger Besuch«, erklärte Franzi, als sie sich übereck auf die Couch setzte, »und zum anderen freue ich mich wie Bolle, dass meine Männer schlafen und ich dich für mich ganz allein habe.«

Da Franziska tatsächlich übers ganze Gesicht strahlte, schob Mia ihr schlechtes Gewisse beiseite und griff herzhaft zu.

»Jetzt erzähl«, sagte ihre Freundin, nachdem sie sie beide mit Kaffee versorgt hatte. »Was war los?«

»Das Übliche«, nuschelte Mia mit vollem Mund. »Eine von Beginn an verkorkste Beziehung ist eskaliert. Ich hatte es endgültig satt. Ich habe Schluss gemacht. Für ernsthafte Beziehungen bin ich offensichtlich nicht geeignet.«

»So ein Unsinn«, erklärte Franzi im Brustton der Überzeugung. »Du hast bisher einfach noch nicht den Richtigen gefunden.«

»Ich habe nicht nur den Richtigen noch nicht gefunden, ich habe bisher noch überhaupt nichts auf die Reihe gekriegt. Glaub mir, ich hatte heute Nacht genug Zeit zum Nachdenken.«

»Nun mach mal halblang. Bloß, weil du dich von deinem

Freund getrennt hast, ist das doch kein Grund, dich derart runterzumachen.«

»Es ist nicht nur, dass ich mich von Florent getrennt habe«, widersprach Mia und strich Honig auf eine Brötchenhälfte. »Auf der Fahrt hierher ist mir bewusst geworden, dass ich tatsächlich kaum mehr besitze als das, was in meinen Rucksack passt. Und? Was sagt das über mich aus? Ich bin fast dreißig und hab weder Mann noch Kind noch Maus. Ich habe noch überhaupt nichts erreicht.«

Franziska machte große Augen. »Was ist denn bloß mit dir los? So kenne ich dich ja gar nicht.«

Mia nippte an ihrem Kaffee und schloss verzückt die Augen. Ihre Freundin schaffte es kaum, ein Spiegelei nicht anbrennen zu lassen, aber Kaffee kochen konnte sie vom Feinsten.

Dann konzentrierte sie sich wieder auf das, was Franzi gerade gesagt hatte. »Mit mir ist überhaupt nichts los. Ich bin weder niedergeschlagen noch verzweifelt. Ich habe das ganz nüchtern festgestellt. Schau doch nur an, was du dagegen schon alles erreicht hast.«

»Ich bin ein ganz anderer Mensch als du«, wandte Franziska ein. »Wir gehen ganz anders an unser Leben heran.«

Mia lachte. »Ich weiß, du bist strukturiert und ich bin die Chaotin.«

»Du bist keine Chaotin, du bist kreativ. Ich bewundere dich.«

Jetzt fiel Mia die Kinnlade hinunter.

»Schau mich nicht so fassungslos an«, sagte Franziska. »Ich bewundere dich schon mein ganzes Leben. Während ich über alles mindestens dreimal nachdenke, jeden Satz in seine Einzelteile zerlege und mir den Kopf darüber zerbreche, was derjenige, der ihn ausgesprochen hat, wohl tatsächlich damit sagen will, handelst du einfach.«

Mia stellte ihre Kaffeetasse ab. »Und schau, wohin mich das gebracht hat. Ich bin immer noch eine einfache Köchin, wie schon vor zehn Jahren, während du nicht nur studiert, sondern auch deinen Doktor gemacht hast. Himmel, du entwickelst hybrid-elektrische Antriebssysteme für Boote und leistest damit einen wichtigen Beitrag für unsere ökologische Zukunft.«

»Na und? Du sorgst dich auf andere Art und Weise um das leibliche Wohl der Menschen, das haben wir beide gemeinsam. Und außerdem, jetzt stell dein Licht mal nicht unter den Scheffel. Du hast quasi schon auf der ganzen Welt gekocht, unendlich viele Menschen kennengelernt und dich weiterentwickelt.«

Franziska hob die Hand, als Mia widersprechen wollte. »Worum geht es denn im Leben? Mein Haus, mein Auto, mein Boot? Wohl kaum. Carl Hilty hat einmal gesagt: Achte auf das Kleine in der Welt, das macht das Leben reicher und zufriedener.«

»Was sind wir am frühen Morgen schon philosophisch«, spöttelte Mia.

»Aber ich habe doch recht!«, ereiferte sich Franziska. »Ich möchte Nico mehr mitgeben als materielle Dinge. Er soll wissen, dass das Leben eine lange Reise ist. Eine Reise mit Höhen und Tiefen, aber vor allem eine Reise mit immer neuen Erlebnissen. Erfahrungen. Entdeckungen.«

»Ja«, bestätigte Mia nachdenklich. »Das wünsche ich ihm auch.«

Als hätte er gehört, dass gerade über ihn gesprochen wurde, erhob besagter Nico die Stimme. Noch ehe Mia darauf reagieren konnte, hatte Franzi schon den Raum verlassen. Durch das Babyphone hörte Mia beruhigende Laute ihrer Freundin, ehe sie kurz darauf mit dem kleinen Mann wieder im Wohnzimmer auftauchte.

»Jonas hat die erste Nachthälfte übernommen, weil ich doch sowieso früh aufstehen musste, deshalb hat er sich einfach noch mal umgedreht. Willst du Nico mal halten? Dann mache ich schnell die Flasche fertig.«

Bevor Mia antworten konnte, hatte Franziska ihr bereits das Baby in den Arm gedrückt und war wieder verschwunden.

Mia betrachtete dieses Wunderwerk der Natur, während sie der kleine Bursche mit großen Augen ansah. Plötzlich verzog sich das zarte Mündchen zu einem Lächeln, und ihr wurde ganz warm ums Herz.

Gott, ist der süß, dachte sie und strich ihm vorsichtig über die Wange. Und schon so groß. Natürlich hatte sie Franziska immer mit Fotos von diesem Wonneproppen versorgt, aber die wurden der großen Veränderung zwischen der Geburt und jetzt nicht annähernd gerecht.

Dann kam Franzi mit der Flasche in der Hand ins Wohnzimmer. »Möchtest du ihm seine Milch geben?«

»Meinst du, ich kann das?«, fragte Mia verunsichert.

Franziska grinste. »Sicher kannst du das. Einfach an die Lippen halten, dann trinkt er gleich los.«

Mia befolgte die Anweisung und lachte auf, als Nico begann, in großen Zügen die Milch aus der Flasche zu saugen. »Das kann er ja schon richtig gut!«

»Ja, damit hatten wir von Anfang an keine Probleme«, bestätigte Franziska.

Mia amüsierte sich über den Stolz in der Stimme ihrer Freundin. Eine in Fachkreisen anerkannte Ingenieurin, deren Ehrgeiz sie jahrelang in internationale Forschungslabore getrieben und verschiedenste hochdotierte Preise hatte einheimsen lassen, war nun erfüllt davon, wie ihr kleiner Sohn sein Fläschchen trank. Die Natur war doch ein wundersames Ding.

Kapitel 2

Am nächsten Morgen war ihr klar, dass sie sich so schnell wie möglich nach einer neuen Unterkunft umschauen musste. Jonas und Franziska bewohnten eine zwar gemütliche, allerdings recht kleine Drei-Zimmer-Wohnung, die mit ihr als Übernachtungsgast aus allen Nähten platzte. Franzi und ihr Mann waren ein eingespieltes Team, das sich die Umsorgung des Babys teilte, sodass beide ihre Jobs zwar hinuntergefahren hatten, aber dennoch mehr als ausgelastet waren. Nun kam Mia trotz aller Freundschaft als weitere Belastung hinzu, was sie den beiden nicht zumuten wollte.

Franziska hatte heute das Haus bereits um kurz vor acht verlassen, während sie selbst noch gemütlich mit Jonas am Frühstückstisch sitzen und sich ihren Kaffee schmecken lassen konnte. Da Jonas noch ein Paper durcharbeiten wollte, hatte Mia ihm angeboten, mit Nico einen ausgiebigen Spaziergang zu machen und gleichzeitig fürs Abendessen einzukaufen.

Nun schob sie den Hightechkinderwagen mit dem schlafenden Baby vor sich her und hoffte, noch irgendwo ein freies Zimmer oder Apartment angezeigt zu bekommen. Doch wie zu erwarten, war Spay komplett ausgebucht. Jetzt, Ende August, war Hochsaison, die bis weit in den Oktober reichte. Zur Weinernte waren Spay und Umgebung fest in der Hand fröhlicher Touristen. Was sie prinzipiell begrüßte, schließlich verdienten viele Einwohner damit ihr Geld. Aber gerade jetzt hätte sie sich gewünscht, in einem Ort im Nirgendwo zu sein. Wobei, dachte sie, während sie von der Koblenzer Straße in die Kirchgasse fuhr, im Nirgendwo gäbe es sicher überhaupt keine Pension, die Zimmer anbot.

Nach einem prüfenden Blick in den Kinderwagen hob sie den Blick und betrachtete die Häuser rechts und links der Straße. Hier war sie aufgewachsen. Auch wenn ein paar der Häuser ihre Besitzer gewechselt hatten, kannte sie doch den Großteil der Bewohner immer noch. Das elterliche Weingut, das ihre Mutter vor knapp vierzehn Jahren, nach dem Tod ihres Vaters, verkauft hatte, lag am anderen Ende der Straße. Im Osten begrenzt vom Rhein, im Süden durch die kompakte Mauer des großen Grundstücks des Barons, war es ein wenig abgeschirmt vom Rest des Ortes, obwohl es sich, vom Haupteingang her, mittendrin befand. Doch schon als Kind hatte sie immer den Nebeneingang zur Kirchgasse benutzt, um heimlich in Richtung Rheinuferstraße zu verschwinden, wenn sie unerlaubter Weise zu Franzi wollte.

Je näher sie herankam, desto langsamer wurden ihre Schritte. Von außen hatte sich nichts verändert. Die weiß gekalkten Gefache des zweistöckigen Fachwerkhauses und die ebenso weiße Mauer, die das Gut umgab, strahlten in der Morgensonne. Das große Doppelflügeltor, das an der Ecke zur Zehnthofstraße lag, war weit geöffnet für kauffreudige Touristen, und eine schwarze Tafel pries die Weine des Gutes an.

Nein, korrigierte sie sich und ging zögerlich weiter. Auf der Tafel standen nicht die Namen der Weine des Guts. Vielmehr hatte jemand mit einer energischen Handschrift draufgeschrieben, dass eine Saisonkraft für den Haushalt gesucht wurde, die auch Verkostung und Verkauf übernehmen konnte. Dafür bot man zum Gehalt noch freie Kost und Logis.

Sofort begann es in Mias Kopf zu arbeiten. Freie Unterkunft, das war doch genau das, was sie brauchte. Zudem ein Job, den sie mit links erledigen und von dem aus sie sich in aller Ruhe nach etwas anderem umschauen konnte.

Aber auf dem elterlichen Gut arbeiten? Sie hatte jetzt schon einen Kloß im Hals und stand noch auf dem Bürgersteig. Ihr Herz klopfte kräftig, als sie einen weiteren Schritt in Richtung Einfahrt machte. Sie lugte um die Ecke und sah zwei Frauen, die über den Hof schlenderten und sich umzuschauen schienen. Mia hätte ihnen mit geschlossenen Augen sagen können, wo sich was befand, allerdings vor vierzehn Jahren, denn seit ihrem fünfzehnten Lebensjahr war sie nicht mehr hier gewesen. Zumindest nicht auf dem Hof. Von außen hatte sie sich das Gut regelmäßig angeschaut. Eigentlich immer, wenn sie in Spay gewesen war.

Sie hatte gehört, dass der nachfolgende Besitzer den Hof vor zwei Jahren aufgeben musste, da er schlecht gewirtschaftet hatte. Leider fehlte ihr nicht nur das Geld, sondern auch die entsprechende Ausbildung, um das Gut selbst zu kaufen. Von dem neuen Käufer hatte Franzi ihr nur erzählt, dass er Lehmacher hieß, nicht von hier war und bisher auch noch nicht viel Anschluss im Dorf gesucht habe.

Am liebsten hätte Mia ihre Freundin angerufen, um die

Situation mit ihr zu besprechen. Aber die hatte ihr schon gestern erzählt, dass sie heute Morgen eine neue Versuchsreihe startete, dabei wollte Mia sie nicht stören.

Also straffte sie die Schultern und schob den Kinderwagen kurz entschlossen durch das geöffnete Tor. Angespannt sah sie sich um. Hier hatte sich tatsächlich nicht viel verändert. Sie ging langsam am ehemaligen Kuhstall vorbei, der bereits seit Jahrzehnten für vier Monate im Jahr die Straußwirtschaft beherbergte und auf der rechten Hofseite lag. Davor standen noch immer drei stabile Eichentische mit jeweils zwei grob getischlerten Bänken, die ihre Eltern bereits vor dreißig Jahren dort aufgestellt hatten. Sie hätten in ihren Augen dringend abgeschliffen und neu lackiert werden müssen, aber die Geschmäcker waren eben verschieden. Vielleicht fehlte dem neuen Besitzer aber auch schlicht die Zeit, sich um solche Dinge zu kümmern. Ob er wohl einen Partner oder eine Partnerin an seiner Seite hatte?

Mia zuckte mit den Schultern und ging gespannt weiter. Direkt im Anschluss an die Straußwirtschaft lag der alte Pferdestall, der ebenfalls mit weißem Rauputz versehen war. Ihre Mutter hatte damals drei Esel besessen, die sie liebevoll umsorgte. Doch nach dem Tod des Vaters waren sie ebenfalls verkauft worden. Wo hätten sie auch bleiben sollen? Der neue Besitzer wollte sie nicht, und in das Schreibwarengeschäft mitten in der Koblenzer Altstadt, das ihre Mutter vor gut zehn Jahren von den Großeltern übernommen hatte und inzwischen gemeinsam mit ihrer ältesten Schwester Lena führte, konnten sie schon gar nicht mit.

Mia seufzte, als sie an die liebenswerten grauen Gesellen zurückdachte, mit denen sie immer ausgiebig gekuschelt hatte. Sie linste durch eines der vier breiten, leider stark verschmutzten Rundbogenfenster und sah, dass der ehemalige Stall nun offensichtlich als Rumpelkammer diente.

Schade drum, dachte sie, als ihr Blick zur mit Balken durchzogenen Decke ging. Zusammen mit dem alten Kuhstall wäre auch dieses Gebäude prädestiniert für ein romantisches Restaurant.

Mia wandte sich ab und schüttelte den Kopf. Was sie nur wieder für Ideen hatte. Dies hier war ein Winzerhof, und zudem kam die Kleinigkeit, dass er nicht ihr gehörte. Sie schob den Kinderwagen weiter den Hof hinunter und stellte fest, dass es das ehemalige Hühnergehege gar nicht mehr gab. Offenbar legten die neuen Besitzer keinen Wert auf frische Eier. Dabei gab es doch kaum eine bessere Alternative, wenn man den Platz für eigene Hühner hatte.

Mit leichtem Bedauern überquerte sie den Hof und trat in Höhe des neuen Kelterhauses den Rückweg an. Ihr Vater war so stolz auf das neue Kelterhaus gewesen, hatte jedoch nur noch eine Ernte darin verarbeiten können. Das Schiebetor war geöffnet, und Mia erhaschte einen Blick auf die chromblitzenden Edelstahlweintanks, in die später der junge Most zum Gären kommen würde.

Dem neuen Kelterhaus schloss sich die Kelterhalle an, in der die Weine im alten Gewölbekeller bei gleichmäßigen Temperaturen in großen Fuderfässern reifen konnten. Auch hier gab eine hölzerne Doppelflügeltür den Blick auf die breite Steintreppe frei, die ins Untergeschoss führte. Doch Mia traute sich nicht, neugierig hineinzulugen. Sie ging zügig daran vorbei und sah weiter vorn die beiden Frauen aus dem Verkaufsraum kommen, der sich zwischen Wohnhaus und Kelterhalle befand. Da die Frauen je zwei Flaschen Wein in den Händen hielten, konnte sie davon ausgehen, dass sie jemanden im Laden antreffen würde, weshalb sie den Kinderwagen durch die geöffnete Türe schob.

Und richtig. An einem der vielen Weinregale sah sie einen Mann stehen. Ein kräftiger Mann, dachte sie, als sie sah, wie er scheinbar mühelos eine Holzkiste mit Weinflaschen in eins der oberen Regale hievte.

Er schien sie gehört zu haben, denn er drehte sich zu ihr um und schaute sie fragend an. »Guten Tag. Kann ich etwas für Sie tun?«

»Hallo. Mein Name ist Mia Schumann«, stellte sie sich nach kurzem Zögern vor. Der Mann reagierte nicht weiter auf ihren Namen, brachte sie demnach nicht mit einem Vorbesitzer des Weinguts in Verbindung.

»Ich habe auf der Tafel vor dem Haus gelesen, dass Sie eine Haushaltshilfe suchen?«, fuhr sie fort, unsicher, ob sie schon davon erzählen sollte, dass sie hier aufgewachsen war.

Er kam ein paar Schritte näher, und Mia musste zugeben, dass er ein sehr gelungenes Exemplar seiner Gattung war. Recht groß, auf jeden Fall ein gutes Stück größer als sie selbst, wobei sie mit ihren 1,78 m auch nicht gerade klein zu nennen war. Zudem hatte er ausgeprägt breite Schultern, als wäre er in seinem früheren Leben einmal Leistungsschwimmer gewesen. Mit seinen nahezu schwarzen Haaren und den braunen Augen war er eigentlich überhaupt nicht ihr Typ.

Was im Moment allerdings auch völlig irrelevant ist, mahnte sie sich selbst.

»Hannes Lehmacher.«

Verlegen fuhr er sich durchs Haar, bevor er erklärte: »Ich will Ihnen nicht zu nahe treten, aber ich fürchte, die Stelle ist für eine junge Mutter nicht geeignet. Wir nähern uns der Weinlese, da würde viel Arbeit auf Sie zukommen. Oder haben Sie jemanden, der sich um das Baby kümmert?«

Mia sah kurz hinunter zu Nico, ehe sie den Blick des Gutsbesitzers erwiderte. »Das Baby gehört nicht zu mir.«

»Also, ich meine, es gehört schon zu mir«, verbesserte sie sich, als sie den verwunderten Ausdruck in seinen Augen bemerkte. »Es ist der Sohn meiner Freundin, und ich passe nur heute Morgen auf ihn auf.«

»Ah, okay. Und Sie könnten sich eine Arbeit hier bei uns vorstellen? Wie gesagt, es wird einiges zu tun geben. Sie wären vor allem für die Küche zuständig, aber auch für einfache Arbeiten im Haushalt. Einmal die Woche kommt eine Reinigungskraft, die die Böden und die Badezimmer macht, alles Weitere würde in Ihren Bereich fallen. Zum Beispiel auch das Besorgen der Einkäufe oder die Vorbereitung der Straußwirtschaft Ende des Monats. Zur Not müssten sie dort eventuell auch das eine oder andere Mal aushelfen. Kommen Sie von hier? Kennen Sie sich ein wenig mit dem Riesling aus? Die Gäste haben oft Fragen oder wünschen Empfehlungen. Unsere Weine würden sie natürlich vorher kennenlernen.«

Mia holte tief Luft, ehe sie antwortete: »Mit all den Dingen rund ums Weingut kenne ich mich sehr gut aus, ich bin nämlich hier aufgewachsen. Das heißt, die viele Arbeit rund um die Lese ist mir geläufig. Ihre Weine jedoch müsste ich noch kennenlernen.«

Es entstand eine kurze Pause, in der Herr Lehmacher sie genau musterte.

»Sie kommen von diesem Gut?«, fragte er schließlich.

»Jep. Ich bin hier aufgewachsen, habe hier gewohnt, bis das Gut vor vierzehn Jahren verkauft wurde.«

»Und Sie könnten sich trotzdem vorstellen, für mich zu arbeiten?«

Sein skeptischer Blick sagte Mia alles darüber, was er von dieser Idee hielt.

»Ich kann mir ausgesprochen gut vorstellen, für Sie zu arbeiten. Ich bin eigentlich ein totaler Glücksfall für Sie«, versuchte sie ihn von sich zu überzeugen. »Ich bin Köchin und von daher eigentlich total überqualifiziert für diesen Job. Zudem kenne ich die Gepflogenheiten auf dem Gut und bin versiert im Umgang mit Gästen.«

»Sie wissen schon, dass in Straußwirtschaften gesetzlich vorgegeben nur einfache Tellergerichte gestattet sind? Dafür brauchen wir Sie nicht, die werden unsere anderen Mitarbeiter zubereiten«, sagte er, ohne auf ihre vorherige Erklärung einzugehen.

»Es wird also nur um das Bekochen der Mannschaft gehen, für Sie sicher keine anspruchsvolle Tätigkeit. Warum arbeiten Sie also nicht lieber in einem der Restaurants in der Umgebung?« Er wirkte ernst und nüchtern. Mia konnte sich nicht vorstellen, dass da irgendwo Leidenschaft zu finden war.

»Ehrlich gesagt suche ich nur etwas für den Übergang«, antwortete sie geradeheraus. »Ich bin dabei, mich neu zu orientieren, weshalb eine Saisonstelle hier auf dem Gut genau passen würde.« Das Argument mit der kostenfreien Unterkunft behielt sie lieber für sich.

»Wenn Sie meinen«, gab er schließlich nach. »Haben Sie denn irgendwelche Referenzen?«

»Die könnte ich Ihnen gern später vorbeibringen.« Auch wenn sie von Florent kein gutes Zeugnis erwartete, hatte sie doch genügend vorzuweisen, das sie für diese Stelle empfehlen würde.

»Falls ich mich für Sie entscheide: Wann könnten Sie denn anfangen?«

»Wäre morgen früh genug?«

»Wie wäre es mit heute Nachmittag?«

Überrascht stellte Mia fest, dass er wohl doch nicht gänzlich gefühllos war, denn das schiefe Grinsen, das er nun aufsetzte, löste in ihrem Bauch eine kribbelnde Welle aus.

Zudem hob er in einer resignierenden Geste die Schultern, was ihn ihr noch sympathischer machte. »Wir brauchen wirklich dringend Unterstützung. Mein Vater ist eigentlich für all diese Arbeiten verantwortlich. Aber er hat sich den Knöchel gebrochen und fällt noch für mindestens zwei Monate aus. Katta, die eigentlich für den Laden und die Buchhaltung zuständig ist, brauchte einen Tag Urlaub, weil sie umgezogen ist. Sie ist morgen wieder da, und es wäre gut, wenn ich dann auch wieder mit meiner eigentlichen Arbeit weitermachen könnte.«

Mia hätte ihm am liebsten tröstend über den Arm gestrichen, aber nicht nur, dass sie sich dafür wahrlich nicht genug kannten. Er war auch wieder in seinen nüchternen Tonfall zurückgefallen, ein gutes Zeichen dafür, dass Mia nicht in Gefahr lief, irgendetwas mit ihm anfangen zu wollen.

Am liebsten hätte sie sich dafür in den Hintern getreten, dass sie überhaupt solche Gedanken hatte. Dies war schließlich ein Bewerbungsgespräch, und sie hatte es nicht so nötig, dass sie sich beim erstbesten Mann, der ihr seit der Trennung von Florent wieder über den Weg lief, schon wieder überlegte, ob er als zukünftiger Liebhaber infrage kam.

»Heute Nachmittag wäre wirklich ein wenig überstürzt«, antwortete sie mit einem freundlichen Lächeln. »Aber morgen könnte ich schon ganz früh hier sein.«

»Das klingt nach einem fairen Angebot, vielen Dank. Soll ich Ihnen schon mal die Küche und Ihr Zimmer zeigen? Auch wenn Sie das Haus natürlich kennen, hat sich im Laufe der Jahre sicher einiges verändert, und ich sitze im Moment sowieso hier fest.«

Besonders begeistert klang das nicht, aber Mia konnte nachvollziehen, dass es den Mann mit jeder Faser seines Körpers in die Weinberge zog, ihr Vater war damals genauso gewesen.

Und sie auch.

Energisch unterdrückte sie jedweden Gedanken an die Vergangenheit und stimmte Herrn Lehmacher zu. Wie würde sie sich wohl fühlen, wenn sie nach so langer Zeit wieder ihr Elternhaus betrat?

Mit Hilfe des neuen Gutsbesitzers hievte sie den Kinderwagen die paar Stufen zum Haupthaus hinauf und zog ihn in den Flur. Nachdem sie sich überzeugt hatte, dass Nico tief und fest weiterschlief, hob sie den Kopf und schaute sich ein wenig beklommen um. Doch die Beklommenheit wich rasch Neugierde, denn bereits im Flur hatte sich einiges getan. Die dunkle Holzvertäfelung, die bis auf halbe Höhe angebracht gewesen war, hatte jemand entfernt, wodurch der Flur deutlich heller und breiter wirkte, als er sowieso schon war. Zudem zog sich ein wunderschönes

Wandgemälde von der Küchentür, die sich direkt rechts von der Eingangstür befand, bis zu einer Tür, die es vor vierzehn Jahren noch nicht gegeben hatte. Demnach hatte sich hier tatsächlich auch einiges verändert.

Jetzt aber galt ihre Aufmerksamkeit erst einmal dem Kunstwerk direkt vor ihren Augen. Weinberge in vollem Grün bildeten den Hintergrund, und davor stand ein rustikaler Tisch unter einer Pergola, die mit Weinranken und weißen Lampions geschmückt war. Um den Tisch herum saßen sechs Leute, die sich ihren Weißwein schmecken ließen und dabei offenkundig amüsante Gespräche führten. Auf dem Tisch fanden sich Käse, Brot und dicke gelbgrüne Trauben; auch kleine Schälchen mit geschälten Walnüssen und Mandeln, getrockneten Aprikosen und grüne Oliven waren zu erkennen. Ein idyllischer Sommerabend am Weinberg, perfekt in Szene gesetzt.

»Das ist wunderschön«, sagte Mia und schaute zu Herrn Lehmacher hinüber.

»Meine Eltern haben es gemalt«, antwortete er knapp.

»Ihre Eltern sind Künstler?«, fragte Mia nach.

»Meine Mutter ist tot«, war alles, was er dazu sagte.

Sie erschrak. »Das tut mir leid.«

»Konnten Sie ja nicht wissen. Sollen wir dann mal?« Er wandte sich ab und ging voraus in die Küche.

Mia folgte ihm mit einem mulmigen Gefühl. Der Umgangston, der hier zu herrschen schien, war so gar nicht das, was sie sich von freundlichen Hausgenossen vorstellte. Aus der Küche war sie zwar einen rauen Ton gewöhnt, allerdings brauchte sie das nicht auch noch in ihrer Freizeit. Sie hoffte, dass zumindest der Vater von Herrn Lehmacher ein freundlicherer Mensch war, sonst würden harte Zeiten auf sie zukommen.

Auch in der Küche hatten die Eltern des Gutsbesitzers ihre Spuren hinterlassen. Die Einbauschränke schienen zwar noch dieselben von früher zu sein, allerdings waren die Fronten jetzt weiß lackiert, und über die Türen der Oberschränke zogen sich ebenfalls grüne Weinranken durchsetzt mit gold-gelben Trauben. Auch die große, in den stattlichen Erke hineingebaute, Rundsitzgruppe war restauriert worden. Die Polster waren nun von einem satten Grün und mit etlichen ebenso grünen und cremefarbenen Kissen bestückt. Sie freute sich schon darauf, wieder hier beim Frühstück zu sitzen und die Morgensonne zu genießen.

Ansonsten hatte sich nicht viel verändert. Bis auf die Giebelseite, an der noch der Weichholzschrank ihrer Großmutter stand, bedeckten die Einbauschränke die restlichen Wände. Es gab viel Arbeitsfläche, auf der chromblitzende Gerätschaften standen und deutlich machten, dass hier die neuste Technik Einzug gehalten hatte. Es gab sogar einen hochmodernen Kaffeevollautomaten. Am liebsten hätte sie sich einen Cappuccino gemacht, sich in die Rundsitzgruppe gesetzt und mit Herrn Lehmacher über seine Weine gefachsimpelt. Schade, dass es nicht so aussah, als wäre das eines Tages von ihm zu erwarten. Doch offensichtlich gab es weitere Bewohner beziehungsweise Mitarbeiter des Guts, sodass sie die Hoffnung nicht aufgab, sich hier demnächst pudelwohl zu fühlen.

»Haben Sie noch Fragen zur Küche?«

Die kühle Stimme riss sie wieder aus ihren angenehmen Gedanken.

»Nein, alles gut. Es ist sehr schön geworden.«

»Dann zeige ich Ihnen jetzt Ihr Zimmer.«

Er wandte sich ab und verließ den Raum in der Annahme, dass sie ihm schon folgen würde.

Bedauernd seufzend verließ sie die Küche, schaute noch einmal kurz nach Nico und freute sich, als sie sah, dass auch der Treppenaufgang renoviert worden war. Das honigfarbene Holz war sorgfältig geschliffen und neu lackiert worden. Ein langer grüner Teppich schützte mittig die Stufen und dämpfte ihre Schritte, als sie hinaufgingen.

Direkt linker Hand im oberen Flur war ehemals das Schlafzimmer ihrer Eltern gewesen. Geradeaus das Zimmer ihrer ältesten Schwester Lena, daneben der Raum von Nora, der mittleren der drei Schwestern. An der Giebelseite befand sich das Badezimmer, woran sich damals Mias Zimmer angeschlossen hatte, das direkt über dem Büro lag und von daher etwas kleiner als die übrigen Räume war.

Hierher wandte sich nun auch Herr Lehmacher und öffnete die Tür. »Hier sind wir mit der Einrichtung leider noch nicht fertig geworden.«

Mia schien, als höre sie tatsächlich ein leises Bedauern in seiner Stimme.

»Kein Problem«, beschwichtigte sie entsprechend. »Ich werde schon zurechtkommen.«

Als sie ihr altes Zimmer betrat, überfiel sie eine Gänsehaut. Unwillkürlich schlang sie die Arme um ihren Oberkörper, als sie sich umschaute. Ein breites Bett aus Eichenholz mit verschnörkeltem Kopfteil stand in der gegenüberliegenden Ecke des Zimmers. Ebenso wie der Schrank, der direkt neben der Tür stand, war es restauriert und schimmerte in einem warmen Braun. Die Matratze war mit einer fliederfarbenen Tagesdecke belegt, die wunderbar zu der Tapete passte, die auf die Wand hinter dem Bett geklebt worden und mit unzähligen Veilchen bedruckt war. Sicher wäre solch eine Tapete nicht ihre erste Wahl gewesen, aber sie gab dem ansonsten leeren Raum einen gemütlichen Touch.

»Auf dem Speicher stehen noch einige Möbelstücke und andere ausgemusterte Dinge von den Vorbesitzern. Falls Sie einziehen, könnten Sie sich davon aussuchen, was Sie für die Einrichtung noch haben möchten.«

»Das klingt prima. Sicher kann ich mich …«

… hier gut einrichten, hatte sie sagen wollen, allerdings fing Nico in diesem Moment an zu schreien, und sie stürzte aus dem Zimmer, um nach ihm zu schauen.

Die Verantwortung für solch ein winziges Wesen zu übernehmen, drückte sie viel mehr, als sie vermutet hatte. Sie nahm den kleinen Kerl aus dem Kinderwagen, legte ihn an ihre Schulter und sprach beruhigend auf ihn ein. Schon nach ein paar Schritten, die sie im Flur auf und ab gegangen war, ebbte das Schreien ab und wich einem zufriedenen Gurgeln.

»Alles wieder gut?«, fragte Mia das Baby und drehte es auf ihrem Arm, sodass es ihr ins Gesicht schauen konnte.

Ein zahnloses Grinsen breitete sich auf seinem Gesicht aus und wärmte ihr Herz. Intuitiv drückte sie ihn ein wenig fester an sich.

Dann tauchte der Gutsbesitzer wieder in ihrem Blickfeld auf. »Meinen Sie, Sie könnten morgen früh schon gegen halb acht hier sein? Dann stelle ich Ihnen meinen Vater und unseren Azubi vor, der ebenfalls bei uns wohnt. Außerdem könnten wir die Sache mit den Referenzen klären, bevor wir an die Arbeit gehen.«

»Halb acht? Das dürfte kein Problem sein«, stimmte Mia zu.

Nico begann sich zu winden und streckte die Ärmchen in Herrn Lehmachers Richtung aus. Noch bevor sie damit beginnen konnte, den Kleinen abzulenken, erwiderte der Winzer die Bewegung des Kindes und nahm ihn ihr aus den Armen.

Völlig perplex beobachtete sie, wie sich ein schmales Lächeln auf das Gesicht dieses distanzierten Mannes stahl.

»Na, kleiner Mann?«, murmelte er. »Du bist ja schon ein ganz schön kräftiges Kerlchen.«

Er hob ihn hoch über seinen Kopf, und Nico krähte laut auf vor Freude.

Dann drückte er ihn Mia zurück in den Arm, und das Lächeln verschwand. »Wir sehen und dann morgen früh und besprechen den Rest, wenn wir uns einig sind.«

So rasch, wie Herr Lehmacher den Kinderwagen aus dem Haus und die kurze Treppe hinunterschob, konnte Mia kaum gucken. Und so sah sie ihn schon keine Minute später nur noch von hinten, als er zurück in den Laden ging.

»Männer!«, stieß sie schnaubend aus und ging mit Nico ebenfalls die Stufen hinunter.

»Wehe dir, du wirst einmal genauso«, raunte sie dem Baby zu, als sie es zurück in den Wagen legte. Sie würde ein gutes Auge auf seine Erziehung haben müssen.

Kapitel 3

Sie hatte eine unruhige Nacht verbracht. Franziskas mahnende Worte, sie solle doch nicht vorschnell so eine wichtige Entscheidung treffen, waberten stundenlang durch ihren Kopf. Kaum war sie eingeschlafen, schreckte sie wieder hoch, und der Gedankenkreisel begann von vorn. Dabei hatte sie sich versucht gut zuzureden, dass es doch überhaupt keine wichtige Entscheidung wäre. Wenn es gar nicht funktionieren sollte, kündigte sie wieder und suchte sich etwas Neues. Okay, sie würde auf der Suche nach einer Unterkunft ihren Radius vergrößern müssen, aber irgendwie würde es weitergehen. Bisher war es noch immer weitergegangen.

Der letzte Streit mit Florent kam ihr in den Sinn, während sie den kurzen Weg zum Gut hinüberging. Sie musste schlucken und verdrängte den Gedanken sofort wieder. Jetzt ging es nicht um die Vergangenheit. Heute begann ihre Zukunft, wie immer sie auch aussehen sollte.

Laut pfiff sie den Refrain von »Guten Tag, liebes Glück« vor sich her. Ja, heute ist wirklich ein guter Tag, um das Glück reinzulassen, dachte sie. Der Hit von Max Raabe erfüllte sie immer wieder mit guter Laune, und die konnte sie im Moment besonders gut gebrauchen. Auf der einen Seite war ihr mulmig bei dem Gedanken, so eng mit Herrn

Lehmacher zusammenzuwohnen, da er wahrlich keinen geselligen Eindruck machte. Andererseits empfand sie die Aussicht darauf, wieder auf dem elterlichen Gut zu leben, auch als großes Abenteuer. Und Abenteuern gegenüber war sie noch nie abgeneigt gewesen.

Vor dem noch geschlossenen Holztor des Winzerhofs blieb sie schließlich stehen, atmete noch einmal kurz durch und drückte dann auf die Klingel. Kurz darauf hörte sie, wie die Haustür geöffnet wurde, anschließend Schritte, die sich näherten. Dann öffnete sich der eine Flügel, und Herr Lehmacher stand vor ihr.

»Morgen«, brummte er ihr entgegen.

»Guten Morgen«, erwiderte sie betont fröhlich.

Sie trat durch das Tor, das er hinter ihr verschloss, und ging forschen Schrittes hinüber zum Haus. Dann wandte sie sich zu ihm um.

»Ich habe die Unterlagen dabei. Wollen wir hineingehen oder möchten Sie das Formelle lieber hier draußen erledigen?« Diese kleine Spitze konnte sie sich einfach nicht verkneifen.

»Nein, nein«, antwortete er, ohne im mindesten peinlich berührt zu sein. »Wir gehen in die Küche.«

Mia stieg die Stufen hinauf, betrat die Küche und sah sich drei weiteren Männern gegenüber. Zwei von ihnen trugen die gleiche Arbeitskluft wie Herr Lehmacher: Grünbraune Arbeitshosen und ein frühlingsgrünes Poloshirt mit dem aufgestickten Logo des Guts, das schlicht den Namen Lehmacher in hochgezogenen, eng beieinanderstehenden lilafarbenen Buchstaben darstellte. Klassisch und modern zugleich. Understatement vom Feinsten.

Dann konzentrierte sie sich wieder auf die inzwischen vier Männer, die um sie herum standen. Drei standen, korrigierte sie sich selbst. Der vierte saß mit einem eingegipsten Fuß in der Rundsitzgruppe.

»Ich möchte euch Mia Schumann vorstellen«, erklärte Herr Lehmacher den anderen. »Sie hat sich um die Stelle der Haushaltshilfe beworben.«

Ohne Aufforderung nahm Mia den Stapel Zeugnisse aus ihrem Rucksack, die sie gestern noch ausgedruckt hatte, und reichte sie dem Gutsbesitzer.

Der blätterte sie durch, las das eine oder andere konzentriert und legte sie dann beiseite.

»Ich fürchte, Sie sind absolut überqualifiziert«, meinte er.

»Das macht nichts. Ich freue mich auf die Arbeit hier«, antwortete sie wahrheitsgemäß. »Es ist genau das, was ich im Moment brauche.«

»Ich weiß, Sie hatten gestern davon gesprochen, dass Sie nur etwas für den Übergang suchen. Aber ich wäre Ihnen dankbar, wenn Sie uns bis nach der Lese nicht hängen lassen.«

Bevor sie darauf antworten konnte, sprach er weiter: »Und ich denke, es wäre ganz gut, wenn wir uns duzen. Was meinen Sie?«

Mia nickte.

»Okay, mein Name ist Hannes, und dies hier ist Vincent«, erklärte er und deutete auf einen Mann etwa in ihrem Alter, der lässig am Kühlschrank lehnte und ihr ein freundliches Lächeln schenkte. Er war in etwa so groß wie sie selbst, von untersetzter Statur und hatte dunkelblondes, lockiges Haar und warme braune Augen. Er wirkte entspannt und offen. Vielleicht wäre ja er ein netter Gesprächspartner bei zukünftigen gemeinsamen Mahlzeiten.

»Auf der Bank sitzt mein Vater Peter. Er wird dir hier Gesellschaft leisten und kann dir weiterhelfen, wenn du etwas klären möchtest. Und da hinten, das ist Benno, unser Azubi.«

Sie schaute hinüber zu dem jungen strohblonden Mann und zwinkerte ihm verschmitzt zu, woraufhin dieser einen hochroten Kopf bekam.

Mia dachte an ihre eigene Teenagerzeit zurück und schenkte ihm noch ein aufmunterndes Lächeln. Wie er sich als sechszehnjähriger Schlaks fühlen mochte, der noch nicht so genau wusste, wo er mit seinen langen Armen und Beinen hin sollte, konnte sie voll und ganz nachempfinden.

Dann wandte sie sich wieder an Hannes Lehmacher. »Was steht denn für heute auf dem Plan?«

»Wir drei sind quasi schon auf dem Weg zum Mandelstein im Bopparder Hamm, am Lachespfad, unweit der Schutzhütte. Gegen halb eins kannst du uns bitte etwas zu essen hochbringen. Mein Vater wird dir erklären, wo du hin musst. Zu den Abendessen wird Vincent übrigens nicht dabei sein, da musst du jeweils nur für uns vier planen.«

Natürlich kannte sie die Lage Mandelstein und wusste, welche Parzellen davon zum Weingut gehörten. Aber sie würde sich trotzdem anhören, was Peter ihr dazu zu sagen hatte, allein um ihm so einen Anlass zu geben, mit ihr zu sprechen.

»Irgendwelche speziellen Wünsche zur Verpflegung?«, wollte sie wissen.

Ungeduldig schaute Hannes auf seine Armbanduhr. »Lass dir das von meinem Vater erklären, der kennt sich aus.«

Dann nickte er ihr zu, gab seinen Kollegen ein Zeichen, und die Küche leerte sich.

Mia wandte sich um und setzte sich zu Peter Lehmacher in die Rundsitzgruppe. Er wirkte genauso griesgrämig wie sein Sohn, sah ihm aber überhaupt nicht ähnlich. Im Gegensatz zu Hannes war er nur mittelgroß und von schlanker Statur. Sein Haar war grau, und mit seinen blauen Augen betrachtete er sie vorwurfsvoll durch eine Metallbrille.

Warum vorwurfsvoll?

»Irgendetwas nicht in Ordnung?«, fragte sie ihn.

»Nichts ist in Ordnung«, antwortete er, ehe er den Blick abwandte. Hier passte das Sprichwort: Wie die Faust aufs Auge. Wobei sie den Eindruck hatte, dass Peter etwas gegen sie persönlich hatte, während das distanzierte Wesen bei Hannes wohl eher seiner zurückhaltenden Art entsprach.

Nun gut, darüber würde sie sich jetzt erst einmal keine weiteren Gedanken machen. Das würde sich mit der Zeit von selbst klären.

Da Peter Lehmacher ganz offensichtlich keinen Wert auf irgendwelches Geplauder legte, stand sie wieder auf.

»Dann werde ich mich in meinem neuen Zuhause mal ein wenig umschauen und mich in meinem Zimmer einrichten«, erklärte sie und griff nach ihrem Rucksack.

Peter machte nur eine Handbewegung, als wolle er eine Fliege verscheuchen, und widmete sich konzentriert der *Rhein-Zeitung*, die aufgeschlagen vor ihm lag.

Mia schulterte den Rucksack und verließ die Küche. Sie würde sich ihre gute Laune nicht vermiesen lassen, weder von Peter noch von seinem Sohn. Und jetzt war sie gespannt darauf, auch die anderen Räumlichkeiten ihres alten Zuhauses zu erkunden. Zuerst öffnete sie die Tür, die der Küche gegenüberlag, und lugte in den Raum hinein. Das Büro. Das hatte sich schon hier befunden, als sie noch mit ihrer Familie hier gelebt hatte. Die Einrichtung war moderner geworden, vor allem natürlich die technischen Gerätschaften. Aber es stand noch immer der alte Eichenschreibtisch unter dem Fenster, an dem schon ihr Urgroßvater gesessen hatte.

Sie verschloss die Tür, bewunderte einmal mehr das große Wandbild ihr gegenüber und ging dann den Flur hinunter. Sie war neugierig, was sich wohl hinter der Tür versteckte, die früher noch nicht dort gewesen war.

Ein topmodernes, großzügiges Badezimmer, erkannte sie, als sie sie öffnete. Sogar mit Badewanne! Ihr Herz machte einen Hüpfer. Die hatte es damals nicht gegeben, da die beiden anderen Bäder, im ersten Stock und im Dachgeschoss, nur Platz für eine Dusche hatten. Als sie noch klein gewesen war, hatte es neben der Dusche noch eine Sitzbadewanne gegeben. Die war aber schon vor vielen Jahren, wegen des Einbaus einer geräumigeren Dusche, entfernt worden.

Zudem gab es früher hier unten keine Toilette. Und nun auch noch eine richtige Badewanne, der pure Luxus. Gut gelaunt verschloss Mia die Tür und wandte sich dem Wohnzimmer zu, das sich hinter der letzten Tür im Erdgeschoss eigentlich verbergen sollte.

Und richtig. Quer über die gesamte Hausbreite hinweg erstreckte sich immer noch der große Raum, auch wenn der ehemalige Essbereich inzwischen dem Badezimmer zugeschlagen worden war. Hier im Raum hatte sich einiges an der Einrichtung geändert. Während die eine Hälfte mit Bücherregalen und einer gemütlichen Leseecke eingerichtet war, stand auf der anderen Seite eine moderne schwarze Ledercouch, flankiert von zwei dunkelrot gepolsterten Entspannungssesseln. An der Wand hing ein großer Flachbildfernseher und gab dieser Raumhälfte einen eher männlichen Touch. Nichtsdestotrotz konnte sie sich gut vorstellen, sich hier wohlzufühlen, sollte sie dieses Zimmer mitnutzen dürfen. Vor allem die Leseecke hatte es ihr angetan. Aber sie bremste sich, bevor sie noch anfing, die Regale nach spannender Lektüre zu durchforsten, und verließ den Raum, um nach oben zu gehen.

Direkt die erste Tür hinter der Treppe führte sie zu einem Schlafzimmer, das sie von der Ausstattung her Hannes zuordnen würde. Es war eher minimalistisch, in unterschiedlichen Grautönen und weißen Kontrasten eingerichtet. Das Bett war sorgfältig gemacht, und nichts lag auf dem Boden herum. Hannes schien ein ordnungsliebender Mensch zu sein.

Sie schaute in das Zimmer nebenan und erkannte Peters Schlafzimmer, das immer noch so aussah, als würde es von zwei Personen bewohnt. Rasch schloss sie die Tür, da sie vorerst nicht weiter in seine Privatsphäre eindringen wollte. Irgendwann würde sie hier vielleicht auch saubermachen müssen, aber im Moment fühlte sich ein Betreten dieses Raums für sie einfach falsch an.

Rasch schüttelte sie das bedrückende Gefühl ab, das sie eben überfallen hatte. Bevor sie die Geschichte von Hannes Mutter nicht näher kannte, wollte sie sich darüber auch keine Gedanken machen.

Stattdessen öffnete sie die nächste Tür und erkannte, dass es sich um einen weiteren Raum von Peter handeln musste. Zwei Arbeitstische standen sich unter den beiden Fenstern gegenüber, Staffeleien und Regale voller Malutensilien standen aufgereiht an den Wänden. Erstaunt sah sie, dass ein weiteres Fenster in die Giebelwand gebaut worden war und dem Raum dadurch deutlich mehr Licht verlieh. Ganz eindeutig das Arbeitszimmer eines Künstlers.

Zweier Künstler, korrigierte sie sich selbst. Doch auch hier fühlte sie sich wie ein Eindringling und schloss rasch die Tür. Der nächste Raum war das ehemalige Frauenbad, da ihr Vater immer den kleinen Duschraum unter dem Dach benutzt hatte. Hier hatte sich auf den ersten Blick seit ihrem Auszug nichts verändert. Noch immer hingen die dunkelblauen Gardinen am Fenster, die ihre Mutter damals zu den blau-weißen Bodenfliesen ausgesucht hatte.

Mia war schon gespannt, welches der Bäder Hannes ihr zuweisen würde oder ob sie sich eines mit den Männern teilen musste. Da sie über einige WG-Erfahrung verfügte, war ihr das einerlei.

Sie betrat ihr altes Kinderzimmer, das sie bereits gestern angeschaut hatte, und stellte den Rucksack neben das Bett. Dann trat sie ans Fenster und schaute hinaus. Da das Fenster nach Osten wies, schaute sie von dort aus direkt auf den Rhein und das gegenüberliegende Ufer. Trügerisch träge floss der Strom dahin. Ein Ausflugsdampfer kämpfte sich gegen die Strömung in Richtung Boppard voran. Doch obwohl sie den Rhein liebte, stundenlang an seinem Ufer sitzen und aufs Wasser schauen konnte, fesselte sie am Blick aus dem Fenster ihres Zimmers nach wie vor am meisten die Marksburg, die linker Hand auf einem Felsen über Braubach thronte. Wie oft hatte sie damals hier gestanden und sich in frühere Zeiten geträumt? Wobei ihr dabei niemals das Leben als Prinzessin in den Sinn gekommen wäre. Nein, ein Ritter in schimmernder Rüstung zu sein, war ihr großes Ideal gewesen. Sie wollte sich im Schwertkampf üben und mit ihrem treuen Pferd von Schlachtfeld zu Schlachtfeld reiten. In Zelten schlafen oder eben auf Stroh in der großen Halle der Burg. Etliche Male hatte sie ihren Vater überredet, mit ihr hinüberzufahren und den Geschichten der Führer zu lauschen.

Doch nicht nur die Geschichten der ritterlichen Helden hatten sie brennend interessiert, auch das ganze Drum und Dran, das mit dem Leben auf einer mittelalterlichen Burg einherkam, faszinierte sie. So hatte sie zum Beispiel die Burgküche geliebt, mit all ihren Töpfen und Pfannen, der großen Feuerstelle und vor allem der altertümlichen Kochsäge, an der ein gusseiserner Kessel hing. Wer weiß, vielleicht hatte ihre Liebe zum Kochen bereits dort ihren Ursprung gefunden.

Sie riss sich los von ihren Erinnerungen und wandte sich wieder dem Zimmer zu. Noch wirkte es kalt und leer, weshalb es wirklich schön wäre, wenn sie das eine oder andere Möbelstück auf dem Dachboden finden würde. Vielleicht ein Tischchen und einen Stuhl. Eine Kommode wäre auch nicht schlecht. Sie hatte immer genügend Klimperkram, der am besten in einer Schublade aufgehoben war. Eventuell fand sie sogar ein Bild auf dem Speicher, das sie an die leere weiße Wand hängen konnte.

Leichten Schrittes lief sie hinauf ins Dachgeschoss. Das Zimmer des Azubis lag genau über Hannes' Schlafzimmer. Mia grinste, während sie die Tür öffnete und die auf dem Boden liegenden Motorzeitschriften inmitten verstreuter Kleidung sah. Sie selbst war mit sechszehn kein bisschen ordentlicher gewesen, was ihr Benno sehr sympathisch machte.

An der Tür zu dem kleinen Duschbad ging sie vorbei und betrat den großen Speicher, der die gesamte übrige Fläche des Dachgeschosses einnahm. Sie blieb stehen und blickte auf das Durcheinander an Möbelstücken aus verschiedenen Epochen, Kisten und Regalen und den dazwischen abgestellten Gegenständen jeglicher Größen und Formen. Das Paradies eines jeden Trödlers.

Die Luft roch nach Muff und Staub. Als sie eines der beiden Giebelfenster öffnete, sah sie eine junge Frau über den Hof laufen. Das musste Katta sein, die zur Arbeit kam. Wenn sie hier oben fertig war, würde sie sich bei ihr vorstellen gehen.

Sie wandte sich wieder dem Speicher zu und ließ ihren Blick über die größeren Möbelstücke wandern. Zwischen einem wuchtigen Schrank und einer alten Wiege sah sie eine kleine Kommode aus glänzendem Birkenholz. Die sich verjüngenden v-förmig angebrachten Holzbeinchen wiesen auf eine Entstehung in den fünfziger Jahren hin. Wahrscheinlich ein Stück aus der Schlafzimmereinrichtung ihrer Großeltern. Sie ging hinüber und hob sie an. Da sie nicht besonders schwer war, würde sie sie gleich mit hinunternehmen. Ein erster Schatz war also gefunden. Nun bräuchte sie noch einen Stuhl oder einen Sessel. In einer Ecke stand ein Cocktailsessel, den sie am ehesten in den sechziger Jahren sah. Zur damaligen Zeit sicher ein topmodernes Möbelstück. Ob das auch eine Anschaffung ihrer Großmutter gewesen war?

Mia ging hinüber und setzte sich darauf. Eine dicke Staubwolke quoll aus dem Polster hervor, und sie musste niesen. Dieses Prachtstück müsste sie erst einmal in den Hof bringen und kräftig ausklopfen, ehe sie ihm anschließend noch mit einem Staubsauger zu Leibe rückte. Aber er war gar nicht so unbequem und würde wunderbar zu dem alten Schrank in ihrem Zimmer passen. Ein rundes, schwarz gebeiztes Tischchen fand sich auch noch unter dem Sammelsurium, und Mia begann damit, ihre Fundstücke nach unten zu schleppen.

Nachdem sich ihr Zimmer mit dem Tisch und der Kommode bereits gut gefüllt hatte, nahm sie auch noch eine weiße Kugellampe mit nach unten, die auf einem der Regale gestanden hatte. So langsam bekam der Raum so etwas wie Atmosphäre. Eine sehr gewöhnungsbedürftige zwar, aber immerhin.

Sie schleppte den Sessel hinaus in den Hof und betrachtete ihn von allen Seiten. Wenn sie sich nicht irrte, müsste das Polster unter all dem Staub lila sein. Volltreffer! dachte sie und klatschte erfreut in die Hände. Heute war wirklich ein schöner Tag.

»Hallo?«, erklang plötzlich eine weibliche Stimme neben ihr.

Mia wandte sich um. Vor ihr stand die Frau, die sie schon aus dem Fenster gesehen hatte. Sie war vielleicht ein wenig jünger als sie, trug ein sommerliches Batikkleid und dazu pinkfarbene Doc Martens. Ihren eigentlich brünetten Pony hatte sie knallblau gefärbt und strahlte sie nun mit ebensolchen Augen an.

»Sie müssen Katta sein«, sagte Mia und reichte der jungen Frau die Hand. »Ihren Nachnamen kenne ich leider nicht.«

»Katharina Freiberg«, antwortete diese und schlug ein. »Aber alle nennen mich Katta, das stimmt.«

»Ich bin Mia Schumann«, stellte sie sich vor. »Die neue Haushaltshilfe. Heute ist mein erster Tag. Hannes meinte, Sie könnten mir vielleicht weiterhelfen, wenn ich Fragen habe.«

»Sicher, gerne. Käffchen? Ich habe mir gerade frischen aufgebrüht.«

Mia nickte und folgte Katta in den Verkaufsraum des Guts. Hinter einem der Regale verbarg sich der kleine Büroraum, in dem sich ebenfalls ein Kaffeevollautomat befand. Hannes Lehmacher schien nicht nur ein Weinkenner, sondern auch ein Kaffeeliebhaber zu sein.

Was ihr nur recht sein konnte. Sie wählte einen Cappuccino und setzte sich Katta gegenüber auf einen der zwei Bürostühle.

»Sollen wir uns nicht duzen?«, schlug Katta vor.

»Sehr gern«, stimmte Mia zu. »Seit wann arbeitest du schon hier?«

»Seitdem Hannes das Gut übernommen hat, also knapp zwei Jahre.«

»Und? Wie ist er so?«

»Heiß?« Katta grinste sie an.

Mia lachte. »Heiß? Meinst du das ernst?«

»Nun, für mich kommt er nicht infrage, ich habe vorläufig die Nase voll von Männern. Aber du musst schon zugeben, dass es einem nicht schwerfällt, ihn anzuschauen.«

»Es ist nicht unangenehm, da muss ich dir recht geben, aber charakterlich wirkt er sehr schwierig.«

»Hannes? Der ist völlig unkompliziert. Solange er in die Weinberge oder in seine geliebte Kelterhalle kann, ist er mit der Welt zufrieden. Sollte allerdings etwas dazwischenkommen, wird er knötterig.«

Erneut lachte Mia. Katta war ihr total symphatisch. »Knötterig? Das ist wirklich passend. Und du schmeißt hier den Laden?«

»Ich mache den Verkauf – auch online. Dazu die Buchhaltung, Pflege der Websites und Verkostung der Weine. In den vier Monaten, in denen die Straußwirtschaft geöffnet ist, wird der Ladenverkauf auch nach drüben verlegt, damit ich die Gäste auch bewirten kann.«

»Dann hast du sicher gut zu tun.«

»Für die Zeit der Straußwirtschaft habe ich Unterstützung von Servicekräften, die dann jeweils stundenweise aushelfen. In den Wintermonaten ist es dagegen recht ruhig, da arbeite ich keine dreißig Stunden die Woche. Das machen die langen Wochen in den Saisonzeiten dann wieder wett. Aber das ist genau so, wie ich es gerne mag. Je mehr Trubel, desto besser und im Winter einen ausgedehnten Tauchurlaub im Süden. Die Straußwirtschaft wird übrigens Anfang September wieder geöffnet. Magst du Wein?«

»Sicher, sehr sogar. Unser Riesling hat mir oft gefehlt, wenn ich durch die Weltgeschichte gegondelt bin.«

»Du bist viel herumgekommen?«, wollte Katta wissen.

Mia erzählte ihr von ihren Reisen, den verschiedenen Restaurants in denen sie gearbeitet, den WGs, in denen sie gelebt hatte, bis hin zu Florent und ihrem großen Streit. War das tatsächlich erst drei Tage her?

»Wow«, schwärmte Katta mit großen Augen. »Ich glaube, das würde ich mich nicht trauen.«

»Dich von deinem Freund zu trennen?«, fragte Mia sarkastisch.

»Doch, klar, das habe ich auch gerade hinter mir. Deshalb auch meine derzeitige allgemeine Männerabstinenz. Nein, ich meine deine Reisen durch die Welt. Ich stelle mir das total spannend vor, aber auch sehr beängstigend.«

»Man gewöhnt sich dran.« Mia nippte an ihrem Cappuccino, ehe sie weitersprach. »Am Anfang hatte ich auch oft einen Knoten im Bauch und mich gefragt, wie ich bloß auf die blöde Idee gekommen war, mit einer Fünf in Englisch im Gepäck in einem Restaurant in San Francisco arbeiten zu wollen. Aber man wächst in seine Aufgaben hinein, und letztlich überwiegt tatsächlich die Neugier auf das nächste Abenteuer.«

»Und wie bist du im eher beschaulichen Straßburg gelandet?«

Mia stellte die Cappuccinotasse auf den Schreibtisch und schlug die Arme vor dem Oberkörper zusammen und überlegte, wie sie am besten darauf antworten sollte. Der Gedanke an Florent machte sie immer noch wütend. Bisher hatte er ihr keine Nachricht geschickt und auch nicht versucht sie anzurufen. Offenbar war er noch genauso ärgerlich auf sie wie sie selbst auf ihn. Sie war sich bisher nicht sicher, ob sie ihm weiterhin Zeit geben wollte, sich zu beruhigen, oder ob die ganze Sache ein für allemal vorbei war.

So atmete sie tief durch und sagte: »Wir haben uns in Freiburg kennengelernt, auf einem Weinfest.«

Mia zwinkerte Katta zu. »Ich saß dort mit einigen Freunden, und er kam dazu und fragte, ob noch ein Platz frei sei. Ja, er hat mich angebaggert. Wir kamen rasch ins Gespräch, der Wein war ein gutes Thema. Dann stellte sich heraus, dass ich Köchin bin und er ein Restaurant in Straßburg hat. Er lud mich ein, seine Küche kennenzulernen, und der Rest ist Geschichte.«

»Aber warum arbeitest du jetzt hier auf dem Gut? Da bist du doch völlig überqualifiziert. Selbst die einfachen Speisen, die wir in der Straußwirtschaft anbieten dürfen, können wir leicht selbst zubereiten.«

»Die Stelle war frei, und ich war auf der Suche, so einfach ist das«, erklärte sie lapidar. »Ist doch sowieso nur so lange, bis es Peter wieder besser geht.«

Da sie nicht weiter über ihre Absichten sprechen wollte, sie ihre Absichten noch gar nicht genau benennen konnte, stand Mia auf. »Ich muss jetzt einkaufen und das Mittagessen vorbereiten. Später komme ich gern noch einmal vorbei, dann können wir besprechen, wie das mit der Vorbereitung der Straußwirtschaft laufen soll. Ich habe den Eindruck, dass Peter mir dazu nicht viel zu sagen hat.«

»Sei nicht so streng mit ihm«, verteidigte Katta ihn und stand ebenfalls auf. »Er leidet noch immer unter dem Tod seiner Frau. Früher war er sehr offen und humorvoll, ein toller Künstler. Aber seit ihrem Tod ist er nur noch selten im Atelier anzutreffen. Deshalb trifft es ihn auch besonders hart, dass er sich mit den anderen Arbeiten auf dem Gut nicht mehr ablenken kann.«

Sofort bekam Mia ein schlechtes Gewissen. Das hatte sie nicht gewusst. Sie würde sich bemühen, sein schroffes Verhalten nicht weiter persönlich zu nehmen, und abwarten, wie es sich über die Zeit entwickelt.

Mia hatte sich für Sandwiches entschieden. Hannes hatte ihr keinerlei Vorgaben gemacht, was er sich zum Mittagessen vorstellte. Aber oben am Berg war Fingerfood am einfachsten zu händeln. Den Wasservorrat für den Tag hatten die drei bereits selbst mitgenommen, danach hatte sie Peter gefragt, der ihr mit einem knappen »Ja« geantwortet hatte. Ansonsten hatte sie nicht mehr viel von ihm gesehen, da er den Rest des Vormittags allein im Wohnzimmer verbrachte.

Sie selbst hatte neben den Zutaten für die Sandwiches auch fürs Abendessen eingekauft, zu dem es mit Schafskäse gefüllten Hackbraten mit Rosmarinkartoffeln und Salat geben sollte. Nach einem Tag im Weinberg hatten die Männer sicher Hunger und konnten etwas Deftiges vertragen.

Mia packte die Sandwiches in Dosen und die wiederrum in den großen Rucksack, den sie an der Garderobe im Flur gefunden hatte. Dazu für jeden noch etwas von dem Vanillepudding, den sie vorhin gekocht und in kleine verschließbare Gläschen gefüllt hatte. Dann schlüpfte sie in ihre Wanderschuhe und sah mit einem breiten Grinsen an sich hinunter. Sie sah aus, als wolle sie einen längeren Ausflug in die Berge machen. Aber eben dies hatte sie ja vor, wenn auch nicht per Pedes, sondern mit dem Fahrrad, das Peter ihr netterweise zugewiesen hatte. Die Weinberge im Bopparder Hamm waren bekannt für ihre steilen Lagen, und genau so eine wurde heute von den Männern bearbeitet. Zumindest ein kleines Sportprogramm hätte sie also absolviert, bis sie später wieder zurückkam.

Oben im Weinberg angekommen, brauchte sie einen Moment, um zu Atem zu kommen. Hier merkte sie doch recht deutlich, dass sie sich in Straßburg, zumindest was Sport anging, bequem eingerichtet hatte. Von Vincent wurde sie mit einem freundlichen »Hallo« begrüßt, während Benno wieder einen roten Kopf bekam. Hannes nickte ihr nur kurz zu und setzte seine Arbeit weiter unten im Steilhang fort. Die drei waren damit beschäftigt, beschädigte Trauben und gleichzeitig noch Blätter um die reifenden Trauben herum zu entfernen, um Durchlüftung und Lichteinwirkung für die letzten Wochen vor der Lese zu verbessern. Prall und voll hingen bis hinunter ins Tal unzählige Früchte an den Rebstöcken und würden schon bald zu perfekten Weintrauben heranreifen. Es war sehr viel Handarbeit vonnöten, um einen wirklich guten Wein zu produzieren. Mia erinnerte sich noch gut an die aufregende Zeit, wenn es darum ging, ganz zum Schluss auch noch den perfekten Punkt zur Ernte zu erwischen. Bis dahin war es zwar noch etwas hin, aber schon bald würden die Winzer regelmäßig den Zuckergehalt der Trauben messen, um ihren Reifegrad zu kontrollieren.

Mia hob den Blick und sah hinunter ins Tal. Es sah aus, als betrachte sie die Miniaturlandschaft von Spielzeugeisenbahnen, von denen auch prompt eine entlang des Rheins dahinglitt. Die heiße Augustsonne beschien den Weinberg, und Mia streckte ihr für einen Moment genießend das Gesicht entgegen.

Dann wandte sie sich wieder den Männern zu. Vincent war bereits zu ihr herübergekommen, und auch Benno hatte sich zögerlich auf den Weg gemacht.

»Hunger?«, fragte sie.

»Und wie«, antwortete Vincent. »Was gibt es denn Gutes?«

»Ich habe euch Sandwiches gemacht. Weil ich eure Vorlieben nicht kenne, einen Teil mit Bacon und Käse und den anderen mit Pute und Paprika. Dazu noch ein paar vegetarische mit Feigen, Camembert und einer Honig-Senf-Soße.«

»Wow.« Vincent schaute gierig auf die Dosen, die Mia auspackte.

Mia lachte. »Greif zu und lass es dir schmecken.«

Das ließ sich der Winzer nicht zweimal sagen. Er öffnete die erste Dose, roch kurz daran und nahm sich ein Sandwich mit Bacon, Tomaten, Salat und Käse heraus.

Nachdem er hineingebissen hatte, verdrehte er verzückt die Augen. »Lecker. Was ist denn das für eine Soße?«

»Geheimrezept«, antwortete Mia und wackelte vergnügt mit den Augenbrauen.

Inzwischen war auch Benno zu ihnen getreten, und Vincent hielt ihm die geöffnete Dose hin. »Hier, probier mal. Echt gut.«

Auch Benno ließ sich nicht zweimal bitten und griff herzhaft zu.

Plötzlich spürte Mia, wie ihr etwas um die Beine strich. Sie schaute nach unten und sah eine schwarz-weiß gefleckte Katze, die offenbar vom Geruch der Brote angelockt worden war.

»Das ist Molly«, erklärte Vincent mit vollem Mund. »Hannes' Katze.«

»Hallo Molly. Dir gehören also die Fressnäpfe in der Küche.« Mia hockte sich hin und hielt der Katze die Hand vor das Schnäuzchen. Doch diese zeigte überhaupt keine Angst, sondern schob ihren Kopf gegen die Hand und maunzte. Mia kam der Aufforderung nach und kraulte ihr das Fell.

»Das ist ja eine ganz Süße«, sagte sie, setzte sich auf den von der Sonne erwärmten Boden und ließ die Katze auf ihren Schoß klettern.

»Die kann auch ganz anders«, erklärte Vincent, der bereits das nächste Sandwich in der Hand hatte. »Wen sie nicht mag, den ignoriert sie komplett. So wie unseren Benno hier.«

Benno knuffte Vincent mit dem Ellbogen gegen die Rippen. »Es geht jetzt schon deutlich besser«, grummelte er.

»Stimmt, deutlich besser. Jetzt wirst du von ihr nur noch ignoriert«, neckte ihn Vincent.

»Besser als die Kratzer in den ersten Tagen«, wandte Benno sich an Mia. Auch wenn wieder die Röte über sein Gesicht zog, hielt er dieses Mal Mias Blick stand und versuchte sich mit einem kleinen Lächeln.

Mia hätte ihn am liebsten geknuddelt und gesagt, dass alles gut sei, aber das hätte ihn sicher in Verlegenheit gebracht.

Deshalb beschränkte sie sich darauf, sein Lächeln zu erwidern, und bewunderte einen Moment die dichten blonden Wimpern, die seine blauen Augen umrahmten. Auch wenn er sich jetzt noch ein wenig ungeschickt benahm, würde er sicher eher früher als später den Mädchen seines Alters den Kopf verdrehen.

Inzwischen war auch Hannes zu ihnen gestoßen und hatte sich an den Sandwiches mit Camembert und Feigen bedient.

»Und Chef?«, fragte Vincent grinsend. »Lecker?«

Hannes nickte und brummte zustimmend.

»War eine gute Idee, eine Köchin anzustellen.« Vincent gab Hannes einen kräftigen Schlag auf die Schulter, doch der zuckte nicht einmal mit der Wimper.

»Wie ist das denn mit Molly?«, fragte sie nun ihrerseits ihren Chef. »Muss ich da irgendwas beachten? Füttern? Futter besorgen? Katzenklo?«

Hannes schüttelte den Kopf und schluckte den Bissen runter. »Nein, das erledige ich.«

In gewisser Weise bedauerte sie, dass sie sich nicht weiter um die Katze kümmern sollte. Auch wenn sie sich selbst immer eher als Hundemenschen gesehen hätte, mochte sie auch diese kleinen Freigeister auf vier Pfoten. Und Molly, die immer noch schnurrend auf ihrem Schoß lag, hatte sie bereits in ihr Herz geschlossen. Sie nahm sich vor, beim nächsten Einkauf zumindest ein paar Leckerlis für sie mitzubringen und sie nach Kräften zu verwöhnen.

»Hast du dir bereits überlegt, wie wir das mit den Bädern machen?«, wandte sie sich erneut an Hannes. »Wenn ich gleich zurück bin, wollte ich gern meine Sachen auspacken.«

Hannes kratzte sich nachdenklich am Kopf. »Mein Vater und ich teilen uns das Bad im ersten Stock. Benno ist ganz oben. Ich denke, es wäre am besten, wenn du das Bad im Erdgeschoss nimmst.«

Er räusperte sich. »Das hatten wir noch für meine Mutter gebaut. Ihr fehlte eine Wanne im Haus.«

Damit wandte er sich ab und ging zurück an die Arbeit. Auch Vincent und Benno schien der Appetit vergangen zu sein, denn sie bedankten sich noch freundlich bei ihr, ehe sie sich ebenfalls wieder den Weinstöcken zuwandten.

Mia schob die Katze vorsichtig von ihrem Schoß und stand auf. Hannes schien sehr an seiner Mutter gehangen zu haben. Wahrscheinlich wäre es für ihn, und sicher auch für seinen Vater, eine große Umstellung, wenn nun ein Raum genutzt werden sollte, der extra für sie eingerichtet worden war. Mia wurde eine wenig flau, als sie darüber nachdachte.

Sie stellte die Reste und die Gläschen mit dem Pudding in den Schatten der Rucksäcke der Männer und ging zurück zu ihrem Fahrrad. Es würde sicher noch einige Zeit dauern, bis sie sich alle aneinander gewöhnt hätten, aber zumindest sie würde tun, was in ihrer Macht stand, dass sie gut miteinander auskämen. Bei Peter und Hannes war sie sich da nicht so sicher.

Kapitel 4

Nach drei weiteren Tagen hatte sich schon eine gewisse Routine entwickelt. So war sie auch heute kurz nach sechs aufgestanden und hatte das Frühstück gemacht, zu dem Vincent bereits anwesend war. Der war zwar seit einem Jahr verheiratet, aber seine Frau arbeitete im Service eines Restaurants in Boppard und kam abends immer erst spät nach Hause. So schlief sie morgens länger, und Vincent war froh, dass er nicht alleine frühstücken musste. Im Gegensatz zu Hannes und Peter war er morgens bereits gut drauf und bestritt mit Benno den Großteil der Unterhaltung bei Tisch. Spätestens um halb acht verließ der kleine Trupp das Haus, so auch heute Morgen. Peter hatte sich bereits mit verkniffener Miene ins Wohnzimmer zurückgezogen und so vehement die Tür hinter sich verschlossen, dass sie vor Schreck kurz zusammengezuckt war. Warum er dermaßen ablehnend auf sie reagierte, war ihr immer noch ein Rätsel, aber es drängte sie nicht, es lösen zu wollen. Das Haus war groß genug, um sich aus dem Weg zu gehen, wenn man es wollte. Das Einzige, das sie ein wenig bedauerte, war, dass sie die gemütliche Leseecke im Wohnzimmer nicht nutzen konnte. Glücklicherweise gab es die hervorragend sortierte Stadtbibliothek im Forum Confluentes in Koblenz. Der neuste Thriller von Karin Slaughter käme ihr gerade recht.

Voller Vorfreude verließ sie die aufgeräumte Küche und ging nach oben. Um neun hatte sie sich mit Franziska auf einen Kaffee verabredet. Ihre Freundin arbeitete heute erst ab mittags und wollte unbedingt von ihr wissen, wie die ersten Tage in ihrem neuen Zuhause gelaufen waren. Mia freute sich schon darauf, ihr berichten zu können, dass Franzi mit ihren mahnenden Worten danebengelegen hatte. Sie fühlte sich trotz der Launen von Hannes und Peter pudelwohl, schließlich hatte sie die Frohnaturen Katta und Vincent an ihrer Seite. Und auch Benno schien langsam aufzutauen. So hatte er heute Morgen erzählt, wie sehr er sich schon auf den nächsten Blockunterricht an der Berufsschule in Bad Kreuznach freute. Mia war bereits vorher aufgefallen, wie sehr er an Hannes' und Vincents Lippen hing, sobald es um den Weinbau ging. Er schien ein wissbegieriger junger Mann zu sein.

Sie selbst hielt sich bei dieserart Gesprächen noch sehr zurück. Sie wollte nicht zeigen, dass sie zu den verschiedenen Arten der Bodenpflege oder dem besten Zeitpunkt zur Traubenlese eine eigene Meinung hatte, die zugegebenermaßen aus dem Erfahrungsschatz einer Vierzehnjährigen stammte. Sie genoss es jedoch, den anderen zuzuhören und sich dabei an die Zeiten zu erinnern, wo ihre Eltern und die Mitarbeiter sich über ebendiese Dinge unterhalten hatten und sie diejenige gewesen war, die mit großen Ohren dabeigesessen hatte, um möglichst nichts zu verpassen.

Mia nahm ein neues T-Shirt aus dem Schrank, da sie vorhin mit den frischen Himbeeren gekleckert hatte. Im Moment sah ihr ehemals weißes Shirt aus, als habe sich jemand in moderner Kunst versucht. Sie hoffte, dass die Waschmaschine nachher ihr Bestes gab.

Vor sich hin summend, flitzte sie die Treppe hinab und machte sich auf den Weg zu ihrer Freundin. Ein großer Gewinn an dieser ganzen Situation war, dass ihre Franziska nur ein paar Straßen weiter wohnte. Auch wenn sie noch nicht wusste, in welche Richtung ihr Leben in Zukunft laufen sollte, wollte sie die kommenden Wochen doch aus vollem Herzen genießen. Vielleicht befand sie sich in einem Vierteljahr bereits in Dubai oder Südafrika, vielleicht auch in Flensburg oder einer Kleinstadt in Bayern. Dann wäre es nicht mehr so einfach, Nico auf den Arm zu nehmen und zu drücken, bis ihr selbst vor lauter Wohlgefühl schier die Luft wegblieb. Der Kleine war aber auch zu niedlich.

Als Franzi ihr die Tür aufmachte, hielt sie sich jedoch den Zeigefinger vor die Lippen. Schade, Nico schlief.

Während sie ihrer Freundin ins Wohnzimmer folgte und sich dort auf die Couch setzte, erinnerte sie sich an den Tag ihrer Ankunft zurück und konnte kaum fassen, dass seitdem noch nicht einmal eine Woche vergangen war.

»Es heißt doch immer: Die Zeit rast«, sagte sie zu Franzi, nachdem diese die Zimmertür geschlossen hatte. »Im Moment erlebe ich aber das genaue Gegenteil. Erst vor fünf Tagen habe ich mich von Florent getrennt und inzwischen bereits so viel erlebt wie sonst in drei Wochen. Ich komme überhaupt nicht dazu, in Ruhe über meine Gefühle zu ihm nachzudenken.«

Franzi schenkte ihnen Kaffee ein und schob die Zuckerdose hinüber zu Mia. »Willst du denn darüber nachdenken?«

Die häufte sich einen Löffel Zucker in das heiße Gebräu und rührte um. »Eigentlich nicht. Aber ich merke, dass da noch etwas in mir gärt. Viele Gefühle, die zum Teil sehr gegensätzlich sind. Vor allem ist es Wut, das steht schon mal fest, aber ich habe auch noch freundschaftliche Empfindungen für ihn. Vor allem wenn ich an die erste Zeit unserer Beziehung zurückdenke. Da haben wir wirklich viel Spaß miteinander gehabt, nicht nur im Bett. Ich fürchte, ich werde noch einige Zeit brauchen, um mir Klarheit darüber zu verschaffen, was ich letztlich mit diesem ganzen Konglomerat anfangen soll.«

»Meinst du, es kann sein, dass ich tatsächlich noch nie einen Mann richtig geliebt habe?«, fügte sie nach einem Moment des Schweigens nachdenklich hinzu.

»Auch nicht bei Florent?«

»So richtig mit schluchzenden Geigen und verklärtem Gesichtsausdruck? Nein, eigentlich nicht. Ich habe mich sehr zu ihm hingezogen gefühlt, war auch wirklich gern mit ihm zusammen, denn er ist ein interessanter Mann. Aber sobald wir in der Restaurantküche gestanden haben, waren wir wie Hund und Katz. Auch wenn der Versöhnungssex hinterher wirklich atemberaubend gewesen war«, sagte sie grinsend.

»Sex ist nicht alles«, erklärte Franzi nüchtern. »Wenn dem so wäre, hätten Jonas und ich uns schon längst getrennt. Es gibt keine besseren Verhütungsmittel als Babys. Wenn wir im Bett liegen, denken wir beide nur noch ans Schlafen, solange Nico uns lässt. Trotzdem liebe ich Jonas aus vollem Herzen. Er ist mein Fels, mein Seelenverwandter. In meinem Bauch flattern Schmetterlinge, wenn ich an ihn denke und es meine Müdigkeit zulässt, ihnen nachzufühlen. Ich möchte ihn immer um mich haben, ihn berühren. Ihn lachen hören und schlafen sehen oder ihn dabei beobachten, wie er Quatsch mit Nico macht. Ich wünsche dir so, dass du auch irgendwann auf jemanden triffst, bei dem du dich wie der Mittelpunkt seiner Welt fühlen darfst.«

Mia griff nach ihrer Tasse und trank einen Schluck. Sie hatte Franziska gebannt zugehört. So offen hatte ihre Freundin noch nie über ihre Beziehung zu Jonas gesprochen. Wie mochte es sein, sich als Mittelpunkt der Welt eines anderen Menschen zu fühlen? Oder jemanden so zu lieben, dass der andere ihr eigener Mittelpunkt wäre? Das konnte sie sich für sich selbst überhaupt nicht vorstellen.

»Hast du eigentlich schon deine Mutter angerufen?«, fragte Franzi und riss sie aus ihren Gedanken.

Mia spürte, wie sich ihre Nackenhaare aufrichteten. »Warum?«

Franzi setzte ihren Oberlehrerblick auf. »Weil du in der Nähe bist und wahrscheinlich auch noch einige Wochen bleiben wirst. Willst du sie denn nicht besuchen?«

Am liebsten hätte sie den Kopf geschüttelt, aber sie wusste, dass Franzi dafür kein Verständnis hätte. Im Gegensatz zu ihr hatte ihre Freundin immer noch ein gutes Verhältnis zu ihren Eltern. Obwohl sie so dicht beieinander lebten, kamen sie ohne große Streitereien aus. Im Gegenteil. Franziska und ihre Mutter teilten auch noch einen Teil ihrer Freizeit miteinander.

So nah hatte Mia sich ihrer Mutter nie gefühlt. Und nachdem ihr Vater tot und das Weingut verkauft war, ging es mit ihrem Verhältnis stetig bergab. Inzwischen meldete sie sich eigentlich nur noch aus Pflichtgefühl bei ihr. Schließlich hatte ihre Mutter mit Lena und Nora zwei weitere Töchter, die nur zu gern mit ihr zusammen waren. So wie sie selbst sich ihrem Vater nah gefühlt hatte, hatten ihre Mutter und ihre beiden Schwestern schon immer eine Einheit gebildet. Eine Einheit, zu der sie kaum Zugang hatte. Früher nicht und jetzt schon gar nicht mehr.

Mia spürte den alten Groll in sich aufsteigen, zwang sich aber, dem Gefühl nicht nachzugeben. Natürlich hatte Franzi recht. Sie würde sich in den nächsten Tagen die Zeit nehmen müssen und bei ihrer Mutter anrufen. Aber heute noch nicht und auch nicht morgen. Erst einmal wollte sie sich selbst ein wenig einleben, ihre Gedanken zu Florent sortieren und überlegen, wie es nach der Weinlese mit ihr weitergehen sollte.

Nachdem sie gegen halb zwei vom Feuerlay zurückgekommen war, wo die Männer heute arbeiteten, ging sie ein weiteres Mal hinauf auf den Speicher. Inzwischen hatte sie bereits einiges gefunden, mit dem sie ihr Zimmer ein bisschen gemütlicher gestalten konnte. So hatte unter anderem ein runder cremefarbener Flokati aus den 70ern ebenso Einzug gehalten wie eine Blumenampel aus Makramee, die sicher auch schon gut vierzig Jahre auf dem Buckel hatte. Diese hatte sie gestern über die 50er-Jahre-Kommode gehängt und in eine dazu passende Keramikschale drei Waldveilchen gepflanzt, die genau zur gegenüberhängenden Tapete passten.

In der Ecke unter dem Fenster stand jetzt der kleine Sessel, den sie schon bei ihrem ersten Ausflug auf den Dachboden gefunden hatte und über dessen verschlissenes lilafarbenes Polster sie eine frühlingsgrüne Häkelstola gelegt hatte. Diese hatte sie in einer der vielen Kisten gefunden, die zwischen all den Möbeln herumstanden, und genau dort wollte sie auch heute ein wenig kramen und nach weiteren Schätzchen suchen.

Sie öffnete die Tür zum Dachboden und begrüßte den leicht staubigen Geruch bereits wie einen alten Freund. Sie liebte es, sich die verschiedenen Stücke anzuschauen, die seit Jahrzehnten hier oben Einzug gehalten hatten und von den Vorlieben ihrer jeweiligen Besitzer erzählten. So versuchte sie sich zum Beispiel vorzustellen, was – so vermutete sie – ihre Großmutter damals geritten haben mochte, dieses grottenhässliche, geografisch gemusterte Bild in braunen, beigen und dunkelgrünen Farbtönen zu kaufen. Auch die Bodenvase mit lila und orangefarbenen Blüten schaffte es nicht, vor Mias Augen Gnade zu finden. Andererseits hatte sie gestern eine Jeanslatzhose gefunden, die für ihre Mutter in den 80ern bestimmt der letzte Schrei gewesen war. Bei Mia saß sie perfekt als 4/5 Hose und war für ihre schlanke Figur angenehm weit geschnitten. Genau das Richtige für die kommenden Septemberwochen, wenn es nicht mehr ganz so heiß war.

Mia ging hinüber zu dem kleinen Giebelfenster, unter dem noch eine ganze Riege Kisten stand, die sie nicht gesichtet hatte. Sie hob die oberste hinunter, kniete sich davor und öffnete sie. Ganz oben lagen Kleidungsstücke, die Mia in die frühen 60er Jahre datierte. Unter anderem eine dunkelblaue Tunika mit einem grünen Kreuzstichmuster am Stehkragen und an den Manschetten. Die legte sie direkt neben sich, um sie später mit hinunterzunehmen.

Sie nahm weitere Stücke heraus, die ihr aber nicht gefielen, weshalb sie auf einen anderen Stapel kamen. Als sie nach dem letzten Kleidungsstück griff, das sich als gelbe Nylonbluse entpuppte, spürte sie eine scharfe Kante. Auf dem Boden des Kartons lag ein dickes braunes Notizbuch im DIN A5 Format. Die Ecken waren bestoßen, der Einband hatte an manchen Stellen bereits seine Farbe verloren. Es schien, als wäre es oft in die Hand genommen worden.

Mia öffnete die erste Seite. REZEPTE VON ELISABETH SCHUMANN stand dort in großen Buchstaben. Mia wechselte die Position und setzte sich hin, während sie im Buch zu blättern begann. Das musste das Tagebuch ihrer Urgroßmutter sein. Der erste Eintrag trug das Datum vom 26. März 1946.

Kurz nach Ende des Zweiten Weltkriegs, überlegte Mia und blätterte in aller Ruhe durch die Seiten. Sie fand Eintragungen über einzelne Familienmitglieder, Arbeiten auf dem Hof und, wie der Titel schon sagte, vor allem Rezepte.

Ihr Herz schlug schneller, als sie einige Rezepturen durchging und Gerichte entdeckte, die sie noch gar nicht kannte. Sofort juckte es sie in den Fingern, das eine oder andere davon nachzukochen. Vielleicht wären diese Rezepte eine gute Grundlage für ein Restaurant, schoss es ihr durch den Kopf. Vielleicht könnte sie sie modernisieren und so etwas ganz Eigenes schaffen. Ihr Puls schlug kräftig gegen ihre Brust. Ein eigenes Restaurant war schon immer ihr Traum gewesen. War jetzt der richtige Zeitpunkt gekommen?

Sie hatte einiges gespart. Von daher stimmte es nicht so ganz, was sie Franzi bei ihrer Ankunft in Spay erzählt hatte. Sie besaß schon ein wenig mehr als nur den Inhalt ihres Rucksack, wenn auch nur in Form ihrer Rücklagen auf dem Konto. Wann immer sie Geld übrig hatte, hatte sie es auf ihr Sparkonto überwiesen, das über die Jahre ganz gut gewachsen war, da sie selbst keinen ausschweifenden Lebensstil hatte. Aber ein eigenes Restaurant war teuer. Bräuchte sie nicht noch einiges mehr an Eigenkapital, ehe sie daran denken konnte, sich in dieses Abenteuer zu stürzen? Oder suchte sie nur nach einem Grund, sich nicht auf eigene Füße stellen zu müssen?

Mia atmete tief durch. Eine Frage, zu deren Beantwortung ihr im Moment der Mut fehlte.

Sie ging wieder hinunter und dachte an Hannes Lehmacher, der höchstens Mitte dreißig war und bereits ein eigenes Weingut besaß. Sie legte die Kleidungsstücke auf ihr Bett und setzte sich mit dem Tagebuch in den Sessel unter dem Fenster.

Vielleicht hatte er geerbt, überlegte sie, als sie die Beine unter sich zog. Sie seufzte auf und strich nachdenklich über den Namenseintrag auf der ersten Seite. Aber das war ja auch egal. Sie selbst hatte es jedenfalls bisher nicht geschafft, wirklich ernsthaft nach einem Restaurant Ausschau zu halten, das sie übernehmen könnte. Am besten betrachtete sie die nächsten Wochen als verdiente Auszeit, in der sie sich wirklich einmal mit der Frage auseinandersetzte, wo sie eigentlich wann in ihrem Leben sein wollte. Und sich eine Strategie zu überlegen, wie sie das tatsächlich angehen könnte.

»Vielen Dank, es hat mir gut geschmeckt«, sagte Hannes und legte sein Besteck auf den leeren Teller.

»Das freut mich«, beendete Mia das kurze Höflichkeitsritual, dass sich jeden Abend zwischen Ihnen abspielte.

Besser als gar nichts, dachte sie, während sie genussvoll ein weiteres Stück ihrer auf den Punkt gegarten Forelle verspeiste. Sie hatte schon in den letzten Tagen festgestellt, dass sie den Männern hinstellen konnte, was sie wollte. Sie aßen mit großem Appetit, schienen aber keine besondere Meinung zu ihrer Kochkunst zu haben. Natürlich hatte sie auch im Restaurant kein permanentes Lob bekommen, doch zwischendurch richtete das Servicepersonal schon einmal Grüße von zufriedenen Gästen aus, was sie immer gefreut hatte. Doch davon war sie nicht abhängig. Sie wusste, wann ihr ein Gericht gelungen war, und heute schmeckte es ihr besonders gut.

Da die Temperaturen heute auf über dreißig Grad geklettert waren, hatte sie etwas Leichtes kochen wollen. Deshalb war sie gestern Morgen auf dem Markt in Boppard freudig überrascht gewesen, einen Marktwagen mit fangfrischen Forellen zu sehen. Die hatte sie sanft in Folie gegart, dazu Zitronenkartoffeln auf dem Blech und einen bunt gemischten Sommersalat gemacht. Benno hatte sich zweimal nachgenommen, was ihrer Meinung nach nicht nur für den gesegneten Appetit des Jungen sprach.

Die gemeinsamen Abendessen waren neben dem Kochen immer ein weiteres Highlight des Tages für sie, denn dann unterhielten sich Benno und Hannes über die Arbeiten im Weinberg. Sie selbst hielt sich nach wie vor mit sachkundigen Kommentaren zurück, freute sich aber über das sichtliche Interesse des jungen Azubis an den anstehenden oder bereits vollbrachten Aufgaben.

Wie auch in diesem Augenblick, als sich das Gespräch um das fachkundige Herausschneiden der schlechten Trauben drehte. Unmittelbar wurde sie an die Zeiten erinnert, in denen sie selbst ihrem Vater im Weinberg zur Hand gegangen war. Das waren immer innige Stunden gewesen, die nur ihnen beide gehörten, da weder ihre Schwestern noch ihre Mutter Interesse für solcherart Arbeiten gezeigt hatten. Lena, die älteste, und Nora, die mittlere der drei Schwestern, hatten meist rasch ihre Pflichten erfüllt und waren immer froh gewesen, wenn der Vater sie zurück nach Hause entließ. Etwas, das Mia nie verstanden hatte.

Aber da sie auch ansonsten nie so ganz verstanden hatte, was in ihren Schwestern vorging, hatte sie es irgendwann aufgegeben, darüber nachzudenken.

Sie aß noch den letzten Rest ihres Salats, ehe sie ebenfalls ihr Besteck auf den Teller legte und sich wohl gesättigt auf ihrem Stuhl zurücklehnte.

Benno, der ihr gegenüber auf der gerundeten Bank saß, hörte mit großen Augen zu, was Hannes ihm über die Reben in den verschiedenen Lagen des Bopparder Hamms erzählte. Sie kannte sich selbst sehr gut damit aus und sinnierte kurz über den kräftigen Riesling, den sie für das heutige Abendessen ausgesucht hatte. Er stammte von der

Lage Engelstein im Bopparder Hamm. Einer Lage in Südausrichtung mit Sonnenschein bis in die späten Abendstunden, was die sonnenverwöhntesten Trauben hervorbrachte. Zudem bedeckte in diesem Bereich rötlicher Schiefer den Boden, also Schiefer mit einem hohen Eisenanteil, der für eine schnelle Erwärmung sorgte. Ideale Lebensbedingungen für die Smaragdeidechsen, die sie als Kind immer gern beim Sonnen beobachtet hatte.

Mia betrachtete den Wein in ihrem Glas, der ihr heutiges Gericht perfekt abrundete. Dann konzentrierte sie sich wieder auf das Gespräch der Männer. Am liebsten hätte sie sich eingebracht und ein wenig gefachsimpelt, aber sie wusste, dass das für Peter Anlass gewesen wäre, aufzustehen und die Runde zu verlassen. Allerdings war das Abendessen neben dem gemeinsamen Frühstück die einzige Gelegenheit für ihn, so etwas wie ein gesellschaftliches Leben zu führen, da er mit seinem gebrochenen Sprunggelenk noch sehr eingeschränkt war. Das wollte sie ihm nicht nehmen. Und so begnügte sie sich mit Beobachten und Zuhören, was sie bestens unterhielt.

Hannes, der rechts von ihr an dem einen Ende der gerundeten Eckbank saß, antwortete Benno gerade auf eine weitere Frage, wobei er Molly den Hals kraulte, die sich auf seinem Schoß eingerollt hatte und behaglich vor sich hin schnurrte. Wäre nicht Peter gewesen, der ihr permanent unterschwellig vermittelte, dass sie nicht wohlgelitten war, hätte man ihr Beieinandersitzen als gemütliche Runde bezeichnen können. Als sie bei diesem Gedanken an ihr Zimmer dachte, fielen ihr wieder die Kisten mit dem Dekomaterial auf dem Speicher ein.

»Wie ist das jetzt eigentlich mit der Straußwirtschaft?«, fragte sie Hannes. »Ich habe oben Dekomaterial gesehen, soll ich damit die Tage anfangen zu dekorieren?«

»Sehr gern«, antwortete Hannes, während Peter im gleichen Moment laut ausrief: »Nein!«

Die beiden Männer schauten sich an, wobei Hannes eher überrascht über Peters Ausruf wirkte. Peter dagegen hatte die buschigen Augenbrauen eng zusammengezogen und schien nur darauf zu warten, dass Hannes ihm widersprach.

Doch den schienen die bösen Blicke nicht zu stören, denn er wandte sich in seiner ruhigen Art an Mia und bestätigte: »Du kannst das Dekomaterial sehr gern benutzen, um die Straußwirtschaft und die Tische auf dem Hof ein wenig aufzuhübschen.«

»Das war Sache deiner Mutter!«, donnerte Peter los.

»Mutter ist tot«, antwortete Hannes ruhig.

Verärgert schnaubend stand Peter auf, griff nach seinen Krücken und humpelte aus der Küche.

Hannes strich sich mit einer verlegenen Geste das Haar zurück, als er sich wieder an Mia wandte.

»Er ist einfach noch nicht darüber hinweg«, entschuldigte er seinen Vater.

Und du auch nicht, dachte Mia, als sie den traurigen Ausdruck in seinen Augen sah.

Kapitel 5

Da der Sonntag ihr freier Tag war, drehte sie sich am nächsten Morgen noch einmal um, nachdem sie ein lautes Rumsen im Haus geweckt hatte. Wahrscheinlich Peter, der die Wohnzimmertür gern mithilfe seiner Krücke schloss und wie immer keinerlei Rücksicht auf seine Mitbewohner nahm. Speziell nicht auf sie, denn Mia vermutete, dass Hannes ebenfalls bereits aufgestanden war.

Sie drehte sich mehrere Male von rechts nach links, doch trotz aller Mühen konnte sie nicht wieder einschlafen. Obwohl der Zeiger des alten Weckers auf ihrem Nachtisch noch nicht einmal acht Uhr zeigte, stand sie mit einem schweren Seufzer auf. Sie würde es nächsten Sonntag einfach noch einmal versuchen.

Nach einem kurzen Blick aus dem Fenster, der einen sonnigen Tag verhieß, entschied sie sich erst einmal für Jogginghosen und T-Shirt. Als sie schon den Türgriff in der Hand hielt, fiel ihr ein, dass sie sich noch nicht gekämmt hatte. Auch wenn sie heute einen chilligen Tag haben wollte, musste sie die anderen doch nicht durch ihren Anblick erschrecken. Auch ohne einen Spiegel wusste sie, das sie aussah, als wären ihre Locken explodiert. Da sie nicht schlafen konnte, wenn die Haare zu einem straffen Zopf geflochten waren, band sie sie abends nur locker zusammen und arrangierte sich seit jeher damit, dass sie deshalb morgens einige Zeit mit Kämmen beschäftigt war. Mit einem resignierten Seufzen griff sie zur Bürste und arbeitete sich Strähne für Strähne durch ihre Mähne, bis sie sie so weit unter Kontrolle hatte, dass sie sich flechten ließ. Mit sich zufrieden warf sie den langen Zopf mit einer geübten Kopfbewegung schließlich auf den Rücken und verließ ihr Zimmer.

Draußen duftete es schon verführerisch nach Kaffee. Keine große Überraschung, da der Sonntag für Hannes zu dieser Jahreszeit sicher ein ganz normaler Arbeitstag war. Sie sah sich bestätigt, als sie in die Küche kam und er in Arbeitsklamotten, tief über die *Rhein-Zeitung* von gestern gebeugt, am Tisch saß.

»Ein wunderschönen guten Morgen«, begrüßte sie ihn gut gelaunt.

Er wandte sich um und sah sie an. »Morgen.«

Als wüsste er nicht genau, ob er nun verpflichtet war, Small Talk zu halten oder nicht, verharrte er einen Moment, ehe er sich dazu entschloss weiterzulesen.

Mia zuckte mit den Schultern und ging hinüber zum Kaffeevollautomaten. Heute entschied sie sich für einen Kaffee Crema. Sie drückte die Knöpfe, lehnte sich, während sie darauf wartete, dass der Kaffee aufgebrüht wurde, gegen die Arbeitsplatte und betrachtete ihren Chef aus den Augenwinkeln.

Er sieht wirklich gut aus, dachte sie anerkennend. Sein dunkles Haar müsste mal wieder geschnitten werden, und er hatte sich seit mehreren Tagen nicht mehr rasiert. Doch der dunkle Bartschatten betonte vorteilhaft die kräftigen Züge seines Gesichts.

Wie ertappt zuckte sie zusammen, als die Maschine mit einem Pling anzeigte, dass ihr Kaffee fertig war. Sie zog den gefüllten Kaffeebecher unter den Düsen hervor, nahm einen Löffel aus dem Besteckkasten und ging hinüber zum Tisch. Da an Peters Platz bereits ein benutzter Teller stand, setzte sie sich, anstatt auf einen der Stühle, Hannes gegenüber auf die halbrunde Bank.

Sie schob den Teller beiseite und stellte den Kaffee vor sich ab, nahm sich die Zuckerdose, die mitten auf dem Tisch stand, und gab einen gehäuften Löffel Zucker in ihr Getränk. Mit dem ersten Schluck schloss sie beglückt die Augen und genoss den bitter-süßen Geschmack. Als sie die Augen wieder öffnete, sah sie geradewegs in die von Hannes.

Mit leichtem Erstaunen spürte sie ein heftiges Kribbeln in sich aufsteigen. Was war das denn?

»Sorry«, murmelte er ertappt und wandte den Blick rasch wieder seiner Zeitung zu.

Mia atmete langsam wieder aus. Erst jetzt merkte sie, dass sie die Luft angehalten hatte.

Zur Beruhigung nahm sie einen weiteren Schluck. »Und?«, fragte sie dann, als sei nichts gewesen. »Steht was Spannendes drin?«

»Die ist von gestern«, erklärte Hannes das Offensichtliche, ohne wirklich eine Antwort zu geben.

»Demnach nicht«, stellte Mia nüchtern fest. Sehr unterhaltsam war ihr Gegenüber wahrlich nicht. Dann kam ihr eine Idee.

»Gehst du heute in die Weinberge?«, wollte sie von ihm wissen.

Er schaute auf. »Ja?«

»Kannst du vielleicht Hilfe gebrauchen?«, fragte sie, da sie wusste, dass Benno und Vincent bis zur Lese an den Wochenenden frei hatten.

»Hast du denn früher in den Weinbergen gearbeitet?«, wollte Hannes von ihr wissen. »Du warst doch sicher noch zu jung.«

Mia lachte. »Als Kind eines Winzers bist du schon in den Weinbergen unterwegs, wenn du noch Windeln trägst.«

Ein leichtes Lächeln zuckte um Hannes' Mundwinkel und verursachte prompt wieder ein ausgedehntes Kribbeln in ihrem Bauch.

»Nein, im Ernst«, erklärte sie, »ich war sehr oft mit meinem Vater in den Weinbergen unterwegs und habe auch schon bei der Weinlese geholfen.«

»Okay«, sagte er und faltete die Zeitung sorgfältig zusammen. »Wir sind im Moment dabei, die Blätter in der Traubenzone zu entfernen. Hast du so etwas schon mal gemacht?«

»Sicher. Wobei es wohl ganz gut ist, wenn ich mir noch mal anschaue, wie du das gerne haben möchtest«, schränkte sie ihre Zustimmung gleich wieder ein.

»Kein Problem. Wie schnell kannst du fertig sein?«

»Ich mache mir rasch was für unterwegs und ziehe mich um. Zwanzig Minuten?«

Er nickte, während seine braunen Augen sie intensiv musterten. »Ich warte im Hof.«

Damit stand er auf, ging nach draußen und ließ eine nach Luft schnappende, verwirrte Mia hinter sich zurück.

Was war bloß mit ihr los? Ihr Puls schlug immer noch kräftig, als sie bereits in Jeans und festen Schuhen wieder auf dem Weg nach unten war. Hannes war doch überhaupt nicht ihr Typ. Okay, sie mochte Männer, die ein gutes Stück größer waren als sie selbst, aber sie stand eher auf die schlaksigen Typen. Auf Männer, die humorvoll waren, impulsiv und offen. Nichts davon konnte sie in Hannes Lehmann erkennen. Er war verschlossen, bedächtig, und ob er überhaupt Humor besaß, war für sie bisher auch noch nicht zu erkennen gewesen. Warum also bitteschön kribbelte es ihr bis in die Fingerspitzen, wenn er ihr tief in die Augen schaute?

Mia schüttelte den Kopf, als sie nach den geschmierten Brötchen in der Küche griff, die sie nebst ein paar Wasserflaschen in den kleinen Rucksack packte. Das Leben war ihr manches Mal ein wahres Mysterium. Die Liebe ganz besonders.

Sie schlug sich genervt gegen die Stirn und machte sich auf den Weg nach draußen. Na klar, die Liebe. Wo sie doch Franzi gerade erst erklärt hatte, dass sie dieses nebulöse Gefühl noch überhaupt nicht kannte. Und ehrlich: Wer wusste schon, ob es tatsächlich existierte? Geredet wurde viel und geschrieben noch viel mehr. Sie selbst jedenfalls kannte all die verrückten Dinge, die chemische Reaktionen in ihrem Körper auslösten. Aber das ließ sich ja heutzutage alles wissenschaftlich erklären.

Als sie den Hof betrat, sah sie Hannes bereits auf dem kleinen Traktor sitzen, der sie mitsamt Anhänger gleich zum Weinberg bringen würde. Also schob sie alle Gedanken über chemische oder mystische Körpergefühle beiseite und hievte sich auf den Hänger, auf dem bereits ein gefüllter Wassertank stand. Wofür er den wohl brauchte?

»Von mir aus kann's losgehen«, rief sie Hannes zu.

Der startete augenblicklich den Motor und rollte vom Hof. Anstatt sich festzuhalten, hätte Mia am liebsten jauchzend die Arme nach oben gerissen. Sie fühlte sich überglücklich.

Seit nahezu fünfzehn Jahren hatte sie in keinem Weinberg mehr gearbeitet. Erinnerungen an ihren Vater überfluteten sie, und plötzlich konnte sie die Tränen nicht mehr zurückhalten. Er fehlte ihr immer noch unglaublich. Es verging kein Tag, an dem sie nicht durch irgendeine Kleinigkeit an ihn erinnert wurde.

Traurig wischte sie sich die Tränen vom Gesicht und schniefte.

Gerade zu dieser Jahreszeit, wenn die Trauben reif wurden und die Lese kurz bevorstand, war sie nur zu gern mit ihm losgezogen. Hatte sich mit ihm gefreut, dass all die Arbeit während des letzten Jahres sich bald auszahlen würde. Hatte mit ihm spekuliert, zu was dieser Jahrgang wohl später heranreifen würde. Obwohl sie im zarten Alter von vierzehn noch nicht viel Wein trinken durfte, durfte sie doch schon seit Jahren daran riechen und vorsichtig kosten. Die Geschmacksnerven trainieren, hatte ihr Vater das immer genannt.

All das war weggebrochen, als er eines Tages nicht mehr vom Weinberg zurückkam. Herzinfarkt, hatten die Ärzte gesagt. Ihr einziger Trost war noch heute, dass er inmitten seiner geliebten Reben zusammengebrochen war. Danach hatte er sein Bewusstsein nicht wiedererlangt.

Hannes tuckerte langsam hinüber zum Bopparder Hamm. Gestern Abend hatte er mit Benno ausgiebig darüber gesprochen, warum es wichtig war, zum jetzigen Zeitpunkt noch einmal die Spitzen der Trauben zu schneiden. Schon ihr Vater hatte ihr damals erklärt, dass dort bei weiterem Niederschlag und großem Traubenwachstum Abquetschungen und Risse in den Beerenhäuten entstehen könnten und die Gefahr bestand, dass einzelne Trauben zu faulen begannen. Das galt es so weit als möglich zu verhindern und entsprach genau dem, was Hannes auch seinem Azubi erklärt hatte.

Als sie schließlich oben am Weinberg ankamen, glaubte Mia ihren Augen nicht zu trauen. Auf dem Stück Brachland neben der Parzelle weideten Schafe zwischen den alten Kirschbäumen.

»Du hast Schafe?«, rief sie aus.

»Seit diesem Frühjahr. Es gibt nichts Besseres, um die Vegetation zwischen den Bäumen kurz zu halten.«

Mia sprang vom Hänger und sah sich alles näher an. Die gesamte Streuobstwiese, die ebenfalls zum Weingut gehörte, war eingezäunt, und mittendrin zählte sie siebzehn kleine Schafe.

»Sie sehen so winzig aus.«

»Nun, winzig sind sie nicht, aber schon kleiner als die Schafe, die wir hier üblicherweise kennen«, erklärte Hannes und ließ seinen Blick ebenfalls über die Wiese schweifen. »Es sind Ouessants-Schafe, eine bretonische Rasse.«

»Die sehen so niedlich aus.«

Der Blick, den Hannes ihr zuwarf, machte ihr deutlich, dass er bei ihr kleine Herzchen in den Augen vermutete.

Sie lachte. »Schon gut. Das muss am zweiten X-Chromosom liegen. Ich weiß, dass es Nutztiere sind, die hier eine wichtige Aufgabe erfüllen. Aber sie sind trotzdem niedlich.«

»Wenn du meinst«, brummte er.

Dann kletterte er auf den Hänger, verband den Wassertank mit einem Schlauch und füllte einen Wassertrog, der in einem Unterstand am seitlichen Rand der Parzelle stand.

»Du musst sie regelmäßig tränken?«, fragte Mia.

»Nur wenn es über längere Zeit heiß und trocken bleibt, so wie die letzten Tage. Eigentlich beziehen sie genug Wasser aus den Pflanzen, die sie fressen.«

»Also total pflegeleicht«, erwiderte Mia.

Er stellte sich wieder neben sie und beobachtete die Schafe, die nach oben zum Trinken kamen.

»Pflegeleicht und nachhaltig«, stimmte er ihr zu. »Wie schon gesagt, durch ihr geringes Gewicht ist die Bodenbearbeitung absolut schonend. Sie sorgen für natürlichen Dünger, der wiederum für eine ganz neue Artenvielfalt der Begrünung sorgt. Ein Zusatzprodukt ist die Wolle, die ich weiterverarbeiten lassen kann.«

Hannes wandte sich von ihr ab und ging zurück zum Hänger. »Dann lass uns anfangen.«

Er drückte ihr eine Schere in die Hand, trat mit ihr gemeinsam an die ersten Reben und zeigte ihr genau, was zu tun war.

Sofort war jeder Gedanke an niedliche Schafe vergessen, und Mia konzentrierte sich auf seine Hände, die ihr den Arbeitsgang zeigten. Seine langen, kräftigen Finger der rechten Hand hatten sich um eine Schere geschlossen, mit der er mit raschen Bewegungen die Blätter rund um die Trauben entfernte, damit sie besser durchlüftet und nicht kurz vor der Lese noch von Fäulnis befallen wurden.

Hatte sie früher auch schon erotische Gefühle gehabt, wenn sie anderen bei der Arbeit im Weinberg zugeschaut hatte? Ganz sicher nicht. Was bestimmt nicht nur an ihrem zarten Alter und der Tatsache gelegen hatte, dass sie hauptsächlich mit ihrem Vater zusammengearbeitet hatte. Es schien tatsächlich so, als habe Hannes Lehmacher eine gewisse Ausstrahlung, die sie durcheinanderbrachte.

Als sie auch noch eine verräterische Hitze in sich hochsteigen spürte, wandte sie rasch den Blick von Hannes' zupackenden Händen ab und ließ die Schere in ihrer Hand einige Mal auf- und zuschnappen, um sich abzulenken. Es wurde Zeit, dass sie sich wieder dem realen Leben zuwandte, und da hatten solcherart Hirngespinste nichts verloren.

Sie sagte Hannes, dass sie alles verstanden habe, und machte sich an der neben ihr stehenden Reihe von Rebstöcken an die Arbeit. Morgen würde ihr sicher die Hand von der ungewohnten Belastung wehtun, aber das war ihr egal. Sie merkte, wie sich schon nach wenigen Schnitten ihr Herz für die geliebte Arbeit öffnete, und begann leise vor sich hinzusummen. Für sie hatte diese gleichförmige Tätigkeit im Berg schon immer etwas Meditatives gehabt. Auch ihr Vater war während der Arbeit nicht sehr gesprächig gewesen, und so hatte sie schon damals im Weinberg ihren Gedanken nachgehangen, in späteren Zeiten vor allem jenen, die mit den Jungs zu tun hatten, in die sie gerade verliebt gewesen war.

Was sie eben mit dreizehn und vierzehn so als verliebt angesehen hatte. Mia schmunzelte, während sie routiniert die Schere ansetzte und an Manuel dachte, der es ihr ganz besonders angetan hatte. Manuel war groß und schlaksig gewesen, frech und einfach nur cool. In gewisser Weise hatte er Ähnlichkeit mit Florent gehabt, stellte sie belustigt fest. Ein plötzliches Gefühl des Verlusts stürmte so heftig auf sie ein, dass sie zusammenzuckte.

»Alles in Ordnung?«, fragte Hannes, der parallel zu ihr arbeitete.

»Klar, alles bestens«, antwortete sie betont gelassen.

Dabei fühlte sie sich alles andere als gut. Ob sie falsch gehandelt hatte, indem sie ihren Kram zusammengepackt hatte und nach Spay verschwunden war? Hatte ihr wieder einmal ihr Temperament im Weg gestanden?

Nein, dachte Mia. Florent hatte ihr nach wie vor nicht eine Nachricht geschrieben, und wenn sie ehrlich sich selbst gegenüber war, musste sie sich eingestehen, dass sie selbst auch nicht das Bedürfnis hatte, ihm zu schreiben. Sie hatten eine gute Zeit zusammen gehabt, und sie wusste, dass sie ihn als Freund vermissen würde.

Ein zärtliches Gefühl durchströmte sie, als ihr Bilder eines Abends durch den Kopf schossen, an dem sie gemeinsam am Rhein gesessen hatten. Florent hatte sie mit einem Picknick überrascht. Auf einer Bank sitzend hatten sie dem trägen Vorbeigleiten der Binnenschiffe zugesehen und sich überlegt, was sie wohl als Ladung wohin transportieren sollten. Florent war ein äußerst fantasievoller Mann und hatte sie mit lustigen Geschichten unterhalten, die er sich in diesem Moment zu den entsprechenden Schiffen einfallen ließ. Es war ein erfüllender und entspannter Nachmittag gewesen. Ein Nachmittag, der einen Florent zeigte, wie er auch sein konnte, wenn er nicht gerade in der Küche seines Restaurants stand.

Leider hatten sie dort zu oft gemeinsam gestanden. Und gestritten. Zuhause angekommen hatten sie die Auseinandersetzung dann meist mit heißem Versöhnungssex aus der Welt geschafft, aber das war auf Dauer kein Zustand. Oder doch?

Über den Sex mit Florent konnte ich mich wahrlich nicht beklagen, dachte sie und schnitt routiniert die nächsten Blätter ab. So fantasievoll wie mit seinen Geschichten am Rhein war er auch im Bett gewesen. Aber sie hatte den Eindruck gehabt, dass die Streitereien immer schlimmer geworden waren. Dass die Verletzungen tiefer gingen und die Versöhnungen schwieriger wurden. Als sie bei ihrem letzten Streit beinahe den Salatteller gegriffen und ihn in seine Richtung geworfen hätte, hatte sie die Reißleine gezogen.

Weder war ihr Herz gebrochen, noch weinte sie sich jeden Abend in den Schlaf. Und das machte ihr mehr als deutlich, dass ihre Beziehung zu Florent in keiner Weise mit der von Franziska und Jonas zu vergleichen war. Wie Franziska schon sagte: Sex war nicht alles.

Kapitel 6

Kurz vor halb sieben saß sie frisch geduscht auf einer der Bänke im Hof. Ihr nasses Haar hatte sie zu einem lockeren Zopf geflochten, die nackten Füße steckten in Sandalen. Dazu trug sie ein weißes Tanktop unter der Jeanslatzhose vom Dachboden. Heute war es nicht mehr ganz so heiß wie in den letzten Tagen, trotzdem hatte sie sich zu ihrer kleinen Käseplatte keinen Wein aufgemacht, sondern eine große Karaffe mit Wasser und aufgeschnittener Zitrone auf den Tisch gestellt. Nun genoss sie das aufgebackene Baguette mit all den käsigen Köstlichkeiten und bemühte sich darum, nicht darüber nachzudenken, was die drei Männer wohl zu Abend aßen. Es hatte sie in den Fingern gejuckt, eine große Käseplatte für alle herzurichten, den Tisch schön einzudecken und für kühle Getränke zu sorgen, doch andererseits war es auch einmal schön, ohne irgendwelche Verpflichtungen in den Abend zu starten.

Sie seufzte verzückt, als sie sich ein Stück Ziegenkäse in den Mund steckte, das sie vorher noch mit Akazienhonig beträufelt hatte. Diese kleine Auszeit fühlte sich fast so an wie Urlaub.

Apropos Urlaub. Nach der Lese und ihrem Job hier auf dem Gut sollte sie vielleicht wirklich einmal Urlaub machen. Sie wusste gar nicht mehr, wann sie das letzte Mal verreist war, ohne irgendwelche Restaurantküchen auf dem Schirm zu haben, die sie sich auf jeden Fall anschauen wollte. Tatsächlich konnte sie sich überhaupt nicht daran erinnern, irgendwann einmal mehrere Tage hintereinander nur an einem Strand gelegen zu haben oder gewandert zu sein. Höchste Zeit, es einmal auszuprobieren.

Nur, wo sollte sie hinfahren? Sie belegte ein Stück Baguette mit einem Stückchen Munster, den sie in Straßburg Minschtrkas nannten. Sofort wanderten ihre Gedanken zurück ins Elsass. In Straßburg hatte sie sich wirklich wohl gefühlt. Die Menschen dort waren freundlich und offen, feierten gern und wussten einen guten Wein zu schätzen. Sie bedauerte wirklich, so viele nette Kontakte hinter sich lassen zu müssen. Als Koch oder Köchin war es per se schwierig, Freunde zu finden, die sich nicht innerhalb desselben Kosmos' befanden wie man selbst. Die Arbeitszeiten waren mörderisch und machten es einem schwer, Beziehungen zu pflegen. Zudem hatte sie keine neun Monate dort verbracht. Zu wenig Zeit für sie, um feste Freundschaften zu knüpfen. Zudem wusste sie durch ihr jahrelanges Herumvagabundieren, dass die meisten Kontakte bereits nach kurzer Zeit wieder versandeten, sobald man einen Ort verließ. Es gab immer weniger, worüber man sich austauschen konnte, da sich die Leben einfach in verschiedene Richtungen entwickelten. Im wahrsten Sinne des Wortes.

Womit sie wieder bei Florent angekommen war, bei dem sie am Anfang den Eindruck gehabt hatte, dass es dieses Mal tatsächlich eine langfristige Beziehung werden könnte. Sie hatten sich auf Anhieb gut verstanden, hatten dieselben Visionen von saisonaler und regionaler Küche mit Fleisch aus biologischer Aufzucht. Florents Restaurant war immer gut besucht gewesen. Und was sie besonders an ihm schätzte: Er bot einen Mittagstisch für den kleineren Geldbeutel an, sodass sich zum Beispiel auch Studenten von der nahegelegenen Universität gesundes Essen bei ihm leisten konnten.

Mia schnitt sich ein Stück von dem würzigen Gruyère ab, lehnte sich entspannt gegen die Rückenlehne der Bank und schloss die Augen. Trotz aller Wehmut, die sie verspürte, hatte sie es hier wirklich nicht schlecht getroffen.

Sie biss in den Käse und genoss das leichte Prickeln auf der der Zunge. Der Tag im Weinberg heute hatte ihr ausgesprochen viel Spaß gemacht. Nicht nur die Arbeit an sich, sondern auch die Gemeinschaft mit Hannes. Er war wirklich ein ruhiger Typ, der seine Arbeit bedächtig und mit Hingabe machte.

Zu sehen, wie gut er mit »ihren« Reben umging …

Mia schluckte, weil sie direkt wieder an ihren Vater denken musste. Sie goss sich ein Glas Wasser ein und nahm einen großen Schluck. Für heute war es genug mit diesen rührseligen Gedanken.

Entschlossen griff sie nach ihrem Handy und rief Netflix auf. Sie würde sich gleich einen düsteren Krimi anschauen, das wäre genau die richtige Therapie gegen unnötige Melodramatik. Gerade als die Seite mit den Filmvorschlägen aufploppte, klingelte ihr Telefon.

Nora.

Mia zögerte, den Anruf entgegenzunehmen. Sollte sie sich diesen schönen Tag wirklich von einem Anruf ihrer Schwester verderben lassen? Und dann auch noch von Nora?

Mit Lena schaffte sie es das eine oder andere Mal, eine

halbwegs zivilisierte Unterhaltung zu führen. Aber Gespräche mit Nora endeten immer im Streit. Was könnte sie von ihr wollen?

Nachdem sie einmal tief durchgeatmet hatte, drückte sie entschieden auf das grüne Hörersymbol im Display.

»Ja?«

»Mama hatte einen Unfall. Wir sind im Krankenhaus«, erklärte Nora brüsk.

So schnell, wie es ihre Schwester ausgesprochen hatte, konnte Mia die Worte gar nicht verarbeiten.

»Wie bitte?«, fragte sie deshalb nach und griff intuitiv mit der freien Hand nach dem Goldanhänger, den sie an einer langen Kette unter ihrem Tanktop trug.

»Lena meint, wir sollten dich zumindest informieren, was ich hiermit tue.«

Über die Unfreundlichkeit ihrer Schwester ging Mia bei solcherart Nachrichten kommentarlos hinweg. »Wo seid ihr?«

»Wo sollen wir schon sein?«, fragte Nora giftig.

»In Koblenz?«

»Natürlich! Im Brüderhaus.«

Mia konnte vor sich sehen, wie Nora genervt mit dem Kopf schüttelte.

»Ich komme vorbei«, erklärte sie kurz entschlossen.

»Warte erst einmal ab, wie sich alles entwickelt, ehe du dich auf den Weg machst. Wir sagen dir Bescheid.«

»Ich bin nicht in Straßburg, ich bin in Spay. Ich bin gleich da.«

Ohne sich einen weiteren bissigen Kommentar ihrer Schwester anzuhören, legte Mia auf und wählte Franzis

Nummer. Doch ihre Freundin ging nicht ans Telefon. Und jetzt?

Sie stellte das Geschirr zurück aufs Tablett und brachte es in die Küche. Hannes stand vor dem Herd und machte Rührei, während Benno ein weiteres Tablett belud.

»Hallo Mia«, begrüßte er sie freundlich. »Wir wollten uns gerade zu dir nach draußen setzen.«

»Ich muss weg«, erklärte sie kurz angebunden. »Hannes, kann ich mir den VW-Bus leihen? Meine Mutter hatte einen Unfall, und ich kann meine Freundin nicht erreichen.«

Hannes wandte sich zu ihr um und runzelte die Stirn. »Sicher, der Schlüssel hängt am Brett. Können wir dir irgendwie helfen?«

»Das Auto ist schon Hilfe genug, vielen Dank.« Sie griff nach dem Schlüssel und stürmte aus dem Haus.

Erst als sie in dem leicht ramponierten VW-Bus saß, fiel ihr auf, dass ihre Hände zitterten. Jetzt erst mal tief durchatmen, versuchte sie sich selbst zu beruhigen. Du weißt noch gar nicht, was passiert ist. Vielleicht ist alles halb so schlimm.

Mia schluckte, schob den Schlüssel ins Schloss und startete den Motor. Es war nur eine kurze Strecke bis nach Koblenz, sie wüsste bald Bescheid.

Kurz vor halb acht lief sie durch den langen Flur in Richtung Ambulanz. Krankenhäuser lösten immer Beklommenheit bei ihr aus. Der Geruch nach Reinigungs- und Desinfektionsmitteln, die Geräusche, die ihre Schuhe auf dem Linoleumboden verursachten, die bedrückten Gesichter der anderen Besucher, denen sie begegnete. Sie konnte sich nicht vorstellen, dass sich hier jemand gerne aufhielt.

Und doch gab es glücklicherweise Menschen, die hier arbeiteten und offenbar eine ganz andere Beziehung zum Klinikalltag hatten als sie selbst.

Als sie um die Ecke bog, sah sie schon ihre Schwestern im Wartebereich der Notfallambulanz sitzen. Nora, blond und kurvig, in Yogahosen, T-Shirt und Sneakers, saß auf einem Stuhl direkt neben dem Getränkeautomaten. Offenbar war sie direkt aus der Physiopraxis gekommen, in der sie arbeitete. Lena dagegen, wenn auch vom Aussehen her ihrer Schwester sehr ähnlich, saß weinend daneben, in einem dunkelblauen Etuikleid und flachen Pumps, wie sie es meist im Laden trug. Obwohl sie sich in ihrer Lebensführung so sehr unterschieden, hatten die beiden eine große Gemeinsamkeit: ihre Abneigung Mia gegenüber.

Doch das spielte jetzt keine Rolle. Trotz all der widerstreitenden Gefühle gegenüber ihrer Familie wollte sie ganz bestimmt nicht, dass jemandem von ihnen irgendetwas zustieß. Schon gar nicht ihrer Mutter.

Nora hatte sie gehört und wandte den Kopf in ihre Richtung.

»Das ist ja mal wieder typisch für dich«, schimpfte sie mit gedämpfter Stimme. »Du bist in Spay und sagst keinem von uns Bescheid.«

»Was ist passiert?«, fragte Mia, ohne auf das Gesagte einzugehen. Sie setzte sich ihren Schwestern gegenüber auf die äußerste Kante eines Besucherstuhls.

»Mama ist gestürzt«, schluchzte Lena, die nun ebenfalls den Kopf gehoben hatte. »Im Laden war nichts los, sodass ich mich ein wenig mit Papierkram beschäftig habe, als es oben plötzlich fürchterlich rumste. Ich habe nur schnell abgeschlossen und bin dann nachsehen gegangen, und dann lag sie da.«

»Wie schwer ist sie verletzt?«

»Das wissen wir doch auch noch nicht«, antwortete Nora genervt. »Wir sind auch erst seit einer halben Stunde hier.«

»Das Problem ist, dass wir nicht wissen, was passiert ist«, ergänzte Lena. »Ob sie gestürzt ist oder ob sie einen Schlaganfall hatte. Sie konnte nicht sprechen, bekam schlecht Luft. Die geben uns Bescheid, wenn sie etwas wissen.«

Als sie wieder anfing zu schluchzen, legte Nora ihr tröstend einen Arm um die Schultern und zog sie zu sich heran. »Alles wird gut«, raunte sie ihr zu.

Auch wenn es Mia guttat zu sehen, dass Lena Beistand durch Nora erfuhr, fühlte sie sich doch nur noch mehr ausgegrenzt. Sie rutschte auf dem Stuhl nach hinten und lehnte sich an. Das konnte ein langer Abend werden.

Gut zwei Stunden später hatten sie immer noch nichts gehört. Mia hatte sich mehrfach auf den langen Gängen des Krankenhauses die Beine vertreten, die Bilder an den Wänden betrachtet und das Geschehen um sich herum beobachtet. Jetzt hatte sie sich eine Flasche Wasser aus dem Automaten gezogen und war damit nach draußen gegangen, um zumindest für kurze Zeit diesen furchtbaren Gerüchen zu entkommen.

Zudem hatten ihr Nora und Lena gezeigt, dass sie sehr gut ohne sie zurechtkamen. Sie unterhielten sich so leise miteinander, dass Mia kaum die Möglichkeit hatte, ihren Gesprächen zu folgen, geschweige denn dazu beizutragen. Sollten sie nicht zumindest in solch einer Situation zusammenhalten? Sich wie Schwestern benehmen, die sich gemeinsam um die Mutter sorgten?

Mia setzte sich auf eine Bank, die im Eingangsbereich des Krankenhauses stand, und schaute in den Nachthimmel. Was war in ihrer Familie bloß so schiefgelaufen, dass sie nicht vernünftig miteinander umgehen konnten? Und von dieser Frage wollte sie sich selbst überhaupt nicht ausnehmen. Sie hatte sich schon von Kindheit an als Außenseiterin unter den drei Schwestern gefühlt. Während sie drei Jahre von Nora und vier von Lena trennten, waren die beiden älteren Schwestern nur ein knappes Jahr auseinander. Sie kannte es nicht anders, als dass die beiden immer aufeinander hockten. Das hatte sich auch nicht verändert, als sie erwachsen geworden waren. Lena und Nora waren nicht nur Schwestern, sondern auch beste Freundinnen.

Und sie kümmerten sich gemeinsam um ihre Mutter. Ein heftiges schlechtes Gewissen überfiel Mia, als sie daran dachte, wie wenig sie sich in die Familie einbrachte.

Wer von denen tut denn was für mich? fragte sie sich aufmüpfig. Sie hatte sich seit dem Tod des Vaters immer alleine durchschlagen müssen. Gerade achtzehn geworden, war sie ausgezogen und hatte während ihrer Ausbildung in einer WG gewohnt, weil das Zusammenleben mit ihrer Mutter überhaupt nicht mehr funktionierte. Sie konnte sich noch gut an die ewigen Streitereien darüber erinnern, dass sie doch erst einmal das Abitur machen solle.

Mia seufzte auf. Sie war wirklich kein einfaches Kind gewesen, das musste sie ehrlich zugeben. Aber welches Kind ist schon einfach, wenn es mitten in der Pubertät steckte?

Alles Fragen, die sie heute Abend keinen Schritt weiterbringen würden. Sie nahm noch einen langen Schluck aus der Wasserflasche. Dann stand sie auf und ging zurück in den Wartebereich der Notfallambulanz, wo sie einen Arzt mit Lena und Nora sprechen sah.

Sie beeilte sich dazuzustoßen und hörte ihn noch sagen: … deshalb mussten wir sie in ein künstliches Koma versetzen.«

Mia bekam einen Mordsschreck und tastete erneut nach dem Anhänger unter ihrem Shirt. Künstliches Koma? Das klang gar nicht gut.

»Können wir zu ihr?«, fragte Nora.

»Das müssen Sie mit den Pflegekräften klären«, antwortete der Arzt, ehe er sich verabschiedete und mit wehendem Arztkittel davoneilte.

»Was hat er gesagt«, fragte Mia ihre älteste Schwester.

Lena kämpfte sichtlich mit den Tränen. »Mama liegt auf Intensiv. Sie hat eine Rippenserienfraktur und eine Lungenquetschung. Ihre Atmung ist so flach, dass sie sie ins künstliche Koma versetzen mussten, weil der Sauerstoffgehalt im Blut zu niedrig ist.«

»Lasst uns rübergehen und nachfragen, ob wir sie sehen können«, meinte Nora, die schon immer die zupackende der beiden älteren Schwestern gewesen war.

Sie gingen hinüber zur Intensivstation, die direkt neben der Notfallambulanz untergebracht war, wo sie ein sehr freundlicher Krankenpfleger darüber aufklärte, dass sie zwar zu ihrer Mutter durften, allerdings nur nacheinander und immer nur für zehn Minuten.

Sie entschieden, dem Alter nach hineinzugehen, weshalb

Mia sich kurz darauf mit Nora allein im Wartebereich vor der verschlossenen Glastür befand.

Nach Worten ringend, knetete Mia die Hände ineinander, als Nora fragte: »Warum bist du in Spay und nicht in Straßburg? Machst du Urlaub?«

Mia schüttelte den Kopf. »Ich habe mich von Florent getrennt.«

»Wieder mal nicht funktioniert?«, spottete ihre große Schwester.

»Das hört sich so an, als hüpfe ich von Beziehung zu Beziehung«, verteidigte Mia sich verärgert. Schließlich fand nicht jeder den Partner fürs Leben bereits in der Schule, so wie es bei Nora und Timo der Fall gewesen war.

»Entschuldige, das war nicht fair.«

Eine Entschuldigung von Nora, Mia konnte sich nicht daran erinnern, wann das das letzte Mal der Fall gewesen war.

Sie nickte, um zu zeigen, dass sie die Entschuldigung angenommen hatte, und versank erneut in Schweigen. Sie wusste einfach nicht, worüber sie mit ihr sprechen sollte. Ganz bestimmt würde sie nicht weiter über ihre Trennung von Florent sprechen und erst recht nicht davon, dass sie wieder auf dem elterlichen Weingut lebte.

»Ist Timo bei Leon?«, fragte sie schließlich das Offensichtliche, da weder Noras Freund noch ihr gemeinsamer Sohn bei ihr waren.

»Mit zwei Jahren kann ich ihn schließlich schlecht allein lassen. Und mitnehmen konnte ich ihn auch nicht«, antwortete Nora brüsk.

Und damit war auch dieses Thema kurz und bündig abgehakt. Die weiteren Minuten des Wartens zogen sich wie

Kaugummi, bis Lena endlich wieder herauskam. Tränen rannen ihr über die Wangen, und sie fiel Nora in den Arm.

»Sie sieht so furchtbar verletzlich aus«, schluchzte sie.

Dann löste sie sich von ihrer Schwester, schluckte und wischte sich mit einem Taschentuch über die Augen. »Ich gehe jetzt nach Hause, Zoe ist bei einer Nachbarin. Wenn sich etwas verändern sollte, wird die diensthabende Ärztin mich anrufen und ich sage euch Bescheid. Ansonsten ist erst morgen Nachmittag wieder Besuchszeit. Kann da eine von euch kommen? Ich muss mich ja jetzt ganz alleine ums Geschäft kümmern.«

»Ich kann nach ihr schauen«, sagte Nora. »Ich weiß nur noch nicht genau, wann.«

»Ich auch«, erklärte Mia und stand auf. »Ich schätze, dass ich gegen vier hier sein könnte.«

»Also gut. Ich melde mich bei euch, bis dann.«

Lena umarmte Nora noch einmal kurz und reichte Mia die Hand, ehe sie raschen Schrittes das Krankenhaus verließ.

Nachdem sich anschließend auch hinter Nora die Tür zur Intensivstation geschlossen hatte, setzte sich Mia zurück auf ihren Platz und fühlte sich plötzlich schrecklich allein. Auch wenn sie es seit Jahren gewohnt war, eigene Entscheidungen zu treffen und eigene Wege zu gehen, hätte sie jetzt doch gern einen vertrauten Menschen neben sich gehabt, der sie in den Arm genommen und ihr gesagt hätte, dass alles wieder gut wird.

Kapitel 7

Als sie zwei Tage später den Frühstückstisch abräumte, wartete sie auf einen Anruf von Lena, um zu erfahren, ob ihre Mutter die letzte Nacht gut überstanden hatte. Gestern Nachmittag auf der Intensivstation war ihr erst so richtig deutlich geworden, welch engmaschiger Pflege ihre Mutter bedurfte. Am Sonntagabend war sie noch so überwältigt von all den Gefühlen und Ängsten gewesen, dass sie das Drumherum ausgeblendet hatte. Gestern jedoch hatte sie mitbekommen, mit wie viel Einsatz und Sorgfalt sich die Schwestern und Pfleger hier um ihre Patienten bemühten. Ob ihre Mutter davon jedoch etwas mitbekam, war fraglich. Sie lag nach wie vor im künstlichen Koma, da der Sauerstoffgehalt im Blut jedes Mal wieder runterging, wenn die Ärzte versuchten, sie aufwachen zu lassen. Von daher fürchteten sie, dass sie diesen Zustand wohl auch noch die nächsten Tage beibehalten müssten. Für sie selbst war diese Situation nur schwer auszuhalten. Auch wenn sie den Kontakt in den letzten elf Jahren sehr hatte schleifen lassen, kannte sie ihre Mutter doch immer nur als einen Menschen, der mitten im Leben stand. Sie jetzt in diesem Bett liegen zu sehen, verbunden mit all diesen Kabeln und Schläuchen, umgeben von Apparaten, die den Raum mit ihrem ständigen Piepen erfüllten, hätte sie fast in die Knie gezwungen.

Woher kamen plötzlich all die Gefühle, sich jetzt am liebsten von ihrer Mutter in den Arm nehmen zu lassen, wo sie das in den letzten Jahren doch überhaupt nicht vermisst hatte? Die Psyche des Menschen war schon ein kompliziertes Gebilde.

Mia stellte die letzte Tasse in die Industriespülmaschine, schloss die Klappe und stellte sie an. Dann lehnte sie sich nachdenklich gegen die Arbeitsplatte. Heute sollte sie ihre Mutter nicht besuchen. Ihre Schwestern hatten sich überlegt, sich mit den Besuchen abzuwechseln, da die Besuchszeit begrenzt war. Es wäre nicht nur für die Mutter zu viel, wenn sie da eine nach der anderen aufschlagen würden, es war auch dem Pflegepersonal nicht zuzumuten. Doch allein bei dem Gedanken daran, dass sie erst am Donnerstag wieder ins Krankenhaus fahren würde, wurde Mia wieder von einer Sehnsucht nach ihrer Mutter überrollt, die sie zutiefst irritierte.

Sie rieb sich über die Oberarme, als ob es sie fröstelte. Gestern hatte Katta ihren freien Tag gehabt, und Franzi war den ganzen Tag unterwegs gewesen, sodass sie noch keine Möglichkeit hatte, mit ihnen über ihr Gefühlschaos zu sprechen. Wobei sie Katta auch noch nicht gut genug kannte, um sich ihr mit solcherart Dingen anzuvertrauen. Mit Franzi dagegen konnte sie über alles sprechen, sah sie jedoch frühestens übermorgen Nachmittag, da sie heute nach der Zeit im Institut noch einen Termin beim Kinderarzt hatte und morgen den ganzen Tag mit ihrer Mutter in Koblenz unterwegs sein würde.

Mia seufzte voller Selbstmitleid und griff nach ihrem Handy. Lena hatte sich immer noch nicht gemeldet. Was war so kompliziert daran, im Krankenhaus anzurufen und sich nach ihrer Mutter zu erkundigen? fragte sie sich genervt. Sie hätte doch längst Bescheid geben können.

Da sie mit der Küche fertig war und ihre Einkäufe bereits gestern erledigt hatte, entschloss sie sich, einen Spaziergang am Rhein zu machen. Um diese Uhrzeit war dort sicher noch kaum jemand unterwegs.

Mia genoss die frische Sommerluft, als sie den Rhein in Richtung Süden entlangspazierte. Wie erwartet, war noch niemand unterwegs und sie konnte entspannt ihren Gedanken nachhängen. Für den Moment hatte sie alle trüben Grübeleien beiseitegeschoben. Es versprach ein heißer Sommertag zu werden, und sie wollte lieber darüber nachsinnen, was sie am Abend auf den Tisch bringen sollte. Inzwischen hatte es sich eingespielt, dass sie den Männern morgens eine Kühltasche mit Sandwiches, geschnippeltem Gemüse und Obststückchen packte, woraus sie sich mittags bedienen konnten. Ihre Einkäufe machte sie größtenteils auf dem Wochenmarkt in Boppard und in den Hofläden der näheren Umgebung. Dort bekam sie alles frisch und regional, inzwischen bereits sogar oft in Bio-Qualität. An solch heißen Tagen, wie es heute einer zu werden versprach, kochte sie eher leichte, nicht weniger nahrhafte Speisen, damit die Männer nach dem langen Arbeitstag auch richtig zulangen konnten. Doch sie hatte schon bemerkt, dass sie vor allem Peter mit frischem Fisch nicht viel Freude machen konnte.

Wie wäre es mit einem schönen Boeuf Bourguignon, überlegte sie, als sie den Holgertsweg erreichte. Sie schaute hinüber zum Rhein und beobachtete eine Weile die vorbeituckernden Binnenschiffer. Die Bewegungen des Wassers und das darauf reflektierende Licht hatten etwas Magisches an sich. Sofort schossen ihr Gedanken an Kobolde, Feen und blitzende Edelsteine durch den Kopf und vereinigten sich zu einem kurzen Tagtraum, in dem es wilde Krieger und zarte Romantik gab.

Wäre es nicht wunderbar, wenn im Leben alles so einfach wäre wie in solchen Träumen? Sie lächelte, als sie sich von ihren Fantasien löste und ihren Weg fortsetzte. Hier, in Oberspay, traf sie dann doch auf erste Spaziergänger, die sie freundlich grüßte, als sie an ihnen vorüberging. Erneut begann sie über das Boeuf Bourguignon nachzudenken, als sie wenige Schritte weiter plötzlich ein Geräusch hörte.

Wimmerte da etwas? Irritiert blieb sie stehen und lauschte konzentriert. Da war das Geräusch wieder. Es kam aus einem Gebüsch links von ihr. Sie machte einige vorsichtige Schritte, bevor sie einen großen Zweig beiseiteschob, um dahinter schauen zu können. Dort saß tatsächlich ein Hund. Ein kleiner Hund, kaum so groß wie ein Cocker Spaniel, mit lockigem hellbraunem Fell, einem runden Kopf und den süßesten Knopfaugen, die sie bisher gesehen hatte. Er hatte sich mit seinem Halsband in einem Zweig verheddert und schnürte sich, im panischen Versuch sich zu befreien, die Luft ab.

»Ganz ruhig«, murmelte Mia. Sie hockte sich vor ihn hin und streckte ihm ihre Faust entgegen, damit er daran schnuppern konnte.

Das Wimmern wurde lauter, und der Hund versuchte noch heftiger, sich von dem Zweig zu lösen. Doch ohne Erfolg.

Mia verhielt sich ganz still. Hielt weiterhin ihre Faust in Richtung des kleinen Wesens und wartete ab. Sie konnte fast zusehen, wie das Kerlchen mit sich rang, aber schließlich den Fluchtgedanken beiseiteschob und sich mit seiner Schnauze vorsichtig ihrer Faust näherte.

»Hey, du Kleiner«, sprach Mia ganz sanft, in der Hoffnung ihn zu beruhigen. »Ich tu dir nichts. Komm zu mir, dann kann ich dir helfen. Hast du dein Herrchen verloren?«

Sie redete weiter in einem leisen Singsang auf ihn ein, und irgendwann gab sich der kleine Kerl einen Ruck und schnupperte zaghaft an Mias Faust. Dann streckte er seine kleine Zunge heraus und leckte zwei-, dreimal daran.

»So ist's gut«, murmelte Mia. »Ich tu dir nichts.«

Sie öffnete die Faust und fuhr ihm leicht über den Kopf, bis sie ans Halsband kam. Nun nahm sie in einer langsamen Bewegung die zweite Hand dazu und löste mit einem Griff den Zweig, der sich darin verfangen hatte, und der Hund war frei.

Sicherheitshalber hielt sie ihn aber weiterhin am Halsband fest, denn ein Besitzer war weit und breit nicht zu sehen.

»Wo kommst du denn wohl her?« Sie kraulte ihn hinter den Ohren, was er sich gern gefallen ließ.

Sicher war er irgendwo ausgebüxt, denn er wirkte nicht verwahrlost oder abgemagert. Allerdings hing an seinem Halsband weder eine Hundemarke noch sonst ein Hinweis auf seinen Besitzer.

Und er humpelte, fiel Mia auf, als sie mit ihm die paar Schritte aus dem Gebüsch hinaus auf die Rheinuferstraße machte.

»Hast du dich verletzt?« Sie hockte sich erneut neben ihn und griff vorsichtig nach seiner linken Vorderpfote. Äußerlich konnte sie keine Verletzung feststellen.

»Und was machen wir jetzt mit dir?«, fragte sie ihn, während er sie aus seinen dunklen Knopfaugen betrachtete. »Ich kann dich ja jetzt schlecht einfach weghumpeln lassen.«

Erneut ließ er seine Zunge sehen und versuchte damit ihr Kinn zu erreichen.

»Nein, nein«, stieß Mia lachend aus, »so gut kennen wir uns noch nicht.«

Dann überlegte sie, wen sie anrufen konnte. Sie brauchte einen fahrbaren Untersatz, um zum Tierarzt zu fahren. Soweit sie wusste, konnten sie dort den Chip auslesen, den der kleine Kerl hoffentlich irgendwo unter der Haut hatte. Vielleicht wurde er schon schmerzlich vermisst.

Hannes und Vincent waren im Weinberg. Es würde viel zu lange dauern, ehe jemand von ihnen hier war. Außerdem wusste sie nicht, wie Hannes reagieren würde, wenn sie ihn wegen eines entlaufenen Hundes anrufen würde. Franzi war heute Morgen im Institut, und was Jonas mit Nico heute Vormittag geplant hatte, wusste sie nicht. Am unkompliziertesten wäre es, wenn sie es zuerst einmal bei Katta versuchen würde.

Sie blickte kurz auf ihre Uhr. Noch gut zwei Stunden, ehe Kattas Arbeitstag auf dem Gut begann. Kurz entschlossen drückte sie auf den Verbindungsknopf und hoffte nur, ihre Kollegin jetzt nicht zu wecken.

Ungeduldig wartete sie, dass sie an den Apparat ging.

»Mia?«, meldete sich eine verschlafene Stimme.

»Hallo Katta. Tut mir leid, wenn ich dich geweckt habe, aber ich habe hier einen kleinen Notfall.«

Plötzlich klang Katta hellwach. »Einen Notfall? Was ist los?«

»Alles gut, es ist nichts Dramatisches. Aber ich habe gerade einen kleinen Hund gefunden, und er ist vielleicht verletzt.«

»Oh Gott, was ist passiert?«

»Das weiß ich auch nicht«, antwortete Mia. »Ich habe einen Spaziergang am Rhein gemacht und ihn eben in einem Gebüsch am Rheinufer entdeckt. Könntest du eventuell hierherkommen und uns zu einem Tierarzt bringen?«

»Klar, ich bin in zehn Minuten bei dir. Wo bist du genau?«

»Kurz hinter der Kreuzung Rheinufer/Am Zenthof in Oberspay.«

»Bin schon unterwegs!«

Und damit legte Katta auf.

Mia schob ihr Handy zurück in die Hosentasche und setzte sich langsam hin, um den Hund nicht zu erschrecken. Der hatte jedoch inzwischen damit begonnen, ihr über die Finger der streichelnden Hand zu lecken.

»Ja, mein Kleiner, ich tue dir nichts«, sagte Mia wieder sanft.

Inzwischen hatte sie gesehen, dass es sich um einen Rüden handelte. Der kleine Kerl war so ein niedliches Wesen. Sie hoffte inständig, dass ihm niemand etwas angetan hatte.

Sie hatte noch keine zehn Minuten gewartet, als Katta mit ihrem kleinen Peugeot langsam an sie heranfuhr.

Mia gab Katta ein Zeichen, im Wagen sitzen zu bleiben.

»So, mein Kleiner, dann wollen wir mal schauen, ob wir dich irgendwie in das Auto kriegen«, sagte Mia, während sie sich erhob.

Sie streichelte ihn noch einmal sanft hinter den Ohren und ließ ihre Hand anschließend vorsichtig über seinen Rücken streifen. Bisher ließ der Kleine alles klaglos über sich ergehen. Sie schob die Hand unter seinen Bauch, während sie mit der anderen unter seine Vorderbeine griff. Dann hob sie ihn hoch und stieß langsam die angehaltene Luft wieder aus, da der Hund sich überhaupt nicht dagegen wehrte. Im Gegenteil. Einmal hochgenommen, presste er sich gegen ihre Brust.

Mia wurde ganz warm ums Herz. Beschützend drückte sie ihn an sich und setzte sich mit ihm in Kattas Auto.

»Mein Gott, ist der süß«, sagte ihre neue Freundin, als sie neben ihr saß.

»Ja«, antwortete Mia, »aber er hat irgendwas am Bein. Kennst du hier einen Tierarzt?«

»Der nächstgelegene Tierarzt ist Dr. Vogt in Rhens. Da geht auch meine Mutter mit ihrer Katze hin. Ich war schon ein paar Mal mit ihr dort. Der ist total nett.«

»Also gut, dann bitte zu Dr. Vogt.«

Knapp zehn Minuten später stand sie mit dem Hund auf dem Arm und Katta neben sich in der Tierarztpraxis in Rhens.

»Ja, bitte?«, fragte sie eine der Tierarzthelferinnen.

»Ich habe diesen Hund gefunden. Ich glaube, er hat sich am Bein verletzt«, antwortete sie.

Die Tierarzthelferin, auf deren Brusttasche der Name Michaelis aufgestickt war, runzelte die Stirn. »Gefunden? Wo denn?«

»In Spay. Er hatte sich im Gebüsch verheddert.«

»Ist das nicht Pinot?«

Da die Frau Mia fragend anschaute, hob diese nur hilflos die Schultern. Woher sollte sie das wissen?

»Pinot, du kleiner Racker, hast du einen kleinen Ausflug gemacht?«, wandte sich Frau Michaelis direkt an den Hund auf ihrem Arm.

Und der schien sich tatsächlich angesprochen zu fühlen, denn Mia spürte, wie unter ihrem Arm der Schwanz hin und her wedelte.

»Wahrscheinlich ist er ausgebüxt«, stellte Frau Michaelis nüchtern fest. »Und er hat sich verletzt, sagen Sie? Nehmen Sie doch bitte noch einen Moment Platz, dann schauen wir mal in Ruhe nach und überprüfen den Chip, um ganz sicherzugehen.«

Gemeinsam mit Katta setzte sie sich ins Wartezimmer und hielt den Hund, den die Helferin Pinot genannt hatte, weiter auf ihrem Schoß. Inzwischen wirkte er überhaupt nicht mehr verängstigt. Im Gegenteil, er machte es sich auf ihren Oberschenkeln bequem und schloss entspannt die Augen.

Just in diesem Moment summte ihr Handy. Mia zog es umständlich aus der Hosentasche und sah, dass eine Nachricht von Lena eingetroffen war. Erschrocken wurde ihr bewusst, dass sie während der letzten halben Stunde überhaupt nicht mehr an ihre Mutter gedacht hatte.

Sie öffnete den Messenger und las:

Hallo Mia. Bei Mama ist alles unverändert. Die Ärzte wollen sie noch mindestens zwei Tage im künstlichen Koma lassen, bevor sie erneut versuchen, sie wach werden lassen. Ich gehe heute Nachmittag vorbei, Nora morgen. Ich melde mich.

Das wars. Keine Grüße, keinen schönen Tag, den sie ihr wünschte, geschweige denn ein Austausch der Sorgen, die sie sich sicher alle machten.

Mia schluckte. Dann steckte sie das Smartphone wieder zurück an seinen Platz.

Katta musterte sie eindringlich. »Schlechte Nachrichten?«

»Lange Geschichte«, wiegelte Mia weitere Erklärungen ab. »Erzähle ich dir nachher in Ruhe.«

In diesem Augenblick öffnete sich bereits die Tür zum Sprechzimmer, und Mia trug den Hund hinein.

»Guten Tag, ich bin Dr. Vogt«, begrüßte sie ein Mann mittleren Alters freundlich lächelnd. »Sie haben also den kleinen Ausreißer gefunden.«

»Sie meinen auch, das sei Pinot?«, fragte Mia.

»Ganz sicher. Stellen Sie ihn bitte auf den Untersuchungstisch?«

»Herr Resch ist mit ihm schon in meiner Praxis, seit Pinot ein Welpe war. Aber um alle Missverständnisse auszuschließen, checken wir schnell noch seinen Chip«, erklärte Dr. Vogt, während er mit einem Auslesegerät am Hals des Hundes entlangfuhr.

»Da ist er ja«, sagte er, als das Gerät piepte und im Display eine Nummer erschien.

Kurz darauf wies der Tierarzt auf den Bildschirm seines Computers. »Sehen Sie? Pinot Resch. Besitzer: Anton Resch.«

»Anton Resch?«, entfuhr es Mia.

»Kennen Sie ihn?«

Mia nickte. »Ich habe ihn allerdings bereits viele Jahre nicht gesehen.«

»Weshalb Sie auch Pinot nicht kannten«, stellte der Tierarzt das Offensichtliche fest.

Dann wandte er sich an seine Mitarbeiterin. »Würden Sie bitte Herrn Resch anrufen, damit er weiß, dass wir Pinot gefunden haben? In der Zwischenzeit werde ich mir den kleinen Kerl einmal genauer anschauen.«

Während der Tierarzt den Hund untersuchte, schwirrte Mia der Kopf. Anton Resch. Er hatte damals als Kellermeister auf dem Weingut ihres Vaters gearbeitet. Viele Stunden hatte sie bei ihm im Weinkeller auf einem der alten Fässer gesessen, ihm bei der Arbeit zugesehen und dabei von ihren Erlebnissen in der Schule oder mit ihren Freundinnen erzählt. Es waren schöne Erinnerungen, die sie jetzt überfielen, und sie schämte sich dafür, dass sie sich nach dem Verkauf des Weinguts überhaupt nicht darum gekümmert hatte, wie es mit Anton weitergegangen war. Aber sie war damals dermaßen in der Trauer um ihren Vater und den Verlust des Gutes gefangen gewesen, dass für weitere Gedanken einfach kein Platz gewesen war.

Kapitel 8

Eine weitere halbe Stunde später saß sie mit Hund und Katta im Auto und war wieder auf dem Weg nach Spay. Dr. Vogt hatte Pinot untersucht und festgestellt, dass er bis auf eine Verstauchung der Pfote keine weiteren Verletzungen hatte. Frau Michaelis hatte währenddessen mit Anton Resch telefonierte, der damit einverstanden war, dass Mia ihm den Hund vorbeibringen wollte.

Nun rumorte es vor Aufregung in ihrem Magen, den alten Kellermeister ihres Vaters wiederzusehen. Als ihr Vater starb, musste Anton bereits kurz vor der Rente gestanden haben. Inzwischen war er sicher an die achtzig.

Und ich habe mich nicht einmal nach ihm erkundigt in all den Jahren, schimpfte sie mit sich selbst. Was für ein egoistischer Mensch war sie eigentlich? Bisher hatte sie sich für ein freundliches, offenes, eher herzliches Wesen gehalten, das wirklich guten Freunden immer loyal zur Seite stand. Nun eröffnete sich plötzlich eine andere Seite ihres Charakters, die sie erschauern ließ.

Ein weiteres Mal an diesem Vormittag rieb sie sich die Oberarme, obwohl der Hund auf ihrem Schoß nicht eben wenig Wärme ausstrahlte.

»Ist die Lotsengasse nicht ganz in der Nähe des Guts?«, fragte Katta, als sie das Ortsschild von Spay passierten.

»Genau. Wenn wir gleich auf der Koblenzer Straße sind, liegt sie zwei Querstraßen hinter der Kirchgasse«, erklärte sie Katta, die nicht aus Spay stammte, sondern im benachbarten Brey aufgewachsen war.

Vor einem kleinen Häuschen brachte Katta den Wagen schließlich zum Stehen

»Soll ich mit reinkommen?«, fragte sie.

»Klar!«, antwortete Mia nachdrücklich. Ihr war ein wenig mulmig, da sie nicht wusste, wie Anton auf sie reagieren würde.

Zögerlich drückte sie auf die Klingel.

»Es ist offen!«, erklang eine kräftige Männerstimme aus dem Inneren des Häuschens.

Mia drückte gegen die Tür, die sich anstandslos zu einem kleinen Flur hin öffnete. »Anton? Ich bin's, Mia!«

»Komm rein, Mädchen. Ich bin im Wohnzimmer.«

Da Pinot auf ihrem Arm unruhig wurde, ließ sie ihn runter und folgte ihm in den ersten Raum auf der linken Seite. Anton Resch saß in einem bequemen Fernsehsessel, wo er von Pinot freudig begrüßt wurde. »Na, du Lümmel? Haust du einfach ab?«

Dann hob der alte Mann den Kopf und schaute seine beiden Besucherinnen neugierig an.

Sein Mund verzog sich zu einem breiten Grinsen, und der Damm war gebrochen. »Miakind, bist du etwa noch größer geworden?«, spottete er liebevoll.

Mia, der plötzlich ein Gewicht von der Seele fiel, ging zu ihm hinüber. »Seit wir uns das letzte Mal gesehen haben, sicher noch gut drei Zentimeter.«

Sie reichte ihm die Hand und sah beim Ergreifen seiner,

dass alle Finger arthritisch verformt waren. Vorsichtig drückte sie sie und trat wieder einen Schritt zurück.

»Und eine hübsche Freundin hast du auch noch mitgebracht.«

»Ich bin Katta«, stellte die sich vor, blieb aber stehen, wo sie war.

»Setzt euch doch«, sagte Anton und wies auf das kleine grün gepolsterte Sofa, das dem Fernsehsessel gegenüberstand.

Mia und Katta nahmen hinter dem Couchtisch Platz, auf dem ein gehäkeltes Spitzendeckchen lag.

»Möchtet ihr etwas trinken?«, fragte er, während er Pinot den Kopf streichelte.

»Nein, danke. Wir wollten dir nur den Hund zurückbringen«, erklärte Mia. »Dr. Vogt sagt, er solle sich die nächsten Wochen ein bisschen schonen, weil er sich vertreten hat. Ansonsten ist er quietschfidel.«

Versonnen betrachtete Anton Resch seinen Hund, bis sich sein Blick verfinsterte und er hinüber zu Mia sah. »Ich fürchte, ich werde Hilfe brauchen.«

»Warum?«, fragte sie erschrocken.

»Meine Arthritis plagt mich im Moment so sehr, dass ich kaum aus diesem Sessel komme. Und als ich heute Morgen nach der Post gesehen habe, hat sich Pinot an mir vorbeigedrückt und mein Pfeifen einfach ignoriert. Mit diesen alten Knochen kann ich ihm aber auch nicht mehr hinterher.«

Mia stand auf, als sie sah, wie dem alten Mann die Tränen in die Augen stiegen, ging zu ihm hinüber und legte ihm die Hand auf die Schulter.

»Und wenn ich mit ihm spazieren gehe?«, fragte sie mitfühlend.

»Mit einem Spaziergang ist es auf Dauer nicht getan, Liebes. Dass er heute weggelaufen ist, lag bestimmt daran, dass ich in den letzten Tagen kaum noch mit ihm vor der Türe war. Gerade einmal so lange, dass er sich erleichtern konnte. Auch wenn er bereits zehn Jahre alt ist und zwischendurch gern seine Ruhe hat, braucht er doch noch seine kleinen Abenteuer, um wirklich zufrieden zu sein.«

Am liebsten hätte ihm Mia über sein schlohweißes Haar gestrichen und gesagt, dass alles wieder gut werde. Aber so sah es nicht aus.

Sie schaute hinüber zu Katta, die der Unterhaltung mit großen Augen folgte, nun aber auch nur hilflos mit den Schultern zuckte.

»Was kann ich tun?«, wandte sie sich wieder an Anton Resch.

»Gar nichts, schließlich wohnst du nicht mehr hier. Ich bräuchte jemanden, der regelmäßig mit Pinot spazieren geht, aber es ist gar nicht so leicht, da jemanden zu finden. Ich fürchte, wenn das so weitergeht, werde ich ihn irgendwann abgeben müssen. Vielleicht hat er ja Glück, und es findet sich rasch jemand, der ihm ein neues Zuhause gibt.«

»Ins Tierheim?«

Inzwischen saß Mia auf dem Boden neben dem Fernsehsessel, und Pinot hatte es sich wieder auf ihrem Schoß bequem gemacht. Sie kraulte ihn hinter den Ohren, strich über das lockige Fell und dachte nach. Nein, eigentlich dachte sie überhaupt nicht nach, denn sie hatte ihre Entscheidung bereits getroffen. Doch plötzlich wurde ihr ein dicker, fetter Haken in ihrem Plan bewusst.

»Versteht er sich mit Katzen?«, wollte sie von Anton wissen.

»Natürlich.« Der Alte nickte bestätigend mit dem Kopf. »Er ist ja mit unserer Nessie aufgewachsen. Lenchen hatte schon eine Katze, als wir zwei uns kennenlernten«, erklärte er versonnen. »Es gab immer Katzen hier im Haus.« Anton wies mit seinem verkrüppelten Finger hinüber zum Fensterbrett.

Erst jetzt fiel Mia die getigerte Katze auf, die dort zwischen den Blumentöpfen lag und die hereinfallenden Sonnenstrahlen genoss.

»Wenn er sich mit Katzen versteht, kann ich mich um ihn kümmern, solange du solche Schmerzen hast.«

»Du wohnst wieder in der Nähe?«, fragte er erstaunt.

»Ich wohne zurzeit wieder auf dem Gut.«

Sie machte mit der Hand eine wegwischende Geste, als sie seinen fragenden Blick sah. »Lange Geschichte. Auf jeden Fall hätte ich Zeit, mit ihm spazieren zu gehen, wenn es dir recht wäre, dass ich schon morgens früh hier bin. Außerdem könnte ich ihn sicher auch stundenweise oder für ein paar Tage mitnehmen, falls das nötig sein sollte.«

Mia dachte darüber nach, wie Hannes und Peter wohl darauf reagieren würden, wenn plötzlich noch ein Hund bei ihnen herumlaufen sollte. Hannes wahrscheinlich nicht so heftig wie sein Vater. Aber sie konnte unmöglich zulassen, dass dieser kleine Kerl ins Tierheim kam.

»Ich helfe dir«, bekräftigte sie ihr Angebot. »Ich werde zwar in den nächsten Wochen einiges zu tun haben, aber kann mir die Zeit so einrichten, dass ich dich mit Pinot unterstützen kann. Außerdem werde ich mich darum bemühen, jemanden zu finden, der dich auch langfristig unterstützt, falls ich irgendwann wieder woandershin gehen sollte.«

Falls ich irgendwann gehen sollte? fragte sie sich erstaunt. Wo kam denn diese Einschränkung plötzlich her. Natürlich würde sie gehen, wenn die Saison vorbei und Peters Fuß wieder in Ordnung war. Wobei …

»Das wäre mir eine große Hilfe, Mädchen«, erklärte Anton und tätschelte ihre Schulter. »Es würde mir sehr schwer fallen, mich von Pinot zu trennen, aber ich möchte auch, dass es dem Kleinen rundherum gut geht.«

Als sie bald darauf wieder im Auto saßen, schaute Katta sie fragend von der Seite an. »Hast du darüber nachgedacht, was Hannes und Peter davon halten werden, falls du den Hund tatsächlich mitbringst?«

Sie startete den Motor und fuhr die kurze Strecke hinüber zum Weingut Lehmacher.

»Ich kann es mir so in etwa vorstellen. Das ändert aber nichts an meinem Entschluss. Der arme kleine Kerl wird nicht ins Tierheim kommen. Wir werden schon eine Lösung finden. Nachher werde ich gleich mal ins Internet schauen, ob sich da jemand finden lässt. Und außerdem werde ich meine Freundin anweisen, all ihre Bekannten im Dorf zu fragen. Wäre doch gelacht, wenn sich da niemand finden ließe, der regelmäßig mit Pinot spazieren geht.«

Auf dem Gut angekommen, ging sie mit Katta erst einmal in den Laden, um auf das ganze Drama des Vormittags einen Cappuccino zu trinken.

Tief seufzend ließ sie sich auf den Besucherstuhl im Büro fallen. »Im Moment überschlagen sich die Ereignisse.«

»Wieso?«, fragte Katta, die an der Kaffeemaschine stand. »Was denn noch?«

Sie reichte Mia ihren Cappuccino und setzte sich mit ihrem Caffè Crema auf den anderen Stuhl.

Mia rührte einen gehäuften Löffel Zucker in ihr Gebräu. »Vorgestern Abend ist meine Mutter ins Krankenhaus gekommen. Sie liegt im künstlichen Koma auf der Intensivstation.«

»Mein Gott!«, stieß Katta erschrocken aus. »Besteht Lebensgefahr?«

»Das wohl nicht«, erklärte Mia und erzählte ihrer Freundin von den Vorkommnissen am Sonntagabend.

»Das heißt, du teilst dir die Sorge um deine Mutter mit deinen beiden Schwestern?«

»Da etwas zu teilen ja auch immer eine gewisse Gemeinsamkeit impliziert, wohl eher nicht. Ich trage die Sorge um meine Mutter für mich allein und meine Schwestern machen ihr eigenes Ding.«

Irritiert schaute Katta sie an.

Mia zuckte mit den Schultern. »Wir verstehen uns nicht besonders gut.«

»Das heißt?«

»Wir haben eigentlich keinen Kontakt. Wenn ich mit meiner Mutter telefoniere, erzählt sie mir davon, was meine Schwestern so machen, und ich lasse sie Grüße bestellen. Das ist dann schon alles an familiärem Zusammengehörigkeitsgefühl.«

»Aber deine Schwestern und deine Mutter wohnen zusammen in Koblenz«, wiederholte Katta, was sie ihr eben erzählt hatte.

Mia nahm einen vorsichtigen Schluck von ihrem heißen Cappuccino, ehe sie antwortete: »Sie wohnen alle in Koblenz, aber nicht zusammen. Meine Mutter wohnt in ihrem ehemaligen Elternhaus Am Plan, über dem Schreibwarengeschäft, das sie gemeinsam mit Lena, meiner ältesten Schwester führt. Lena, übrigens eine alleinerziehende Mutter, wohnt mit ihrer Tochter in der Wohnung über ihr. Nora dagegen, meine andere Schwester, ist Physiotherapeutin und wohnt mit ihrem Mann und ihrem zweijährigen Sohn in der Nähe vom Münzplatz, also nicht weit entfernt.«

»Ach«, warf Katta ein, »In der Nähe vom Münzplatz wohnen auch meine Großeltern. Entschuldige, ich wollte dich nicht unterbrechen.«

»Viel mehr gibt es auch gar nicht zu sagen. Ich weiß, dass ich nicht ganz unschuldig daran bin, dass ich so wenig von ihnen weiß, denn ich habe mich seit Jahren nicht mehr dafür interessiert, wie das Leben der drei in Koblenz so abläuft.«

Nachdenklich nippte sie an ihrem Cappuccino. War sie bis zum heutigen Tag noch felsenfest davon überzeugt gewesen, dass der Grund für dieses Zerwürfnis bei den anderen drei Frauen lag, war sie sich nach ihrer Erkenntnis über ihre mangelnde Aufmerksamkeit Anton gegenüber gar nicht mehr so sicher, ob das wirklich stimmte.

Die Türglocke des Ladens riss sie aus ihren Gedanken.

»Du musst arbeiten«, stellte sie das Offensichtliche fest, als Katta aufstand.

»Tut mir leid. Ich hätte unser Gespräch noch gerne fortgesetzt.«

»Aufgeschoben ist nicht aufgehoben«, erklärte Mia lapidar, obwohl sie sich im Moment überhaupt nicht so fühlte. Andererseits war sie froh, dass sie unterbrochen worden waren. Sie musste erst einmal selbst darüber nachdenken, ob sie sich dermaßen in sich selbst getäuscht hatte.

Kapitel 9

Am späten Nachmittag saß sie auf einer der Bänke im Hof und schnippelte frische Bohnen. Heute gab es zur Abwechslung mal ein Gericht aus der Region, nach einem Rezept ihrer Urgroßmutter: Schnippelbohnensuppe. Den Brotteig hatte sie eben schon angesetzt, sodass es heute Abend frisches Stangenweißbrot mit Butter zum Eintopf geben würde. Zum Nachtisch hatte sie ein Blech Apfelkuchen mit Streuseln gebacken, sodass sie den Männern die Reste morgen früh einpacken könnte.

Das Bohnenschnippeln ging ihr leicht von der Hand, sodass sie den Blick zwischendurch immer wieder zu der üppig blühenden Kletterrose schweifen ließ, die entlang der Straußwirtschaft rankte. Das zarte Weiß der Blüten erfüllte sie an anderen Tagen immer mit Freude, doch heute schien sie einfach darüber hinwegzusehen.

Sie seufzte schwer, als sie nach der nächsten Bohne griff. Das Zusammentreffen mit Anton Resch lag ihr immer noch auf dem Magen. Den alten Mann so gebrechlich zu sehen, tat ihr in der Seele weh. Damals, als er noch auf dem Gut gearbeitet hatte, war er kräftig und zupackend gewesen. Ähnlich wie zu ihrem Vater hatte sie auch stets zu Anton aufgeschaut. Hatte ihn für seine Kenntnisse im Weinkeller bewundert, für sein Feingefühl im Umgang mit dem Weinausbau. Nie fühlte sie sich von ihm wie ein Kind behandelt, wenn sie damals über den perfekten Zeitpunkt der physiologischen Reife der Trauben, die Dauer der Maischestandzeiten oder die Länge der Gärzeit diskutiert hatten. Was sie bei ihrem Vater über den Anbau und die Pflege der Reben lernte, lernte sie über die weitere Verarbeitung der Trauben zum Wein von Anton.

Doch inzwischen war er alt geworden und hatte so einsam auf sie gewirkt, wie er da, ganz allein im Haus, in diesem wuchtigen Sessel gesessen hatte. Ob er überhaupt jemanden hatte, der sich um ihn kümmerte? Kinder hatte er keine, soweit sie wusste.

Nachdenklich schaute sie auf den Berg Schnippelbohnen, der inzwischen die Schüssel füllte. Seine Frau hatte sie ebenfalls gemocht. Magdalena Resch, die von allen nur Lenchen gerufen wurde, war eine herzensgute Frau gewesen. Wie oft hatte Anton seinen Plätzchenvorrat mit ihr geteilt, den Lenchen gebacken und seinen Pausenbroten beigelegt hatte? Bis heute hatte Mia es noch nicht geschafft, hinter den Kniff zu kommen, durch den Lenchens Mürbeteigplätzchen immer so fantastisch geschmeckt hatten.

Ein Lächeln umspielte Mias Lippen. Manchmal machten ja auch nur die Erinnerungen den Großteil des Geschmacks aus. Und die konnte sie in diesem Fall offensichtlich nicht einarbeiten. Aber ich kann neue schaffen, dachte sie, während sie Schüsseln und Messer zusammenpackte und zurück in die Küche ging. Auch wenn sie Anton in den letzten Jahren sträflich vernachlässigt hatte, würde sie sich von nun an gut um ihn kümmern.

Sie stellte die Schüssel mit den geschnippelten Bohnen auf die Arbeitsplatte und gab die Abfälle in den Komposteimer. Danach schaute sie kurz nach dem Brotteig, der fertig portioniert auf dem Backblech lag und noch gehen konnte, solange sie die Suppe machte. Sie heizte rasch den Backofen vor, ehe sie sich den Speck aus dem Kühlschrank und zwei große Zwiebeln aus dem Zwiebelkorb nahm, und begann beides in Würfel zu schneiden. Wie sollte sie es bloß anstellen, darüber zu sprechen, dass sie ab und an einen Hund mitbringen würde? Sie konnte Hannes ja schlecht vor vollendete Tatsachen stellen. Oder doch? Sollte sie es bereits beim Essen ansprechen? Vielleicht wäre es am besten, wenn sie erst einmal mit Hannes alleine sprach. Peter würde sicher sofort Zeter und Mordio schreien, ohne auch nur darüber nachzudenken, ob es funktionieren könnte.

»Und das kann es«, murmelte Mia, während sie Speck und Zwiebeln andünstete.

Sie schloss kurz die Augen und inhalierte den würzigen Duft, der jetzt die Küche erfüllte. Pinot war ein wirklich friedlicher Genosse. Sie war fest davon überzeugt, dass er sich mit Molly anfreunden würde.

Meine Mutter war auch immer eine große Hundefreundin, ging es ihr plötzlich durch den Sinn. Sie erinnerte sich noch daran, wie bekümmert ihre Mutter damals gewesen war, dass sich ihr Vater immer so vehement gegen einen Hund auf dem Gut ausgesprochen hatte. Es war einer der wenigen Streitpunkte zwischen den Eheleuten gewesen, den sie bewusst mitbekommen hatte. Unwillkürlich griff sie nach ihrem Handy und schaute nach, ob sie irgendwelche Nachrichten bekommen hatte. Doch bis auf eine Werbemail waren keine neuen Mitteilungen eingetroffen.

Mia schob das Smartphone zurück in ihre Jeans, verrührte noch einmal Speck und Zwiebeln, ehe sie nach dem großen Topf mit Fleischbrühe griff, die sie bereits vorbereitet hatte. Sie füllte den Kessel mit der Brühe auf, gab die Schnippelbohnen und einige Mettwürstchen hinzu und ließ es garen.

Kaum zu glauben, wie rasch sich ein Leben verändern kann, dachte sie, als sie auch die Platte unter dem Topf mit den geschälten Kartoffeln erhitzte.

Vor kaum zwei Wochen befragt, hätte sie jedem geantwortet, dass sie sich in Straßburg sehr wohl fühle und keinen Grund sähe, irgendetwas an ihrer Situation als unabhängige junge Frau zu verändern.

Und jetzt? Jetzt hatte sie ihre Beziehung zu Florent beendet, ihren Wohnort verlassen, kümmerte sich um ihre Mutter und demnächst wohl noch um einen alten Freund und seinen Hund. Vor allem Pinot könnte zu einer Verpflichtung über Jahre hinweg werden, wie sie sie bisher noch für nichts und niemanden eingegangen war.

Wenn sie ehrlich war, bereitete ihr dies auch am meisten Bauchgrimmen, selbst wenn sie sich auf den kleinen Kerl in ihrem Leben freute.

Sie hatte schon immer einen Hund haben wollen. Wenn es auch jetzt nur eine Verabredung war, dass sie ihn zeitweise betreuen sollte, war ihr schon klar, dass sich das bei Antons Gesundheitszustand rasch ändern könnte. Mia räumte das dreckige Geschirr in die Spülmaschine, wusch die Messer ab und wischte über die Arbeitsplatte. Was hätte sie drum gegeben, wenn sie als Kind einen Hund gehabt hätten? Jedes Mal hatte sie gehofft, ihre Mutter könne ihren Vater überreden, aber er war eisern bei seiner Ablehnung geblieben. Natürlich hatte es in ihrer Kindheit Tiere gegeben, doch die Esel gehörten ihrer Mutter und wurden vor allem auch von ihr und ihren beiden Schwestern versorgt. Dann gab es noch ein paar Katzen, die jedoch halb verwildert und nur als Mäusejäger auf dem Gut waren. Die Hühner zu versorgen, war zwar ihre Aufgabe gewesen, aber trotz freundschaftlicher Beziehungen zum Federvieh hatte es ihr doch einen Hundefreund nicht ersetzen können.

Umso mehr freute sie sich jetzt auf ihre Zeit mit Pinot. Auch wenn Anton wollte, dass sie noch eine Nacht darüber schlief, war sie sich absolut sicher, dass ihr die Freundschaft zu ihrem alten Freund wichtiger war als dieser Job. Auch wenn sie sich hier bereits recht wohl fühlte, würde sie auch etwas anderes finden, wenn Hannes sich gegen ihr Arrangement mit Anton aussprechen sollte.

Sie schaute auf die Uhr an der Wand und entschied, dass sie das Brot in den Ofen geben konnte. Nicht mehr lang, dann kämen die Männer zurück und das Essen sollte fertig sein.

Mia spürte, wie sich ihr Puls beschleunigte, doch sie hatte noch nie gekniffen, wenn es um Entscheidungen ging, hinter denen sie voll und ganz stand. Sie würde heute nicht damit anfangen.

Sie griff nach einem Geschirrhandtuch, um die Messer abzutrocknen, als sie Peters hinkenden Gang den Flur entlang hörte. Ausgerechnet heute kam er vor den anderen zum Essen. Normalerweise stieß er erst zu ihnen, wenn

Hannes und Benno bereits am Tisch saßen, aber heute schien er schon Hunger zu haben. Oder wollte er sich etwa mit ihr unterhalten? Das war bisher noch nie vorgekommen. Bis auf ein paar unwirsche Grunzlaute, die er hin und wieder in ihre Richtung ausstieß, hatte Peter noch keinerlei direkten Kontakt zu ihr gesucht. Auch wenn sie es sich anders wünschen würde, kam sie mit dem alten Griesgram gut zurecht. Sie ging ihm aus dem Weg, soweit es möglich war, und ignorierte ihn ansonsten. Das war jetzt allerdings ein wenig schwierig, wo er plötzlich neben ihr vor dem Herd stand.

»Was gibt es heute?«, fragte er schroff.

»Schnippelbohnensuppe mit frischem Stangenbrot. Zum Nachtisch habe ich einen Apfelkuchen gebacken.«

»Mit Sahne?«

»Ich kann gerne welche schlagen.«

Sie stellte das Messer in den Messerblock, hängte das Geschirrtuch an den Haken und wandte sich dem Kühlschrank zu, um die Sahne herauszunehmen. Aus dem Augenwinkel sah sie Peter näher an den Herd herantreten, den Deckel des Suppentopfs lupfen und die Augen schließen. Ganz offensichtlich behagte ihm der Duft, der von dem Kessel aufstieg.

Sie schmunzelte in sich hinein und ließ sich ausgiebig Zeit, die Sahne aus dem Kühlschrank zu nehmen. Erst als sie das metallische Klappern des Topfdeckels hörte, wandte sie sich wieder um.

»Mögen Sie Schnippelbohnensuppe?«, fragte sie höflich. Vielleicht konnte sie ja über das Essen einen Zugang zu ihm finden.

»Geht schon.« Peter setzte sich auf seinen Platz am Tisch und hob mit einem Ächzen seinen Fuß auf den benachbarten Stuhl.

»Was macht der Fuß? Schmerzt er heute?«

Als nur ein weiterer Grunzlaut zur Antwort kam, wusste Mia, dass es wohl auch heute zu keinem persönlichen Gespräch kommen würde.

Sie gab noch Vanillezucker an die Sahne, stellte den Mixer an und schaute nach draußen. Beim Blick auf die Bänke und Tische im Hof dachte sie an Sonntagnachmittag zurück, als sie dort gesessen und ihre Käseplatte genossen hatte. Kaum zu glauben, was bisher alles geschehen war.

»Ich wäre fast gefallen!«, schallte es plötzlich durch die Küche.

Erschrocken drehte sie sich zu Peter um. »Wie bitte?«

»Ich wäre fast gefallen!«, wiederholte er nicht weniger schroff als beim ersten Mal.

»Wo wären Sie fast gefallen? Und warum? Was ist passiert?« Mia war nicht wenig irritiert, warum er sie plötzlich so anfuhr.

»Im Wohnzimmer. Über ein Kissen, das am Boden lag. Sie müssen dafür sorgen, dass dort nichts herumliegt. Dafür werden Sie bezahlt!«

Mia bemühte sich ruhig zu bleiben, obwohl Ärger in ihr hochschoss. Es war ja nicht so, als wenn sie nicht auch das Wohnzimmer in Ordnung halten würde. Allerdings lag es an Peter und seiner Abneigung gegen sie, dass sie den Raum immer nur betrat, wenn er sich nicht dort aufhielt. Was ihr nur ein kleines Zeitfenster zur Mittagszeit ließ, wenn er sich in sein Schlafzimmer begab, um sein Schläfchen zu machen.

»Das tut mir leid«, antwortete sie von daher, ohne weiter auf seine Anschuldigungen einzugehen. Dann schaltete sie den Mixer ab und stellte die geschlagene Sahne in den Kühlschrank.

Dieser alte Stinkstiefel, dachte sie, als sie die Schneebesen des Mixers abspülte. Schließlich konnte sie nicht permanent um ihn herumwuseln, um ihn vor Unheil zu beschützen. Er musste schon ein wenig auf sich selbst aufpassen.

Sie nahm Teller aus einem der Hochschränke und begann damit, den Tisch einzudecken, als sie den lauten Dieselmotor des auf den Hof fahrenden Traktors hörte. Erleichtert, dass die Männer heute ein wenig früher zurück waren und sie nicht länger mit Peter allein in der Küche bleiben musste, schaute sie kurz nach dem Brot, das schon köstlich duftete, ehe sie die Temperatur unter dem Suppentopf hochstellte. Dann goss sie die Kartoffeln ab, stampfte sie und rührte sie unter die Suppe. Jetzt lief ihr schon selber das Wasser im Mund zusammen. Sie schmeckte kurz ab und war mit dem Ergebnis sehr zufrieden.

»Hallo Mia, was gibt's heute Leckeres?«

Typisch Benno, der jeden Abend zuerst in die Küche polterte, um nach dem Essen zu fragen, ehe er sich die Hände waschen ging.

Mia lachte. »Schnippelbohnensuppe mit Mettwurst und frischem Stangenbrot.«

»Mmh. Ich beeile mich!« Und schwupps war er wieder durch die Tür.

Mit dieser kleinen Aktion hatte Benno deutlich ihre Laune gehoben, weshalb sie beschloss, auf keinen Fall während des Essens über ihr Vorhaben mit Pinot zu sprechen.

So verlief die gemeinsame Mahlzeit friedlich und höchst kommunikativ. Benno hatte Fragen über Fragen an Hannes und Vincent, der heute überraschend auch mit ihnen aß. Manche von ihnen wurden sogar von Peter beantwortet, der bereits die zweite Portion Eintopf in sich hineinschaufelte. Sie selbst hielt sich wie gewohnt zurück und genoss einfach die Gemeinschaft um sich herum. Molly lag wieder zusammengerollt neben Hannes auf der Bank und genoss das Streicheln seiner freien Hand über ihr Fell, und Mia musste sich beherrschen, ihre Gedanken im Zaum zu halten. Während sie ihn dabei beobachtete, wie er seine Finger langsam über den Rücken der Katze gleiten ließ, wünschte sie sich, selbst an Mollys Stelle zu sein und sich ebenso von ihm verwöhnen zu lassen.

Als ihr bewusst wurde, was sie da tat, zuckte sie zusammen und schaute kurz in die Runde, ob sie jemand beim Starren beobachtet hatte. Doch die vier Männer diskutierten gerade lebhaft darüber, ob es sinnvoll wäre, eine weitere Parzelle zu pachten, die Hannes am Morgen angeboten worden war, und hatten keinen Blick für sie übrig.

Erleichtert stand sie auf und begann damit, den Tisch abzuräumen. Nach dem Eintopf hatten die Männer auch beim Apfelkuchen gut zugeschlagen und fast ein halbes Blech davon vertilgt. Mia freute sich, dass die Mahlzeit so gut angekommen war, und nahm sich vor, im Tagebuch ihrer Urgroßmutter nach weiteren Rezepten aus der Region zu suchen.

Eine gute halbe Stunde später war die Küche blitzblank und außer ihr menschenleer. Sie hörte im Wohnzimmer den Fernseher laufen und wusste, dass Benno und Peter es sich davor bequem gemacht hatten. Vincent war nach Hause gegangen, und Hannes wollte noch nach dem Motor des Traktors sehen, da dieser vorhin wohl einige Fehlzündungen hatte. Da er noch nicht wieder hereingekommen war, wollte sie die Gelegenheit nutzen, ihn allein anzutreffen, und ging ebenfalls hinaus in den Hof. Wie erwartet hatte Hannes die Motorhaube des Traktors geöffnet und werkelte am Motor herum. Auch wenn sie ihren Vater damals immer in die Weinberge begleitet hatte und ebenso viel Zeit bei Anton im Weinkeller verbrachte, hatte sie sich doch nie für die technischen Begebenheiten auf dem Gut interessiert. Genauso wie bei ihrem Auto wusste sie, wie sie den Traktor zu starten und zu fahren hatte, doch damit erschöpften sich auch schon ihre Kenntnisse zu den Maschinen.

»Hannes?«, rief sie ihm fragend zu.

»Hm?«, erklang es unter der Motorhaube.

»Kann ich dich kurz sprechen?«

»Was denn?«

Auch wenn sein knackiger Hinter ein willkommener Anblick gewesen war, genoss sie auch den Moment, als er sich zu voller Größe aufrichtete und sie aufmerksam anblickte. Am liebsten hätte sie ihm über das kleine Grübchen über der rechten Braue gestrichen, das sich immer dort bildete, wenn er über etwas nachdachte. Aber das wäre höchst unangebracht gewesen. Von daher stopfte sie die Hände in ihre Jeanstaschen, damit sie bloß nicht in Versuchung kam.

»Ähm …«

Auch wenn ihr die ganze Zeit über bewusst gewesen war, dass sie mit Hannes über Pinot sprechen musste, war ihr bisher nicht eingefallen, wie sie das Gespräch am besten beginnen sollte. Am besten erzähle ich ihm die Geschichte genau so, wie sie sich abgespielt hat, dachte sie nur und begann mit ihrem morgendlichen Spaziergang am Rhein.

»Anton ist ein guter Freund der Familie«, erklärte sie schließlich, »unser ehemaliger Kellermeister. Ich kann ihn jetzt nicht einfach im Stich lassen.«

»Und das erzählst du mir, weil?«

»Weil ich mich dazu entschieden habe, dass ich ihn bei der Betreuung des Hundes unterstützen werde, was bedeutet, dass er sich zwischenzeitlich auch hier aufhalten müsste«, sprudelte es aus ihr hervor.

Einen Moment lang sagte Hannes nichts, nur das Grübchen über seiner Augenbraue schien sich weiter zu vertiefen.

»Das heißt, du willst kündigen?«, fragte er schließlich.

»Nein! Nein. Ich möchte nicht kündigen. Ich hoffe, es ist in Ordnung, dass Pinot sich zeitweilig hier aufhält.

Er ist übrigens mit Katzen aufgewachsen und ist absolut gutmütig«, schob sie rasch hinterher. Nervös trat sie von einem Fuß auf den anderen. Auch wenn ihre Entscheidung feststand, den kleinen Hund zu betreuen, fände sie es doch sehr schade, wenn sie deshalb ihren Job verlieren würde.

»Puh.« Hannes atmete tief durch. »Wenn es nur um mich ginge, würde ich sofort Ja sagen. Ich mag Hunde. Aber mein Vater ist im Moment einfach so empfindlich mit jedweder Veränderung im Haus.«

Mia nickte zustimmend. So hatte sie Peter kennengelernt. Und nun?

Hannes atmete noch einmal tief durch. »Aber ich bin hier der Chef. Und mir ist klar, wie wichtig es ist, dass du hier in den nächsten Wochen den Laden schmeißt. Da kann ich keine Rücksicht auf eventuell verletzte Gefühle meines Vaters nehmen. Auch wenn es mir nicht gefällt«, schob er hinterher.

Nun war es an Mia, sich zu entspannen. Geschafft. Am liebsten hätte sie die Faust nach oben gereckt, riss sich aber zusammen und begnügte sich mit einem enthusiastischen Kopfnicken.

»Danke«, sagte sie. »Ich weiß, dass das für dich keine leichte Entscheidung war, ebenso, dass es eine Zumutung von mir ist, dir diese aufzuzwingen. Aber ich bin wirklich froh, dass ich einem alten Freund auf diese Art helfen und gleichzeitig meinen Job behalten kann, der mir wirklich sehr am Herzen liegt. Also noch einmal: Danke.«

»Okay«, antwortete Hannes, und plötzlich zog sich ein feines Lächeln über sein Gesicht. »Da du dermaßen dankbar bist, wirst du auch diejenige sein, die meinem Vater von dieser Entscheidung berichten wird.«

»Was?«, rief Mia entgeistert.

»C'est la vie«, meinte Hannes, der sich jetzt ein breites Grinsen nicht verkneifen konnte. Dann wandte er sich um und steckte den Kopf wieder unter die Kühlerhaube des Traktors.

Von wegen, so ist das Leben, dachte Mia, als sie sich auf den Weg zurück ins Haus machte. Die Auseinandersetzung mit Peter hätte sie sich wirklich gerne erspart. Aber prinzipiell hatte Hannes recht, diese unangenehme Aufgabe auf sie abzuwälzen, denn schließlich war sie diejenige, die dieses Durcheinander verursacht hatte.

Sie seufzte schwer, als sie den Flur entlang in Richtung Wohnzimmer ging. Als sie den Raum betrat, lief im Fernsehen eine Sportsendung – Schwimmen. Benno spielte auf seinem Handy herum, und Peter las in der Programmzeitung. Keiner der beiden nahm Notiz von ihr.

Sie räusperte sich. »Äh, Peter, ich müsste kurz mit dir sprechen.«

Sie spürte, wie sich ihr Herzschlag beschleunigte, als Peter fragend aufsah.

»Ein alter Freund von mir ist krank und kann seinen Hund nicht mehr versorgen. Deshalb werde ich ihn ab morgen ab und an mit hierherbringen. Den Hund natürlich, nicht meinen Freund«, schob sie rasch hinterher.

»Wir können hier keinen Hund gebrauchen«, antwortete Peter nüchtern. »Wir haben eine Katze.«

»Pinot wird sich sicher gut mit Molly verstehen. Er ist mit Katzen aufgewachsen.«

»Damit wird Hannes sicher nicht einverstanden sein«, argumentierte Peter eine Spur schärfer.

»Doch. Ich habe bereits mit ihm gesprochen. Es ist ihm recht.«

»Es ist ihm recht?«, polterte Peter los und warf die Fernsehzeitung auf den Couchtisch. »Und was ist mit mir? Werde ich hier überhaupt nicht mehr gefragt? Das ist auch mein Zuhause, und ich will hier keinen Flohsack haben!«

»Es tut mir leid«, antwortete Mia so ruhig sie konnte. »Es gibt leider keine andere Möglichkeit. Und Pinot ist ein wirklich lieber Kerl, der ganz sicher keine Flöhe hat.«

Peters Mund verzog sich zu einem dünnen Strich, aber er sagte keinen weiteren Ton. Verschränkte nur die Arme vor der Brust und schien sie mit seinen Blicken zu erdolchen.

»Tja.« Mia wischte sich die feuchten Hände an der Jeans ab. »Dann bin ich mal oben in meinem Zimmer.«

Sie nickte Benno zu, der sie verwundert anschaute, und verließ den Raum.

Kapitel 10

Als sie sich am nächsten Vormittag auf den Weg zu Anton machte, um Pinot abzuholen, fühlte sie sich wie gerädert. Gestern Abend hatte sie lange Zeit nicht einschlafen können, da ihr so viel durch den Kopf gegangen war.

Weder Lena noch Nora hatten sich den restlichen Tag bei ihr gemeldet, auch nicht auf ihre Nachrichten und Anrufe reagiert. Letztlich hatte sie abends um neun selbst noch im Krankenhaus angerufen, nur um zu hören, dass es weiterhin keine gravierenden Veränderungen gab, dass ihre Mutter aber stabil sei und das schon ein positives Zeichen wäre. Trotzdem hätte sie gern von Lenas persönlichem Eindruck bei deren Besuch erfahren. Konnten sich die beiden nicht vorstellen, dass sie auf Nachricht von ihnen wartete? Oder ließen sie sie mit Absicht im Ungewissen?

Sobald sie daran dachte, schoss derselbe Ärger wie gestern Abend in ihr hoch. Die beiden waren solche Zicken!

Beim Tod ihres Vaters hatte sie zum ersten Mal zu spüren bekommen, was es bedeutete, erst in Krisensituationen zu merken, wem man wirklich wichtig war. In ihrer Trauer war Franzi die Einzige gewesen, die wirklich rückhaltlos zu ihr gestanden hatte und auch monatelang gewillt war, sich Geschichten über ihren Vater anzuhören und Mias Tränen zu trocknen. Auch damals hatte sie keinen Trost durch ihre älteren Schwestern erfahren, warum hätte ihr Verhältnis jetzt anders sein sollen als vor vierzehn Jahren? Aber eine gewisse Höflichkeit war doch nun wirklich nicht zu viel verlangt, es ging schließlich um ihre Mutter, das einzige Bindeglied zwischen ihnen.

Mia parkte vor Antons Haus und stieg aus. Heute Morgen war sie bereits im Laden für Tierbedarf gewesen und hatte ein weiteres Körbchen sowie Näpfe und Spielzeug für Pinot gekauft, um sie in ihrem Zimmer auf dem Gut zu drapieren. Netterweise hatte ihr Hannes den VW-Bus zur Verfügung gestellt, jedoch nicht ohne mit einem breiten Grinsen nachzufragen, wie denn das Gespräch mit Peter verlaufen sei. Dabei hatte er das gestern Abend sicherlich bereits von seinem Vater erfahren.

Doch Mia lächelte bei dem Gedanken an diese freundschaftliche Neckerei. Obwohl er ansonsten eher ein ernster und zurückhaltender Typ war, hatte Hannes einen eindeutigen Sinn für Humor. Was ihn sehr sympathisch machte.

Wohl mehr als sympathisch, schoss es ihr durch den Kopf, als sie spürte, wie ihr verräterisches Herz allein bei dem Gedanken an ihr Aufeinandertreffen im Hof ihren Pulsschlag beschleunigte. Er sah aber auch wirklich zum Anbeißen aus mit diesen dunklen Augen, die mitten in sie hineinzuschauen schienen. Merkwürdigerweise fühlte sie sich dabei überhaupt nicht entblößt. Im Gegenteil. Sie fühlte sich ihm nah, obwohl sie sich doch eigentlich noch überhaupt nicht kannten.

Um sich ein wenig zu beruhigen, atmete sie einmal tief durch, ehe sie an Antons Haustür klopfte.

»Komm rein!«, schallte es durch das geöffnete Fenster.

»Guten Morgen«, begrüßte Mia ihren alten Freund, als sie ins Wohnzimmer kam. »Wie geht es dir?«

»Gut, gut. Du musst nicht klopfen, Miakind. Die Haustür steht immer offen. Und?«, fuhr er fort. »Hast du noch einmal gut nachgedacht?«

Mia setzte sich aufs Sofa und knuddelte Pinot, der sie freudig begrüßte. »Nachgedacht, Entscheidung getroffen und bereits mit meinem Chef geklärt: Ich werde die Betreuung von Pinot übernehmen, so wie ich es dir versprochen habe.«

Anton strahlte sie an. »Ach, da bin ich froh!«

»Wenn es dir recht ist, nehme ich ihn gleich für einen kleinen Ausflug mit, damit er schon mal die neue Umgebung auf dem Gut kennenlernt.«

»Natürlich! Pinot wird sich freuen, neue Leute kennenzulernen. Hach, ich wäre zu gern selbst noch mal auf dem Gut und würde mir anschauen, was sich alles so verändert hat in den letzten Jahren.«

»Das wäre sicher kein Problem. Ich könnte Hannes fragen, ob er etwas dagegen hätte, wenn ich dich einmal herumführe.«

»Das wäre wirklich schön. Aber nun zu Pinot. Lass mich dir erklären, was er so gewohnt ist und welche Marotten er hat.«

Noch fast eine Stunde hatte sie mit Anton zusammengesessen, ehe sie sich wieder auf den Heimweg machte, den Hund sicher aufgehoben in seiner Hundebox im Fußraum vor den Rücksitzen. Die Schnippelbohnensuppe, die sie Anton mitgebracht hatte, hatte sie ihm in den Kühlschrank gestellt und letztlich noch die Katze gefüttert, damit Anton es nicht tun musste.

»Ich werde dir deinen kleinen Freund nachher wieder heil zurückbringen«, versprach sie ihm, als sie sich von ihm verabschiedete.

»Ich freu mich für ihn, dass endlich wieder ein bisschen mehr Schwung in sein Leben kommt.«

»Das mache ich wirklich gern«, erklärte Mia, während sie Anton in eine vorsichtige Umarmung zog. »Ich habe mir schon als Kind einen Hund gewünscht, und jetzt habe ich zumindest einen Leihhund. Das ist doch was.«

Mia winkte ihm von der Wohnzimmertür aus noch einmal zu, ehe sie raschen Schrittes das Haus verließ.

Auch wenn sie sich gestern noch so sicher gefühlt hatte, dass es zwischen Pinot und Molly schon zu keinen Feindseligkeiten kommen werde, war sie doch angespannt, als sie auf dem Hof des Guts parkte. Vor allem hatte sie ja auch überhaupt keine Hundeerfahrung. Würde Pinot sie akzeptieren und nicht gleich das ganze Haus auf den Kopf stellen? Sofort hatte sie Peters grimmiges Gesicht vor Augen. Sie hoffte inständig, dass der Graben zwischen ihnen nicht noch tiefer wurde.

Sie nahm die Hundebox aus dem Auto und trug sie ins Haus. Im Flur angekommen, schloss sie sorgfältig die Wohnungstür hinter sich, ehe sie die Box öffnete. Sie brauchte Pinot nicht weiter zu locken, er streckte sofort neugierig den Kopf hervor, ehe er aufgeregt schnüffelnd den Eingangsbereich erkundete. Dann lief er in die Küche, schnupperte sich die Schränke entlang, bis er bei Mollys Näpfen ankam. Dann probierte er einige Happen Katzenfutter, ehe Mia auch nur »Nein!« rufen konnte. Sie eilte hinterher und stellte die Katzennäpfe auf die Arbeitsplatte.

Später würde sie überlegen müssen, wie sie dieses Problem am besten lösen konnte. Jetzt folgte sie erst einmal Pinot, der schon wieder in Richtung Flur unterwegs war. Die Wohnzimmertür war verschlossen. Besser konnte Peter gar nicht demonstrieren, was er von dem neuen Hausgast hielt. Doch bevor sie überlegen konnte, ob sie ihm Pinot nicht trotzdem vorstellen sollte, flitzte der Hund bereits die Treppe nach oben.

Mia beeilte sich ihm zu folgen und sah gerade noch, wie er in Hannes' Schlafzimmer verschwand. Mist! Warum stand denn dort die Türe auf?

Mit einem beherzten »Pinot! Hierher!« stürmte sie ins Zimmer, wo sie ruckartig stehenblieb und die Augen aufriss. Anstatt auf den Hund zu achten, der im Zickzackkurs durch den Raum und um Hannes herumwuselte, konnte sie ihren Blick nicht von dem Mann abwenden, der, nur mit einem Handtuch um die Hüften bekleidet, vor seinem Kleiderschrank stand.

Wow! war alles was ihr einfiel. Hannes würde auch gut als Model durchgehen. Sein durchtrainierter Körper kam jetzt erst richtig zur Geltung. Auf seiner linken Brust trug er ein Tattoo. Ein Tattoo! So hätte sie ihn gar nicht eingeschätzt. Wobei der ausladende Lebensbaum gut zu ihm zu passen schien: ein Symbol für den Zusammenhalt der Familie.

Dann wanderte ihr Blick weiter zu seinen Bizeps. Es war so ein großer Unterschied, ob der Körper eines Mannes durch anstrengende Arbeit oder durch das Pumpen von Gewichten gestählt wurde. Bei Hannes' Körper lief ihr buchstäblich das Wasser im Mund zusammen.

»Mia?«

Erst jetzt schaute sie ihm ins Gesicht. Bemerkte den ironischen Ausdruck in seinen Augen. Mein Gott, er hatte sie beim Starren ertappt!

Sie spürte, wie ihr Gesicht zu glühen begann.

»Entschuldigung«, stammelte sie. Am liebsten hätte sie sich unsichtbar gemacht. »Der Hund ist mir ausgebüxt.«

»Ein netter Hund«, sagte Hannes, den Blick immer noch auf sie gerichtet.

»Was machst du eigentlich hier?«, fragte sie mit einer gewissen Schärfe in der Stimme. Angriff war in dieser Situation sicher die beste Verteidigung.

»Dies hier ist mein Zimmer. Und ich habe geduscht. Nicht, dass es dich irgendwas anginge.«

»Was ist passiert?«, fragte sie, ungeachtet seiner Abfuhr, weiter. »Ich dachte, ihr seid heute im Ohlenberg beschäftigt.«

»Ein kleines Unglück beim Wechseln des Dieselfilters am Traktor«, erklärte er lapidar. »Vincent und Benno sind schon am Hamm zugange, aber da der Traktor immer noch muckte, wollte ich es mal mit dem Austauschen des Dieselfilters probieren. Tja. Ich bin mit meinen Händen an den Trauben wohl geschickter als an Motoren.«

Er schenkte ihr ein schiefes Grinsen, und ihr fielen gleich etliche Dinge ein, bei denen er seine geschickten Hände beweisen könnte. Und die hatten weder etwas mit Trauben noch mit Motoren zu tun. Allein bei dem Gedanken daran breitete sich ein kräftiges Kribbeln in ihrem ganzen Körper aus, und sie spürte, wie ihre Wangen heiß wurden.

Bevor ich mich hier noch weiter vor ihm blamiere, sollte ich mich wohl besser so würdevoll wie möglich zurückziehen, dachte sie aufgewühlt.

»Pinot, hier!«

Glücklicherweise gehorchte der Hund und kam sofort angeschossen.

»Ich lass dich dann mal besser allein«, brachte sie noch hervor, ehe sie Pinot am Halsband fasste und aus dem Zimmer führte. Nachdrücklich schloss sie die Tür hinter sich, richtete sich auf und presste eine Hand auf ihre Brust.

Nun, das war mal eine Überraschung, die den Kreislauf einer Frau in Schwung bringt, dachte sie. Zeit, auf andere Gedanken zu kommen.

Sie ließ Pinot noch in Ruhe durch ihr eigenes Schlafzimmer schnüffeln, ehe sie ihn wieder mit nach unten nahm. Am besten würde sie jetzt die Mittagssnacks vorbereiten und ihre Gedanken dabei auf etwas richten, das ihr half, ihren Puls wieder in geordnete Bahnen zu lenken.

Als sie mittags vom Ohlenberg zurückkehrte, in dem mittlerweile auch Hannes arbeitete, klingelte ihr Handy.

Als sie den Namen ihrer ältesten Schwester auf dem Display sah, zuckte sie zusammen. Ob etwas mit ihrer Mutter passiert war? Sie sammelte sich einen Moment, ehe sie schließlich auf den grünen Hörer tippte.

»Lena? Ist was passiert?«

»Hallo Mia. Es tut mir leid, dass ich mich gestern nicht mehr gemeldet habe, aber es war so viel im Geschäft zu tun, und abends musste ich noch mit Zoe für ein Diktat üben, das sie heute Morgen geschrieben hat – ich habe es einfach nicht geschafft.«

Ihre Schwester entschuldigte sich bei ihr? Mia war perplex.

»Mama geht es so weit gut«, fuhr Lena fort. »Ihre Werte sind unter der künstlichen Beatmung in Ordnung. Ich verstehe leider so gut wie gar nichts von dem, was die Ärzte mir da erzählen. Auf jeden Fall gab es keine weiteren Komplikationen und uns bleibt nicht mehr, als abzuwarten.«

Alles Informationen, die Mia auch gestern Abend durch ihren Anruf im Krankenhaus erfahren hatte. Trotzdem war es nett, dass Lena sich persönlich bei ihr gemeldet hatte.

»Danke, dass du mir Bescheid gesagt hast«, sagte sie von daher. »Geht Nora sie nachher besuchen?«

»Ja. Nora geht heute Nachmittag vorbei. Solltest du also heute nichts weiter hören, hat sich nichts verändert.«

Mit anderen Worten: Ihre jüngere Schwester würde sie tunlichst nicht anrufen. Was sie bei Nora auch nicht verwunderte.

»Alles klar. Dann fahre ich morgen hin. Vielleicht können die Ärzte dann schon sagen, wann sie sie wieder aufwachen lassen wollen.«

Sie merkte selbst, wie gestelzt das Gespräch mit ihrer ältesten Schwester verlief. Weder Lena noch sie waren es gewohnt, miteinander zu sprechen.

»Und wie geht es Zoe so?«, erkundigte sie sich daher nach ihrer achtjährigen Nichte.

»Oh.« Lene schien überrascht. »Also, Zoe geht es sehr gut«, antwortete sie nach einem Augenblick des Schweigens. »Sie tut sich ein wenig schwer mit der Rechtschreibung, dafür ist sie in Mathe und Sport sehr gut. Aber jetzt kommt Kundschaft, ich muss Schluss machen.«

Kaum hatte Mia auch nur »Tschüss« sagen können, war die Leitung auch schon tot. Nachdenklich schob sie das Handy zurück in ihre Hosentasche. Was sagte es über sie aus, dass ihre Schwestern sich nicht einmal in der Lage sahen, Höflichkeiten mit ihr auszutauschen?

Am Nachmittag passte es endlich wieder, dass sie sich mit Franziska treffen konnte. Das würde in den nächsten Wochen deutlich schwieriger, wenn erst die Lese begonnen hatte. Doch das war heute Nachmittag kein Thema, denn ihr brannte so viel anderes auf der Seele, was sie mit ihrer besten Freundin besprechen wollte und das einfach keinen Platz in einer kurzen Nachricht am Handy gefunden hatte.

Es war herrliches Sommerwetter, weshalb sie sich im Biergarten des *Gasthaus zur Marksburg* verabredet hatten. Hierhin konnte sie auch Pinot, der immer noch bei ihr war, problemlos mitnehmen. Ein Gedankengang, an den sie sich zukünftig wohl würde gewöhnen müssen.

Sie fasste die Leine kürzer und betrat den Biergarten, der für einen Donnerstagnachmittag gut besucht war. Trotzdem entdeckte sie ihre Freundin sofort, die an einem der Tische Richtung Rheinufer saß und mit einer Hand den Kinderwagen neben sich schaukelte.

»Du bist ja schon da.« Mia begrüßte sie mit einer herzlichen Umarmung und setzte sich ihr gegenüber.

»Ja. Nico wurde quengelig, deshalb bin ich ein wenig früher gefahren. Jetzt ist er schon fast eingeschlafen, und wir können in Ruhe miteinander quatschen.«

»Hast du schon was bestellt? Ich komme um vor Durst.«

»Nein, ich habe extra auf dich gewartet.«

Mia machte der Kellnerin ein Zeichen und bestellte für sich und ihre Freundin jeweils ein alkoholfreies Hefeweizen. Genau das Richtige bei diesem Wetter.

»Warum hast du Pinot dabei?«, wollte Franziska wissen.

Mia lachte. »Ich muss mich erst wieder dran gewöhnen, dass hier im Dorf jeder jeden kennt. Da du den Hund erkannt hast, hast du wohl noch Kontakt zu Anton?«

»Kontakt ist vielleicht etwas übertrieben. Wir grüßen uns, wenn wir uns bei einem seiner Spaziergänge treffen, sprechen kurz über das Wetter oder Sonstiges, was gerade so ansteht.«

Die Kellnerin kam und stellte vor jede der beiden ein gut gekühltes Hefeweizen.

»Danke.« Mia lächelte ihr kurz zu, ehe sie das Glas ansetzte und einen großen Schluck nahm. »Ah, das tut gut!«

Sie stellte das Glas zurück auf den Tisch und wandte sich wieder ihrer Freundin zu. »Dienstagmorgen habe ich Pinot am Rheinufer gefunden. Er war Anton ausgebüxt, hatte sich im Gestrüpp verhakt und die Pfote vertreten. Ich war mit ihm beim Tierarzt, wo wir dann rausbekommen haben, dass er zu Anton gehört. Dem wird es langsam zu viel mit dem Hund, und deshalb habe ich ihm angeboten, mich ebenso um ihn zu kümmern.«

»Für immer?«, fragte Franzi fassungslos.

Mia wand sich ein wenig. »Nun ja. Zumindest für die

Zeit, in der ich noch hier sein werde. Was erstaunt dich daran so?«

Franzi grinste. »Entschuldige, aber ich hatte fast angenommen, du wolltest für immer hier bleiben, was ich mir bei deinem unsteten Leben kaum vorstellen kann. Aber selbst wenn nicht. Es ist ganz schön viel, was du dir da aufhalst, schließlich herrscht auf dem Gut Hauptsaison.«

»Jetzt sei doch nicht so negativ. Es wird sich schon alles regeln. Im Moment bin ich noch hier und werde mich neben Pinot auch ein wenig um Anton kümmern. Den Rest wird die Zeit zeigen.«

Franzi schüttelte den Kopf. »Du bist immer so unstrukturiert.«

»Und das hat dich schon vor zwanzig Jahren ganz kirre gemacht.« Mia prostete ihrer Freundin zu. »Aber es kann nun mal nicht jeder so organisiert sein wie du. Bisher bin ich doch gut zurechtgekommen. Und nun zu etwas anderem, was mir auf der Seele brennt: Meine Mutter hatte einen schweren Unfall.«

Erschrocken sog Franziska die Luft ein. »Was ist passiert?«

Mia erzählte ihr ausführlich die ganze Geschichte, inklusive des Verhaltens ihrer Schwestern.

»Diese beiden Zicken«, ereiferte Franzi sich. »In solch einer Situation muss man doch zusammenhalten!«

Mia zuckte mit den Schultern. »Ich hatte mir noch nie wirklich etwas mit ihnen zu erzählen. Aber das Gespräch heute mit Lena fühlte sich total merkwürdig an. Als würde ich mit einer komplett Fremden sprechen.«

»Das tut mir so leid für dich.« Franziska legte ihr tröstend eine Hand auf den Arm.

Mia lachte freudlos auf. »Das kannst du sehr wahrscheinlich überhaupt nicht nachvollziehen.«

Sie hatte die Feste in der Familie ihrer Freundin immer genossen. Dort hatte niemand Probleme, mit den anderen im Gespräch zu sein. Der ganze Clan mit Onkeln und Tanten, Cousins und Cousinen feierte zusammen. Es wurde viel gegessen und getrunken, die Kinder tobten um die Erwachsenen herum, schienen aber niemanden zu stören. Im Gegenteil. Auch die Älteren griffen noch zum Ball und initiierten manches Mal ein wildes Fußballspiel.

Sie hatte bei Franzis Familie mehr als einmal erlebt, was ihre eigene Familie einfach nicht schaffte: ein unkompliziertes Miteinander.

»Nun, ich kann es insoweit nachvollziehen, wie ich deine Familie kenne. Dein Vater war der Kitt zwischen dir, deiner Mutter und deinen Schwestern. Mit seinem Tod ist in mehr als nur einer Bedeutung eine Lücke entstanden«, meinte Franziska.

Natürlich hatte ihre Freundin mal wieder den Nagel auf den Kopf getroffen. Solange ihr Vater noch gelebt hatte, waren sie alle recht gut miteinander ausgekommen. Da sie in ihm – und auch in Anton – immer einen Ansprechpartner hatte, fiel ihr das starke Band zwischen ihrer Mutter und ihren Schwestern nicht so auf. Umso härter war die erste Zeit nach seinem Tod, nachdem das Gut verkauft und sie mit ihrer Familie nach Koblenz zu den Großeltern gezogen war. Nicht nur ihr Vater, auch Anton war nicht mehr präsent, und niemand verstand es, die Kluft zwischen ihr und ihrer Mutter zu überbrücken. Sie fühlte sich unverstanden und ungeliebt, fühlte sich schlicht überflüssig in dieser Viererkonstellation. Die Einzige, die Verständnis für sie zeigte, war ihre Großmutter. Doch die war damals schon krank gewesen und kurz vor Mias achtzehntem Geburtstag gestorben, dem Zeitpunkt, an dem sie mit nicht mehr als dem Inhalt ihres Rucksacks die gemeinsame Wohnung verlassen hatte.

Mia atmete tief durch.

»Ich weiß einfach nicht, wie ich mit dieser Situation umgehen soll«, erklärte sie. »Natürlich mache ich mir Sorgen um meine Mutter. Sie ist – meine Mutter eben. Ich liebe sie, trotz all der Unstimmigkeiten zwischen uns. Aber wir beide sind es nicht gewohnt, liebevoll miteinander umzugehen. Obwohl ich mir nichts mehr wünsche, als dass sie wieder aufwacht, graust es mir davor, weil es bedeutet, dass ich sie im Krankenhaus besuchen und mit ihr sprechen muss. Ich weiß einfach nicht, worüber ich mich mit ihr austauschen soll. Du hättest das Telefonat zwischen Lena und mir mitbekommen sollen, das wir vorhin miteinander geführt haben, dann wüsstest du, wovon ich spreche.«

Mia wischte sich mit beiden Händen übers Gesicht, ehe sie nach ihrem Glas griff und einen weiteren Schluck nahm. Dann sah sie zu Franziska hinüber, die ebenfalls ihr Glas in der Hand hielt.

»Weißt du«, begann Franzi nachdenklich, »manchmal muss man überhaupt nichts sagen. Es reicht völlig, wenn man miteinander schweigt. Bernhard von Clairvaux hat gesagt: Aus dem Schweigen kommt alle Kraft.«

»Mein Gott!« Mia lachte. »Was hast du nur für ein fantastisches Hirn, dass du weißt, was Bernhard von Clairvaux irgendwann einmal gesagt hat?«

Ihre Freundin zuckte mit den Schultern und stellte ihr Glas wieder ab. »Keine Ahnung, ich habe es wohl mal gelesen. Aber woher ich es habe, ist doch auch völlig nebensächlich. Wichtig ist doch nur, ob dir dieser Gedanke den Mut gibt, auch Schweigen auszuhalten, wenn du am Bett deiner Mutter sitzt?«

»Ich habe ja noch ein bisschen Zeit, es wirken zu lassen.« Nachdenklich kraulte sie Pinot hinter den Ohren, der neben ihrem Stuhl saß und aufmerksam seine Umgebung betrachtete.

»Auf jeden Fall hat es gut getan, mit dir darüber zu sprechen. Vielen Dank, dass du meine beste Freundin bist.«

»Vielen Dank, dass *du* meine beste Freundin bist«, widersprach Franzi und grinste Mia an. »Und jetzt erzähl mir davon, wie es ist, für den heißen Hannes Lehmacher zu arbeiten?«

Mia spürte, wie ihr das Blut in die Wangen schoss, und war Franzi gleichzeitig dankbar, dass sie sich darum bemühte, Mias düstere Gedanken zu vertreiben. »Du findest ihn heiß?«

»Ich nicht, ich kenne ihn ja gar nicht. Aber du bist krebsrot geworden. Also, was läuft da zwischen euch, Pippilotta?« Neugierig stützte Franziska beide Ellbogen auf den Tisch und legte ihr Kinn auf die verschränkten Hände.

»Überhaupt nichts!«, entgegnete Mia unwirsch und verfluchte einmal mehr ihre Neigung zum Erröten. Andere konnten cool und gelassen bleiben, ihr dagegen sah man sofort an, wenn ihre Gefühle Achterbahn fuhren.

»Hallo, du sprichst mit deiner besten Freundin. Der letzte Stand war, dass du dir über deine Gefühle zu Florent klarwerden wolltest, und jetzt schwärmst du ganz offensichtlich für Hannes Lehmacher?«

»Pah, was heißt schon schwärmen? Du weißt doch selbst, wie schnell ich rot werde. Ich musste nur gerade an unsere Begegnung heute Morgen denken. Das war wirklich peinlich.«

»Wieso? Hat er dich nackt gesehen?«, frotzelte Franzi.

»Nicht er mich, aber ich ihn.«

»Was?«, quietschte Franzi und machte große Augen.

»Na ja. Fast nackt. Er trug nur ein Handtuch, das er sich um die Hüften geschlungen hatte.«

Franziska wedelte mit einer Hand vor ihrem Gesicht herum. »Jetzt wird mir tatsächlich heiß. Beschreib ihn mir. Du weißt, ich habe Sexentzug. Ich brauche zumindest ein wenig verbalen Input.«

Versonnen blickte Mia hinüber zur Marksburg, die im gleißenden Licht der Sonne stolz auf ihrem Felsen ruhte.

»Er macht schon eine gute Figur«, sinnierte sie und wandte sich wieder ihrer Freundin zu. »Durch die körperliche Arbeit ist er wirklich gut gebaut. Kräftige Bizeps, breites Kreuz, gut geformte Brust.«

Dann wandte sie sich wieder an ihre Freundin. »Und er hat ein Tattoo.«

»Ein Tattoo, verdammt.«

Mia lachte. »Du solltest dich ansehen. Wie alt bist du, sechzehn?«

»Lass mir doch meine Fantasie und erzähl einfach weiter.«

»Mehr gibt es nicht zu erzählen. Schluss für heute. Da läuft nichts mit Hannes, und da wird auch nichts laufen.«

»Weil du noch an Florent hängst?«

Nun, an Florent hatte sie keine Sekunde gedacht, als sie Hannes in dessen Schlafzimmer gegenübergestanden hatte.

Deshalb schüttelte sie den Kopf. »Nein, eher nicht. Aber ich weiß, dass ich nicht von einer Beziehung in die nächste schlittern will, und wenn, schon gar nicht wieder in eine mit meinem Chef. Irgendwann muss doch selbst ich lernen, was mir nicht guttut.«

»Irgendwann bestimmt«, meinte Franziska mit zweifelndem Blick. »Allerdings bin ich mir nicht sicher, ob das schon so bald der Fall sein wird.«

Kapitel 11

Am nächsten Abend war es das erste Mal, dass Pinot bei ihr übernachten sollte. Anton hatte am nächsten Morgen schon früh einen Termin in der Uniklinik Mainz, da er gegen seine Arthritis neue Medikamente bekommen sollte. Von daher war es für ihn eine große Entlastung, dass Mia sich bis zu seiner Rückkehr um den Hund kümmern würde. Inzwischen hatte sich der kleine Kerl auch auf dem Gut bereits gut eingelebt. In der Küche lag für ihn neben der Tür eine kuschelige Decke unter einem Beistelltischchen bereit, aber seinen regulären Schlafplatz bei längeren Aufenthalten hatte er hier oben in ihrem Zimmer, wo er jetzt auch lag.

Mia räkelte sich in ihrem Sessel, während sie zu ihm hinüberschaute und darüber schmunzelte, wie niedlich er im Schlaf aussah. Völlig entspannt lag er eingerollt in seinem Körbchen und stieß leise Schnarchgeräusche aus.

Sie selbst kreuzte die Knöchel übereinander und vertiefte sich erneut in das Rezeptbuch ihrer Urgroßmutter. Bisher hatte sie noch nicht die Zeit gefunden, sich ausführlich damit zu beschäftigen, und nur die Idee mit der Schnippelbohnensuppe daraus entnommen. Aber heute Abend stand ihr der Sinn nach geistiger Betätigung, damit sie sich nicht mit den immergleichen Gedanken herumquälen musste. Und da ihre Urgroßmutter ihre Einträge in Sütterlinschrift verfasst hatte, war sie gezwungen, sich beim Lesen derselben besonders gut zu konzentrieren. Genau die richtige Ablenkung bis zu ihrem Abendspaziergang mit Pinot. Zudem hatte Elisabeth die freien Stellen zwischen den Rezepten mit kleinen Begebenheiten ihres Lebens gefüllt, und Mia war gespannt, was sie alles über sie erfahren würde.

Sie hob den Blick vom Buch. Wann war ihre Urgroßmutter eigentlich geboren worden? Sie erinnerte sich vage an den Stammbaum, den ihr Vater ihr vor Jahren einmal gezeigt hatte. Ob ihre Mutter den wohl aufgehoben hatte?

Bevor ihre Gedanken wieder zu ihrer Mutter wandern konnten, versuchte sie sich erneut auf die große Papierrolle mit dem aufgemalten Stammbaum zu konzentrieren. Sie hatte damals für ein Schulprojekt ihre Vorfahren recherchieren müssen. Und während ihre Großeltern mütterlicherseits nur Auskunft über die beiden vorherigen Generationen geben konnten, hatte ihr Großvater bereits vor einigen Jahrzehnten diesen Stammbaum angelegt, der bis ins frühe 18. Jahrhundert zurückreichte. Es hatte sie damals sehr beeindruckt, wie lange die Familie ihres Vaters bereits am Mittelrhein ansässig war.

Plötzlich fiel ihr wieder ein, dass sie sich das Geburtsdatum ihrer Urgroßmutter damals gut merken konnte, weil es der 1. April gewesen war.

»Meine Urgroßmutter war ja ein Aprilscherz«, hatte sie mit ihrem Vater gewitzelt.

Ein warmes Gefühl durchströmte sie, als sie an jenen Abend zurückdachte, an dem ihr Vater den breit gefächerten Stammbaum vor ihr ausgerollt hatte und sie gemeinsam darüber brüteten, welche Personen davon sie für ihr Projekt übernehmen wollte. Aufgrund des einprägsamen Datums und der Tatsache, dass Elisabeth Schumann im Jahr 1914 und damit kurz vor Beginn des I. Weltkrieges geboren worden war, hatte sie sich unter anderem für ihre Urgroßeltern entschieden. Von daher wusste sie auch noch, dass ihr Urgroßvater gut zwanzig Jahre älter gewesen war als seine Frau. In den Augen eines Teenies fast im Greisenalter bei seiner Hochzeit 1934.

Mia lachte auf. Inzwischen war sie selbst schon an die dreißig und fühlte sich noch überhaupt nicht alt. So änderte sich die Sichtweise im Laufe der Jahre.

Sie beugte sich wieder über die Seiten und rechnete kurz nach: Im April 1946 war ihre Urgroßmutter gerade erst zweiunddreißig Jahre alt gewesen, also fast genauso alt wie sie selbst. Und doch hätten ihre Leben nicht unterschiedlicher sein können, wenn sie bedachte, was diese junge Frau bis dahin schon alles erlebt hatte: zwei Weltkriege, die goldenen Zwanziger, daran anschließend die Weltwirtschaftskrise und das III. Reich. Kein Vergleich zu den ruhigen und im Gegensatz dazu luxuriösen Zeiten, in denen sie selbst erwachsen werden durfte.

Erneut schaute sie auf die Eintragung, die an diesem Tag sehr ausführlich gewesen war.

6. April 1946
Heute war ich im Weinberg an der Rabenlei im Bopparder Hamm und habe die letzten Reben gebogen. Auch wenn es hübsch aussieht, wenn die Arbeit getan ist und die Fruchtruten zu Herzen gebogen in langen Reihen stehen, tun mir doch die Finger weh. Mariechen hat heute gekocht, weshalb

das Essen kein großes Vergnügen gewesen ist. Sie versteht es einfach nicht, vorsichtig mit dem Salz umzugehen, weshalb ich schon immer eine große Karaffe mit Wasser auf den Tisch stelle, wenn sie Küchendienst hat. Friedrich scheint es nicht zu stören, er schaufelt alles in sich hinein, was man vor ihn hinstellt. Als ich heute Nachmittag in die Küche kam, saß er mit einer Tasse Kaffee am Tisch und las in meinem Rezeptebuch, das ich vergessen hatte, wegzuräumen.

»Du solltest dir das Rezept von der Weincreme geben lassen, die Hanna immer macht.«

Seine Augen funkelten beim bloßen Gedanken daran, sodass auch ich schmunzeln musste. Kenne ich doch seine große Liebe zu Süßspeisen nur zur Genüge. Nun denn, dann werde ich versuchen, das Familienrezept aus meiner Freundin herauszukitzeln, damit ich ihm nächsten Sonntag einen leckeren Nachtisch machen kann.

Mia rieb sich über die Augen. Es war in der Tat sehr mühsam, die kleinen Buchstaben zu entziffern und der willkürlichen Anordnung auf der Seite zu folgen. Trotzdem würde sie nicht aufgeben. Sie fand es spannend, eventuell mehr über die alten Arbeitsweisen auf dem Gut zu lernen und gleichzeitig auch ein Stück Familiengeschichte zu erfahren. Alles, was sie bisher gewusst hatte, war, dass ihr Urgroßvater früh verstorben war, ihre Urgroßmutter aber nie wieder geheiratet hatte. Ob es daran gelegen hatte, dass er ihre große Liebe gewesen war? Trotz des großen Altersunterschieds? Wurde damals nicht eher aus Vernunftgründen geheiratet? Gerade wenn es um den Erhalt eines Guts oder Hofes ging?

Bevor sie weiterlesen konnte, klopfte es an ihrer Zimmertür?

»Ja bitte?«, rief sie, während Pinot sich hochrappelte und zur Tür hinüber tapste.

»Ich bin's.« Bennos Kopf erschien neben dem Türblatt.

»Komm rein«, forderte sie ihn auf.

Er betrat ihr Zimmer, eins der dicken Weinbaubücher in der Hand.

»Ich hätte da mal eine Frage und kann Hannes nicht finden. Du kennst dich doch auch ein bisschen aus, und da dachte ich, vielleicht könntest du mir weiterhelfen?«, druckste er herum, während seine Wangen rot anliefen.

Mia nickte ihm aufmunternd zu. »Ich kann es ja mal versuchen.«

Sie legte das Tagebuch beiseite und streckte ihre Hand nach seinem Lehrbuch aus. »Worum geht es?«

»Um das Biegen der Reben in den unterschiedlichen Anbaugebieten.«

Mia musste grinsen, war das doch genau die Arbeit, die ihre Urgroßmutter gerade erwähnt hatte.

»Dabei sollte ich dir helfen können. Mach es dir bequem.«

Benno hockte sich im Schneidersitz vor sie hin, kraulte Pinot hinter den Ohren, der auf seinen Schoß geklettert war, und schaute erwartungsvoll zu ihr hoch.

Mia musste ein Schmunzeln unterdrücken, als sie den anhimmelnden Blick in seinen Augen sah.

»Also, beim Biegen der Reben im Frühjahr gibt es regionale Unterschiede, je nachdem wie die örtlichen Gegebenheiten sind«, begann Mia zu erklären und bemühte sich um Nüchternheit. »Das hast du ja gerade schon gesagt. Es gibt zum Beispiel die Pfahlerziehung in den Steillagen, aber auch die Drahtrahmenerziehung.«

Sie beschrieb den Aufbau der unterschiedlichen Reberziehungsmöglichkeiten und erklärte die Bilder in seinem Lehrbuch. Danach sprachen sie noch über ihre Erkenntnisse zum Austrieb der Reben und die dann nötigen Arbeiten, die sie damals von ihrem Vater und Anton mitbekommen hatte.

»Du kennst dich wirklich gut aus«, meinte Benno ehrfürchtig, als sie am Ende ihrer Ausführungen angekommen war. »Hast du in diesem Bereich auch eine Ausbildung gemacht?«

»Nein, keine Ausbildung. Hat Hannes euch nicht erzählt, dass ich hier aufgewachsen bin?«

Benno schaute sie fragend an. »Wie, hier? Hier in Spay oder hier auf dem Gut?«

»Hier auf dem Gut.«

»Du bist hier auf diesem Gut aufgewachsen?« Nun bekam Benno große Augen. »Hattest du ein Glück.«

Mia lachte. »Was hat das denn mit Glück zu tun?«

»Ich wünschte mir, ich wäre auch auf einem Weingut aufgewachsen, dann hätte ich schon vor Jahren mit in die Weinberge gehen können und meine Eltern nicht erst mühsam davon überzeugen müssen, dass man auch Winzer werden kann, wenn man kein eigenes Gut in der Familie hat.

Außerdem wüsste ich dann schon viel mehr und müsste es mir nicht erst mühsam erarbeiten«, fügte er hinzu.

»Also nun stell dein Licht mal nicht unter den Scheffel.

Dafür, dass du gerade erst mit deiner Ausbildung begonnen hast, weißt du schon eine ganze Menge.«

War ihre Unterhaltung bis eben noch recht locker und entspannt gewesen, verwandelte Benno sich plötzlich wieder in einen unsicheren Teenager.

»Wenn du meinst«, nuschelte er, stand auf und nahm sein Lehrbuch von ihr entgegen. »Auf jeden Fall vielen Dank.«

Pinot umkreiste schwanzwedelnd Bennos Beine. Der bückte sich und fuhr dem Hund noch einmal streichelnd über das Fell.

»Machst du gleich noch deinen Abendgang?«

Mia schaute auf die Uhr und nickte. »Ja, wir zwei werden noch eine kleine Runde drehen. Willst du mitkommen?«

»O nein!« Nun wurde Benno rot bis in die Ohrspitzen.

Dann jedoch zog er die Schultern zurück und richtete sich auf, ehe er betont cool erwiderte: »Ne, lass mal, so was ist nichts für mich. Bis morgen.«

Mia schaute ihm grinsend hinterher, als er rasch das Zimmer verließ. Dann wandte sie sich an den Hund: »Irgendwie niedlich ist er ja schon, oder?«

Im Gegensatz zu ihr genoss Pinot den Spaziergang in vollen Zügen. Wild schnüffelnd eilte er den Weg entlang des Rheins hin und her, blieb an einigen besonders spannenden Stellen länger stehen und markierte so oft, dass Mias Meinung nach unmöglich noch irgendetwas aus seiner Blase rauskommen konnte. Aber was wusste sie schon von männlichen Hunden. Oder Männern überhaupt.

Sie seufzte auf. Florent hatte sich nach wie vor nicht gemeldet, und sie wusste nicht, ob es sie traurig machte oder nicht doch eher die Erleichterung einer unkomplizierten Trennung überwog. Einerseits vermisste sie die gemeinsamen Arbeiten in der Küche, wenn sie denn gut liefen. Aber wenn sie ehrlich war, musste sie sich eingestehen, dass er ihr ansonsten nicht besonders fehlte. Hatten sie anfangs noch schöne Zeiten miteinander verbracht, waren in den letzten Monaten die romantischen Momente doch spürbar weniger geworden. Was sicher nicht nur an Florent gelegen hatte, gab sie vor sich selber zu. Auch sie selbst hatte nicht mehr viele Gedanken darein investiert, ihrem Freund etwas Gutes zu tun.

Bin ich ein egoistischer Mensch? fragte sie sich wieder einmal und stieß mit der Fußspitze ein Steinchen zur Seite. Gerade ihr Umgang mit Anton ließ doch schon tief blicken. Auch in ihren Beziehungen war sie niemand gewesen, der den Partner aus voller Seele unterstützt hätte. Wobei sie zu ihrer Ehrenrettung sagen musste, dass sie das auch nicht von anderen erwartete. Sie war schon immer sehr eigenständig gewesen. Eigenständig bis zur Einsamkeit, dachte sie in einem plötzlichen Anfall von Selbstmitleid. Besonders stark hatte sie so nach dem Tod ihres Vaters empfunden. Und wenn sie ehrlich war, hatte sie dieses Gefühl in den folgenden Jahren durch Aktivität und Umtriebigkeit schlicht zu überlagern versucht.

Mia lehnte sich über das Geländer und blickte in das träge fließende Wasser jenseits davon. Eigentlich hatte sie sich immer nur angekommen gefühlt, wenn sie Franzi besuchte. Hier in Spay fühlte sie sich verwurzelt. Von ihrer

Freundin fühlte sie sich so angenommen, wie sie war. Ihr musste sie nichts vorspielen, die ewig gut gelaunte Mia sein. Bei Franzi konnte sie sich anlehnen, wenn sie gerade einmal eine trübe Phase hatte. Was glücklicherweise selten vorkam, aber heute …

Mia pfiff nach Pinot, der bereits ein Stück vorweggelaufen war, und machte sich langsam wieder auf den Rückweg.

Der Tag hatte schon schlecht angefangen. Peter war beim Frühstück äußerst griesgrämig gewesen und hatte ihr immer wieder ärgerliche Blicke zugeworfen, obwohl Pinot zu diesem Zeitpunkt noch überhaupt nicht im Haus gewesen war. Dann hatte er ihr aufgetragen, zum Abendessen Buttermilchsuppe mit Bohnen und Apfelpfannkuchen zu machen. Ein kurzer Blick zu Hannes hatte ihr zwar gezeigt, dass dieser auch nicht sehr glücklich über den Ton und die Anweisung seines Vaters war, allerdings sagte er auch nichts dagegen.

Prinzipiell war dieses Gericht nicht sehr aufwändig, außerdem freute sie sich darüber, wenn jemand seine Wünsche zum Essen äußerte. Da sie jedoch für den Nachmittag geplant hatte, zu ihrer Mutter zu fahren, hatte es überhaupt nicht in ihren Tagesplan gepasst, extra noch einmal einzukaufen. So war schon der Vormittag recht stressig gewesen, und der Nachmittag war auch nicht besser.

Im Gegenteil, er hing ihr immer noch nach. Denn nicht nur der Besuch der Intensivstation bereitete ihr körperliches Unbehagen. Jeglicher Krankenhausbesuch verursachte bei ihr körperliches Unwohlsein, da unwillkürlich die Erinnerungen an den Tod ihres Vaters in ihr hochkamen. Der Moment, als sie nach langen Stunden des Hoffens und Bangens ihren Vater gehen lassen mussten und anschließend völlig erschöpft das Krankenhaus verließen. Nebeneinander, jede von ihnen in ihren eigenen Gedanken gefangen, waren sie mitten in der Nacht die langen Flure entlanggegangen, das einzige Geräusch um sie herum das Quietschen ihrer Sneaker auf dem Linoleum. Ein Geräusch, das sich dermaßen in ihr Gedächtnis eingebrannt hatte, dass sie selbst jetzt, nur bei dem Gedanken daran, erschauerte. Der einzige Lichtblick war gewesen, dass ihre Mutter nicht mehr so schlecht aussah wie am Tag ihrer Einlieferung. Es schien tatsächlich so, als würde sie sich erholen, obwohl sie noch im Koma lag.

Wieder auf dem Weingut angekommen, wollte sie gerade mit Pinot das Haus betreten, als sie Hannes' Stimme hinter sich hörte.

»Hallo Mia.«

Sie schaute sich um und sah ihn auf einer der Bänke im Hof sitzen, die Füße von sich gestreckt und entspannt nach hinten gelehnt.

Sie ging zu ihm hinüber. »Hallo.«

»Lust auf ein Glas Wein?«

»Sehr gern«, antwortete sie nach kurzem Zögern. Ein Glas Wein war jetzt wirklich eine gute Idee, auch wenn sie nicht wusste, ob sie gerade eine gute Gesellschafterin wäre.

Hannes sprang auf. »Setz dich. Ich gehe eins holen.«

Sie schaute ihm hinterher und kam trotz aller Traurigkeit, die sie gerade befallen hatte, nicht umhin, seine attraktive Rückseite zu bewundern. Sein Gang war selbstsicher, gleichzeitig kraftvoll und entspannt. Eine sehr anziehende Kombination.

Mia lehnte sich auf der Bank zurück. Ein wenig Small Talk mit einem attraktiven Mann und ein Glas Wein würden wohl nicht nur dazu beitragen, dass sie sich wieder etwas entspannen konnte, sondern später auch angenehme Träume hatte.

Als Hannes kurz darauf zurückkam, hatte er nicht nur ein schlankes Weißweinglas, sondern auch eine Platte mit ihren selbst gebackenen Sesamstangen dabei.

»Ich dachte, wenn wir es uns schon zu zweit gemütlich machen, können wir uns auch noch etwas Leckeres gönnen«, sagte er, während er die Sachen auf den Tisch stellte.

Bevor er sich niederließ, schenkte er ihr noch galant ein Glas eines fruchtigen Rieslings ein und reichte es ihr.

»Bitte sehr.« Er setzte sich wieder ihr gegenüber auf die Bank und prostete ihr zu.

»Danke schön.« Sie erhob ebenfalls ihr Glas in seine Richtung und nahm einen Schluck, bewegte den Wein im Mund hin und her und genoss die Geschmacksexplosion, bevor sie ihn hinunterschluckte. Verzückt schloss sie einen Moment die Augen, ehe sich ihr Blick wieder auf ihr Gegenüber richtete. »Richtig gut. Hierzu würden meine Lieblingspralinen hervorragend schmecken.«

»Du hast Lieblingspralinen?«

»Ja. Ich habe eine Zeitlang in Brüssel gearbeitet, und wenn ich mir etwas gönnen wollte, habe ich mir eine Schachtel mit belgischen Sahnepralinen gekauft und dazu eine restsüße Spätlese vom Mittelrhein getrunken.«

»Ich bin eigentlich so gar kein Schokoladenesser«, meinte Hannes verhalten.

»Aus der Kombi Schokolade und Wein kannst du eine ganze Wissenschaft machen.«

Hannes lachte. »Ach ja?«

»Na klar«, erklärte sie ernsthaft. »So wie das Terroir den Geschmack des Weines prägt, prägt es ebenso den Geschmack des Kakaos. Ein Riesling aus Baden schmeckt ganz anders als der vom Mittelrhein. Und genauso schmeckt ein Kakao aus Tansania ganz anders als einer aus Kuba. Wusstest du, dass Kakao aus Kuba sogar feine Tabaknoten erkennen lässt? Das liegt nicht daran, dass dort Tabak angebaut wird, sondern am Boden, auf dem der Kakao angebaut wird.«

»Wow, du kennst dich aber wirklich aus.«

»Nun, ich bin Köchin. Mich interessiert alles, was mit Geschmack zu tun hat.«

Mia nahm noch einen Schluck von ihrem Wein und betrachtete dann das Etikett.

»Aus deinem ersten Jahrgang?«, fragte sie.

»Genau.«

»Im Gegensatz zu anderen hast du gar keinen Kellermeister«, stellte sie fest, froh, ihre belastenden Gedanken fürs Erste beiseiteschieben zu können.

»Nein, deshalb habe ich ja Vincent eingestellt. Er unterstützt mich in den Weinbergen, sodass ich mehr Zeit im Weinkeller verbringen kann. Den überwiegenden Geschmack bringt ja die Natur in den Wein, die wir mit Herzblut darin unterstützen. Doch für den restlichen Anteil der Aromen eine eigene Handschrift zu entwickeln, finde ich unglaublich spannend.«

Etwas, das Mia bestens nachvollziehen konnte. »Wolltest du immer schon Winzer werden?«

Hannes lachte. »Nun, ich hatte auch eine Phase, da wollte ich Feuerwehrmann werden, aber da war ich noch relativ klein. Wir kommen ursprünglich aus einem kleinen Dorf in der Pfalz. Unser Nachbar war ein Winzer. In meiner Teenagerzeit habe ich mich verstärkt dort herumgetrieben. Habe dem Winzerpaar und ihren Angestellten Löcher in den Bauch gefragt und mit angepackt, wenn es etwas für mich zu tun gab. Vor allem die Arbeit im Weinkeller hat mich immer schon fasziniert.«

Er hielt sein Glas gegen die Sonne und schaute sinnierend auf den transparent schimmernden Wein. Dann nahm er das Glas wieder herunter und sah Mia mit leuchtenden Augen an. »Zuerst lag es mehr an dem Weinkeller an sich. Es war ein großer, alter Gewölbekeller mit mannshohen Eichenfässern. Zum Verstecken spielen war ich eigentlich schon zu alt, und doch stromerte ich darin herum, immer darauf bedacht, dass mich niemand dabei erwischte. Denn auch wenn das Winzerpaar wirklich nett war, sahen sie es doch nicht gern, wenn ich mich dort aufhielt ohne einen Erwachsenen an meiner Seite.«

Mia schmunzelte, als ihr bewusst wurde, wie ähnlich sie sich als Kinder gewesen waren, und hätte ihm jetzt am liebsten von ihren eigenen Erlebnissen im Weinkeller berichtet.

»Warst du denn auch in den Weinbergen dabei?«, wollte sie von ihm wissen.

»Na klar. Zu Anfang natürlich am liebsten, wenn ich auf dem Anhänger des Traktors mit nach oben fahren durfte. Als ich dann älter wurde, wollte ich auch mehr über den Weinbau erfahren. Wollte lernen, was passierte, bevor der

Wein schließlich im Keller lagerte. Mit sechzehn machte ich ein Schulpraktikum auf dem Gut, mit einundzwanzig begann ich dann mein Studium der Oenologie und des Weinbaus in Geisenheim. Als Profilmodul hatte ich damals schon den ökologischen Weinbau gewählt. Es ist so faszinierend, was da alles möglich ist.«

Hatten seine Augen eben noch geleuchtet wie sonnenbestrahlter Bernstein, wurde sein Gesicht plötzlich ernst und der Ausdruck seiner Augen kalt. »Entschuldige, so genau wolltest du es sicher gar nicht wissen.«

»Doch, ganz genau so detailliert interessiert es mich«, entgegnete sie, enttäuscht, dass die schöne Stimmung so ein abruptes Ende gefunden hatte.

Hannes stellte sein Glas vor sich ab und schaute sie an. »Wie war dein Nachmittag? Geht es deiner Mutter besser?«

Seufzend stellte sie ihr Glas ebenfalls zurück auf den Tisch. Am liebsten hätte sie das Gespräch zurück auf den Wein gebracht, aber es war nett von Hannes, Interesse zu zeigen. Zudem hatte er ihr für den Besuch im Krankenhaus wieder einmal sein Auto geliehen.

»Es geht ihr den Umständen entsprechend gut?«

Sie zuckte hilflos mit den Schultern. »Ich weiß nicht, wie ich es anders ausdrücken soll. Sie ist stabil, hat wohl auch keine Schmerzen, und vor allem sieht sie etwas besser aus.«

Mia spürte, wie ihr plötzlich die Tränen in die Augen schossen. »Entschuldige.«

Sie bemühte sich einen Moment um Fassung, ehe sie fortfuhr. »Es ist so furchtbar, sie da so liegen zu sehen. Völlig bewegungslos, umgeben von Kabeln und Maschinen. Was, wenn sie nicht mehr aufwacht? Das ist Quatsch, mein Kopf weiß das, aber mein Bauch lässt sich einfach nicht davon überzeugen.«

»Haben die Ärzte da irgendwelche Befürchtungen geäußert?«

Mia schüttelte den Kopf. »Nein. Nein, sie denken, dass sie sie in den nächsten Tagen aufwachen lassen können und dass sie, wenn auch nach einem langen Heilungsprozess, wieder völlig gesund werden wird.

Ich kenne mich mit diesen ganzen Fachbegriffen einfach nicht aus«, entfuhr es ihr frustriert.

»Das kann ich gut nachvollziehen«, bestätigte Hannes leise.

Erschrocken hielt Mia inne, sich immer tiefer im Selbstmitleid zu suhlen. Vor nicht allzu langer Zeit hatte Hannes seine Mutter verloren, ihre war noch am Leben und schien bald wieder gesund zu werden.

»Es tut mir leid, dass ich hier so einen Aufstand mache.«

»Das muss es nicht. In keiner Weise. Ich kann mich an diese Gefühle auch noch sehr gut erinnern. Es ist schrecklich, so ohnmächtig zu sein in einer solchen Situation. Einen geliebten Menschen leiden zu sehen und völlig hilflos danebenzustehen. Zum Nichtstun verdammt.«

Sein Blick glitt von ihr weg hinüber zum Haus. Sie sah ihm an, wie sehr er in diesem Moment in seinen Erinnerungen gefangen war. Tröstend beugte sie sich vor und legte ihm eine Hand auf den Arm.

»Wann ist deine Mutter gestorben?«, fragte sie leise.

»Letztes Jahr, am 18. Oktober. Sie wollte noch so gern die Lesezeit erleben und hat wirklich bis zum letzten Tag durchgehalten.«

Er lachte auf, und sie hörte seine Traurigkeit darin. »Meine Mutter konnte so verdammt stur sein.«

Diese Aussage ließ auch Mia lächeln. »Warum behaupten Leute eigentlich immer, Sturheit sei eine schlechte Eigenschaft?«

Er sah sie an, und sie erkannte, dass das Leuchten in seine Augen zurückgekehrt war. »Sag bloß, du kannst ebenso stur sein.«

»Laut Aussage meiner Familie bin ich ein wandelnder Sturkopf.«

»Eine gewisse Sturheit finde ich sehr sympathisch. Zeugt sie doch davon, dass jemandem etwas wichtig ist und die Person gewillt ist, gegen Widerstände anzukämpfen.«

»Du sagst es! Meine beste Freundin zitiert gern irgendwelche schlauen Leute, und das Zitat zu meiner Sturheit habe ich mir damals aufgeschrieben und immer in meinem Portemonnaie mit mir herumgetragen, damit ich es im Ernstfall parat hatte.«

»Lass hören«, forderte er sie auf.

»Es ist ganz simpel, aber von einem wirklich, wirklich klugen Menschen.« Mia richtete sich auf und trug theatralisch vor: »Immanuel Kant hat einst gesagt: Das sind auch nicht immer die schlechtesten Menschen, die störrisch sind.«

Hannes lachte. »Darauf trinken wir!«

Kapitel 12

Samstags hatte sich Nora noch immer nicht gemeldet. Fahrig strich sich Mia eine Haarsträhne aus dem Gesicht, ehe sie damit fortfuhr, die Sandwiches für die Männer zu belegen. Sie hatte bereits eine Fuhre mit Tomaten-Mozzarella auf Basilikumbutter belegt und eine weitere mit Hähnchenbrust, Bacon und Avocadocreme. Nun bereitete sie noch einige mit Brie und geraspelter Gurke zu, die bei den heutigen Temperaturen sicher besonders erfrischend schmeckten.

Erneut linste sie hinüber zu ihrem Handy, doch es war immer noch keine Nachricht darauf eingegangen.

»Mia, denk einfach an etwas anderes!«, ermahnte sie sich selbst.

Wenn das nur so einfach wäre. Konzentriert zog sie die Stirn in Falten und stellte sich Pinot auf ihrem letzten Spaziergang vor. Vorgestern Vormittag waren sie auf dem Spayer Traumpfädchen spazieren gegangen, und Pinot hatte gar nicht gewusst, wo er zuerst schnüffeln sollte. Jeder Busch, jeder Baum wollte genau inspiziert werden. Unwillkürlich hoben sich ihre Mundwinkel und ihre Stirn glättete sich. Der kleine Hund war wirklich eine große Bereicherung in ihrem Leben. Was sie zurück zum Donnerstagabend und einem gewissen Winzer brachte, der ihrem Leben zurzeit ebenfalls einiges an Farbe gab.

Sofort stellte sich das aufregende Kribbeln in ihrem Körper ein, das sie jedes Mal überfiel, wenn sie bloß an ihn dachte. Sie hatte es wirklich genossen, mit ihm zusammenzusitzen, einen guten Wein zu trinken und ausgenommen des kurzen Moments der Schwere, in dem sie über ihre Mütter gesprochen hatten, entspannt über Gott und die Welt zu plaudern. Und dabei ging es wahrlich nicht nur um Wein. Nein, Hannes war vielseitig interessiert, sodass sie sich auch über ihre gemeinsame Vorliebe für Kriminalromane, die französische Küche und über die Vielfalt der Landschaft in Neuseeland unterhalten hatten. Wenn Hannes auch noch nicht so viel gereist war wie sie, war er doch nach dem Abitur für ein Jahr in der Welt unterwegs gewesen und hatte unter anderem auf Weingütern in Australien, Neuseeland und Kalifornien gearbeitet.

Mia summte vor sich hin, während sie die letzten beiden Sandwiches mit Brie und geraspelten Gurkenstücken belegte. Hannes war wirklich ein interessanter Mann. Und so sexy. Als sie bei diesem Gedanken eine Hitzewelle überzog, musste sie lachen. Bei ihrem nächsten Treffen könnte sie Franzi wieder einiges vorseufzen.

Ihr Handy gab mit einem Summton an und holte sie unsanft in die Gegenwart zurück. Auch wenn sie normalerweise nicht die Sklavin dieses kleinen Apparates war, reagierte sie dieses Mal sofort. Sie ließ Brie Brie und Gurken Gurken sein, wusch sich die Hände und schaute nach, wer ihr geschrieben hatte. Tatsächlich Nora.

Mia spürte, wie das Hochgefühl von eben verflog und sich stattdessen Bleigewichte in ihrem Magen bildeten. Ihr Puls schlug kräftig, und sie musste sich dazu zwingen, die

Nachricht zu öffnen. Doch Nora hatte ihr nicht geschrieben, sie hatte ihr eine kurze Sprachnachricht geschickt.

Mia lief in der Küche auf und ab, zauderte, auf den Wiedergabeknopf zu drücken. Gleich hätte sie Klarheit, doch sie wusste nicht, ob sie überhaupt hören wollte, wie es ihrer Mutter ging.

Was, wenn sich ihr Zustand verschlechtert hätte? Wenn sie nicht, wie vorgesehen, aufwachen konnte? Was, wenn sie nie wieder aufwachen würde?

Steigere dich nicht in solch einen Quatsch hinein, schalt sie sich selbst und atmete einmal tief durch. Dann drückte sie entschlossen auf den Wiedergabeknopf und lauschte angespannt Noras nüchterner Stimme.

»Mama ist wach und kann selbstständig atmen. Es wird.«

Wenige Worte, die Mia in diesem Moment aber alles bedeuteten. Ihre Mutter war wieder wach und die Atmung funktionierte, das war erst einmal alles, was sie wissen wollte.

Als sie spürte, dass ihre Beine zitterten, setzte sie sich auf die Bank und legte das Handy vorsichtig auf den Tisch. Dann stützte sie die Ellenbogen auf, legte das Gesicht in ihre Hände und ließ ihren Tränen freien Lauf.

Als sie Peters Stimme hörte, schreckte sie hoch.

»Was mit Ihrer Mutter?«, fragte er. Das wütende Funkeln, das sie normalerweise in seinen Augen sah, war ehrlicher Besorgnis gewichen.

»A-a-a-ll-es gut«, schluchzte sie. Sie konnte einfach nicht aufhören zu weinen und wischte sich verlegen die Tränen ab, die ihr links und rechts die Wangen hinunterliefen.

Peter griff nach der Box mit den Papiertaschentüchern,

die auf dem Beistelltischchen stand, und stellte sie vor ihr auf den Esstisch.

»Weinen entspannt«, brummte er. Dann klopfte er ihr ein paar Mal unbeholfen auf die Schulter, drehte sich um und humpelte wieder zur Tür hinaus.

Eine Geste, die den Tränenstrom nur noch verstärkte.

Nach einer ganzen Weile spürte sie, wie der Drang zu weinen langsam nachließ. Sie griff zum wiederholten Male nach den Taschentüchern und putzte sich geräuschvoll die Nase, spürte, wie sich ihr Körper langsam entspannte. Dann zogen sich plötzlich ihre Mundwinkel nach oben. Ihrer Mutter ging es besser!

Noch einmal wischte sie sich die Tränen ab und putzte ihre Nase, ehe sie die Hand zur Faust ballte.

»Sie hat es geschafft«, flüsterte sie.

Am liebsten hätte sie vor lauter Freude jemanden in den Arm genommen, aber leider war keiner da, der sich dafür angeboten hätte.

»Nun gut«, motivierte sie sich selbst. »Auf geht's. Weitermachen.«

Sie stand wieder auf, entsorgte die benutzten Taschentücher, wusch sich die Hände und machte sich erneut an die Arbeit. Sie hätte noch einiges vorzubereiten, wenn sie sich heute Nachmittag für einen Besuch bei ihrer Mutter freinehmen wollte.

Sie halbierte die letzten beiden Sandwiches und packte sie mit den anderen in kleine Transportdosen, die sie anschließend in den Kühlschrank stellte. Dann machte sie sich daran, Obst zu waschen und in mundgerechte Stücke zu schneiden. Als sie gestern im Krankenhaus gewesen war,

war noch alles von der Frage überschattet gewesen, ob es dieses Mal klappen würde, sie von der künstlichen Beatmung abzuschließen. Heute würde sie dagegen vielleicht schon ein paar Worte mit ihr wechseln können.

Hätte ihr jemand vor drei Wochen gesagt, dass sie sich dermaßen unbändig auf ein Gespräch mit ihrer Mutter freuen würde, hätte sie ihm wohl einen Vogel gezeigt.

Knapp zwei Stunden später war sie auf dem Weg zum Bopparder Hamm. Nachdem sie noch ein paar Mal in Tränen ausgebrochen war, hatte sie sich inzwischen gefasst und war in so euphorischer Stimmung, dass ihr der Himmel viel blauer, das Weinlaub grüner und die Luft deutlich klarer schien als gestern.

Die Männer arbeiteten heute An der Rabenlei, einem steilen alten Weinberg im Ohlenberg. Dort angekommen, stieg sie vom Fahrrad, stellte den Rucksack ab und genoss erst einmal den Blick auf den Rhein, dessen sie wohl niemals überdrüssig wurde. Obwohl sie den Fluss bereits unzählige Male gesehen hatte, wirkte er doch jedes Mal anders. Je nachdem, was für ein Wetter war, wie die Sonne stand oder aus welchem Blickwinkel man darauf schaute, wechselte er Farbe und Struktur. Die reflektierenden Sonnenstrahlen auf der Wasseroberfläche schimmerten goldfarben, ganz so, als würde ein verschollener Schatz, das Rheingold, durch die Wassermassen leuchten.

Natürlich war Benno der Erste, der zu ihr nach oben kam, um nachzuschauen, was sie mitgebracht hatte.

»Hunger?«, fragte Mia.

Benno grinste sie an. »Immer! Was gibt es Leckeres?«

»Du könntest zuerst die Sandwiches mit Hähnchenbrust und Bacon probieren. Und Vincent zum Beispiel die mit Tomaten-Mozzarella«, fügte sie hinzu, als der junge Winzer neben dem Azubi auftauchte.

»Und was ist mit mir?« Letztlich hatte sich auch Hannes zu ihnen gesellt und lächelte ihr zu.

Prompt verstärkte sich das sehnsuchtsvolle Ziehen, das bereits beim Hören seiner Stimme durch ihren Körper geschnellt war.

»Wie wäre es mit Brie und frischer Gurke?«, fragte sie ihn, wohl wissend, dass er Brie besonders gern mochte.

Doch Hannes ging überhaupt nicht auf sie ein, sondern machte mit besorgtem Gesichtsausdruck einen weiteren Schritt auf sie zu.

»Du hast geweint?« Er hob die Hand an ihr Gesicht, nur um sie wieder zurückzuziehen, bevor er sie damit berühren konnte.

»Du hast geweint?«, wiederholte er seine Frage und schob die Hand in die Hosentasche. »Ist irgendwas mit deiner Mutter?«

Mia spürte, wie sich ein breites Lächeln auf ihrem Gesicht ausbreitete. Am liebsten hätte sie ihn vor lauter Glückseligkeit umarmt, aber sie riss sich am Riemen und antwortete stattdessen überschwänglich: »Es geht ihr gut. Nun ja, sicher noch nicht richtig gut, aber sie ist wieder wach. Die gute Nachricht hat irgendwie so ein Gefühlschaos in mir ausgelöst, dass ich kaum wusste, wohin mit meinen Tränen. Jetzt ist aber alles gut.«

»Das freut mich«, sagte Hannes und schenkte ihr ein weiteres Lächeln.

»Ich würde mir heute Nachmittag gern freinehmen, um sie kurz zu besuchen. Zum Abendessen bin ich pünktlich zurück, versprochen. Ich habe vorhin eine Lasagne vorbereitet.«

»Lecker!«, ertönte es nuschelnd von Benno, der bereits mit vollen Backen kaute.

Mia warf ihm einen kurzen Blick zu, ehe sie sich wieder an Hannes wandte. »Ist dir das recht?«

Der nahm gerade noch einen großen Schluck aus seiner Wasserflasche, ehe er antwortete: »Sicher. Und nimm ruhig auch künftig den Bulli, da musst du gar nicht mehr fragen. Sollte ich mal etwas besorgen müssen, kann ich den Wagen meines Vaters nehmen, der braucht ihn zurzeit ja sowieso nicht.«

Dankbar, dass Hannes so unkompliziert war, nickte sie ihm zu. Manchmal war das Leben einfach nur schön.

Als sie eine knappe Stunde später im Brüderkrankenhaus ankam, fühlte sie sich lange nicht mehr so euphorisch wie noch im Weinberg.

Gibt es auch ein Loch nach einem Hochgefühl durch Glückshormone, in das man ähnlich wie beim Insulin fallen kann? fragte sie sich, während sie durch die Eingangshalle schritt. Sie hatte sich zwar extra ihre Ballerinas mit Ledersohlen angezogen, um keine quietschenden Geräusche zu verursachen, fühlte sich dennoch nicht gewappnet für das, was gleich auf sie zukommen könnte.

Was sollte sie zu ihrer Mutter sagen, wenn sie sie gleich traf? Gab es bestimmte Themen, die man in solchen Situationen meiden sollte? Sicher, ein Streitgespräch würde sie nicht vom Zaun brechen. Was dann? Sie fühlte sich so unbeholfen, dass sie am liebsten wieder kehrtgemacht hätte.

In einer weiteren kurzen Nachricht hatte Nora ihr mitgeteilt, dass ihre Mutter nach wie vor auf der Intensivstation lag, auf der sie heute noch beobachtet werden sollte. Wenn weiterhin alles gut lief, käme sie morgen auf Station, hatte Nora gesagt.

Nachdem sie in der Schleuse der Intensivstation die Schutzkleidung übergezogen hatte, folgte sie dem Pfleger mit klopfendem Herzen zum Bett ihrer Mutter. Sollte noch ein winziger Rest der Euphorie von vorhin vorhanden gewesen sein, verflog sie in dem Moment, in dem ihr Blick auf deren Gesicht fiel. Leichenblass, mit eingefallenen Wangen und dicken Ringen unter den geschlossenen Augen, lag sie mit erhöhtem Oberkörper da und schien zu schlafen. Erst jetzt wurde Mia bewusst, dass sie den Prozess des Aufwachens mit einer Spontanheilung verwechselt hatte. Dabei hatten ihnen die Ärzte mehrfach erklärt, dass solch eine Rippenserienfraktur äußerst schmerzhaft sei und eine lange Rekonvaleszenzzeit beanspruchen würde.

Leise setzte sie sich auf einen Stuhl an die Seite ihres Bettes und betrachtete ihre Mutter, die so hinfällig wirkte. Es war kaum zu glauben, dass es ihr den Ärzten nach den Umständen entsprechend gut ging.

Mia musste die Tränen unterdrücken, die in ihrer Kehle aufstiegen. Wenn ihre Mutter jetzt eines nicht gebrauchen konnte, war das eine weinende Tochter. Sie sollte Zuversicht ausstrahlen, sobald ihre Mutter erwachte, selbst wenn sie die erst mühsam irgendwo zusammenkratzen musste.

Sie hatte bereits einige Zeit am Bett verharrt, als ihre Mutter sich im Schlaf bewegte, sofort schmerzlich das Gesicht verzog und die Augen aufriss. Mia zerriss es das Herz, als sie das mit ansehen musste. Mitfühlend griff sie nach ihrer Hand, die auf der Bettdecke lag, und streichelte sie.

»Mia.« Es war kaum mehr als ein Flüstern, das ihre Mutter ausstieß.

»Nicht sprechen Mama, wenn dir das wehtut.«

Marlies Schumann schloss kurz die Augen, ehe sie Mia wieder anschaute.

»Na, Frau Schumann«, ertönte hinter ihr plötzlich die Stimme des Pflegers, der sie gerade hereingelassen hatte. »Haben Sie wieder Schmerzen?«

»Geht schon«, antwortete ihre Mutter leise. »Ich muss nur … darauf achten … vorsichtig einzuatmen.«

»Sie sollen sich doch melden, wenn Sie mehr Schmerzmittel brauchen. Es ist wichtig, dass Sie tief durchatmen können, damit ihre Lunge gut durchlüftet wird. Fürs Leiden gibt es keine Extrapunkte, eher im Gegenteil.«

Der Pfleger verstellte etwas an der Infusion, ehe er wieder davoneilte.

»Es tut mir so leid, dass du das durchmachen musst.« Mia legte nun auch ihre andere Hand an die Hand der Mutter, als wolle sie so viel Körperkontakt erzeugen wie nur möglich.

»Wird schon … wieder. Nachher … komme ich auf … Station. Alles … in Ordnung.«

Den Eindruck hatte Mia nicht, aber offenbar sahen die Ärzte das anders. Vielleicht ergab sich ja gleich noch die Möglichkeit, mit jemandem von den Pflegenden zu sprechen, um nachzuhören, ob tatsächlich alles so weit in Ordnung war.

Ansonsten würde man sie wohl sicher nicht auf Station verlegen!, hörte sie eine kritische Stimme in ihrem Kopf. Aber die ignorierte sie einfach und konzentrierte sich wieder auf ihre Mutter.

»Erzähl mir was … von dir«, sagte diese.

Bei Mia hatte sich in den letzten zwei Wochen so viel ereignet, das sie gar nicht wusste, womit sie beginnen sollte. Allerdings wollte sie ihre Mutter auch nicht aufregen, und war sich nicht sicher, wie sie auf die Auskunft, wieder auf dem elterlichen Weingut zu wohnen, reagierte. Deshalb beschloss sie, ein bisschen zu verallgemeinern und sich die großen Beichten für später aufzuheben.

»Ich mache zurzeit ein wenig Urlaub in Spay.«

»Bei Franziska?«

»Genau. Der kleine Nico ist so ein süßes Baby. Hast du ihn schon mal gesehen?«, fragte sie, da sie wusste, dass ihre Mutter regelmäßig ihre Freundinnen im Dorf besuchte.

»Nein.«

»Dieses zahnlose Grinsen. Ich könnte ihn stundenlang knuddeln.«

Erfreut sah Mia, wie sich ein zartes Lächeln auf dem Gesicht ihrer Mutter ausbreitete.

»Ein süßes … Alter«, brachte diese hervor.

»Das stimmt. Und Franziska und Jonas machen das wirklich toll mit ihm.« Da sie das Kinderthema nicht weiter vertiefen wollte, um nicht Gefahr zu laufen, über die Enkelkinder ihrer Mutter sprechen zu müssen, überlegte sie fieberhaft, worüber sie als Nächstes sprechen konnte, ohne über den wirklichen Grund ihres Aufenthalts in Spay zu reden.

»Demnächst möchte ich noch einmal auf die Marksburg, da war ich so lange nicht mehr.«

Dass dieses Thema ebenfalls ein Fehlgriff war, wurde ihr erst im nächsten Moment bewusst, als der Blick ihrer Mutter wehmütig wurde. »Da warst du … immer mit Papa.«

Mia schluckte.

Dann bemühte sie sich um ein sorgloses Lächeln. »Ja, das sind schöne Erinnerungen. Ich war jetzt so viele Jahre nicht mehr dort und möchte mir anschauen, ob noch alles so aussieht, wie ich es in Erinnerung habe.«

Sie unterhielten sich noch ein paar Minuten über gemeinsame Bekannte im Ort, als Mia merkte, dass es ihrer Mutter langsam zu viel wurde.

»Ich denke, ich lasse dich jetzt wieder ein bisschen zur Ruhe kommen, okay?«

»Sicher«, stimmte Marlies Schumann Mia zu. »Ein kleines … Schläfchen.«

Wieder zog sich ein feines Lächeln über das Gesicht ihrer Mutter, und Mia fragte sich, woher sie nur solch eine positive Ausstrahlung nehmen konnte.

Dann stand sie auf, küsste ihre Mutter sanft auf die Wange und drückte ihr noch einmal die Hand. »Bis morgen. Schlaf schön.«

Noch bevor sie sich abwenden konnte, hatte ihre Mutter bereits die Augen geschlossen. Mia stellte den Stuhl zurück an seinen Platz und ging hinüber in Richtung Schwesternzimmer, in der Hoffnung noch weitere Auskünfte über den Zustand ihrer Mutter zu bekommen.

Sie hatte Glück. Eine der Intensivschwestern nahm sich die Zeit, ihr noch einmal zu versichern, dass es ihrer Mutter den Umständen entsprechend wirklich gut ging. Die Lunge war wieder gut belüftet, sie atmete gleichmäßig und hatte eine gute Sauerstoffsättigung im Blut. Wenn sich alles wie gewünscht entwickelte, sollte sie sich nur noch ein paar Tage erholen, ehe sie wieder nach Hause konnte.

»Bis die Brüche verheilen, wird es sicher noch gut sechs Wochen dauern«, erklärte die Schwester schließlich. »Bis dahin darf Ihre Mutter nicht schwer heben und muss ihre Lebensweise auch ansonsten ihren Beschwerden anpassen. Die sind natürlich bei allen Patienten verschieden. Aber Ihre Schwestern haben mir schon gesagt, dass Ihre Mutter in den nächsten Wochen in guten Händen ist. Wie schön, dass Sie zu dritt sind und das untereinander aufteilen können.«

Wie vor den Kopf geschlagen beendete Mia das Gespräch und verließ die Intensivstation. Sie konnte einfach nicht fassen, dass ihre Schwestern bereits über die nächsten Wochen gesprochen hatten, ohne ihr gegenüber auch nur ein Wort davon zu erwähnen. Ob sie sie nicht dabei haben wollten oder ob sie davon ausgingen, dass sie sich selbstverständlich an der Versorgung ihrer Mutter beteiligte? Beide Varianten waren verletzend, aber sollte sie sich wirklich darüber wundern?

Sie öffnete die Tür des Bullis, hievte sich auf den Fahrersitz und wählte kurz entschlossen Lenas Nummer im Geschäft.

»*Scribo* Schumann?«, meldete sich Lena nach etlichem Klingeln.

»Hallo Lena, hier ist Mia.«

»Mia, ich habe jetzt keine Zeit zum Telefonieren, ich habe Kundschaft im Laden«, tönte Lenas ungehaltene Stimme durch den Apparat.

»Ich war gerade bei Mama.«

»Ist was passiert? Geht es ihr schlechter?« Jetzt klang ihre Schwester doch besorgt.

»Nein, es geht ihr so weit gut. Aber ich habe von der Schwester gehört, dass ihr bereits über die nächsten Wochen nachgedacht, mich allerdings in keiner Weise mit einbezogen habt.«

»Und deshalb störst du mich bei der Arbeit?«, fragte Lena wieder ungehalten. »Das hat doch wohl Zeit bis heute Abend. Ab halb acht kannst du mich erreichen.«

Konsterniert blickte Mia auf ihr Handy, das anzeigte, dass ihre Schwester das Gespräch einfach beendet hatte.

Kapitel 13

Drei Tage später spürte Mia immer noch ihren unruhigen Bauch. Sie hatte die letzten Tage damit verbracht, die Straußwirtschaft zu putzen und das Dekomaterial zu sichten, mit dem sie die Tische und die Theke ein wenig schmücken wollte. Hatte sie vor drei Tagen noch gehofft, dass sich ihr Verhältnis zu Peter nach ihrem Ausbruch in der Küche verbessert hatte, wurde sie prompt auf den Boden der Tatsache zurückgeführt. Dass Mia sich mit dem Dekorieren der Tische beschäftigte, nahm er ihr nach wie vor übel und hatte sich, als sie die Kartons zum Sortieren in die Küche brachte, samt Zeitung demonstrativ ins Wohnzimmer verzogen. Doch Mia hatte im Moment keinen Nerv dafür, sich darüber weitere Gedanken zu machen. Die Querelen mit ihren Schwestern bescherten ihr genug Kopfzerbrechen.

Ihrer Mutter ging es mittlerweile deutlich besser, sodass die Ärzte eine Entlassung für den kommenden Freitag vorgesehen hatten, jedoch war sie bei dem Telefonat mit ihren Schwestern bei der Frage nach Unterstützung noch keinen Schritt weiter gekommen.

Wobei sie sich eingestehen musste, dass ihr selbst noch nicht richtig klar war, inwieweit sie sich überhaupt einbringen konnte. Neben ihrer Arbeit auf dem Weingut hatte sie immerhin bereits Anton ihre Unterstützung zugesagt. Diese wollte sie auch auf keinen Fall wieder zurücknehmen.

Mia wrang den Schwamm aus, mit dem sie die Tische und Bänke auf dem Hof abschrubbte. Morgen wurde die Straußwirtschaft eröffnet, und diese Arbeit hatte sie sich bis zum Schluss aufgehoben, damit wirklich alles sauber war, wenn es losging.

Mit energischen Strichen säuberte sie die Lehne einer weiteren Bank, während sie an dem Gedanken kaute, wie sie auch noch Hilfe für ihre Mutter in ihrem Zeitplan unterbrachte. Glücklicherweise lag Koblenz nur eine Viertelstunde von Spay entfernt, sodass sich eine Fahrt dorthin auch für kleinere Handreichungen lohnen würde. Sie könnte die Einkäufe für ihre Mutter mit denen fürs Gut verbinden oder auch das eine oder andere Mal für ihre Mutter kochen. Sicher konnte sie mit Hannes gemeinsam eine Lösung finden, für ihre Mutter mit zu kochen, wenn sie das Abendessen für die Männer zubereitete. Zudem könnte sie sie auf abendlichen Spaziergängen begleiten oder Arbeiten im Haushalt übernehmen. Doch ihre Schwestern wollten davon partout nichts wissen. Nora hatte kurz und bündig gesagt, dass sie bisher wunderbar allein zurechtgekommen seien und es auch weiterhin alleine schaffen würden.

Bisher war Mia noch zu keinem Ergebnis gekommen, ob sie nicht einfach ihre Mutter fragen sollte, was die dazu meinte. Allerdings wollte sie sie nicht in die Bredouille bringen, für ihre Töchter zu entscheiden, beziehungsweise zwischen ihnen schlichten zu müssen.

Heftiger als nötig warf sie den Schwamm zurück ins Spülwasser, sodass es nach allen Seiten kräftig spritzte.

»Ui, was ist dir denn über die Leber gelaufen?« Katta stellte drei Kartons mit Weinflaschen auf den Tisch.

»Wieder einmal meine herzallerliebsten Schwestern«, schnaubte Mia und wischte mit einem Tuch die Spritzer von Tisch und Bank. »Ich würde ihnen wirklich gern helfen, meine Mutter zu versorgen, wenn sie am Freitag aus dem Krankenhaus kommt, aber sie lassen mich nicht.«

»Sie können dir doch nicht verbieten, dich zu kümmern.«

»Verbieten nicht, aber ich weiß nicht, was meine Mutter davon hält. Ich will sie in keine Zwickmühle bringen.«

Katta zog die Brauen hoch. »Und wenn du sie einfach fragst?«

»Meine Mutter?«

Katta nickte.

»Sie würde versuchen, es allen recht zu machen, und kläglich daran scheitern. Das möchte ich ihr nicht zumuten. Es ist einfach ein Teufelskreis.«

»Wenn du es den anderen eh nicht recht machen kannst, dann tu das, was sich für dich am besten anfühlt.«

Mia hielt mit Wischen inne und schaute Katta nachdenklich an. »Wahrscheinlich hast du recht«, sagte sie schließlich. »Wenn ich es niemandem recht machen kann, kann ich es auch gleich so machen, wie ich es möchte.«

Mit einem Mal fühlte sie sich erleichtert und grinste Katta an. »Du bist eine kluge Frau.«

»Sag ich ja immer«, bestätigte Katta mit ernstem Gesichtsausdruck. »Aber hört jemand auf mich?«

Mia lachte immer noch, als Katta bereits mit den Weinkartons auf dem Arm in der Straußwirtschaft verschwunden war, wo in den nächsten Wochen auch der Verkauf stattfinden würde.

Am frühen Nachmittag hatte sie alles für den morgigen Tag vorbereitet. Die Männer hatte sie mit Mittagessen versorgt und das Abendessen war vorbereitet. Da heute Nachmittag Nora ihre Mutter besuchen wollte, hatte sie etwas Zeit, um nach Anton zu schauen. Sie packte ein wenig von der Quarkcreme mit Blaubeeren, die sie heute als Nachtisch geplant hatte, in eine ihrer Metallboxen, und machte sich auf den Weg.

Noch bevor sie klopfen konnte, hörte sie bereits Pinot anschlagen. Der kleine Kerl hatte ein Löwenherz in seiner Brust und war bestens als Wachhund geeignet. Kaum hatte sie Antons Häuschen betreten, wuselte der Hund um ihre Beine, sprang an ihr hoch und leckte stürmisch ihre Hände, als sie sich hinabbeugte, um ihn zu streicheln.

»Na, mein Kleiner, hattest du einen schönen Tag?«, fragte sie ihn zärtlich.

»Ich denke schon.«

Überrascht schaute sie auf, als sie Anton im Türrahmen zum Wohnzimmer stehen sah. »Hallo Anton. Du siehst gut aus.«

»Mir geht es auch gut«, bestätigte ihr alter Freund. »Was immer in diesen neuen Tabletten drin ist, die die mir in der Klinik verschrieben haben, scheint gut zu helfen. Die Schmerzen sind innerhalb der letzten Tage immer erträglicher geworden, der Schub scheint im Griff zu sein. Inzwischen fühle ich mich schon wieder halbwegs wie ein Mensch.«

Auch wenn sie seine Beschwerden glücklicherweise überhaupt nicht nachfühlen konnte, hatten sie sein Leben doch auch nach außen sichtbar deutlich eingeschränkt. Ihn nun so mobil und gut gelaunt vor sich stehen zu sehen, erfüllte sie mit großer Freude.

»Ich habe dir Quarkspeise mitgebracht. Möchtest du sie jetzt oder lieber erst heute Abend essen?«

»Jetzt natürlich. Was drin ist, kann mir keiner mehr wegnehmen«, antwortete er mit einem Augenzwinkern. Dann folgte er ihr in die Küche, und Mia freute sich einmal mehr darüber, dass auch sein Gang nicht mehr so schwerfällig wirkte.

Sie stellte ihre Tasche auf einen der Küchenstühle, nahm die Box heraus und füllte die Quarkspeise in eines von Antons Dessertschüsselchen.

»Soll ich uns einen Kaffee dazu kochen?«, wollte sie von ihm wissen.

Anton setzte sich auf einen der Küchenstühle, und ein leises Ächzen signalisierte ihr, dass die Tabletten ihm leider nicht jegliche Schmerzen nehmen konnten.

»Gegen eine gute Tasse Kaffee hätte ich nichts einzuwenden«, erklärte Anton, als er saß.

Nachdem sie bereits einige Male hier gewerkelt hatte, kannte sich Mia in Antons Küche bereits gut aus. Sie nahm das Filterpapier und das Kaffeepulver aus einem der einfachen Einbauschränke und füllte die Kaffeemaschine mit geübten Griffen. Dann setzte sie sich ihm gegenüber an den blank gewischten Küchentisch auf einen der weiß lackierten Holzstühle, die auch schon bessere Zeiten gesehen hatten.

»Wie geht es deiner Mutter?«, wollte Anton von ihr wissen.

»Wirklich schon deutlich besser«, erklärte Mia. »Ich hätte nicht gedacht, dass sie sich tatsächlich so rasch erholt. Natürlich ist sie noch sehr eingeschränkt und muss gut aufpassen, wie sie sich bewegt. Aber sie bekommt genug Schmerzmittel, damit sie tief durchatmen kann, um die Lunge gut zu belüften, was sie andererseits natürlich auch schon recht mobil macht. Freitag kommt sie wohl nach Hause.«

»Und wer kümmert sich?« Anton tunkte den Löffel in die Quarkspeise, leckte ihn genüsslich ab und verdrehte verzückt die Augen.

Mia lachte. »Freut mich, dass es dir schmeckt.«

Dann wurde sie wieder ernst. »Das mit der Versorgung ist ein Problem. Nora und Lena wollen mich nicht dabei haben.«

»Geschwisterzwist?«, fragte Anton.

»Zwist würde ich es bisher nicht nennen, weil ich mich noch nicht dagegen gewehrt habe.«

Mia stand auf, um ihnen beiden die Kaffeetassen zu füllen, gab bei Anton einen Schuss Milch und bei sich selbst zudem noch einen guten Löffel Zucker hinzu.

»Aber es könnte dazu kommen, da ich es mir nicht nehmen lassen werde, auch für meine Mutter da zu sein«, sagte sie, als sie sich wieder an den Tisch setzte.

Anton nickte ihr zu. »Das ist mein Mädchen.«

»Wann fangt ihr mit der Lese an?«, wollte er von ihr wissen. »Müsste doch bald so weit sein, nachdem die Blüte in diesem Frühjahr bereits so früh war.«

»Ja, im Mai hatten wir wirklich viel Sonne, deshalb wird Hannes auch schon Ende der Woche mit der Lese beginnen.«

»Ist es nicht erstaunlich, wie sehr sich die Natur an ihren Zeitplan hält?«, fragte Anton versonnen. »Wenn das Wetter nicht verrückt spielt, muss niemand kurzfristig nach Hilfskräften suchen, weil die Blütezeit auch die Lesezeit vorgibt. Ach, ich habe es wirklich geliebt, dem Wein entsprechend durch die Jahreszeiten zu gehen. Die Spannung, die in der Luft lag, wenn der Wein geerntet wurde. Wie war die Qualität der Trauben? Wie hoch der Ertrag? Hielt das Wetter und, auch sehr wichtig: Wurden wir von Krankheiten oder Verletzungen der Mannschaft verschont?«

Mia beugte sich vor und legte ihre Hand auf die des alten Mannes. »Wenn du Lust hast, komm doch einfach mal vorbei in den nächsten Wochen. Du bist immer herzlich willkommen.«

Mit tränenfeuchten Augen sah er sie an. »Meinst du wirklich, dieser Hannes hat nichts dagegen, dass ich mir noch mal meinen alten Keller anschaue?«

»Ganz bestimmt nicht«, erklärte Mia überzeugt. »Hannes ist wirklich nett. Und solange wir ihm nicht in den Füßen herumstehen, wird er sicher nichts dagegen haben.«

»Und ich würde mich sehr freuen, noch einmal mit dir übern Hof zu gehen«, fügte sie hinzu. »Vielleicht könnten wir auch eine kleine Weinprobe machen. Was meinst du?«

Anton grinste sie verschmitzt an. »Das eine oder andere

Schlückchen würde ich mir schon gern genehmigen. Mal sehen, was dieser Hannes im Keller so drauf hat.«

»Dann ist das abgemacht.« Mia tätschelte ihm noch einmal die Hand, ehe sie sich wieder auf ihrem Stuhl zurücklehnte.

»Da wirst du in den nächsten Wochen ja mächtig viel zu tun haben«, setzte Anton das Gespräch fort, nachdem er sein Schüsselchen geleert hatte.

Mia stellte ihre Kaffeetasse zurück auf den Tisch, aus der sie gerade getrunken hatte. »Ach, das macht mir nichts aus. Ich bin es gewohnt, lange Zeit in der Küche herumzuwuseln. Die Arbeitszeiten in einer Restaurantküche sind auch nicht zu verachten.«

»Das stimmt wohl«, brummte Anton. »Trotzdem werde ich dich wieder ein wenig entlasten und die Spaziergänge mit Pinot selbst übernehmen.«

»Mutest du dir da nicht zu viel zu?«, fragte sie besorgt.

»Nein. Im Gegenteil. Die Ärzte haben gesagt, ich soll mich viel bewegen, damit ich nicht gänzlich steif werde …

Schon gut, schon gut«, wehrte er mit einem Lachen ab, als er sah, dass Mia etwas entgegnen wollte. »Ich werde mich nicht überfordern. Aber du hast selbst gesehen, dass Pinot kein rumspringender Heißsporn mehr ist, sondern damit zufrieden, seine Umgebung abzuschnüffeln und dabei ein bisschen Strecke zu machen. Ich habe nicht vor, ausgedehnte Spaziergänge zu machen, aber dafür öfters am Tag.«

»Aber sobald du merkst, dass es dir nicht ganz so gut geht, sagst du mir sofort Bescheid«, insistierte sie mit erhobenem Zeigefinger.

»Werde ich, Mädchen, ganz bestimmt. Aber jetzt kümmerst du dich erst einmal ums Weingut und um deine Mutter.«

Nach dem gemeinsamen Abendessen stand sie erneut in der Straußwirtschaft und sah sich um. Es war ein großer rechteckiger Raum, der ehemals den Kuh- und den Schweinestall beherbergt hatte. Schon ihre Großeltern hatten die Trennwand herausgenommen, um so Platz für die Straußwirtschaft zu schaffen. Linkerhand befand sich eine breite Theke, in der Gläser und Geschirr aufbewahrt wurden. Dahinter glänzten eine Industriespülmaschine sowie ein großer Edelstahlkühlschrank, der sicher erst von Hannes angeschafft worden war, so neu, wie er aussah. Die weiß verputzten Wände entlang zogen sich etliche Regale aus dunklem Holz, auf denen die Weine des Guts angeboten wurden. Im rechten Teil des Raumes standen sechs Vierer- und vier Zweiertische, die sie gerade mit Windlichtern mit weißem Schleifenband und kleinen Glasvasen, die nun mit weißen, blauen und pinkfarbenem Ehrenpreis bestückt waren, dekoriert hatte. Was ihr besonders gut gefiel, war, dass das Sammelsurium an Tischen und Stühlen, das sich im Laufe der Jahrzehnte hier angesammelt hatte, von keinem der Nachfolger ihres Vaters verändert worden war. Nun sah Ihrer Meinung nach alles hübsch und propper aus, und sie hoffte, dass Katta und die Servicekräfte in den nächsten Wochen gut zu tun bekommen würden.

»Hallo!«, ertönte hinter ihr plötzlich Franziskas Stimme.

Erfreut wandte sie sich um. »Franzi, was machst du denn hier?«

Franziska hatte samt Nico auf dem Arm die Straußwirtschaft betreten und sah sich neugierig um. »Ich habe noch eine kleine Runde mit meinem entzückenden Sohn gedreht und dachte, wir schauen mal bei seiner Patentante vorbei.«

Mia nahm ihr den kleinen Räuber ab und versenkte ihre Nase in seinem Nacken. Sie gönnte sich einen tiefen Atemzug sanftes Babyaroma, ehe sie ihm gegen die Haut prustete und ihn dadurch zum Lachen brachte.

»Na mein Süßer? Geht es dir gut?«

Das Babygrinsen, das er ihr auf diese Frage schenkte, brachte ihre Welt auf einen Schlag wieder in Ordnung.

»Ein Baby ist die beste Medizin gegen Weltschmerz, die es gibt«, stellte sie fest.

»Das ist wohl wahr«, gab Franziska ihr recht. »Es hilft auch wunderbar gegen schlechte Laune wegen durchwachter Nächte, stinkiger Windeln oder vollgespuckter Lieblingskleider.«

Mia lachte. Ja, so ein Pimpf machte wirklich viel Arbeit, aber sie erahnte auch ein wenig davon, wie viel er seinen Eltern wieder zurückgeben konnte.

»Du wolltest also deine Patentante besuchen?«, stellte sie ihm eine weitere Frage und lächelte ihn an.

»Nun ja«, raunte ihr Franziska ins Ohr. »Wir wollten auch einen kurzen Blick auf deinen neuen Chef werfen, falls wir ihn zufällig antreffen.«

»Was?«, rief Mia aufgebracht, nur um ihre Stimme gleich wieder zu senken. »Wie kommst du denn auf diese Idee? Da läuft schließlich überhaupt nichts.«

Franzi grinste sie an. »Dafür ist dein Kopf aber ganz schön rot angelaufen, Pippilotta.«

»Pst! Nicht so laut!«, zischte Mia ihrer Freundin zu.

Nico spürte offenbar die Spannung zwischen den beiden Frauen und begann zu quengeln.

»Alles gut mein Kleiner.« Mia tätschelte ihm beruhigend sein Hinterteil. »Deiner Mutter wachsen manchmal einfach hanebüchene Ideen in ihrem ansonsten so genialen Gehirn.«

»Ha!«, erwiderte Franzi nur und schaute neugierig durchs Fenster in den Hof. »Ist er denn da?«

Nun musste Mia doch lachen. »Der arme Kerl. Wenn der wüsste, was hier gerade abgeht, würde er sich sicher in den hintersten Winkel des Guts verkrümeln. Ja, er ist da. Er holt noch die letzten Flaschen aus dem Verkaufsraum, kommt also gleich hierher. Wehe, du bringst mich in Verlegenheit!«

Franziska riss die Augen auf, als sei sie in dieser Situation das unschuldige Opfer. »Als wenn ich das je getan hätte!«

»Ich erinnere dich nur an die Sache mit Benjamin«, brummte Mia und schaukelte währenddessen Nico hin und her.

»Das ist ja wohl so was von unfair!«, schimpfte Franzi. »Damals waren wir dreizehn! Und woher sollte ich wissen, dass du ihn gerade wegen Chemie angehauen hattest?«

»Du warst meine beste Freundin und wusstest, wie sehr ich mich nach Benjamin verzehrte. Du hättest einfach wegbleiben sollen!«

»Ich fasse es nicht, dass du mir das immer noch nachträgst.« Franziska wirkte wirklich betroffen.

»Ach Quatsch.« Mia umarmte sie mit ihrem freien Arm.

»Lass mich dich doch ein wenig foppen. Wobei ich die Peinlichkeit des Moments tatsächlich heute noch spüre, wenn ich daran denke.«

Kein Wunder. Sie hatte sich damals in Grund und Boden geschämt, war sie doch unsterblich in Benjamin verliebt gewesen. Er gehörte zu den obercoolen Typen der Klasse, war ein toller Sportler und auch nicht auf den Kopf gefallen. Dass er überhaupt ein Wort mit ihr wechselte, war ihr schon wie ein Gottesgeschenk erschienen. Da sie die Gunst der Stunde nutzen wollte, fragte sie ihn, ob er ihr nicht bei den Chemiehausaufgaben helfen könnte. Eigentlich ein guter Plan, da sie eine absolute Niete in Chemie gewesen war und Benjamin mit zu den Klassenbesten gehörte. Doch kaum hatte sie ihre Frage formuliert, tauchte wie aus dem Nichts Franziska auf und fragte sie, ob sie die Chemiehausaufgaben schon fertig abgeschrieben habe, da sie ihr Heft bräuchte, um über einen weiteren Versuch nachzudenken. Benjamins spöttischen Blick daraufhin würde sie niemals vergessen. Ach ja, bei Männern hatte sie damals schon keinen guten Griff gehabt.

Bevor sie die Diskussion über ihre Jugendsünden weiter vertiefen konnte, betrat Hannes mit mehreren Weinkartons auf dem Arm die Straußwirtschaft.

Mia spürte, wie sich ihr Puls beschleunigte, und strich sich mit der freien Hand fahrig eine lose Haarsträhne aus dem Gesicht.

»Hallo!«, rief er aus. »Da ist ja mein kleiner Freund.«

Wieder einmal wurde Mia bewusst, wie falsch sie ihn bei ihrem ersten Aufeinandertreffen eingeschätzt hatte. Natürlich, er konnte grummelig und zurückhaltend sein, war nicht der Typ, der enthusiastisch auf jeden Fremden zumarschierte. Andererseits war er ein freundlicher Zeitgenosse, der, wenn erst einmal aufgetaut, humorvoll und offen sein konnte. Nun, Nico gegenüber hatte er offensichtlich sämtliche Scheu abgelegt.

Er stellte die Weinkartons auf der Theke ab und wandte sich ihnen zu.

»Darf ich dir meine Freundin Franziska vorstellen?«, fragte Mia und spürte, dass sie schon wieder rot wurde.

»Freut mich, dich kennenzulernen. Ich bin Hannes.«

Er reichte ihr die Hand, und wenn Mia sich nicht sehr täuschte, hielt Franzi sie einen Moment länger, als nötig gewesen wäre, während sie ihn ausgiebig betrachtete.

Mia wand sich innerlich und suchte verzweifelt nach den richtigen Worten, um die Situation zu entspannen.

»Ich fürchte, hier muss jemand gewickelt werden«, stieß sie schließlich aus und drückte Franziska ihren Sohn in den Arm.

»Aber …«, setzte diese an, ehe sie auf Mias eindringliche Blicke reagierte.

Dann nickte sie nur. »Schade, dass wir schon gehen müssen, aber ich habe leider nichts zum Wechseln dabei. War nett, dich kennenzulernen.«

Sie legte Nico zurück in den Kinderwagen und schob zügig von dannen, nicht ohne vorher ihrerseits Mia einen entsprechenden Blick zuzuwerfen.

Das hätte ein Nachspiel, da war sie sich sicher.

Kapitel 14

Als am nächsten Morgen der Wecker ging, fühlte sie sich herrlich ausgeruht. Nachdem Franzi gegangen war, hatte Mia noch gemeinsam mit Hannes letzte Hand an die Einrichtung der Straußwirtschaft gelegt und anschließend mit ihm und Benno in der Küche gesessen, gefachsimpelt und dabei zusammen ein gutes Glas Riesling genossen. Dass sich unter dem Tisch ab und zu ihre Beine berührten, da sie relativ nah beieinander saßen, war das Salz in ihrer Gefühlssuppe gewesen.

Mia kicherte. Dass es ihr bei dem Gedanken an zufällige Berührungen unter dem Tisch ganz warm ums Herz wurde, erschien ihr doch befremdlich. Wie alt war sie? Sechzehn?

Egal. Sie seufzte sehnsuchtsvoll, drehte sich auf den Rücken und starrte an die Decke. Auf jeden Fall fühlte es sich auch heute noch gut an. Warf allerdings die Frage auf, wie weit sie eigentlich gehen wollte? Und wollte er? Bisher hatte Hannes noch kein weiteres Interesse an ihr gezeigt als das, eine freundliche Unterhaltung mit ihr zu führen.

Nein, korrigierte sie sich selbst. Sie war schließlich doch keine sechzehn mehr und konnte schon auseinanderhalten, ob ein Mann lediglich freundlich mit ihr umging oder ob zwischen ihnen die Funken flogen. Und mit Hannes flogen sie eindeutig. Mit einem breiten Grinsen im Gesicht legte sie beide Hände auf ihren Bauch, in dem es ganz gehörig prickelte.

Warum hatte sie Franzi auch so schnell weggeschickt? Vielleicht wäre ihr noch etwas an seinem Verhalten aufgefallen, was ihr bisher entgangen war. Außerdem hatte sie sich doch fest vorgenommen, nie wieder etwas mit ihrem Chef anzufangen.

Sie drehte sich zurück auf die Seite. Aber eigentlich war Hannes ja gar kein richtiger Chef. Also kein langfristiger. Schließlich war das hier nur ein saisonaler Job. Bedeutete das, dass es hier auch nur um eine kurze Affäre ging? Dafür war sie sonst eher nicht der Typ. Bisher hatte sie eher feste Beziehungen angestrebt, auch wenn sie bis dato immer kläglich versagt hatte.

Genervt von sich selbst, fuhr sie sich mit den Händen über das Gesicht. So kam sie sowieso zu keinem Ergebnis. Alles rund um das Thema Hannes war noch völlig ungewiss. Nur eines spürte sie deutlich, dass sie heftig auf ihn reagierte, wenn er in ihrer Nähe war. Und nicht nur das, wie ihr prickelnder Bauch mehr als deutlich machte. Er spielte auch in ihren Tagträumen eine immer größere Rolle.

Erneut seufzte sie auf und griff nach ihrem Handy. Drei Nachrichten von Franzi. Mia gluckste. Sie hatte sich schon gewundert, gestern Abend nichts mehr von ihr gehört zu haben.

Sie öffnete ihren Messenger.

Franzi:
Guten Morgen. Gut geschlafen?

Gestern Abend war Land unter. Nico hat in einer

Tour gebrüllt. Jetzt schläft er selig, als hätte er uns nicht stundenlang wachgehalten.

Hast du grad noch Zeit oder musst du schon Frühstück machen?

Mia grinste. Wenn Franzi um fünf nach sechs schon mit ihr chatten wollte, schien ihr etwas heftig auf der Seele zu liegen.

Mia:
Nein, ich hab noch Zeit. Willst du dich beschweren?

Mia sah, dass Franzi antwortete.

Franzi:
Nein, nein. Alles gut.

Wirklich ein Sahneschnittchen, dein Chef.

Musste unwillkürlich an sein Tattoo denken, als ich ihn sah.

Nun war es an Mia, sich Hannes mit nacktem Oberkörper vorzustellen. Kein übles Bild, um in den Tag zu starten.

Sie blickte wieder auf das Handy und sah, dass Franzi weitergeschrieben hatte.

Franzi:
Macht schon eine gute Figur.

Lief noch etwas gestern Abend?

Mia:
Haben noch gemeinsam mit dem Azubi ein Glas Wein getrunken. Ansonsten sehr züchtig.

Franzi:
Lachsmilie

Ich hätte noch ein Attentat auf dich vor.

Was hat Franzi denn jetzt schon wieder ausgeheckt? überlegte Mia, während sie auf die tanzenden Punkte auf dem Display starrte. Oder ob sie sie nur als Babysitterin brauchte?

Als die neue Nachricht aufploppte, wusste sie gar nicht, wie sie reagieren sollte.

Franzi:
Seit der 1200-Jahr-Feier haben wir einen Projektchor hier in Spay, alles junge Leute. Anfang Oktober treten wir beim Dorffest auf. Da bist du doch noch da ...

Mia ließ das Handy auf ihren Schoß sinken und starrte vor sich hin. Ein Projektchor? Sie musste an all die Aufführungen denken, die sie damals mit dem Schulchor hatten. Franzi sang im Sopran, sie selbst im Alt. Sie standen aber immer nebeneinander, sodass sie meist das Gefühl hatte, mit ihrer besten Freundin im Duett zu singen.

Mia spürte, wie sie Wehmut überkam. Das waren herrlich unbeschwerte Zeiten gewesen. Aber jetzt? Auch noch zum Chor? Die nächsten Wochen wäre sie sicher mehr als genug ausgelastet.

Sie schaute auf ihr Handy und sah, dass Franzi noch etwas geschrieben hatte.

Franzi:
Ich weiß, du hast während der Lese genug zu tun, dazu auch noch deine Mutter. Aber umso wichtiger ist es doch, dass du dir einen Abend davon frei nimmst. Tue ich doch auch.

Komm schon! Das wird super. Wir zwei wieder als Dreamteam ♥

Danach gehen wir noch gemütlich einen Absacker trinken, das wird immer nett.

Biiiiitte!!!

Mia musste lachen. Als wenn sie Franzi je etwas abschlagen könnte. Außerdem war so ein entspannender Abend in der Woche nur für sie und ihre beste Freundin sicher eine gute Idee.

Mia:
Überredet. An welchem Wochentag probt ihr denn?

Mia lachte erneut, als Franzis Antwort aufploppte:

Mittwochs, 20 Uhr!

Sie schickte ihrer Freundin ebenfalls einen Lachsmilie und schrieb:

Sehe dich später. Du holst mich ab!

Sie legte ihr Handy beiseite und stand auf. Wenn sie heute Abend noch zum Chor ging, läge ein voller Tag vor ihr. Sie grinste, als ihr bewusst wurde, wie viel Spaß ihr die Arbeit auf dem Gut machte. Auch wenn Peter in ihrer Gegenwart nach wie vor grummelig war, fühlte sie sich bereits wie ein vollwertiges Mitglied des Teams und freute sich auf die Verantwortung, die in den nächsten Wochen vor ihr lag. Das würden lange Tage, vor allem, wenn sie abends auch noch nach Koblenz fahren wollte.

Aber ich habe schon ganz andere Situationen gemeistert, überlegte sie, während sie ihre Sachen nahm und nach unten ins Badezimmer ging. Auch die Tage in Restaurantküchen waren lang. Zogen sich vor allem bis in die Nächte hinein, was die Möglichkeit von sinnvoller Freizeit erheblich einschränkte. Wenn sie an die Monate in Straßburg zurückdachte, als Florent bereits früh morgens die Waren der Händler in Empfang genommen hatte, um Frische und Geschmack zu überprüfen. Sicher hätte er das auch delegieren können und manche Tage hatten sie sich abgewechselt, aber prinzipiell war er der Meinung gewesen, dass er als Chef auch die Verantwortung über die zu verarbeitenden Lebensmittel trug.

Ein Grund, weshalb sie bisher immer vor dem Schritt zum eigenen Restaurant zurückgeschreckt war: Sie wollte auch noch ein Leben jenseits einer Restaurantküche führen.

Aber ein kleines Restaurant mit einer kleinen, aber feinen Karte … schoss es ihr durch den Kopf, während sie ihre Zähne putzte. Sie zwinkerte sich selbst im Spiegel zu. Wer wusste schon, was das Leben noch für Überraschungen bereit hielt. Fürs Erste war sie hier mehr als zufrieden und freute sich schon auf den Trubel, der in den nächsten Wochen herrschen würde. Zudem hatte sie bereits ein paar

Rezepte aus dem Kochbuch ihrer Großmutter herausgeschrieben, die sie unbedingt ausprobieren wollte.

Als sie aus dem Badezimmer kam, wurde sie bereits von Molly erwartet, die ihr sofort schnurrend um die Beine strich.

»Hast du Hunger?« Mia beugte sich hinab und kraulte den Stubentiger hinter den Ohren. »Soll ich mal schauen, was ich Leckeres für dich da habe?«

Obwohl Hannes ihr gesagt hatte, dass die Katze nicht ihre Aufgabe sei, hatte es sich eingespielt, dass sie ihr morgens das Futter gab. Schließlich war sie morgens die Erste in der Küche, und Molly sah nicht ein, warum sie erst auf Hannes warten sollte.

Als die Katze versorgt war und zufrieden vor sich hin schmatzte, heizte Mia den Kaffeeautomaten vor und füllte frische Milch zum Aufschäumen in den Tank. Bei dem Gedanken an einen guten Cappuccino hob sich ihre Laune ein weiteres Mal. Glücklich lauschte sie dem Mahlen der Bohnen, sog den Duft nach frischem Kaffeearoma in sich auf. Ja, ihr Leben könnte deutlich schlechter sein.

Der Erste, der ihr wie fast jeden Morgen Gesellschaft leistete, war wieder einmal Benno. Allen Reden zum Trotz, dass Jugendliche morgens nicht aus dem Bett zu kriegen seien, schien ihn sein immerwährender Appetit stets früh in die Küche zu treiben. So half er auch heute dabei, den Tisch einzudecken, während Mia die Käse- und Aufschnittplatte anrichtete.

»Ich bin schon ganz hibbelig«, sagte er, während er die Tassen auf den Untertassen platzierte. »Meine erste Lese. Wobei es echt unfair ist, dass ich nicht die ganze Zeit mitarbeiten darf.«

»Das ist nicht unfair«, antwortete Mia, »sondern die Gesetzeslage. Und glaube mir, spätestens wenn die erste Woche vorbei ist, wirst du insgeheim genießen, deine schmerzenden Knochen und Muskeln zwischendurch ein wenig ausruhen zu können.«

»Du tust ja gerade so, als sei ich ein Weichei«, beschwerte er sich.

»Das hat mit Weichei nichts zu tun. In der Lese zu helfen, gerade hier in den Steillagen, das ist ein Knochenjob.«

»Aber ich bin gewohnt, in den Weinbergen zu arbeiten, und habe entsprechende Muskeln.« Demonstrativ hielt er ihr seinen gut trainierten Bizeps vor die Nase.

Mia lachte und schob ihn beiseite.

»Klar«, antwortete sie in versöhnendem Ton, »ich sage ja nicht, dass du das nicht schaffst. Du bist schon gut trainiert. Trotzdem sind die Tage lang, und du trägst zwischendurch ja auch noch etliche Kilo Trauben herum. Es wird dir gut tun, auch zwischendurch ausruhen zu können, damit du abends wieder mit anpacken kannst.«

»Ja, ich weiß.« Er seufzte tief, als er das Besteck aus der Schublade nahm. »Ich bin dafür zuständig, das Material zu säubern. Pff.«

Mia stellte die Käse- und Aufschnittplatte auf den Tisch und wandte sich zu ihm um. »Für dich klingt das vielleicht lächerlich, aber du wirst sehen, dass das eine wichtige Aufgabe ist, bei der du gründlich vorgehen solltest. Ich denke, du hast in den letzten Wochen schon gelernt, wie wichtig gutes Arbeitsmaterial ist. Es ist die Grundlage dessen, was letztlich an dem Tag geleistet werden kann. Von daher wird die ganze Mannschaft froh sein, wenn sie morgens wieder vernünftiges Material zur Verfügung hat, und das unterliegt deiner Verantwortung.«

Benno schaute sie mit großen Augen an. »Wow. So habe ich noch gar nicht darüber nachgedacht.«

»Wir sind ein Team«, sprach Mia weiter, während sie Marmeladen und Honig aus dem Schrank nahm. »Jeder von uns hat seine Aufgaben. Stell dir doch einfach mal das Uhrwerk einer Taschenuhr vor. Da sind zum Teil winzig kleine Zahnrädchen drin. Würde auch nur eines davon ausfallen, funktioniert das ganze System nicht mehr.«

»Du hast recht«, stimmte Benno ihr nun mit leuchtenden Augen zu. »Das ist wie beim Fußball. Um zu gewinnen, braucht es alle elf Spieler, nicht nur denjenigen, der das Tor geschossen hat.«

»Schon schwere Gespräche am frühen Morgen?«, erklang plötzlich Hannes' sonore Stimme in der Küche.

Mia musste unwillkürlich tief einatmen und bemühte sich, die verräterische Hitze, die sich schon wieder auf ihren Wangen ausbreiten wollte, zu unterdrücken.

Glücklicherweise lenkte Benno alle Aufmerksamkeit auf sich, als er antwortete: »Morgen, Chef. Nö, Mia hat mir nur erklärt, warum auch das Wannensäubern eine wichtige Aufgabe ist.«

»Damit hat Mia recht.« Hannes ging hinüber zum Kaffeeautomaten und drückte die Tasten.

Sie verträumte einen Moment mit Blick auf seine kräftigen Hände, ehe sie erneut ihren Namen hörte.

»Mia?«

Hannes hatte sich ihr zugewandt und schaute sie fragend an.

Oh Gott, das war peinlich. Hatte er sie etwa beim Starren erwischt?

»Was hattest du gesagt?«, fragte sie so lässig wie möglich.

»Hattest du für morgen Abend schon etwas zu essen vorbereitet?«

»Nein, vorbereitet noch nicht. Ich wollte Schnitzel machen, mit Bratkartoffeln und Gurkensalat.«

»Ich hatte mir überlegt, ob wir nicht morgen Abend etwas Besonderes machen, so am letzten Abend vor der Lese.« Mit der Kaffeetasse in der Hand ging er hinüber zum Tisch und setzte sich auf seinen Platz.

Mia nahm ebenfalls ihre Tasse zur Hand und setzte sich auf den Stuhl neben ihm. »Etwas Besonderes?«

Hannes schaute zu Benno hinüber, der nach hinten auf die Bank gerutscht war und seinen Chef erwartungsvoll anschaute. »Ich habe mir überlegt, ob wir nicht den Grillplatz mieten und uns dort zusammensetzen wollen?«

»Den Grillplatz am Rhein?«, fragte Mia. »Hoffentlich ist der so kurzfristig noch frei.«

»Ist ja mitten in der Woche, da bin ich optimistisch. Also, was meint ihr? Ein paar Würstchen auf den Grill. Vielleicht macht Mia uns einen Kartoffelsalat? Oder Nudelsalat?« Er schaute sie fragend an, und Mia musste sich bemühen, sich von seinen dunklen Augen nicht ablenken zu lassen.

Bevor sie jedoch antworten konnte, rief Benno: »Ich wäre für beides!«

Am frühen Nachmittag stand Mia in der Küche und bereitete einen Kartoffelsalat zu. Hannes hatte ihr bereits am Vormittag eine SMS geschickt, dass der Grillplatz für den nächsten Abend noch nicht vergeben war, sodass sie Bennos Wünsche gern umsetzen wollte. Für den Kartoffelsalat richtete sie sich nach einem Rezept ihrer Urgroßmutter, die ihn auf typisch rheinische Art mit Zwiebeln und Mayonnaise herstellte. Als besondere Zutat gab es nur noch einen Löffel Rieslingsenf zur Mayonnaise, was dem Geschmack eine persönliche Note gab. Wegen der heißen Temperaturen hatte Mia sich dagegen entschieden, die Mayonnaise selbst zu machen. Gerade jetzt vor der Lese wollte sie keine Ausfälle riskieren.

Mit geübten Bewegungen schnitt sie die Zwiebeln in kleine Stücke, während sie gleichzeitig die Hüften schwingen ließ. Franzi hatte ihr die Links zu den Songs geschickt, an denen der Chor zurzeit arbeitete, weshalb nun heiße Rumbarhythmen die Küche erfüllten.

»Michael Bublé?«, ertönte plötzlich Kattas Stimme hinter ihr.

Erschrocken wandte Mia sich zu ihr um. »Du kennst den Song?«

»Klar! *Save the last dance for me.*« Mit geübten Schritten passte sich Katta dem Rhythmus an und tanzte durch die Küche.

Mia grinste. »Nicht schlecht. Wo hast du das denn gelernt?«

»Tanzschule«, antwortete sie knapp, ohne ihren Tanz zu unterbrechen. »Tanzabzeichen in Silber. Rumba war meine Spezialität.«

»Wow.« Mia beobachtete fasziniert, wie gekonnt sich Katta durch den Raum bewegte.

»Ich war nie in der Tanzschule«, bekannte sie, nachdem Michael Bublé den Song beendet hatte und sich Stille ausbreitete.

»Da hast du was verpasst«, erklärte Katta. »Hach, das waren noch Zeiten. Verstohlene Küsse, Intrigen um die besten Tänzer und beste Freundinnen, die heulend im Toilettenraum saßen, weil sie eine Figur und damit eine gute Platzierung im Wettbewerb versaut hatten.«

»Also die typischen Dramen der Teeniezeit.«

»Ja, und du warst nicht dabei!«, betonte Katta theatralisch.

»Ich hatte genug eigene Dramen zu dieser Zeit, glaub mir.«

Mia wandte sich wieder ihren Zwiebeln zu und schob die aufploppenden Gedanken in ihrem Kopf ganz rasch zurück in den Hintergrund.

»Ist der Kartoffelsalat für morgen?«, fragte Katta und stellte sich neben sie.

»Ja. Kommst du auch dazu?«

»Mhm«, bestätigte Katta mit vollem Mund, da sie gerade von den abgekühlten Kartoffeln naschte.

»Hannes hat mich vorhin angeschrieben«, nuschelte sie mit vollem Mund.

»Das ist schön, dann bin ich nicht allein unter den ganzen Männern.«

»Scheint dir normalerweise nicht viel auszumachen«, stellte Katta fest und biss erneut in die Kartoffel.

»Macht es auch nicht.« Mia gab die Zwiebeln in eine

große Schüssel, in der sich bereits die verrührte Mayonnaise mit dem Rieslingsenf befand.

»Die Männer sind wirklich nett. Selbst Peter, solange er nicht mit mir sprechen muss.« Mia zwinkerte Katta zu, nahm sich den Kochlöffel und rührte die Zwiebeln unter.

Plötzlich kam ihr eine Idee. Sie stützte sich auf den Kochlöffel und schaute Katta an. »Wenn du so gern tanzt, singst du auch gern?«

Katta, die nun auf einer Gewürzgurke herumkaute, schluckte erst, bevor sie fragte: »Singen? Unter der Dusche?«

Mia lachte. »Von mir aus auch unter der Dusche. Singst du gern?«

»Eigentlich schon. Vor allem, wenn ich dabei tanze.«

»Hast du Lust auf einen Mädelsabend? Also kein reiner Mädelsabend, aber trotzdem?«

Katta schaute sie irritiert an. »Ein Mädelsabend, der kein Mädelsabend ist?«

»Meine Freundin hat mich überredet, heute Abend mit zur Chorprobe zu kommen. Ein Projektchor hier im Dorf, alles junge Leute. Der Michael Bublé Song steht da mit auf dem Programm«, fügte sie rasch hinzu, als sie Kattas ablehnende Haltung sah.

»Die singen Michael Bublé?«, fragte Katta skeptisch.

»Unter anderem. Komm schon. Das wird bestimmt lustig. Und danach gehen wir noch gemütlich was trinken.«

»Okay, wenn du zahlst!«

Mia lachte. »Alles klar, die erste Runde geht auf mich.«

Kurz nach halb zehn am Abend war sie gemeinsam mit Katta, Franzi und einer weiteren Kindheitsfreundin auf dem Weg vom Pfarrheim zum *Rheinhotel Zum Anker*, wo sie noch eine Kleinigkeit essen und trinken wollten.

»Ich bin so froh, dass du mich überredet hast, mit zum Chor zu gehen«, sagte Katta, während sie gut gelaunt über die Straße tänzelte. »Rumba und Samba. Wer hätte gedacht, dass Singen so viel Spaß macht.«

Mia schmunzelte. Der Chorleiter, ein junger Musikstudent von der Universität in Koblenz, hatte heute Abend Rhythmusinstrumente unter den Sängerinnen und Sängern verteilt, und Katta hatte begeistert nach den Rasseln gegriffen.

Es waren wirklich beschwingte anderthalb Stunden gewesen, die auch sie selbst in vollen Zügen genossen hatte. Noch jetzt schwang ihr die Musik durch den Körper *und* sie fühlte sich herrlich entspannt.

»Ich bin auch regelrecht angefixt«, stimmte sie Katta zu, als sie den Biergarten des *Rheinhotels* betraten.

Auch heute war das Thermometer wieder auf über 30 Grad geklettert, sodass es trotz der späten Stunde noch richtig warm war. Für morgen waren moderatere Temperaturen gemeldet, doch im Moment war sie froh, dass die romantische Weinlaube des Hotels direkt an den Rhein grenzte, von wo eine leichte Brise wehte.

Nachdem sich Franzi neben Mia gesetzt hatte, ließen sich Katta und Leonie auf der anderen Seite des Tisches nieder. Als kleine Stöpsel hatten sie mit Leonie im Fußballverein trainiert und so manche Spielzüge erfolgreich zum Abschluss gebracht. Auch wenn die Jungs damals meinten, Mädchen seien besser in der Verteidigung aufgehoben, hatten die Trainer sie doch auf verschiedenen Positionen spielen lassen, weshalb sie auch so manches Tor geschossen hatten. Besonders Leonie war für diesen Sport prädestiniert gewesen und kickte noch erfolgreich, als Mia bereits die Lust daran verloren hatte. Nach ihrem Umzug nach Koblenz hatten sie sich schließlich aus den Augen verloren. Umso schöner war es, sie heute beim Chorsingen wiederzutreffen. Nun war sie neugierig darauf, zu erfahren, was Leonie für einen Weg eingeschlagen hatte.

Sie schauten kurz in die Karte, entschieden sich für eine gemeinsame Wurst- und Käseplatte, wozu Mia sich heute Abend ein Glas spritzigen, trockenen Riesling gönnte.

»Jetzt erzähl mal«, forderte Mia Leonie auf, nachdem der Kellner wieder gegangen war. »Was hast du die letzten vierzehn Jahre so getrieben?«

Leonie lachte. »Die letzten vierzehn Jahre? Meinst du nicht, das wird ein wenig zu viel für einen Abend?«

»Du musst ja nicht jedes Detail aufzählen, aber die Eckpunkte zu wissen wäre schön.«

»Fußball, Köln, Ausbildung, IHK-Koblenz, Spay, Single.«

Nun mussten die anderen lachen.

»Dass nenne ich tatsächlich nur die Eckpunkte«, sagte Katta schließlich. »Da ich über keinerlei Vorwissen verfüge, wäre es nett, wenn du es noch ein wenig ausweitest.«

»Also gut: Ich habe von klein an Fußball gespielt, eine Zeitlang gemeinsam mit Mia. Über die B-Juniorinnen bin ich schließlich für den 1. FC Köln in der 2. Bundesliga gelandet und habe dort bis letztes Jahr gespielt. In dieser Zeit habe ich auch meine Ausbildung abgeschlossen und bin nun seit gut neun Monaten bei der IHK in Koblenz angestellt. Da ich nach dem Tod meiner Großeltern deren Haus hier in Spay geerbt habe, wollte ich gern wieder zurück in die Heimat.«

»Wobei Köln ja nicht unbedingt aus der Welt ist«, wandte Franzi ein.

»Zumindest fließt dort auch der Rhein«, meinte Katta.

»Aber zu Hause ist es doch am schönsten. Du bist doch schließlich auch wieder hier«, wandte sie sich an Mia.

»Nur vorübergehend«, wiegelte diese ab.

»Wer weiß, wer weiß.« Franzi zwinkerte ihr zu.

»Wie meinst du das denn?«, wollte Katta wissen.

Der Kellner kam zurück an ihren Tisch und brachte ihnen die Getränke.

»Ich meine nur. Im Moment fühlst du dich hier doch sehr wohl.« Sie hob ihr Radler und prostete Katta zu, während sie Mia unter dem Tisch mit dem Fuß anstupste.

Aber Mia ignorierte Franzis dezenten Hinweis auf ihre Gefühle für Hannes, vor allem deshalb, weil sie ebenjenen gerade ein paar Tische weiter entdeckte, wo er mit Benno bei einem Glas Bier saß.

Es war wirklich schön zu sehen, wie sehr sich Hannes um seinen Azubi kümmerte, aber das war wohl kaum der Grund gewesen, weshalb nun eine Hitzewelle durch ihren Körper schoss.

Erneut spürte sie Franzis Fuß, der gegen sie stupste.

»Was?«, fragte sie leise.

»Du starrst!«, zischte Franzi ihr zu.

Erschrocken wandte Mia den Blick zu Katta und Leonie, die aber glücklicherweise miteinander ins Gespräch vertieft waren, sodass niemand etwas mitbekommen hatte.

Niemand außer Franzi, die sie nun süffisant angrinste.

»Wir sprechen uns noch«, raunte sie Mia zu, ehe sie sich wieder ihrer Apfelschorle widmete, als sei nichts gewesen.

Kapitel 15

Am nächsten Morgen hatte Mia immer noch den Eindruck, sie stände unter Strom. Gut gelaunt summte sie *Mas Que Nada* vor sich hin, was sie gestern Abend neben dem Song von Michael Bublé geprobt hatten. Sie nahm die Schüssel mit Kartoffelsalat aus dem Kühlschrank und hob den Deckel. Nachdem er die Nacht über durchziehen konnte, duftete er nun herrlich und machte Appetit. Sie nahm eine Gabel, probierte und schloss verzückt die Augen. Am liebsten hätte sie sich gleich ein wenig mehr auf einen Teller geschaufelt, aber sie beherrschte sich und begnügte sich mit der Vorfreude auf heute Abend. Sie verschloss die Schüssel und stellte sie zurück in den Kühlschrank. Zeit für den Nudelsalat, den Benno sich gewünscht hatte.

»Aber bitte ohne Oliven«, hatte er sich ausbedungen, als er von Mias Vorschlag hörte, den Nudelsalat nach mediterraner Art zu machen.

Nun gut, die Oliven könnte sie geschnitten daneben stellen, sodass sich jeder nach Belieben davon bedienen könnte.

Sie hatte sich die Zutaten, die sie brauchte, bereits zurechtgestellt und begann nun damit, frische Tomaten und Oliven in kleine Stücke zu schneiden. Dabei dachte sie über den weiteren Verlauf des gestrigen Abends nach und konnte nicht verhindern, dass sich dabei ein breites Grinsen auf ihrem Gesicht ausbreitete, zu dem sich noch ein wohliges Kribbeln in ihrem Bauch gesellte. Es ließ sich nicht mehr leugnen, sie hatte sich verknallt. Was sie allerdings nicht einmal Franzi gegenüber zugeben würde.

Sie füllte die Oliven in eine Box, stellte sie in den Kühlschrank und gab anschließend die Tomatenstücke über die noch warmen Nudeln. Währenddessen tauchten Bilder vor ihr auf, die alle nur ein Thema hatten: Hannes.

Nachdem sie gestern Abend gesehen hatte, dass er mit Benno nur einige Tische weiter saß, war es ihr zunehmend schwergefallen, sich auf die Gespräche mit ihren Freundinnen zu konzentrieren. Immer wieder schweiften ihr Blick und ihre Gedanken zu ihm hinüber. Als hätte er es gespürt, drehte er sich irgendwann zu ihnen um. Allein, wenn sie jetzt an das spontane Lächeln dachte, das sich daraufhin auf seinem Gesicht abmalte, wurden ihr die Knie weich.

Sie seufzte zufrieden, wischte sich die Hände ab und nahm den Schafskäse aus dem Kühlschrank. Genau die richtige Gefühlslage für die sinnliche Tätigkeit, den weichen Käse über den Nudeln zu zerbröckeln. Gerade jetzt konnte sie wieder einmal gut nachvollziehen, warum manche Menschen die Tätigkeit des Zubereitens von Speisen gern künstlich in die Länge zogen.

Genauso konnte sie nicht damit aufhören, den gestrigen Abend wieder und wieder Revue passieren zu lassen. Dabei war eigentlich gar nichts Weltbewegendes geschehen. Außer, dass Hannes und Benno sich schließlich mit zu ihnen an den Tisch setzten und sie dank Hannes' unmittelbarer Nähe noch weniger vom Tischgespräch mitbekam als vorher.

Mia wusch sich die Hände und ertappte sich dabei, wie sie sie wohlig aneinander rieb. Lieber Himmel, sie war wirklich völlig durchgeknallt.

»Jetzt reiß dich mal ein bisschen am Riemen«, schallt sie sich selbst, als sie zum Handtuch griff.

»Weshalb?«, ertönte gerade jene Stimme hinter ihr, die ihr jedes Mal eine Gänsehaut bescherte.

»Weil, äh, ich völlig vergessen habe, äh, Pfeffer über den Salat zu geben.« Hastig griff sie nach der Pfeffermühle und mahlte eine großzügige Portion Pfeffer über den Salat. Als sie schließlich damit innehielt und die vielen schwarzen Krümelchen sah, die die Nudeln bedeckten, dachte sie, dass sie sicher einiges an Wein und Wasser brauchen würden, um heute Abend die Schärfe des Salats zu kompensieren.

»Was machst du da?«, fragte Hannes, der plötzlich dicht neben ihr stand.

»Den Nudelsalat für heute Abend.«

Mia bemühte sich um gleichmäßige Atmung und goss eine großzügige Portion Olivenöl über die Nudeln.

»Sieht lecker aus«, meinte Hannes. »Ist der Kartoffelsalat schon fertig? Dich beim Kochen zu beobachten, macht mir richtig Appetit.«

»Worauf?«, hätte sie am liebsten gefragt, konnte sich aber gerade noch rechtzeitig auf die Zunge beißen.

»Der steht im Kühlschrank«, antwortete sie stattdessen.

»Aber nur probieren. Den gibt es erst heute Abend.«

Hannes nahm sich einen großen Kochlöffel aus der Schublade, häufte ihn voll und zwinkerte ihr zu. »Ich probiere nur.«

»Mmh, lecker«, sagte er mit vollem Mund. »Hast du auch schon das Fleisch besorgt?«

»Besorgt und eingelegt, wie besprochen.«

»Dann steht einem gemütlichen Grillabend ja nichts mehr im Wege«, erklärte er, legte den Löffel in die Spülmaschine und kramte anschließend in einer Schublade herum.

»Apropos Grillabend«, hakte Mia ein. »Wir haben doch gestern Abend noch über das Dorffest im Oktober gesprochen. Wäre es nicht eine gute Idee, wenn wir uns vom Weingut auch daran beteiligen würden?«

»Nein«, antwortete er kurz und bündig und zog eine Rolle mit Kordel aus der Schublade hervor.

»Wie, nein?«

»Einfach nein.«

»Aber warum denn nicht?«, wollte Mia wissen.

Hannes verschloss die Schublade mit einem kräftigen Stoß. »Weil ich es nicht will.« Er wandte sich um und verließ ohne ein weiteres Wort die Küche.

Mia blickte ihm perplex hinterher. Was war das denn gewesen? In einem Moment zu Scherzen aufgelegt und im nächsten zugeknöpft bis oben hin.

Männer! Sie schüttelte den Kopf und widmete sich wieder dem Salat. Langsam musste sie sich sputen, da sie gleich noch nach Koblenz fahren wollte, um nach ihrer Mutter zu sehen. Morgen sollte sie entlassen werden, und Mia hoffte, dass sich ein Gespräch ergäbe, in dem sie klären konnten, ob ihre Mutter gern ihre Unterstützung hätte.

Eine gute Stunde später betrat sie das Brüderkrankenhaus in Koblenz. Vor den Aufzügen herrschte reges Treiben. Menschen, die mit Taschen darauf warteten, auf Station zu gelangen, andere, die Aufzüge verließen und auf den Ausgang zuliefen. Denen hätte Mia sich am liebsten angeschlossen, doch auch ihr Weg führte nun erst einmal nach oben.

Sie wusste selbst nicht, warum sie eigentlich so nervös war. Das ungute Gefühl, im Krankenhaus zu sein, war ihr ja nun schon hinlänglich bekannt, aber heute mischte sich noch eine andere Art Nervosität darunter. Dabei hatte sie ihre Mutter doch gerade erst vor drei Tagen gesehen, und der Umgang miteinander war recht entspannt gewesen.

Mia atmete tief durch, ehe sie an die Zimmertür klopfte und eintrat.

»Guten Morgen«, begrüßte sie ihre Mutter, die angezogen vor dem Fenster stand.

Marlies Schumann schaute zu ihr herüber. »Guten Morgen Mia.«

Mia ging zu ihr und hauchte ihr einen Kuss auf die Wange. »Wie geht es dir?«

»Von Tag zu Tag besser. Ich muss nur aufpassen, wie ich mich bewege.«

Mia betrachtete ihre Mutter, die tatsächlich deutlich besser aussah als bei ihrem letzten Besuch.

»Du siehst auch schon viel besser aus«, pflichtete sie ihrer Mutter bei.

Unsicher, ob sie sich nun hinsetzen oder neben ihrer Mutter stehenbleiben sollte, verharrte sie in ihrer Position und überlegte, wie sie am besten ansprechen sollte, dass sie sich ebenfalls kümmern wollte. Doch gerade als sie den Mund aufmachen wollte, klopfte es erneut an der Tür, und Nora kam herein.

»Morgen«, sagte diese nur knapp, als ihr Blick auf Mia fiel.

Dann wandte sie sich an ihre Mutter. »Bist du fertig?«

»Fertig wofür?«, wollte Mia wissen.

»Ich werde heute entlassen«, antwortete Marlies Schumann. »Den Entlassungsbrief habe ich bereits bekommen. Du musst nur noch meine Sachen in die Tasche packen«, erklärte sie Nora.

»Moment«, hakte Mia ein. »Du wirst heute schon entlassen? Ich dachte erst morgen?«

»Es geht mir schon so gut, dass die Ärzte meinten, ich könnte auch schon heute gehen, wenn ich mir das zutraue. Und da Nora und Lena mich ja unterstützen, kann ich genauso gut schon heute nach Hause.«

Bisher war Mia entschlossen gewesen, es zu keinem Streit kommen zu lassen, aber nun ließ sich ihr Temperament nicht mehr zügeln. »Wann meintet ihr denn, wäre der richtige Zeitpunkt gekommen, um mir mitzuteilen, dass du das Krankenhaus verlässt?«

»Zick hier nicht so rum!«, fauchte Nora sie an, ging hinüber zum Schrank und begann damit, die Kleidungsstücke ihrer Mutter in eine große Reisetasche zu packen.

Mia kochte vor Wut. »Ich zicke herum? Ich werde hier seit Tagen ignoriert, alle Gespräche laufen ohne mich ab, und das soll mich nicht weiter stören?«

»Meinst du, jetzt wäre der richtige Zeitpunkt, um alte

Geschichten aufzuwärmen?«, fragte Nora und quetschte noch die Hausschuhe ihrer Mutter auf die Wäsche.

Mia warf einen Blick auf ihre Mutter, die die Hände rang und zwischen ihren Töchtern hin und her schaute.

Bemüht um einen ruhigeren Ton wandte sie ein: »Es geht mir gar nicht um alte Geschichten. Ich wäre nur gern informiert worden, damit ich mich auch entsprechend einrichten kann.

Schluck es einfach runter«, fügte sie schärfer als beabsichtigt hinzu, als sie sah, dass Nora zu einer Entgegnung ansetzte. »Ich denke, im Moment störe ich hier nur.«

Sie nickte ihrer Mutter zu. »Ich melde mich bei dir.«

»Wir wissen ja, wie oft du das tust«, murmelte Nora vor sich hin.

Als Mia das Zimmer verließ, stand sie kurz vor dem Platzen. Auch wenn diese Zeiten lange vorbei waren, hätte sie Nora am liebsten geschlagen. Sie wünschte sich, noch einmal sechs Jahre alt zu sein, wo solcherart Auseinandersetzungen noch toleriert wurden.

Als Mia am Nachmittag gemeinsam mit Benno den Bulli für den nächsten Tag vorbereitete, war sie immer noch verärgert. Sie konnte es einfach nicht fassen, dass keine der drei Frauen auf die Idee gekommen war, sie von der vorgezogenen Entlassung zu unterrichten. Die Vorstellung, dass ihnen die Idee sehr wohl gekommen war, sie sie jedoch als unwichtig verworfen hatten, war selbst ihr zu gewagt, um sie in Betracht zu ziehen. Oder sollte sie doch?

Sie packte Teller, Tassen, Besteck und Gläser behutsam in die dafür vorgesehene Kiste und polsterte sie mit Geschirrtüchern aus. Benno stellte die Kühltasche mit Wasser und Wein daneben, in die morgen früh nur noch die Akkus gelegt werden mussten.

»Was kommt als Nächstes?«, fragte er sie.

»Du kannst schon mal die Wasserkanister füllen«, antwortete sie brüsk. »Die Eimer zum Händewaschen bzw. zum Spülen der Tassen musst du ab morgen Abend auch gut durchspülen, damit sie für den nächsten Tag wieder tip top sauber sind. Alles klar? Und vergiss nicht, die Traubenscheren im Kunststoffkörbchen ins Auto zu legen und ein paar Ersatzfedern. Die Arbeitshandschuhe kommen auch noch in den Bulli!«

»Sicher«, antwortete er und betrachtete sie skeptisch, bevor er loszog, um die Kanister zu füllen und alles andere bereitzulegen.

Mia holte noch saubere Hand- und Geschirrtücher aus dem Haus, dann zwei saubere Eimer aus der Kelterhalle und verpackte schließlich alles im Laderaum. Sie merkte selbst, dass ihre ausholenden Handbewegungen den Ärger deutlich machten, der in ihr rumorte, aber sie konnte nichts daran ändern. Sie hatte sich so auf heute gefreut. Auf den Besuch bei ihrer Mutter, in der Hoffnung endlich anzusprechen, wie sie sich zukünftig einbringen könnte, und ebenso auf den gemeinsamen Grillabend vom Gut, mit all den Leckereien, die sie dafür vorbereitet hatte. Aber nachdem der Besuch im Krankenhaus schon voll in die Hose gegangen war, fürchtete sie nun auch um gute Stimmung beim Grillen. Vielleicht sollte sie besser gar nicht erst mitgehen, um den anderen nicht die Stimmung zu vermiesen.

Benno trat neben sie und hievte nacheinander die gefüllten 5 Liter-Kanister in den Laderaum.

»Danke, damit werden wir wohl hinkommen.« Mit einem lauten Knall verschloss Mia den Laderaum des Bullis.

»Hier wären wir dann fertig«, erklärte sie dem Azubi. »Am besten fragst du Hannes, ob er noch Arbeit für dich hat.«

Aber anstatt sich umzudrehen und hinüber zur Kelterhalle zu gehen, wo Hannes und Vincent noch beschäftigt waren, blieb Benno bei ihr stehen und betrachtete sie verlegen.

»Ist noch was?«, fragte sie aggressiver, als sie eigentlich wollte.

»Warum bist du so traurig?«

»Traurig?« Mia lachte trocken. »Ich bin nicht traurig, ich bin stinksauer.«

»Oh, ach so.« Benno wurde rot. »Ich bin in so was nicht so gut.«

Am liebsten hätte Mia ihn in den Arm genommen und geknuddelt, aber sie fürchtete, ihn so nur noch mehr in Verlegenheit zu bringen.

»Es tut mir leid, wenn ich heute Nachmittag ein wenig kurz angebunden war«, entschuldigte sie sich stattdessen bei ihm. »Ich habe mich heute Morgen über meine Familie geärgert, so was kennst du doch sicher.«

»Klar. Sicher«, stammelte Benno. »Kommst du heute Abend trotzdem mit?«

Sie verharrte einen Moment irritiert und musste darüber

nachdenken, ob sie ihre Gedanken von eben Benno gegenüber ausgesprochen hatte. Aber anscheinend war der junge Mann dermaßen feinfühlend, dass das gar nicht nötig gewesen war.

»Ja, natürlich komme ich heute Abend mit. Ich freu mich doch drauf. Und ich verspreche, dass ich mich bis dahin auch wieder abregen werde.«

Benno nickte ihr zu und ging in Richtung Kelterhalle davon, während Mia zurück ins Haus ging. Auch wenn sie Bennos Annahme, traurig zu sein, eben noch so heftig zurückgewiesen hatte, ging ihr seine Frage nicht aus dem Kopf. War sie tatsächlich traurig?

Sie ging nach oben in ihr Zimmer und setzte sich aufs Bett. Vielleicht bräuchte sie doch ein paar Minuten für sich, um Ordnung in ihr Gefühlschaos zu bringen. Entnervt ließ sie sich auf den Rücken fallen und presste sich das Kissen vors Gesicht. Vor ein paar Wochen hatte sich mit ihrer Familie alles in Ordnung angefühlt. Sie hatte einmal im Monat ihre Mutter angerufen, die erzählte ihr dann, was es so Neues gab, und danach hatten sie sich wieder höflich voneinander verabschiedet.

Jetzt aber war alles ein einziges Durcheinander. Sie hatte plötzlich das Bedürfnis dazuzugehören. Sie wollte mehr sein als ein fünftes Rad am Wagen, mit dem man sich alle paar Wochen distanziert unterhielt. Warum? Was hatte sich geändert?

Als sie sich später auf dem Grillplatz wiederfand, hatte sie ihre Gedanken immer noch nicht sortiert. Bevor sie vorhin einen fassen konnte, hatte Peter nach ihr gerufen, der eine Decke zum Mitnehmen suchte. Danach war Katta hereingeschneit, die dringend Hilfe in der Straußwirtschaft brauchte, und schließlich kam noch Benno, der sich die Hand aufgeschürft hatte, sich allein aber nicht an den Verbandskasten traute. Neben den letzten Vorbereitungen fürs Grillen war sie dadurch vollauf beschäftigt gewesen und glücklicherweise abgelenkt genug, um sich nicht weiter in ihrem Elend zu suhlen.

Nun waren sie bereits seit einer guten Stunde unten am Rhein. Vom Grill stiegen verführerische Düfte auf, und der Wein schmeckte köstlich. Hannes hatte sich für einen trockenen Spätburgunder Blanc de Noir entschieden, von dem noch einige Flaschen in einer Kühltasche auf das Entkorken warteten.

Mia ließ ihren Blick über die Location schweifen. Der Grillplatz war sehr gepflegt, mit einer weiten Rasenfläche unter den ausladenden Kronen uralter Bäume, die großzügig für Schatten sorgten. Unmittelbar an die Sitzgruppe um den rustikalen sechseckigen Tisch schloss sich das Rheinufer an, das mit Rheinkieseln belegt war.

Hannes und Vincent grillten, während Benno sich mit Katta über eine Musikgruppe unterhielt, von der sie noch niemals gehört hatte. Ebenso wie sie selbst saß Peter still daneben und wirkte ebenso in sich gekehrt. Ob er wohl an seine verstorbene Frau dachte?

»Wie geht es Ihrer Mutter?«, fragte er plötzlich aus dem Nichts heraus.

Erschrocken verschluckte sich Mia an dem Wein, den sie gerade trinken wollte. Sie hustete nachhaltig und stellte rasch ihr Glas auf den Tisch, damit der Blanc de Noir nicht überschwappte.

»Entschuldigung«, krächzte sie schließlich. »Ist irgendwie in die falsche Röhre geraten.«

»Ich wollte Ihnen nicht zu nahe treten«, entschuldigte Peter sich.

»Das sind Sie nicht, wirklich nicht. Ich war nur gerade so verträumt.«

»Ach ja?« Nun wandte er sich ihr aufmerksam zu. »Woran haben Sie denn gedacht?«

Das konnte sie ihm nun wahrlich nicht sagen, weshalb sie rasch eine Ausrede suchte. »Äh, wenn ich so auf den Rhein schaue, muss ich immer an die vielen Legenden denken, die sich um ihn ranken.«

»Ja, die können einen schon mal ins Träumen kommen lassen«, bestätigte er und bekam einen abwesenden Blick.

Mia war verwirrt. Was war denn nur mit Peter los? Bis heute hatte er noch kaum drei Sätze mehr mit ihr gewechselt, als er musste, und heute begann er von sich aus ein Gespräch mit ihr?

»Ich kenne natürlich auch einige Rheinsagen, die der Loreley zum Beispiel, aber da gibt es doch sicher noch andere.«

Immer noch ein wenig irritiert, versuchte Mia sich auf das Gespräch zu konzentrieren.

»Ja sicher«, bestätigte sie. »Gerade um die vielen Burgen entlang des Rheins ranken sich viele Sagen und Legenden. Meine Lieblingsgeschichte als Kind war immer die Legende um die sieben Jungfrauen.«

»Gleich sieben?« Peter schmunzelte.

Mia spürte, wie sie sich entspannte. »Ja, sieben Schwestern. Und die hatten es faustdick hinter den Ohren. Deshalb mochte ich die Geschichte ja auch so sehr.«

Peter lehnte sich bequem zurück. »Erzählen Sie.«

»Also gut. Es waren einst sieben Jungfrauen, Schwestern, die auf der Schönburg in Oberwesel lebten, was übrigens nur einen Katzensprung von der Loreley entfernt liegt. Es waren sehr eigenständige junge Frauen, die sich von keinem Mann vorschreiben lassen wollten, wie sie ihr Leben zu leben hatten. Doch von dieser Geisteshaltung ließen sich die jungen Ritter nicht davon abhalten, um sie zu werben. Aber die sieben Jungfrauen ließen sich nicht erweichen, es hieß bald, sie hätten Herzen aus Stein.

Irgendwann drohten die Ritter, die Burg so lange zu belagern, bis sich die Frauen entschieden. Die Frauen stimmten scheinbar zu, doch am nächsten Morgen waren sie verschwunden. Die Männer sahen sie auf einem Boot im Rhein, von dem aus sie ihnen schadenfroh winkten. Da kam ein Unwetter auf, das Boot kenterte, und die Frauen stürzten ins Wasser und verwandelten sich in Stein. Noch heute sieht man an dieser Stelle bei Niedrigwasser die sieben Felsen stehen, die sich dort gebildet haben.«

»Erinnert von der Moral her ein wenig an König Drosselbart.«

Mia nickte. »Genau. Und das hat mir noch nie gefallen. Warum sollte ein Mädchen sich dem Werben eines Mannes beugen, wenn es nichts für ihn empfand? Zum Glück leben wir heute in anderen Zeiten, in Zeiten, in denen sich

Frauen selbst entscheiden können, wie sie ihr Leben leben wollen.«

»Aber wenn die Moral von dieser Geschichte Ihnen so gar nicht behagt, warum mögen Sie sie überhaupt?«, fragte Peter, und seine Augen zeigten aufrichtiges Interesse.

»Weil ich mir immer den schönen Teil der Legende ausgemalt habe. Den Teil, in dem die sieben Jungfrauen ihr Leben selbstbestimmt genießen. Zum Beispiel, dass sie auf die Jagd gingen, Ritterkämpfe machten oder ohne Sattel auf ihren Pferden galoppierten.«

Peters Mundwinkel verzogen sich tatsächlich zu einem kleinen Lächeln, ehe er ihr zunickte, sich abwandte und die Augen schloss.

Mia war irritiert. Doch noch ehe sie weiter über diese Reaktion nachdenken konnte, rief Hannes, dass das Essen fertig sei. Sie stand auf, nahm ihren Teller und ging hinüber zum Grill.

Zum weiteren Nachdenken kam sie erst später, als sie in ihrem Bett lag. Es war ein voller Tag gewesen, ein bunter Tag, aber auch ein schwerer. Das Frühstück ebenso wie das Grillen im Kreis der Gutsmitarbeiter hatten ihr sehr gut gefallen.

Mia schmunzelte, als sie daran dachte, was für ein Gewese Benno darüber machte, dass sich tatsächlich ein Stück Olive auf seinen Teller verirrt hatte. Sie waren alle guter Stimmung gewesen, wozu sicher auch der gute Spätburgunder beigetragen hatte. Von dem Benno jedoch nur ein halbes Glas voll zugeteilt wurde, worüber er sich nachhaltig beschwerte. Schließlich sei er schon sechzehn und durfte ganz offiziell Alkohol trinken. Aber Hannes ließ sich nicht beirren und blieb hart. Gerade als Winzerlehrling solle er darauf achten, seinen Alkoholkonsum gut im Auge zu behalten, ermahnte er ihn, und Mia stellte fest, wie anziehend sie auch seine sachlich-nüchternen Facetten fand.

Benno jedoch ließ sich inzwischen nicht mehr so rasch von mahnenden Worten beeindrucken und versuchte sein Glück auf ein weiteres Glas Wein noch mehrfach im Laufe des Abends. Aber so unreif und teeniemäßig er sich manches Mal auch gebärdete; Mia hatte immer noch seine Frage vom Nachmittag im Kopf, ob sie traurig sei. Obwohl sie diesen Gedanken vorhin weit von sich geschoben hatte, war ihr inzwischen klar, dass etwas daran sein musste, da sie dauernd darüber nachdachte.

Sie kuschelte sich unter ihre Decke und schloss die Augen. Bilder von ihrer Mutter tauchten auf. Wie sie auf der Intensivstation gelegen hatte, umgeben von Schläuchen und Maschinen. Sofort wurde Mia mulmig zumute, und die Angst kehrte zurück. Angst davor, nach ihrem Vater auch noch ihre Mutter zu verlieren. Ein Punkt, über den sie sich noch nie Gedanken gemacht hatte. Ihre Mutter war immer da, voller Energie, hatte alles im Griff. Sie dort liegen zu sehen, hatte Mias gesamtes Weltbild erschüttert. Zum ersten Mal bangte sie um sie und fühlte sich ihr dadurch deutlich näher als noch vor zwei Wochen.

Mia schlug die Decke zurück und stand auf. Unruhig lief sie im Zimmer auf und ab. Benno hatte recht gehabt, als er vermutete, dass sie traurig sei. Sie war traurig. Sie hatte das Bedürfnis, ihre Mutter zu unterstützen, und war zurückgewiesen worden.

Sie spürte, wie heiße Tränen in ihr hochstiegen. Sie fühlte sich wieder genauso einsam wie an jenem Abend im Krankenhaus, als Nora und Lena ihr die kalte Schulter zeigten. Was war der Grund, dass sie keinen Platz mehr in ihrer Familie fand? Und vor allem: Wen traf die Schuld daran?

Kapitel 16

Am Montag darauf saß sie morgens um kurz nach zehn am Küchentisch. Für das Mittagessen im Weinberg hatte sie für heute Dübbekuchen vorbereitet. Die gusseisernen Bräter hatte sie mit Speckscheiben ausgelegt und die Masse aus grob geriebenen Kartoffeln, Eiern, Zwiebeln und Speck bereits hineingefüllt. Nun heizte der Ofen vor, und sie konnte gleich mit dem Backen beginnen. Die Äpfel für das Apfelkompott waren vorbereitet und mussten nur noch gedünstet werden.

Doch vorher gönnte sie sich noch einen Latte und machte eine kurze Pause. Vor ihr lag das Tagebuch ihrer Urgroßmutter, das sie in den letzten Tagen sträflich vernachlässigt hatte. Nun war sie neugierig, was sie Neues aus deren Alltag erfahren durfte. Willkürlich schlug sie es auf und befand sich am 24. Juli 1948.

»Heute war Waschtag. Für das Mittagessen hatten wir gestern schon einen Erbseneintopf vorbereitet, der nun ordentlich durchgezogen war und allen gut geschmeckt hat. Nachdem Kuh- und Schweinestall am Morgen versorgt waren, habe ich mich mit Mariechen an die Arbeit gemacht. Gerade als wir am Nachmittag dachten, wir seien fertig, tobte Martin zwischen den Wäschestücken herum, sodass sich Mariechen drei Hemden von Friedrich erneut vorneh-

men musste. Ich war so wütend! Nächstes Jahr Ostern geht er schon in die Schule! Es wird Zeit, dass er Respekt vor ander Leut Arbeit lernt! Zur Strafe wird er sich die nächsten Abende allein um die Schweine kümmern, damit er spürt, was harte Arbeit bedeutet. Heute war er danach zu müde zum Abendbrot und ist schon am Tisch eingeschlafen. Friedrich hat ihn geweckt und zu Bett geschickt. Es wird ihm eine Lehre sein.«

Mia hielt inne. Ihre Urgroßmutter schien eine strenge Frau gewesen zu sein. Ihr Großvater war 1943 geboren worden, zum damaligen Zeitpunkt demnach gerade erst fünf Jahre alt gewesen. Ein Alter, in dem alle Kinder wild und ungestüm umhertollten. Aber damals haben sie wohl sehr viel mehr die Arbeit der Erwachsenen respektieren müssen, da ihnen ja vorgelebt wurde, wie viel Anstrengung damit verbunden war. Zudem gehörte es für sie zum Alltag, ebenfalls kräftig mit anzupacken. Aber sich allein um die Schweine kümmern zu müssen, war für so einen kleinen Kerl schon eine schwere Aufgabe. Auch wenn sie ihre Urgroßmutter verstehen konnte, hatte sie im Nachhinein noch Mitleid mit dem Jungen.

Mia trank noch den letzten Schluck ihres Latte und stand auf. Als Kind hatte man es sehr wahrscheinlich in allen Familien nicht leicht. Wenn auch die Probleme jeweils anders gelagert waren, gab es doch überall Unstimmigkeiten.

Sie schob die beiden großen Bräter in den Backofen und stellte sich am Handy den Timer.

Die letzten Tage waren so angefüllt mit Arbeit gewesen, dass sie kaum zum Nachdenken gekommen war. Nach Feierabend hatte sie immer noch kurz bei Anton nach dem Rechten geschaut, sodass sie anschließend nur noch ins Bett gefallen war und traumlos bis zum nächsten Morgen durchgeschlafen hatte. Aber inzwischen war ein wenig Routine eingekehrt, und mit dem Dübbekuchen hatte sie heute kein aufwendiges Mittagessen zu kochen. Gleich würde sie noch Wurstsalat für die Nachmittagspause und die Straußwirtschaft vorbereiten, sodass sie heute Nachmittag einkaufen fahren konnte.

Sie räumte ihren Arbeitsplatz auf und ging mit ihren Gedanken zurück zum Tagebucheintrag ihrer Urgroßmutter. Familien. Eigentlich sollten sie doch ein Hort der Geborgenheit sein, oder war das nur ein Klischee? Sie musste an Franzis große Familie denken. Auch da hatte es Streitigkeiten gegeben, denn so stolz Franzis Eltern auch auf ihre kluge Tochter waren, hatten sie sie zu Teeniezeiten doch oft gedrängt, etwas mehr zu unternehmen, anstatt immer über irgendwelchen Berechnungen zu hängen. Nirgendwo gab es nur heile Kuschelwelt. Das erwartete sie auch gar nicht. Aber das, was ihre Schwestern da seit Tagen abzogen, machte sie – traurig.

Perplex über diese Erkenntnis hielt Mia mit dem Wischen der Arbeitsplatte inne und starrte vor sich hin. Benno hatte recht gehabt. Unter ihrer Wut verbarg sich Traurigkeit.

Den Lappen noch in der Hand, setzte sie sich an den Tisch. Auch wenn sie in den letzten Jahren den Kontakt zu ihrer Mutter hatte schleifen lassen, lag sie ihr doch am Herzen. Das war ihr durch den Unfall erst so richtig bewusst geworden.

Mia stiegen bei dem Gedanken die Tränen in die Augen, dass ihre Mutter hätte sterben können. Ihre Mutter, die sie immer nur als vor Gesundheit strotzendes Energiebündel kannte. Nie wäre ihr in den Sinn gekommen, dass auch sie nicht unsterblich war. Aber der Unfall hatte ihr deutlich gemacht, wie zerbrechlich das Leben war. Eigentlich sollte man meinen, dass ihr das spätestens nach dem plötzlichen Tod ihres Vaters klar gewesen sei. Nun, sie schien in dieser Beziehung ein Spätentwickler zu sein.

Mia wischte sich mit dem Handrücken über die Augen und stand wieder auf. Jetzt würde sie sich jedenfalls erst recht nicht mehr davon abhalten lassen, sich um ihre Mutter zu kümmern. Sie war auch eine ihrer Töchter und würde das auch deutlich machen.

Gegen halb zwölf brachte sie die fertigen Dübbekuchen nach oben in den Weinberg. Heute war Hannes mit seinen Helfern am Feuerlay beschäftigt, wobei der Ausdruck *Lay* ein Hinweis auf Schiefer war. Sie liebte die althergebrachten Namen der Einzellagen, wie auch die der flächenmäßig noch kleineren Gewanne wie *Stehleiter*, *Schneedelle* oder *Hetz*. Mit all diesen alten Namen verband sich ihr Heimatgefühl.

Sie parkte den Bulli direkt hinter den aufgestellten Biertischen, auf denen noch die gebrauchten Tassen von der Frühstückspause standen. Es gehörte zu ihren Aufgaben, diese gleich noch zu spülen, damit sie für den Nachmittagssnack wieder sauber waren. Den Kaffee dafür hatte sie in großen Thermoskannen bereits mitgebracht, wobei sich einige der Helfer zum Wurstsalat vielleicht lieber ein Glas Schorle schmecken lassen würden.

Mit geübten Griffen räumte sie die Tische leer, stellte Teller und Besteck darauf und hievte schließlich die warm gehaltenen gusseisernen Bräter auf die beiden Tische.

»Mhm, das riecht gut!«

Mia lachte. »Wie kommt es eigentlich, dass du immer der Erste bist, wenn es ums Essen geht?«

»Ich bin einfach unschlagbar, wenn es darum geht, mir meine Arbeit gut einzuteilen«, erklärte Benno mit einem verschmitzten Grinsen im Gesicht.

Da einige der Helfer relativ weit unten auf dem Berg hantierten, rief sie mit lauter Stimme: »Essen ist fertig!«.

Sofort wandten sich ihr alle Blicke zu, und nach und nach gesellten sich alle zu Benno und ihr. Sie legten Handschuhe und Scheren ab und verteilten sich auf den Bänken. Mia gab den Kartoffelkuchen und das Apfelkompott auf die einzelnen Teller, die weitergereicht wurden, bis jeder Helfer einen vor sich stehen hatte.

»Guten Appetit!«, sagte sie schließlich, ehe sie sich selber nahm und auf einen freien Platz gegenüber von Hannes setzte.

Wie jedes Mal, wenn sie sich in seiner Nähe befand, kribbelte ihr ganzer Körper.

»Sehr lecker«, lobte er den Dübbekuchen, nachdem er einen ersten Bissen probiert hatte.

Ob er wohl mit Absicht nach dem Bissen mit seiner Zunge über die Unterlippe fuhr? Eher fasziniert als irritiert starrte sie ihn an und spürte dem sehnsuchtsvollen Ziehen in sich nach, das diese Aktion in ihr auslöste.

»Finde ich auch«, stimmte Anna, eine der Studentinnen, ihm zu und riss Mia aus ihrem wohligen Gefühl.

So nüchtern wie möglich bedankte sie sich für das Kompliment und versuchte sich ein wenig abzulenken, indem sie ihren Blick über die bunte Schar an Lesehelfern schweifen ließ. Hannes hatte noch beim Grillen darüber gesprochen, wie froh er war, dass die Lese dieses Jahr so früh lag, dass er Studenten von der Uni in Koblenz dafür werben konnte. Da das Semester erst im Oktober wieder losging, waren sie froh, ihre Ausbildungskassen ein wenig aufzufüllen. Die Zeit der Lese erschloss sich bereits im Frühjahr, da die Reifezeit der Trauben circa einhundert Tage nach dem Ende der Blüte betrug. Da es dieses Jahr im Mai bereits viele Sonnentage und demnach eine frühe Blüte gegeben hatte, gab es nun auch eine frühe Lese.

Mia steckte sich eine weitere Gabel voll Dübbekuchen in den Mund und fragte sich, wie Hannes das Personalproblem wohl gelöst hätte, wäre die Lese erst im Oktober gewesen, wie eigentlich für den Riesling üblich? Familienmitglieder und Freunde, die für gewöhnlich bei den Winzern einen guten Teil der Helfer stellten, schienen Hannes und Peter nicht zu haben. Dabei wohnten sie nun seit knapp zwei Jahren im Dorf und kamen ja auch nicht aus dem Nichts. Wobei sie sich dazu eigentlich noch gar keine Meinung bilden sollte, weil sie selbst erst seit gut zwei Wochen bei ihnen wohnte und sicher nicht überschauen konnte, welcherart Kontakte die beiden pflegten.

»Was hast du uns denn Gutes für heute Nachmittag mitgebracht?«, fragte Hannes und lächelte sie an.

Sofort schmolz Mia wieder dahin, und sämtliche Gedanken an Freunde und Familie waren vergessen.

»Ich habe euch einen Wurstsalat gemacht. Ich dachte

nach dem Pflaumenkuchen von gestern und den Zimtschnecken vom Samstag, wäre etwas Herzhaftes eine gute Abwechslung.«

»Da hast du gut gedacht – wie immer«, fügte er leise hinzu.

Der sanfte, nahezu zärtliche Klang seiner Stimme ging Mia unter die Haut, und sie ertappte sich dabei, wie sie ihn verträumt anschaute.

»Was macht mein Vater?«, fragte Hannes. »Hat er auch schon probiert? Dübbekuchen gehört zu seinen Favoriten.«

Puh, es fiel ihr wirklich schwer, bei dem ganzen Gefühlschaos in ihr drin, einfach nur Small Talk zu führen. Aber sie nahm sich zusammen, setzte ein unverfängliches Lächeln auf und sagte: »Peter habe ich heute Morgen noch nicht zu Gesicht bekommen.«

Genauso wenig wie an den Tagen zuvor. Hatte sie am Grillabend noch gedacht, dass der Knoten zwischen ihnen nun langsam geplatzt war, erwies sich das inzwischen als Trugschluss. Peter zog sich nach wie vor zurück und ließ sich außer zu den gemeinsamen Mahlzeiten nicht blicken. Sie hatte sogar das Gefühl, als würde er ihr noch mehr aus dem Weg gehen als vorher.

»Aber ich habe ihm eine extra Portion gebacken und im Ofen stehen gelassen. Dort wird er sie sicher finden.«

Hannes schaute sie nachdenklich an. »Ich mache mir ein wenig Sorgen um ihn. Er ist einfach zu viel allein. Aber gerade im Augenblick ist auf dem Gut zu viel zu tun, als dass ich mich mehr um ihn kümmern könnte.«

»Hat er denn keine Freunde, mit denen er sich treffen könnte?«, griff sie ihre Gedanken von vorhin wieder auf.

Hannes schüttelte den Kopf. »Kurz nachdem wir hierher zogen, wurde meine Mutter krank. Und seit ihrem Tod …«

»Tut mir leid, dass deine Mutter gestorben ist«, sagte Anna leise.

Mia fühlte sich plötzlich, als habe sie eine kalte Dusche bekommen. Rund um sie herrschte bedrücktes Schweigen. Dieses Gespräch nahm eine Wendung, die so gar nicht zu einem entspannenden Mittagessen im Weinberg passte. Höchste Zeit, das Thema zu wechseln.

»Worauf habt ihr denn morgen Lust?«, fragte sie betont fröhlich in die Runde. »Ich fahre heute Nachmittag zum Einkaufen, kann also noch alles besorgen, was ich brauchen werde.«

»Wir dürfen uns etwas aussuchen?«, fragte Lukas, ein weiterer Student, erstaunt, während er die letzten Reste vom Teller kratzte.

»Klar«, bestätigte Mia ihm. »Ich wüsste nicht, was dagegen spricht. Es muss sich nur gut in den Weinberg transportieren lassen.«

»Ich hätte da ein Rezept für einen andalusischen Eintopf mit Kartoffeln, Tomaten, Chorizo und ganz viel Knoblauch.« Anna leckte sich allein bei dem Gedanken daran die Lippen.

»Klingt prima«, stimmte Mia ihr zu. »Kannst du mir das per Messenger schicken?«

Sie holte ihr Handy aus der Hosentasche und tauschte mit der jungen Frau die Nummern aus. Dann steckte sie das Handy zurück in die Hosentasche und bemerkte, dass Hannes sie angrinste.

»Was?«, fragte sie nun doch irritiert.

»Nichts. Finde ich gut, dass du nach neuen Rezepten fragst. So haben wir immer schön Abwechslung.«

»Eben«, murmelte Mia, der bei Hannes' direktem Blick ganz flau im Kopf wurde. Es wunderte sie, dass keine Funken flogen, als sie seinen Blick erwiderte.

Deshalb rieb sie die Hände aneinander, um ein wenig Spannung abzubauen, stand auf und fragte in die Runde: »Wer möchte denn noch nachhaben?«

Eine gute Stunde später stellte sie die letzten Teller in die Spülmaschine und startete sie. Bis auf einen kleinen Rest war nichts vom Dübbekuchen übriggeblieben. Auch Peter hatte seine Portion gefunden und die kleine Auflaufform restlos leergefuttert.

Mia schmunzelte, wenn sie daran dachte, wie zurückhaltend Hannes' Vater anfangs auf ihre Gerichte reagiert hatte. Inzwischen hörte sie keinerlei Beschwerden mehr darüber. Das allein sollte sie doch schon als Gunstbeweis ansehen.

Sie setzte sich mit einem Glas Eistee an den Küchentisch und nahm sich noch einmal den Einkaufszettel vor. Sie hatte alle Zutaten für den andalusischen Kartoffeleintopf aufgeschrieben und weitere für einen griechischen Bohneneintopf mit Hackfleisch, Tomaten und Schafskäse. Ein Vorschlag, der von Hannes gekommen war und die Vorliebe für Bohnen in dessen Familie noch unterstrich. Da sie um diese Jahreszeit überall frische Stangenbohnen kaufen konnte, kam sie seiner Bitte um so lieber nach.

Gerade als sie den letzten Schluck Eistee trank, hörte sie aus dem Flur lautes Gepolter und einen langgezogenen Schrei.

Erschrocken sprang sie auf, stellte das Glas zurück auf den Tisch und lief hinaus. Am Fuße der Treppe lag Peter auf dem Boden, ein Knäuel aus Armen und Beinen.

»Was ist passiert?«, rief sie ihm zu, obwohl der Ablauf offensichtlich war. »Sind Sie die Treppe hinuntergefallen?«

Sie hockte sich neben ihn und legte ihm vorsichtig eine Hand auf die Schulter.

»Nicht anfassen«, flüsterte Peter.

Sofort ließ sie ihn wieder los und rutschte ein wenig von ihm ab, um ihm Raum zu lassen.

Ganz langsam begann Peter damit, seine Gliedmaßen zu sortieren. Als er seinen eingegipsten Fuß bewegte, stöhnte er schmerzvoll auf.

»Kann ich irgendetwas für Sie tun?«, fragte Mia leise.

Da erst sah sie, dass Blut zwischen seinen Haaren am Hinterkopf entlanglief und auf den Boden tropfte.

»Sie haben sich den Kopf verletzt. Ich hole ein Tuch.«

Sie rappelte sich auf, lief in die Küche, griff im Schrank nach einem frischen Geschirrtuch und eilte zurück in den Flur.

»Soll ich mal nachschauen?«, wollte sie von ihm wissen.

Er ächzte nur, wehrte sich aber nicht dagegen, als sie sich seinen Hinterkopf genauer anschaute. Eine klaffende Wunde offenbarte sich, als sie die dichten Haare ein wenig auseinanderschob.

»Das wird genäht werden müssen«, stellte sie mitfühlend fest.

»Scheiße«, keuchte Peter.

Sie drückte ihm vorsichtig das Tuch gegen den Hinterkopf, und Peter verzog schmerzverzerrt das Gesicht.

»Es tut mir leid, aber die Wunde ist wirklich groß.«

Mit der freien Hand fingerte sie nach ihrem Handy in der Hosentasche. »Ich rufe jetzt den Rettungsdienst.«

»Quatsch!«, zischte Peter. »Den brauchen wir nicht!«

»Ach nein?«, fragte Mia genervt. »Sie wollen mir doch nicht erzählen, dass sie jetzt einfach aufstehen und hier herumlaufen könnten. Ganz zu schweigen von der Wunde auf Ihrem Hinterkopf. Vielleicht haben Sie auch noch eine Gehirnerschütterung!«

»Pah!«, stieß er aus, zog vor Schmerz allerdings sofort eine Grimasse.

»Bleiben Sie jetzt bitte still liegen und warten Sie ab, bis ich telefoniert habe.«

Sie wählte die 112 und gab dem Herrn am anderen Ende der Leitung alle Informationen, die er brauchte.

»Der Rettungswagen ist unterwegs«, sagte sie, als sie das Telefonat beendet hatte. »Kann ich Ihnen Ihre Lage irgendwie bequemer machen?«

»Lassen Sie mich einfach hier liegen«, antwortete er mit geschlossenen Augen.

Sein Gesicht war erschreckend blass. Ob es gut wäre, wenn sie ihm ein Glas Wasser gäbe?

»Möchten Sie etwas trinken?«, fragte sie ihn daher, obwohl ihr schon klar war, wie die Antwort lautete.

Die kam prompt. »Nein.«

Doch tatsächlich schob er noch ein leises Danke hinterher.

So verharrten sie schweigend miteinander auf dem harten Fliesenboden, und Mia war erleichtert, als sie endlich die Sirenen des Rettungswagens hörte.

Als die Sanitäter dann da waren, ging alles sehr schnell. Sie prüften Peters Vitalwerte, versorgten notdürftig seine Kopfplatzwunde und legten ihn schließlich auf die Trage.

»Wir bringen ihn ins Brüderkrankenhaus«, erklärte ihr einer der Sanitäter.

»Kann ich mitfahren?«, wollte Mia wissen.

»Das geht leider nicht. Am besten fahren Sie uns hinterher. Dann sind Sie später auch unabhängig.«

Mia stand noch in der Tür, bis Peter eingeladen war und die Türen des Rettungsfahrzeugs sich schlossen. Dann wandte sie sich um, griff nach Portemonnaie und Tasche, nahm Peters Wagenschlüssel vom Schlüsselbrett und verließ das Haus.

Eine gute Viertelstunde später stand sie auf dem Parkplatz vom Brüderkrankenhaus in Koblenz und stellte den Motor ab. So viele Jahre war sie nicht in diesem Krankenhaus gewesen, und nun schienen ihre Besuche hier kein Ende zu nehmen.

Sie atmete tief durch und strich sich mit den Händen über das Gesicht. Der Schreck von eben saß ihr noch ganz schön in den Knochen. Dann fiel ihr ein, dass sie Hannes noch gar nicht Bescheid gegeben hatte. Rasch griff sie nach ihrem Handy, suchte Hannes' Nummer und drückte auf den grünen Knopf.

Es tutete einige Male, ehe Hannes den Anruf entgegennahm.

»Ja?«

»Hannes, hier ist Mia. Peter ist die Treppe runtergefallen.

Es geht ihm so weit gut«, schob sie direkt hinterher, um Hannes nicht unnötig zu beunruhigen. »Er war nicht bewusstlos oder so, hat aber eine Platzwunde am Kopf und natürlich Schmerzen in seinem verletzten Knöchel. Ich stehe jetzt hier am Brüderkrankenhaus und folge ihm gleich in die Ambulanz. Ich wollte dir nur Bescheid sagen, falls du auch kommen möchtest.«

»Bin gleich da«, antwortete Hannes nur knapp und legte auf.

Mia steckte das Handy ein, griff nach ihrer Tasche und stieg aus dem Wagen. In ihrem Magen rumorte es. Doch sie streckte sich, verschloss das Fahrzeug und machte sich mit langen Schritten auf den Weg in die Ambulanz. Dort angekommen, blieb sie einen Moment unschlüssig stehen, ehe sie sich der Anmeldung zuwandte.

»Entschuldigung?«

Eine Schwester, die im Gespräch mit einer Kollegin war, drehte sich zu ihr um. »Ja, bitte?«

»Mein Chef, Peter Lehmacher, ist gerade bei Ihnen eingeliefert worden. Ein Treppensturz. Könnten Sie ihm bitte ausrichten, dass sein Sohn gleich kommt?«

»Das werde ich machen«, antwortete sie freundlich und notierte sich etwas auf einem Zettel.

Mia ging hinüber zum Wartebereich und setzte sich auf einen der Stühle. Sofort sprangen ihre Gedanken zurück zu dem Abend, an dem ihre Mutter hier eingeliefert worden war.

Es fröstelte sie, als die Ängste um sie wieder in ihr emporschossen. Unwillkürlich legte sie ihre Arme um ihren Oberkörper. Ob um sich zu wärmen oder doch lieber, um sich selbst in den Arm zu nehmen, war ihr dabei nicht ganz klar. Aber es tat gut.

Einige Zeit später hatte sie sich so weit beruhigt, dass sie sich zurücklehnen und das Treiben um sich herum beobachten konnte. Betten mit Patienten wurden an ihr vorbeigeschoben, Pflegepersonal und Ärzte liefen geschäftig an ihr vorbei, zwischendurch öffneten sich Türen im Ambulanzbereich, und Menschen wurden aufgerufen, zur Behandlung zu kommen. Ein offenbar gut organisiertes Chaos.

Genauso wie in einer Restaurantküche und doch völlig anders, kam es ihr in den Sinn. Sie verspürte einen Funken Wehmut, als sie an ihre Zusammenarbeit mit Florent zurückdachte. Wenn sie auch keinerlei Intentionen hätte, jemals das Chaos in einem Krankenhaus zu strukturieren, sehnte sie sich doch noch manches Mal nach dem gut eingespielten Chaos einer geschäftigen Küche zurück.

Und nach Florent? Nein, wenn sie ehrlich war, nahm er inzwischen gar keinen Platz innerhalb ihrer Gedanken mehr ein. Sie war so erfüllt von ihrer Arbeit auf dem Gut, genoss den Kontakt zu Katta, Franzi, Benno und Vincent. Aber vor allem zu Hannes.

Allein beim Gedanken an ihn durchströmte sie ein warmes Gefühl. Er war so ruhig und überlegt, andererseits humorvoll und aktiv. Dass er zudem auch noch gut aussah, machte ihn zu einem wirklich interessanten Mann – der just in diesem Moment am anderen Ende der Ambulanz auftauchte.

Groß und stattlich, die Haare zerzaust. Mit unsicherem Blick blieb er stehen und sah sich um. Seine Augen wirkten so traurig, dass es Mias Herz berührte.

Sie stand auf und ging auf ihn zu.

»Hallo«, sagte sie nur und sah zu ihm auf.

Er nickte bloß, regte sich aber keinen Zentimeter.

War sie vor knapp drei Wochen noch davor zurückgeschreckt, ihn zu berühren, gab sie ihrem Impuls dieses Mal nach und legte ihre Arme um ihn. Er machte sich steif, erwiderte ihre Geste in keiner Form, sodass Mia schon peinlich berührt von ihm zurücktreten wollte. Doch plötzlich kam Bewegung in ihn, und er drückte sie so fest an sich, dass sie kaum noch Luft bekam. Wie ein Ertrinkender an den Rettungsring klammerte er sich an sie, und Mia ließ ihn gewähren. Als er sich schließlich von ihr löste, fasste sie nach seiner Hand und zog ihn mit sich zu dem Stuhl, auf dem sie eben gesessen hatte.

Er setzte sich neben sie und rieb sich mit dem Handrücken über die Stirn. »Ich kann ihn nicht auch noch verlieren«, sagte er leise.

Mia legte ihm eine Hand beruhigend auf den Oberschenkel. »Das wirst du nicht. Sicher, er hat sich sehr wehgetan. Aber er war nicht bewusstlos und völlig klar im Kopf. Die Platzwunde wird genäht werden, vielleicht wird er ein paar Tage Kopfschmerzen haben«, tröstete sie ihn.

Wie selbstverständlich umfasste Hannes ihre Hand und drückte sie. »Ich hoffe, du irrst dich nicht.«

»Ganz sicher nicht«, antwortete sie und genoss die Nähe, die plötzlich zwischen ihnen entstanden war.

So blieben sie einträchtig nebeneinander sitzen und hingen jeweils ihren Gedanken nach. Hannes' mochten sich um Peter drehen, doch Mias kreisten nur um ihn und die Frage, ob sich ihr Verhältnis nun wohl nachhaltig verändert hatte.

»Möchtest du einen Kaffee?«, fragte Hannes irgendwann und stand auf.

»Sehr gern«, antwortete sie, obwohl sie lieber weiterhin händchenhaltend neben ihm gesessen hätte.

Er ging hinüber zu einem Automaten und drückte die entsprechenden Knöpfe, um diese Brühe zu ziehen, die dort anstatt eines vernünftigen Kaffees für einen solchen ausgegeben wurde. Aber allein um des Koffeins wegen würde sie es trinken, denn inzwischen fühlte sie sich erschöpft. Die Aufregung hatte ihr offenbar mehr zugesetzt, als sie anfangs gespürt hatte.

Als Hannes zurückkam, nahm sie ihm dankbar einen Becher ab. Dann schaute sie auf die Uhr. Inzwischen war sie seit einer guten Stunde hier. Wie lange es wohl noch dauerte?

»Was meinst du, wie lange es noch dauern wird?«, fragte Hannes in diesem Moment.

»Das wird wohl davon abhängen, welcherart Verletzungen er sich zugezogen hat.«

Als sie sah, dass sich sofort wieder sorgenvoll das kleine Grübchen über seiner rechten Braue bildete, strich sie ihm über den Arm. »Das Nähen wird eine Zeit lang dauern, außerdem muss ja zumindest sein Fuß geröntgt werden. Das braucht alles eine Weile.«

»Herr Lehmacher?«, schallte es da plötzlich durch den Wartebereich.

Hannes sprang so schnell auf, dass er seinen Kaffee verschüttete. »Mist!«

»Gib her«, sagte Mia und streckte ihm ihre Hand entgegen. »Ich mach das schon.«

Er reichte ihr seinen Becher, wischte sich den Handrücken an der Arbeitshose ab und folgte dem Pfleger, der ihn aufgerufen hatte.

Mia stellte beide Becher auf ein kleines Tischchen neben sich, suchte in ihrer Tasche nach einem Papiertuch und wischte die Kleckerei vom Boden auf. Noch immer wirkte die wohlige Wärme nach, die Hannes' Nähe verursacht hatte. Unwillkürlich verzogen sich ihre Lippen zu einem Lächeln, während sie das nasse Taschentuch hinüber zum Papierkorb trug. Vor ihrem geistigen Auge sah sie Hannes und sich bereits in einer leidenschaftlichen Umarmung. Aber so weit sind wir noch nicht, dachte sie auf dem Weg zurück zu ihrem Stuhl. Und so, wie sie Hannes einschätzte, würde es auch noch eine Weile dauern.

Nur wenige Minuten später sah sie ihn wieder von den Behandlungsräumen zurückkommen. Sein Gesicht wirkte deutlich entspannter als eben.

Er lächelte ihr zu, als er sie erreichte. »Es geht ihm soweit gut. Sie haben seinen Kopf und seinen Knöchel geröntgt, da ist alles in Ordnung. Auch der Bruch hat sich nicht verschoben. Jetzt versorgen sie noch die Wunde am Kopf, dann kann er wieder nach Hause, wenn wir darauf achten, dass er keine Symptome einer Gehirnerschütterung entwickelt.«

»Natürlich, das ist kein Problem. Ich bin ja den größten Teil des Tages zu Hause.«

Hannes nickte zustimmend, dann lachte er auf und strich sich die Haare aus der Stirn. »Er meinte nur, ich solle zusehen, dass ich wieder in den Weinberg komme, schließlich sei nichts weiter passiert.«

Mia grinste erleichtert. »Also wieder ganz der Alte?«

»Schaut ganz so aus.«

Dann änderte sich seine Miene, und er machte ein ernstes Gesicht. »Ich danke dir«, sagte er eindringlich. »Ich danke dir von ganzem Herzen, dass du dich so um uns kümmerst. Bis später.«

Damit wandte er sich ab und eilte mit großen Schritten in Richtung Ausgang.

Ein wenig perplex lehnte sie sich auf ihrem Stuhl zurück. Seine letzte Bemerkung war ihr doch unter die Haut gegangen, denn ihr wurde bewusst, dass sie das Kümmern gar nicht mehr als ihre Aufgabe empfand, sondern dass es ihr vielmehr ein Bedürfnis war. Innerhalb dieser kurzen Zeit war ihr die gesamte Bagage einfach schon dermaßen ans Herz gewachsen, dass sie sich beinahe wie in einer Familie fühlte. Selbst Peter mit seiner Grantelei machte dabei keine Ausnahme.

Ebenjener kam wenig später, gestützt auf zwei Krücken, aus den Behandlungsräumen gehinkt. Mia nahm ihre Tasche und ging zu ihm hinüber. Er war immer noch recht blass, aber nicht mehr so gespenstig fahl wie direkt nach dem Sturz. Der Gips um seinen Fuß schien der alte zu sein, und seinen Kopf zierte ein weißer Verband.

»Wie geht es Ihnen?«, wollte sie von ihm wissen.

»Keine Kopfschmerzen, keine Übelkeit«, erklärte er genervt.

Doch Mia ließ sich nicht von seinem schlecht gelaunten

Tonfall täuschen. Sie sah ihm an, wie elend es ihm ging. Langsam ging sie neben ihm her zum Auto, öffnete die Beifahrertür und wartete, bis er umständlich eingestiegen war, ehe sie die Tür wieder schloss.

Bevor sie losfuhr, warf sie ihm noch einen kurzen Blick zu. Doch er hatte die Augen geschlossen und machte nicht den Eindruck, als habe er Lust auf eine Unterhaltung oder Untermalung vom Radio. So startete sie den Wagen, fädelte sich, nachdem sie den Parkplatz verlassen hatte, in den fließenden Verkehr ein und lenkte den Wagen ohne ein weiteres Wort aus der Koblenzer Innenstadt.

Sie waren schon fast durch Rhens hindurch, als er plötzlich das Wort an sie richtete: »Ich bin so ein Idiot.«

Mia schaute kurz irritiert zu ihm hinüber, ehe sie sich wieder auf die Fahrbahn konzentrierte. »Wie bitte?«

»Ich bin ein Idiot. Ein alter, engstirniger Idiot. Ich bin genau das, was ich niemals werden wollte.«

»Okay?«, antwortete sie fragend. Was wollte er ihr denn damit sagen?

Aus dem Augenwinkel sah sie, dass er nun doch den Kopf in ihre Richtung drehte, sodass sie sich ihm ebenfalls kurz zuwandte.

»Es tut mir leid.«

Seine Augen vermittelten ihr eine dermaßen abgrundtiefe Traurigkeit, dass sie ihn am liebsten in den Arm genommen hätte.

»Es ist alles gut«, sagte sie stattdessen und schaute wieder nach vorn.

»Nichts ist gut«, widersprach er heftig. »Ich habe mich in den letzten Wochen Ihnen gegenüber wirklich unmöglich benommen. Ich fürchte, ich bin einfach nicht damit klargekommen, dass da plötzlich jemand reinschneit, der einfach Susannes Platz einnimmt.«

Mia schluckte. Sie wusste, dass er mit Susanne Hannes' verstorbene Mutter meinte, und konnte sich vorstellen, wie schwer es ihm gefallen war, das auszusprechen.

»Das will ich gar nicht«, antwortete sie defensiv.

»Ich weiß! Ich weiß. Aber ich habe ein wenig gebraucht, bis mir das klar geworden ist.«

Er machte eine kurze Pause, ehe er fortfuhr. »Nun. Ich fände es schön, wenn wir beide noch einmal von vorn anfangen würden. Ich bin Peter und würde mich freuen, wenn wir einander duzten.«

Ein warmes Gefühl der Freude durchströmte Mia bei den freundlich hervorgebrachten Worten.

»Das wäre wirklich schön«, erklärte sie deshalb aus vollem Herzen. »Ich bin Mia.«

Kapitel 17

Am nächsten Morgen wäre Mia am liebsten die Treppe hinunter getanzt. Obwohl es sie frustriert hatte, dass es sich gestern nicht mehr ergeben hatte, Hannes noch einmal allein zu erwischen, war sie doch mit einem wohligen Gefühl im Bauch eingeschlafen und auch wieder aufgewacht. Nicht nur, dass sie Hannes gestern einen entscheidenden Schritt nähergekommen war, auch ihr Verhältnis zu Peter hatte sich grundlegend verändert.

Da sie sich um Viertel nach fünf bereits völlig ausgeruht und bereit für den neuen Tag fühlte, hatte sie beschlossen, zum Frühstück Pancakes zu backen. Deshalb summte sie nun gut gelaunt vor sich hin, während sie den fluffigen Teig in die Pfanne tropfen ließ. Links von ihr hatte sie bereits einen Stapel der runden Köstlichkeiten abgelegt, doch da sie den Appetit der Männer kannte, würden sie damit noch nicht zurechtkommen. Zudem sich auch Vincent zum Frühstücken eingeladen hatte.

»Das riecht hier ja wie im 3-Sterne-Restaurant. Bekommen die anderen das immer, wenn ich nicht da bin?«, ertönte da prompt seine Stimme hinter ihr.

»Vielleicht in ihren Träumen«, entgegnete Mia.

Vincent legte ihr eine Hand auf die Schulter und spinkste darüber hinweg in die Pfanne. »Mhm, Pancakes, ich liebe sie.«

»Da du heute Morgen der Erste bist, darfst du schon mit dem Tischdecken anfangen«, sagte sie und wendete die Teigfladen geschickt.

Entspannt durch die zischenden Geräusche aus der Pfanne und dem Klappern des Geschirrs verlor sich Mia erneut in ihren Tagträumen. Die Hauptrolle darin spielte ein groß gewachsener Winzer mit dunklen Haaren und fast ebenso dunklen Augen.

Sie erschauerte, als sie prompt eine Gänsehaut überlief, und sah sich unauffällig zu Vincent um, ob er etwas davon mitbekommen hatte. Doch der war ganz auf das Abzählen des Bestecks konzentriert und schien damit zufrieden, hier Hilfsdienste zu leisten.

»Ich fasse es nicht. Pancakes?« Benno schien bester Stimmung zu sein, als er ebenfalls die Küche betrat. »Und dazu noch jemand, der meine üblichen Sklavendienste übernimmt.«

Gutmütig boxte er Vincent gegen den Arm.

»Pass auf, was du sagst Kleiner«, entgegnete Vincent und drückte dem Azubi Milchflasche und Butter in die Hand. »Wenn wir nachher im Weinberg sind, werden noch genug Sklavendienste für dich übrig sein.«

Mia lächelte bei dem Geplänkel der beiden und dachte daran, wie sehr sich Benno verändert hatte, wenn sie an ihre erste Begegnung zurückdachte. Damals war er noch sehr gehemmt gewesen. Offen für alle Fragen rund um den Weinbau, aber immer darauf bedacht, bloß nichts falsch zu machen. Inzwischen schien er wirklich angekommen zu sein auf dem Gut, war respektvoll, aber völlig entspannt im Umgang mit seinen älteren Kollegen.

»Was riecht denn hier so lecker?« Nun hinkte auch Peter in die Küche.

Mia wandte sich um. Er trug nur einen Bademantel über seinem Schlafanzug, und unter seinem grauen Bartschatten war er immer noch ein wenig blass um die Nase, wirkte aber längst nicht mehr so durchscheinend wie gestern Nachmittag.

»Es gibt Pancakes«, erklärte sie. »Hast du gut geschlafen?«

»Hätte ich wohl, wenn Hannes nicht alle Nase lang in mein Zimmer gekommen wäre, um nachzuschauen, ob es mir gut geht.« Er schenkte ihr ein Lächeln, was sich für sie noch völlig ungewohnt, aber wunderschön anfühlte.

»Das musste er wohl«, verteidigte sie ihn umgehend. »Schließlich hatten die im Krankenhaus gesagt, dass immer noch die Gefahr einer Gehirnerschütterung besteht.«

»Ja, ja«, grummelte Peter, als er sich auf seinem Platz niederließ. »Bis jetzt ist aber alles gut.«

»Das freut mich.«

Mia nahm den großen Teller mit den Pancakes und stellte ihn zwischen einigen anderen Leckereien mitten auf den Tisch. Dazu platzierte sie noch ein Schüsselchen mit Blaubeeren und den Ahornsirup, den sie neulich im Supermarkt entdeckt hatte. »Lasst es euch schmecken.«

Begierig griffen alle drei gleichzeitig nach der Serviergabel, und Mia musste lachen. Dann ging sie hinüber zur Kaffeemaschine, um sich einen Cappuccino zu machen. Während der Apparat röhrende Geräusche von sich gab und die Milch zischend aufschäumte, stolzierte auch Molly herein und hüpfte auf die Bank. Mit hoch aufgerichtetem Schwanz machte sie ein paar Schritte am Tisch entlang, als wolle sie inspizieren, ob auch alles seine Ordnung hat, ehe sie sich schließlich einrollte und entspannt die Augen schloss.

Fehlt nur noch Hannes, um die Runde zu vervollkommnen, dachte Mia, als sie sich mit der Kaffeetasse in der Hand auf ihren Stuhl setzte. Sie nahm sich ebenfalls einen Pancake, gab Ahornsirup und Blaubeeren hinzu und lauschte, während sie aß, den Gesprächen der anderen.

Erst als die anderen so weit fertig waren, kam auch Hannes in die Küche und wünschte allen einen guten Morgen. Sie sah ihm sofort an, dass er eine schlechte Nacht verbracht hatte, er wirkte zerknittert und hatte dunkle Schatten unter den Augen.

Sie stand auf. »Komm, setz dich, ich mache dir einen Kaffee«, bot sie ihm an.

»Danke.«

»Espresso?«

Er setzte sich. »Doppelt, bitte.«

Bevor sie sich zum Kaffeeautomaten umdrehte, sah sie noch, wie seine Hand automatisch zu Molly griff und sie sanft zu streicheln begann.

Mia atmete tief durch, als die Intimität der Szene sich vor ihrem inneren Auge wandelte. Ja, sie würde ihren späteren Tagträumen noch eine weitere Sequenz hinzufügen können.

Um Viertel vor sieben standen die Männer auf, um in den Weinberg zu fahren. Auch Peter erhob sich und meinte, er würde sich noch ein wenig hinlegen und versuchen, etwas Schlaf nachzuholen.

Bevor sie damit begann, den Tisch abzuräumen, wollte Mia sich jedoch noch einen weiteren Cappuccino und einen ausgiebigen Blick in die *Rhein-Zeitung* gönnen. Sie lauschte gerade erneut den Geräuschen der Kaffeemaschine, als Hannes zurück in die Küche kam.

»Hast du was vergessen?«, fragte sie erstaunt.

»Ja.« Er kam langsam zu ihr herüber und taxierte sie mit seinem dunklen Blick.

Ihr Herz begann zu flattern. Was wollte er von ihr?

»Ich dachte, wir sollten diesen Morgen damit beginnen, einen weiteren Schritt zu machen«, sagte er seelenruhig, griff nach ihrer Hand und zog sie langsam zu sich heran.

Dann legte er beide Arme um ihre Hüften. »Ich bin dir sehr dankbar dafür, dass du gestern für Peter und mich da warst«, raunte er. »Aber trotz aller Sorge um meinen Vater hatte ich doch den Eindruck, da war noch mehr zwischen uns als reine Fürsorge. Oder habe ich mich getäuscht?«

Mia schluckte. Ihre Kehle war wie zugeschnürt. Deshalb schüttelte sie nur ihren Kopf.

Mehr Aufforderung hatte er nicht gebraucht, denn er senkte den Kopf und küsste sie. Mia schmolz dahin, als sich seine weichen Lippen auf ihre senkten, sich sanft mit ihnen verbanden. Sie erwiderte die Berührung, und rasch wurde aus dem vorsichtigen Erkunden ein leidenschaftlicher Tanz ihrer Münder.

Wow! Wer hätte gedacht, dass so viel Feuer in diesem ruhigen Menschen steckte?

Mia ließ sich völlig fallen, umfasste seinen Kopf und fuhr mit den Fingern in sein dichtes Haar, über seinen Nacken, seine Schultern, seinen Rücken. Nachher wusste sie nicht, wie lange der Kuss gedauert hatte, aber es schien, als habe sie kurzfristig das Atmen eingestellt, denn sie schnappte gierig nach Luft, als er sich schließlich von ihr löste.

»Davon habe ich heute Nacht geträumt«, sagte er mit leiser Stimme und strich ihr mit der Fingerspitze über die Wange.

Mia lächelte ihn an. »Dein Traum gefällt mir.«

»Ich hoffe, das wird uns beiden den Tag versüßen«, fügte er hinzu und küsste sie noch einmal sanft auf den Mund.

»Aber so was von«, antwortete Mia und leckte sich über die Lippen.

»Dann bis später.« Er küsste sie noch einmal kurz, aber deutlich ungestümer, ehe er beschwingt die Küche verließ.

Mia ließ sich gegen die Arbeitsplatte sinken und presste beide Hände auf ihr wild schlagendes Herz. Eigentlich war ihr jetzt viel mehr nach einem Glas Prosecco als nach einem Cappuccino. Aber da sie gerade niemanden da hatte, mit dem sie ihn teilen konnte, würde sie sich mit ihrem Kaffee an den Esstisch setzen, die *Rhein-Zeitung* links liegen lassen und noch einen ausgiebigen Moment des Schwelgens genießen.

Zum Mittagessen hatte sie einen Gemüseeintopf mit Hackbällchen in den Weinberg gebracht. Da sie gestern ja nicht mehr zum Einkaufen gekommen war, hatte sie heute Morgen zusammengesucht, was Kühl- und Gefrierschrank hergaben, und daraus eine schmackhafte Suppe gekocht. Dazu gab es Baguettes mit Kräuterbutter und Himbeerquark zum Nachtisch.

Inzwischen waren alle Helfer wohlgesättigt und bereit für den zweiten Teil des Tages. Die ersten machten sich bereits wieder an den Abstieg in den Weinberg, um die nächsten Büttchen mit Trauben zu füllen. Letztlich stand nur noch Hannes bei ihr und schien keinerlei Ambitionen zu haben, wieder an die Arbeit zu gehen.

»Willst du nicht langsam loslegen?«, fragte Mia, während sie die Dessertschüsselchen in die Geschirrkiste stellte.

Auch wenn es ihr schwergefallen war, hatte sie sich standhaft bemüht, ihm während des Mittagessens nicht zu nahe zu kommen. Ihre aufmüpfige Hand war in ständiger Versuchung gewesen, ihn zu berühren. Ihm durchs Haar zu streichen oder über seinen Rücken zu fahren. Ihre Lippen wollten ihn küssen, ihr ganzer Körper sich an ihn schmiegen. Aber sie war vernünftig geblieben und hatte Abstand gewahrt. All diese Bemühungen würde er doch nun nicht über den Haufen werfen?

Skeptisch sah sie zu ihm hinüber, als er aufstand und auf sie zukam. Sie spürte, wie sich ihr Pulsschlag beschleunigte und der Brustkorb enger, die Atmung schwerer wurde.

Auf Armeslänge blieb er vor ihr stehen, maß sie mit einem intensiven Blick.

»Am liebsten würde ich dich jetzt in den Arm nehmen und nach Herzenslust küssen«, sagte er schließlich mit leiser Stimme. »Aber ich hoffe, du verstehst, dass das kein guter Zeitpunkt ist.«

»Zum Küssen«, stellte sie, so nüchtern es ihr möglich war, fest.

Als er sie jetzt anlächelte, hätte sie sich am liebsten in seine Arme geworfen.

Dann schüttelte er den Kopf. »Nein, das meinte ich nicht. Ich meinte für eine Veränderung in unserem Gefüge. Ich bin so froh, dass mein Vater dich endlich akzeptiert hat.«

Mia schaute ihn fragend an.

»Er hat mir gestern Abend noch erzählt, dass er sich bei dir entschuldigt hat und froh darüber ist, dass du damit einverstanden warst, einen neuen Anfang mit ihm zu machen. Deshalb möchte ich ihn jetzt nicht gleich wieder mit einer neuen Situation konfrontieren. Kannst du das verstehen?«

Auch wenn es ihr nicht gefiel, hatte sie natürlich Verständnis für Hannes' Standpunkt. Vielleicht war es wirklich gut, wenn sich ihr Verhältnis zu Peter erst einmal ein wenig stabilisierte, ehe er mitbekam, dass sie seinem Sohn nähergekommen war.

Und hoffentlich noch viel näher kommen würde, dachte sie unwillkürlich und genoss die Gänsehaut, die sich unmittelbar darauf über ihren Körper zog.

»Natürlich verstehe ich das. Auch wenn es mir schwerfallen wird, meine Finger bei mir zu lassen.«

Wie um sich selbst zu zügeln, griff sie nach dem Stapel mit dreckigen Tellern und hielt sie sich vor den Bauch.

»Mir auch«, antwortete er heiser. »Was allerdings nicht heißt, dass sich nicht Gelegenheiten finden lassen könnten …« Fragend zog er eine Augenbraue hoch.

Mia lachte herzlich auf, was ihr half, ein wenig Anspannung abzubauen. »Verlass dich drauf, ich werde danach suchen.«

Nun lachte auch er, schaute ihr noch einen Moment tief in die Augen, ehe er sich abwandte und damit begann, den Weinberg wieder hinabzusteigen, um seinen Kollegen bei der Arbeit zu helfen.

Mia schaute ihm hinterher, ehe sie sich zusammenriss und sich wieder um das Geschirr kümmerte. Sie würden in der nächsten Zeit ein wenig kreativ werden müssen, aber aus ihrer frischen Beziehung ein Geheimnis zu machen, erhöhte ja auch den Reiz der Begegnungen.

Als sie wieder zurück auf dem Gut war, räumte sie das dreckige Geschirr in die Spülmaschine und kümmerte sich um die Essensreste. Sie wollte nach dem Einkaufen noch kurz zu Anton. Dem würde sie noch eine Portion von der Suppe mitnehmen. Gerade als sie die Kunststoffbox verschloss, humpelte Peter in die Küche.

Sie betrachtete besorgt sein Gesicht, doch es schien ihm schon deutlich besser zu gehen. Offensichtlich hatte ihn sein Schläfchen am Vormittag gut erfrischt.

»Wie fühlst du dich?«, wollte sie von ihm wissen.

»Ich habe Hunger«, antwortete er und schaute neugierig in den großen Kochtopf hinein, der noch auf der Arbeitsplatte stand. »Gemüsesuppe? Lecker. Ist das kleine Töpfchen für mich?«

»Ja, soll ich es dir warmmachen?«

»Lass mal, das kann ich schon selbst. Dann komme ich mir zumindest nicht ganz so unnütz vor.«

»Du bist nicht unnütz, du bist krank«, widersprach sie ihm und packte die Box für Anton in einen Jutebeutel, den sie an die Tür hängte, damit sie ihn später nicht vergaß.

Peter schaltete den Herd ein und lehnte sich daneben an die Arbeitsplatte. »Ein Grund für meine schlechte Laune ist aber, dass ich mich so unnütz fühle. Seit Susannes Tod habe ich hier den Haushalt geschmissen, und du kannst mir glauben, ich kann inzwischen richtig gut kochen.«

Mia freute sich, seine Augen funkeln zu sehen.

»Wenn du so gern kochst, dann hilf mir doch dabei. Es

gibt immer genug zu schnippeln, und das kannst du auch im Sitzen tun.«

»Würde dich das nicht stören?«

»Was? Warum sollte es? In der Restaurantküche bin ich schließlich auch nie allein. Wäre doch nett, zwischendurch ein kleines Pläuschchen zu halten.«

Die Suppe brodelte auf, und Mia reichte Peter einen Kochlöffel, damit er darin rühren konnte.

Der stellte die Platte kleiner und atmete tief ein. »Riecht wirklich lecker. Es geht doch nichts über die gute, alte Hausmannskost.«

Mia lachte. »Da würde mir schon das eine oder andere zu einfallen, aber auch einfache Gerichte können sehr schmackhaft sein.«

Sie nahm das Quarkschälchen aus dem Kühlschrank, das sie vorhin für ihn hineingestellt hatte, und stellte es auf den Esstisch.

»Leider muss ich dich jetzt alleine lassen. Ich muss heute dringend einkaufen und wollte nachher noch kurz nach Anton sehen.«

»Anton?«

»Pinots Herrchen, unser ehemaliger Kellermeister. Er ist bereits an die achtzig und leidet sehr unter einer Arthritis. Ich kümmere mich ein wenig um ihn.«

»So wie du dich auch um uns kümmerst. Danke dafür.«

Mia freute sich über den warmen Blick, den er ihr schenkte, ging zu ihm hinüber und strich ihm über die Schulter. »Wenn etwas ist, kannst du mich jederzeit übers Handy erreichen.«

»Es geht mir wirklich gut. Ich werde mir jetzt mein

Essen schmecken lassen und ganz gemütlich die Zeitung lesen. Wenn ich mich bemühe, fühlt es sich vielleicht an wie Urlaub.«

Als er ihr zuzwinkerte, zwinkerte sie zurück, griff nach dem Beutel und machte sich auf den Weg.

Am frühen Abend stand sie erneut in der Küche und bereitete das Abendessen zu. Heute sollte es überbackene Paprikaschoten geben, eines ihrer Leibgerichte, das sie bereits unzählige Male gekocht hatte. Die Arbeit ging ihr leicht von der Hand, was ihr die Gelegenheit gab, die Gedanken entspannt treiben zu lassen. Wobei sie sich gar nicht entspannt fühlte, eher im Gegenteil. Sie musste sich beherrschen, nicht unruhig von einem Bein auf das andere zu treten, wenn sie daran dachte, was sie gleich vorhatte.

Sie gab Zwiebeln in das heiße Fett und ließ sie glasig dünsten, ehe sie Knoblauch hinzufügte und schließlich alles mit passierten Tomaten ablöschte. Zum Schluss gab sie noch Pfeffer und Salz, frischen Rosmarin und Oregano dazu. Damit war endlich auch die Soße fertig. Sie begoss die mit einer Schafskäsefarce gefüllten Paprikaschoten damit und schob die beiden Auflaufformen in den Ofen. Da der Reis bereits aufgekocht und vom Feuer genommen war, blieb ihr nun genug Zeit, ihr Vorhaben umzusetzen.

Sie spürte, wie sich ein breites Grinsen auf ihrem Gesicht abzeichnete, während sie die Schürze abnahm. Hoffentlich war Hannes nicht unleidlich, wenn sie ihn gleich bei der Arbeit störte.

Doch gerade als sie die Küche verlassen wollte, kam Peter herein.

»Wann gibt es Essen?«

»Ich habe die Paprikaschoten gerade in den Herd geschoben, die brauchen noch eine Dreiviertelstunde.«

Knapp eine halbe Stunde, ehe sie sie mit Käse bestreuen musste, also genug Zeit, um noch einen heißen Kuss auszutauschen. Zumindest wenn es nach ihrer Vorstellung ginge.

»Mir ist langweilig«, erklärte Peter und setzte sich auf die Eckbank. Erwartungsvoll schaute er zu ihr hinüber.

Oh nein! Sie hatte jetzt keinen Sinn für ein Gespräch mit Hannes' Vater, wenn sie auch noch so froh darüber war, dass dieser das überhaupt in Erwägung zog. Verzweifelt überlegte sie, inwieweit sie ihm ein anderes Angebot machen konnte, als ihr einfiel, dass er sich gern an der Küchenarbeit beteiligen wollte.

»Du könntest mir einen Gefallen tun«, sagte sie und ging hinüber zum Kühlschrank. »Ich möchte nachher noch frischen Wurstsalat für die Straußwirtschaft machen. Würdest du schon mal damit anfangen, die Fleischwurst und die Gurken zu schneiden? Ich wollte noch kurz nach Benno schauen, ob er vielleicht meine Hilfe braucht.«

Das war nicht einmal gelogen, da sie tatsächlich auch nach Benno und Vincent gucken wollte, wenn sie gleich hinaus auf den Hof ging. Schließlich musste sie sicherstellen, dass sie Hannes in der Kelterhalle auch allein erwischte.

»Klar«, antwortete Peter. »Gib nur her den Kram.«

Mia stellte ihm rasch all die Dinge auf den Tisch, die er für die Schnippelarbeiten brauchte, ehe sie mit einem kurzen »Bis gleich!« die Küche verließ.

Benno war noch damit beschäftigt, den Bulli für den nächsten Tag herzurichten. Gerade hievte er einen Kanister Wasser hinein.

»Hallo Mia!«, rief er ihr entgegen. »Willst du überprüfen, ob ich die Bütten auch richtig geschrubbt habe?« Er lachte, während er den nächsten Kanister ins Auto wuchtete.

Mia ging betont entspannt an ihm vorbei und sagte: »Haha. Ich weiß, dass ich mich da auf dich verlassen kann. Sind Vincent und Hannes in der Kelterhalle?«

»Nur Hannes. Vincent musste noch kurz etwas erledigen, ist aber spätestens zum Essen wieder zurück.«

Wenn das keine göttliche Fügung war. Am liebsten hätte Mia vor sich hin gesummt, als sie am Weinkeller vorbei hinüber zur Kelterhalle ging. Hier hatte Hannes offenbar gerade eine Ladung Trauben in die Kelter gegeben und verschloss nun die letzten Platten, damit er sie starten konnte. Perfekt. So musste sie ihn gar nicht stören, sondern traf ihn genau zum Abschluss eines Arbeitsganges an.

Sie wartete ab, bis er die Maschine eingestellt und gestartet hatte, ehe sie sich bemerkbar machte: »Hi!«

Hannes blickte auf, und das Lächeln, das sich prompt auf seinem Gesicht abzeichnete, ließ Mia die Knie weich werden.

»Selber Hi«, rief er ihr über das Getöse der Maschine hinweg zu. »Was machst du denn hier?«

»Ich habe gerade ein wenig Zeit und dachte, ich könnte dich von der Arbeit ablenken.«

Sie bemerkte den Moment, in dem ihm klar wurde, weshalb sie gekommen war. Seine Augen begannen zu funkeln. Ganz offensichtlich fühlte er sich in keiner Weise bei der

Arbeit gestört. Er stieg die kleine Leiter herunter, kam um die Maschine herum und nahm sie in den Arm.

»Du hast wirklich immer ganz ausgezeichnete Ideen«, raunte er ihr ins Ohr. »Hatte ich das nicht neulich erst zu dir gesagt?«

Kurz dachte Mia an das gestrige Mittagessen auf dem Weinberg zurück, ehe sie sich wieder voll auf ihn konzentrierte.

»Lass uns ein ruhigeres Plätzchen suchen«, forderte sie ihn auf und zog ihn an der Hand hinüber zum anderen Ende der Kelterhalle. Hier, hinter einem der großen Stahltanks, war es nicht nur ruhiger, hier waren sie auch vor neugieren Blicken geschützt.

Mia schlang die Arme um Hannes und schmiegte sich mit ihrem Körper an ihn. Er fühlte sich so gut an. Sein Körper war fest und stark, dabei aber gerade so weich, dass sich die Berührung wie ein Nachhausekommen anfühlte. Seine Hände glitten sanft ihren Rücken entlang, umfassten ihren Po und pressten sie an ihn. Mia hob ihren Kopf, schaute ihn an und genoss seinen wilden Blick, ehe sie ihre Lippen auf seine drückte.

Er schmeckte so gut, Mia konnte gar nicht genug von ihm bekommen. Ihre Hände wanderten über seine Schultern bis hinauf zu seinem Kopf und hielten ihn fest.

Als sie sich schließlich ein Stück weit voneinander lösten, waren sie ganz außer Atem.

»So lasse ich mich gern von der Arbeit ablenken.« Hannes spielte verträumt mit einer ihrer Haarsträhnen, die sich aus dem Zopf gelöst hatte.

»Ich werde es mir merken«, erklärte sie lachend.

»Was meinst du?«, fragte er. »Sollten wir uns ein Codewort überlegen?«

Irritiert schaute zu ihm auf. »Ein Codewort? Wozu?«

»Nun, wir könnten vielleicht ›Flamingo‹ nehmen. Immer wenn einer von uns von Flamingos spricht, weiß der andere, dass das die Aufforderung für ein kurzes Rendezvous ist.«

Nun prustete Mia los. »Flamingo?«

»Wir könnten uns auch etwas anderes überlegen.«

Doch so schnell ließ sie ihn aus der Nummer nicht raus. »Ich stelle mir gerade vor, wie wir nachher alle gemeinsam beim Abendessen sitzen und du plötzlich damit anfängst, über Flamingos zu sprechen. Die anderen würden dich zumindest für merkwürdig halten, und ich könnte vor lauter Lachen sehr wahrscheinlich nichts mehr essen.«

»Okay, okay. Flamingo war wohl keine gute Wahl«, gab er zu. »Aber die Idee ist doch grundsätzlich nicht schlecht, oder?«

Mia schüttelte den Kopf, sie gluckste immer noch. »Nimm es mir nicht übel, aber ich glaube, wir werden das auch sehr gut ohne Codewort hinkriegen.«

»Wenn du meinst.« Er wirkte tatsächlich ein wenig enttäuscht.

Um dieses Gefühl gleich wieder verschwinden zu lassen, küsste sie ihn erneut und stellte zufrieden fest, dass er es hervorragend verstand, Prioritäten zu setzen.

Kapitel 18

Eine gute Woche später war ihr Verhältnis zu Hannes immer noch genauso aufregend und spannend wie zuvor. Sie waren inzwischen richtig gut darin, alle Gelegenheiten beim Schopf zu packen, bei denen sie den anderen entwischen und ein paar prickelnde Momente füreinander haben konnten, was jetzt, während der Lese, wirklich keine einfache Sache war, da eigentlich alle permanent gemeinsam mit ihrer Arbeit beschäftigt waren. Doch Mia genoss auch die Zeiten wie jetzt, wo sie einfach nur zusammen beim Frühstück saßen, Hannes neben ihr auf der Bank. Ihr so nah und doch gleichzeitig für sie unantastbar zu sein, verstärkte nur die Vorfreude auf einen weiteren gestohlenen Augenblick.

»Was gibt es heute Mittag?«, fragte Benno und riss sie so aus ihren Gedanken.

»Äh … Chili. Ich habe Chili gekocht.«

Benno verdrehte die Augen. »Mmh, lecker!«

»Du Clown«, neckte Mia ihn. »Du findest doch alles lecker.«

»Aber nur, wenn du es gekocht hast«, erwiderte er ganz Charmeur.

Mia sandte ihm einen Flugkuss quer über den Tisch und zwinkerte ihm zu, als er rot anlief.

Mit den Konsequenzen seiner Charmeoffensiven umzugehen, musste er wohl erst noch lernen.

Beschwingt biss sie in ihren Toast und kaute darauf herum.

Gerade als sie schlucken wollte, fragte Hannes: »Habt ihr eigentlich gewusst, dass in den Anden Flamingos in Höhen bis über viertausend Meter brüten?«

Mia prustete los, was sich mit dem Stück Toast in ihrer Kehle als ausgesprochen schwierig erwies.

Hannes klopfte ihr mitfühlend den Rücken, wobei ihr nicht der funkelnde Blick seiner Augen entging.

Dieser Teufel! Es schien, als habe er genau diesen Augenblick abgepasst, um zu überprüfen, ob ihre Aussage in der Kelterhalle tatsächlich zutraf.

Als sie sich schließlich beruhigt hatte, waren aller Augen auf sie gerichtet. Hannes' vergnügt, Peters und Bennos eher erstaunt.

»Was ist so lustig an Flamingos in den Anden?«, fragte dann auch Benno in seiner direkten Art.

»Genau«, stimmte prompt Hannes in seine Frage mit ein.

Na warte, dachte Mia, das hat noch ein Nachspiel.

Erst einmal machte sie jedoch gute Miene zum bösen Spiel und überlegte fieberhaft, was sie den beiden antworten sollte.

»Tja, ich hatte mir vorgestellt, wie die armen Flamingos mit ihren nackten Beinen dort oben heftig frieren, und dachte dann, ob es nicht ein Verkaufsschlager wäre, lange Strümpfe für Flamingos herzustellen.«

Benno lachte. »Gute Idee! Flamingos in Ringelstrümpfen.«

Mia bemühte sich, ihren Blick gesenkt zu halten, damit

keiner der drei ihr ansah, dass immer noch ihre Lippen zuckten. Schließlich waren in ihrem Alter selbst Flamingos in Ringelsocken kein ausreichender Anlass für solch einen Lachflash.

Glücklicherweise neigte sich das Frühstück sowieso dem Ende zu. Hannes und Benno hatten aufgegessen, und draußen hörte sie ein Auto auf den Hof fahren.

»Vincent ist da«, sagte Hannes nach einem Blick aus dem Fenster. »Auf, auf.«

Er erhob sich, murmelte noch ein »Danke für das Frühstück« und verließ mit Benno die Küche.

In Mias Kopf begann es zu rattern. Hatte er sie mit den Flamingos nur hochnehmen wollen oder sollte es tatsächlich als Aufforderung für sie dienen, nach ihm zu sehen, bevor er das Gut verließ. Wobei, eigentlich war das keine Frage, da sie einander in der letzten Woche immer verabschiedet hatten.

Sie schob ihren Stuhl zurück und wandte sich an Peter. »Ich gehe mal kurz noch oben. Muss noch was nachschauen.«

Peter schüttelte den Kopf. »Mädchen, Mädchen, was macht ihr nur für ein Gewese. Meinst du, ich wüsste nicht, warum du seit ein paar Tagen immer wieder verschwindest?«

Ertappt öffnete Mia den Mund, nur um ihn direkt wieder zu schließen.

»Ich habe zwar einen verletzten Fuß, aber mit meinen Augen ist noch alles in Ordnung. Und auch mein Gehirn funktioniert einwandfrei. Zwei und zwei zusammenzuzählen, fällt mir nicht besonders schwer.«

Dann lächelte er sie an. »Ich freue mich für euch, aber jetzt spute dich. Die Jungs müssen an die Arbeit.«

Mia flitzte aus der Küche, die Treppe hinauf in Hannes' Schlafzimmer, dessen Tür weit offen stand. Anders als die Tage zuvor verschloss sie sie nicht, sondern warf sich einfach in seine Arme.

»Wir sind aufgeflogen«, sagte sie, nachdem sie ihm einen herzhaften Kuss auf den Mund gedrückt hatte.

»Ach ja?«

»Ach ja. Dein Vater meinte, wir sollten nicht so ein Gewese machen. Was ist das überhaupt für ein Wort?«

»Ein Nomen?«

»Du Knallkopf«, schimpfte sie zärtlich, bevor sie im nächsten Kuss versank.

Am liebsten hätte sie die Zeit bis zum Mittagessen mit Tagträumen und Kochen verbracht. Doch jetzt stand eine Fahrt nach Koblenz auf ihrem Plan. Einen Besuch bei ihrer Mutter hatte sie jetzt lange genug vor sich hergeschoben, ihren Ärger lange genug gehegt und gepflegt. Egal, was ihre Schwestern dachten, sie wusste genau, dass ihre Mutter darunter leiden würde, wenn sie sich nicht rührte.

Deshalb hatte sie bereits gestern einen großen Topf Chili gekocht, den sie gleich nur aufzuwärmen brauchte, damit sie die Stunden bis dahin für einen kurzen Besuch nutzen konnte. Mia schaute kurz auf die Uhr, ehe sie von der B9 in Richtung Altstadt abbog. Es war kurz vor halb zehn. Lena würde in wenigen Minuten den Laden öffnen, und Nora war um diese Zeit ebenfalls arbeiten, sodass sie nicht Gefahr lief, eine der beiden bei ihrer Mutter anzutreffen. Sie hatte wahrlich keine Lust auf eine weitere Auseinandersetzung mit den beiden, vor allem, weil sie nach wie vor nicht wusste, warum ihre Schwestern derart biestig zu ihr waren. Sie hatten sich nie wirklich gut verstanden, waren aber bisher immer höflich miteinander umgegangen. Doch der Unfall ihrer Mutter hatte das verändert.

Sie parkte Peters Wagen in einer freien Parklücke und wartete darauf, dass die Uhr halb zehn anzeigte. Sie wollte keinerlei Risiko eingehen, von Lena gesehen zu werden. Als sie schließlich ausstieg, atmete sie noch einmal tief durch, ehe sie sich auf den kurzen Fußweg zu ihrer Mutter machte. Zum Glück war die Eingangstür des Mehrfamilienhauses durch eine breite Mauer abgeschirmt vom Schaufenster des Schreibwarenladens, sodass sie gefahrlos davor warten konnte, nachdem sie geklingelt hatte. Es dauerte eine Weile, sodass sie schon fürchtete, ihre Mutter sei nicht zu Hause, ehe sie ihre Stimme in der Gegensprechanlage hörte.

»Ja, bitte?«

»Hier ist Mia.«

»Mia!«

Unverzüglich ertönte der Summer, und Mia trat ein. Das Haus stammte aus den zwanziger Jahren. Ihre Großeltern hatten in den Fünfzigern die Geschäftsräume im Erdgeschoss gemietet und waren nach der Geburt ihrer Tochter in die Wohnung im ersten Stock gezogen. Dort wohnte nun ihre Mutter.

Mia ging die breite Holztreppe hinauf. Ihre Mutter stand schon auf dem oberen Absatz und schaute ihr entgegen.

»Ich freue mich so, dass du gekommen bist«, begrüßte sie sie mit einem unsicheren Lächeln im Gesicht.

Mia stieg die letzten Stufen hinauf und nahm ihre Mutter unbeholfen in den Arm. »Wie geht es dir?«

»Ach, schon viel besser.«

Sie betraten gemeinsam die Wohnung, und Mia schloss die Haustür hinter sich.

»Möchtest du etwas trinken?«, fragte ihre Mutter und ging in die Küche.

»Soll ich uns einen Kaffee machen? Du musst dich doch sicher noch schonen.«

Marlies Schumann lachte leise. »Das heißt aber nicht, dass ich den ganzen Tag nur auf dem Sofa sitzen soll. Der Arzt hat gesagt, ich solle mich ruhig bewegen, damit die Lungen immer gut belüftet werden. Nur schwer zu heben oder ansonsten anstrengende körperliche Arbeiten soll ich vermeiden. Und meinen Kaffee koche ich mir auch schon seit einigen Tagen wieder allein.«

»Wenn das so ist, hätte ich gern einen Kaffee mit Milch.« Mia setzte sich auf einen der Küchenstühle, die rund um den Küchentisch gruppiert waren. Es waren bequeme Freischwinger mit Korbgeflecht, die dem Raum eine gemütliche Atmosphäre verliehen.

»Was hast du denn mit den ganzen Bohnen vor?«

Ein ganzer Berg an Stangenbohnen bedeckte ein Gutteil der Arbeitsplatte.

»Einer unserer Stammkunden hat einen Schrebergarten und bringt uns jedes Jahr einen Teil seiner Ernte vorbei. Ich werde sie im Laufe des Vormittags putzen. Heute Nachmittag bleibt der Laden ja geschlossen, da kann Lena dann das Blanchieren und Einfrieren übernehmen.«

Froh bei der Aussicht, etwas zu tun zu haben, fragte Mia: »Soll ich dir helfen?«

Marlies Schumann stellte die Kaffeemaschine an. »Wenn du möchtest? Messer sind in der Schublade.«

Mia stand auf, nahm sich ein scharfes Messerchen und begann damit die Enden der Bohnen abzuschneiden. »Warum machst du das nicht am Tisch? Wäre doch viel bequemer.«

»Aber nicht mit gebrochenen Rippen. Stehen und die Arme locker hängen lassen, fühlt sich für mich zurzeit am entspanntesten an. Möchtest du dich lieber setzen?«

Peinlich berührt schüttelte Mia den Kopf. »Nein, entschuldige, aber ich habe nicht nachgedacht.«

»Kein Grund, dich zu entschuldigen. Woher sollst du das wissen?«

Waren sie eigentlich schon immer so verdammt höflich miteinander umgegangen? Höflich, aber deutlich distanziert? Nun, immer sicher nicht, aber wenn sie ehrlich war, hatte sie in den letzten zehn Jahren keinen Wert auf mehr Nähe gelegt.

Da der Kaffee inzwischen durchgelaufen war, schenkte ihre Mutter ihnen jeweils einen Becher voll ein und gab noch einen guten Schuss Milch hinzu.

»Ein Löffel Zucker?«, wollte sie von Mia wissen.

Die lächelte schief. »Ungesund wie immer.«

»Was ist schon ein Leben ohne Risiko«, erwiderte ihre Mutter lapidar.

Dankbar nahm Mia den duftenden Becher entgegen und stellte ihn neben sich auf die Arbeitsplatte.

Bevor sie sich den Kopf nach weiteren Gesprächsthemen zerbrach, machte sie es sich einfach und fragte: »Was macht Zoe?«

Wie erwartet, erschien ein zärtliches Lächeln auf Marlies Schumanns Gesicht. »Die macht sich ganz prächtig. Vor allem in Mathe. Ihre Lehrerin hat sie jetzt zur Mathematik-Olympiade angemeldet.«

»Wow!« Mia war ehrlich beeindruckt. »Das hat sie aber weder von ihrer Mutter noch von ihren Tanten.«

Ihre Mutter lachte. »Nein. Wenn ich eure Mathenoten richtig im Kopf habe, spricht wirklich nichts dafür.«

»Also ist sie ein richtiges kleines Mathegenie, meine Nichte?«

»Nun, ein Genie sicher nicht. Aber Mathe fällt ihr leicht. Sie freut sich jedenfalls schon sehr auf den Wettbewerb.«

Während Mia weiter Bohnenenden abschnitt und ihre Mutter ebenfalls zum Messer griff und dabei half, erzählte sie weiter von ihren Enkelkindern, von Nora und Timo, Lena und dem Laden.

Doch irgendwann waren sie mit den Bohnen fertig, und das Familienthema hatte sich erschöpft.

»Wann musst du wieder los? Hast du noch Zeit für ein Glas Wasser? Ich würde mich jetzt nämlich gerne ins Wohnzimmer aufs Sofa setzen.«

Mia schaute auf ihre Armbanduhr. Rund zwanzig Minuten hätte sie noch, dann müsste sie sich langsam wieder auf den Weg machen.

»Ich habe noch genug Zeit für einen kleinen Plausch. Geh ruhig schon mal rüber, ich bringe uns das Wasser mit.«

Während ihre Mutter hinüber ins Wohnzimmer ging,

nahm Mia zwei Gläser aus dem Küchenschrank, füllte sie mit Sprudelwasser und folgte ihr schließlich nach nebenan.

Das Wohnzimmer der Wohnung hatte ihr schon immer gefallen. Die hohen Wände schlossen mit einer Leiste aus Stuck ab, genauso wie auch die Mitte der Decke mit einem üppigen Stuckornament verziert war. Einige antike Stücke ihrer Großeltern hatte ihre Mutter stehen gelassen und mit modernen cremefarbenen Zweisitzern und einem Glastisch ergänzt, sodass der Raum behaglich, aber nicht überladen wirkte.

Mia stellte die Gläser auf den Tisch und setzte sich ihrer Mutter gegenüber.

»Wie geht es dir auf dem Gut? Hast du dich schon gut eingelebt?«

»Eigentlich schade, dass ich mich überhaupt erst einleben musste«, platzte es aus ihr heraus.

Ihre Mutter schaute sie irritiert an, und Mia war selbst ein wenig erschrocken über die Heftigkeit, mit der diese Antwort aus ihr hervorgebrochen war.

Sie versuchte ihre Emotionen ein wenig zu zügeln, ehe sie fortfuhr. »Nun, wenn du das Gut damals nicht verkauft hättest, würde ich immer noch dort leben und hätte keinen Grund, mich erneut einzuleben.«

Ihre Mutter schüttelte ungläubig den Kopf. »Das trägst du mir wirklich immer noch nach?«

»Warum sollte ich nicht?«

»Weil inzwischen fast fünfzehn Jahre vergangen sind? Weil du inzwischen erwachsen bist und nachvollziehen können solltest, warum mir damals gar nichts anderes übrig blieb.«

»Es gibt immer Alternativen, man muss es nur wollen.«

Marlies Schumann lachte humorlos auf. »Küchenweisheiten? Bei solch einer Frage? Nein, ich hatte keine Alternative, und das habe ich dir schon damals bis ins Kleinste auseinandergesetzt.«

Ihre Mutter beugte sich ein Stück nach vorn und sah Mia eindringlich an. »Du weißt, dass dein Vater und ich deine Großeltern auszahlen mussten, als sie uns das Gut überließen und nach Spanien gingen. Wir mussten einen hohen Kredit aufnehmen, der längst nicht abbezahlt war, als dein Vater starb. Zudem hatte er gerade erst die neue Kelterhalle bauen lassen, weitere Schulden, die auf dem Gut lasteten. Außerdem bin ich keine Winzerin. Ich hätte noch jemanden einstellen müssen, um den Betrieb zu führen. Dafür war einfach nicht genug Geld da.«

»Es hätten doch nur ein paar Jahre überbrückt werden müssen, so lange, bis ich mit meiner Ausbildung fertig gewesen wäre.«

»Mia, es wäre fahrlässig gewesen, alles einfach laufen zu lassen. Ich hatte schließlich drei Töchter, an die ich denken musste.«

Mia schnaubte verächtlich. »Natürlich, Lena und Nora, Hauptsache denen ging es gut. Egal, was aus mir wurde.«

Jetzt lehnte sich ihre Mutter wieder zurück und schaute sie herausfordernd an. »Und, was ist aus dir geworden?«

»Jedenfalls keine Winzerin!«, erklärte Mia schnippisch.

»Genau.«

Nun war es an Mia, ihre Mutter irritiert anzusehen. »Genau?«

»Warum bist du denn keine Winzerin geworden?«

»Weil du das Gut verkauft hast!«

»Wie alt bist du? Zwölf? Du hättest doch trotzdem Winzerin werden können. Es gibt etliche Winzer, die nicht von einem Weingut stammen.«

Mia spürte, wie sich ihr Mund öffnete und direkt wieder schloss. Ihre Mutter hatte den Nagel auf den Kopf getroffen. Warum war sie eigentlich nicht Winzerin geworden?

»Mia«, sagte ihre Mutter eindringlich. »Kann es sein, dass das ein Luftschloss ist, was du immer noch in deinem Kopf hast? Ein Rest Verpflichtung deinem Vater gegenüber?«

»Ich war immer so gern mit ihm in den Weinbergen, habe viel Zeit bei Anton im Weinkeller verbracht«, flüsterte Mia.

»Und warst bei mir in der Küche und hast mir beim Kochen geholfen.«

Betroffen stellte Mia fest, dass ihre Mutter recht hatte. Sie hatte schon als kleines Mädchen auf einem Stuhl neben ihr gestanden und in den Töpfen gerührt.

Mia sprang auf. »Ich muss jetzt gehen.«

»Sicher«, bestätigte Marlies Schumann und erhob sich mühsam von dem Sofa. »Warte, ich will dir noch etwas mitgeben.«

Während ihre Mutter das Wohnzimmer verließ, tigerte Mia nervös auf und ab. Warum war sie keine Winzerin geworden? Warum hatte sie sich diese Frage noch nie gestellt?

Als ihre Mutter wieder hereinkam, hatte sie ein flaches Päckchen in der Hand, das in grünes Geschenkpapier eingeschlagen war.

»Für deinen Geburtstag. So brauche ich es nicht zu schicken.«

Mia nickte bloß und nahm das Päckchen entgegen. An ihren Geburtstag in drei Tagen konnte sie jetzt gerade gar nicht denken.

Sie hauchte ihrer Mutter einen Kuss auf die Wange. »Ich melde mich.«

Ihre Mutter lächelte sie an. »Oder ich mich. Spätestens in drei Tagen.«

Mia nickte erneut und stürmte aus der Wohnung. In ihrem Kopf herrschte ein einziges Durcheinander. Sie brauchte jetzt dringend einen Platz für sich allein.

Kapitel 19

Eigentlich wäre Mia am liebsten runter zum Deutschen Eck gegangen. Dorthin hatte sie sich schon in ihrer Teeniezeit zurückgezogen, wenn sie in Ruhe über etwas nachdenken wollte. Auf den obersten Stufen unterhalb des Reiterdenkmals hatte sie trotz der Touristen immer einen Platz gefunden, wo sie sich hinsetzen und auf den Zusammenfluss von Rhein und Mosel schauen konnte. Der weite Blick gab ihr stets die Möglichkeit, sich zu entspannen und selbst schwierige Fragen von allen Seiten zu beleuchten. Doch heute fehlte ihr dazu die Zeit. Sie war jetzt schon spät dran, wenn sie das Mittagessen noch pünktlich im Weinberg haben wollte.

Ohne darüber nachzudenken, ob Lena sie sehen konnte, stürmte sie quer über den Platz in Richtung Peters Auto. Sie wollte jetzt einfach nur noch die Fahrertür hinter sich zuziehen. Sie brauchte einen ruhigen Moment für sich allein, um ihre Gedanken zu sortieren, damit sie konzentriert zurück zum Weingut fahren konnte.

»Warum bist du denn keine Winzerin geworden?«

Die Frage ihrer Mutter hallte immer noch in Dauerschleife durch ihr Hirn, als sie schließlich im Auto saß und die Augen schloss. Aber sie fand einfach keine Antwort darauf. Als Teenager hatte sie gedacht, mit dem Verkauf des

Weinguts sei auch eine Entscheidung über ihren Berufsweg gefallen. Sie hatte sich im Groll auf ihre Mutter gesuhlt, hatte ihn sorgfältig gepflegt, bis sie mit achtzehn, nach einem letzten heftigen Streit, Hals über Kopf ausgezogen war. Da befand sie sich aber schon in der Ausbildung zur Köchin, hatte das erste Jahr bereits abgeschlossen.

Mia atmete mehrmals tief durch und versuchte ihre Anspannung unter Kontrolle zu bekommen. Ein kurzer Blick auf die Uhr machte ihr deutlich, dass sie dringend zurückfahren musste, damit die Lesehelfer etwas zum Essen bekamen. Fahrig fuhr sie sich mit den Händen durch die Haare und rubbelte sich anschließend über das Gesicht. Sie musste das Nachdenken auf später verschieben, jetzt wartete erst einmal das Chili. Sie konnte nur hoffen, dass Peter nicht gerade wieder unter akuter Langeweile litt und sie die Küche für sich allein hatte.

Doch so viel Glück hatte sie nicht. Peter saß bereits auf der Küchenbank und las die Zeitung, als sie durch die Tür stürmte.

»Du bist spät dran«, begrüßte er sie.

»Ich weiß.« Mia stellte die Herdplatte unter dem großen Topf mit dem Chili an, trat zum Spülbecken und wusch sich die Hände.

Sie spürte Peters musternden Blick auf sich. »Ist irgendwas passiert? Du bist ganz blass. Geht es deiner Mutter gut?«

Mia nickte. Sie stellte eine Pfanne auf den Herd und gab einen guten Schuss Olivenöl hinzu, nahm eine Knoblauchknolle heraus und begann damit, einige Zehen zu schälen.

»Also hattet ihr Streit«, stellte er nüchtern fest.

Mia hackte den Knoblauch und gab ihn in die Pfanne.

»Direkt Streit kann man es nicht nennen«, grummelte Mia und röstete den Knoblauch leicht an.

»Möchtest du darüber sprechen?«

Mia nahm die Pfanne von der heißen Platte und gab noch ein wenig abgeriebene Zitronenschale unter das Knoblauch-Olivenölgemisch.

Eigentlich wollte sie nicht darüber sprechen, andererseits …

Sie sah kurz zu Peter hinüber, der mit den Schultern zuckte und sich wieder seiner Zeitung zuwandte.

Mia knetete mit einer Gabel den Knoblauch unter die Butter, gab noch Chiliflocken, Pfeffer und Salz hinzu und stellte die Schüssel in den Kühlschrank. Eigentlich müsste die Butter noch durchziehen. Allerdings hatte sie gestern vergessen sie vorzubereiten, weshalb es heute schlicht so gehen musste.

Als sie nach einem Kochlöffel griff und das Chili umrührte, setzte sich ihr Gedankenkarussell prompt erneut in Gang.

»Meinst du, man kann für einen Beruf brennen und sich dann trotzdem für einen anderen entscheiden?«, platzte es plötzlich aus ihr heraus.

Peter ließ sich mit der Antwort Zeit. »Ich denke, es kann wichtige Gründe geben, weshalb man sich nicht für den Beruf entscheidet, für den man eigentlich brennt. Eine Kopfentscheidung treffen sozusagen.«

»Aber wenn es gar keine eigentliche Entscheidung gab?«

»Willst du mir nicht doch erzählen, was dich umtreibt?«, fragte Peter nun mit besorgter Stimme.

»Ich frage mich, warum ich Köchin geworden bin? Ich dachte immer, dass ich viel lieber Winzerin geworden wäre.«

»In Hinblick auf euer Weingut«, ergänzte Peter leise.

Mia rührte im Topf und nickte.

»Ich kann mich nicht daran erinnern, eine bewusste Entscheidung dagegen getroffen zu haben. Die Schule habe ich ein Jahr vor dem Abitur abgebrochen, weil ich mir bereits einen Ausbildungsplatz zur Köchin organisiert hatte.«

»Vielleicht hast du den Beruf des Winzers nur mit eurem Weingut verbunden?«, fragte Peter sie. »Vielleicht ging es dir mehr um dein Leben auf dem Gut als um den Beruf an sich?«

Mia hörte mit dem Rühren auf und starrte Peter an.

»Das ist eine gute Frage«, sagte sie schließlich, stellte die Herdplatte aus und legten den Kochlöffel in die Spüle. »Ich glaube, darüber werde ich in Ruhe nachdenken müssen.«

Heute wurde in der Lage Mandelstein geerntet. Hier betrug das Gefälle knapp 70 Prozent. Als sie ankam, zog Benno, der auf dem Traktor saß, gerade mithilfe der Seilwinde den großen Metallschlitten nach oben, auf dem die Bütten mit den geernteten Trauben standen. Zu Zeiten ihres Vaters wurden die Bütten noch in einen Traubenwagen entleert, in dem die Trauben samt Stielen direkt zerkleinert wurden. Hannes jedoch stapelte die Bütten auf einem Hänger, damit die Trauben auf dem Gut als Ganzes in die Kelter kamen, wo das Pressen schonender verlief, um dadurch weniger Gerbstoffe im Wein zu haben.

Mia stieg aus und genoss den Blick auf Hannes, der, die Bütten stabilisierend, am hinteren Rand des Schlittens stand und nun langsam immer näher kam. Er warf ihr ein Lächeln zu, das sie fast vergessen ließ, wie durcheinander sie immer noch war. Am liebsten hätte sie sich direkt in seine Arme geworfen, aber auch wenn Peter über sie beide Bescheid wusste, hatten sie noch nicht darüber gesprochen, wie sie sich den Angestellten gegenüber verhalten wollten.

Deshalb beschränkte sie sich auf ein halbes Lächeln in seine Richtung, ehe sie sich dem Kofferraum zuwandte, um den großen Kochtopf herauszuholen.

»Mittagspause«, rief Hannes den Berg hinunter, als er oben ankam.

Heute war es ausnahmsweise einmal Vincent, der als Erster bei ihr ankam.

»Mmh, lecker, Chili«, schwärmte er, nachdem er kurz den Deckel des Kessels angehoben hatte.

»Und zum Nachtisch habe ich euch Milchreis im Glas mit Zimt und Zucker gemacht.«

»Wow. Ich bin so froh, dass wir hier einen Knochenjob machen, sonst hätte ich bestimmt schon fünf Kilo zugenommen.«

Mia lachte. »Dann kannst du dich ja bei Hannes bedanken.«

»Wofür sollst du dich bedanken?«, erklang plötzlich Hannes' Stimme hinter ihr, während sich kurz darauf zwei starke Arme um ihre Taille schlangen.

Nun, ganz offenbar hatte Hannes keinerlei Einwände, ihre Beziehung publik zu machen.

Mia lehnte sich gegen ihn und genoss die Wärme seines Körpers. Im Gegensatz zu den letzten heißen Wochen wehte heute ein kühler Wind, den man hier oben auf dem Weinberg empfindlich spürte. Nach dem langen, heißen Sommer schien heute der Herbst seine Vorboten zu schicken.

»Vincent möchte sich bei dir dafür bedanken, dass er solch einen Knochenjob hat.«

»Aber nur wegen des guten Essens!«, wandte Vincent ein und zwinkerte ihr zu.

Als sie schließlich im Windschatten der Autos saßen und sich das Chili schmecken ließen, warf Mia einen kurzen Blick auf Hannes, der neben ihr saß, und auf Vincent ihm gegenüber. Die beiden diskutierten über das letzte Spiel von Mainz 05, wobei sie jedoch nur mit halbem Ohr zuhörte. Nach wie vor kreisten ihre Gedanken um die Worte ihrer Mutter. Nachdenklich musterte sie die beiden Männer, die Winzer geworden waren, ohne im Besitz eines eigenen Weinguts zu sein. Hannes hatte inzwischen eines erworben, aber Vincent war bis auf Weiteres damit zufrieden, als Angestellter beschäftigt zu sein.

Ihre Mutter hatte völlig recht gehabt mit ihrer Frage, wurde ihr plötzlich klar. Es gab überhaupt keinen Grund, weshalb sie nicht hätte Winzerin werden können, selbst ohne eigenes Gut. Weshalb tatsächlich das Weingut selbst der Schlüssel des Ganzen gewesen sein musste. Sie konnte sich gut vorstellen, dass Peter richtig lag mit seiner Vermutung, ihre Vorstellung habe mehr mit den Lebensumständen als mit einem tatsächlichen Berufswunsch zu tun gehabt. Dem heimeligen Gefühl, gemeinsam mit ihrem Vater in die Weinberge zu gehen, den freundschaftlichen Gesprächen mit Anton im Weinkeller. Das waren alles wunderschöne Erinnerungen.

»Mia?«

Erschrocken zuckte sie zusammen, als sie Hannes' Stimme hörte.

»Was ist denn mit dir los? Du warst eben meilenweit weg. Ist alles in Ordnung?«, fragte er besorgt.

Sie nickte. »Nichts Dramatisches. Ich muss nur über einiges nachdenken.«

»Okay«, sagte er gedehnt, schien allerdings nicht ganz überzeugt.

»Erzähle ich dir heute Abend in Ruhe.« Sie drückte ihm einen herzhaften Kuss auf den Mund, was Pfiffe von Vincent und Benno nach sich zog.

»Nur keinen Neid«, erklärte sie betont fröhlich und stand auf. »Irgendjemand Appetit auf Nachtisch?«

Nachdem sie am frühen Nachmittag die Bleche mit dem Pflaumenkuchen für den nächsten Tag aus dem Ofen gezogen und zum Abkühlen auf die Arbeitsplatte gestellt hatte, schaute sie sich in der Küche um und stellte fest, das fürs Erste alles erledigt war. Peter hatte sie bereits seit heute Vormittag nicht mehr zu Gesicht bekommen, aber der hatte sich auch schon die letzten Nachmittage rar gemacht.

Sie band die Schürze ab und hängte sie neben die Tür, nahm ihr Handy von der Arbeitsplatte und verließ das Haus. Seit den Mittagsstunden hatte sich feiner Nieselregen unter den Wind gemischt, sodass in der Straußwirtschaft heute kein großer Betrieb mehr gewesen war. Die letzten Kunden hatte sie vor einer guten halben Stunde gehen sehen. Ihr selbst stand jedoch der Sinn nach einem heißen Kakao und einem guten Gespräch. Mal schauen, ob sie Katta zu einer Pause überreden konnte.

In diesem Moment klingelte es an der Tür.

Oh nein, bitte keine Kundschaft, die ihr jetzt einen Strich durch die Rechnung machte, dachte sie, als sie zur Haustür ging.

Doch zu ihrer großen Freude standen keine Kunden, sondern Franzi und Nico vor der Tür.

»Was ist denn mit dir los? Du siehst wirklich bescheiden aus.« Statt sie zu begrüßen, musterte ihre Freundin sie kritisch.

»Kleine Krise. Aber jetzt, wo du da bist, geht es mir schon besser. Hast du Zeit für einen heißen Kakao?«

»Kaffee wäre mir lieber, und Zeit zum Zuhören habe ich tatsächlich. Nico ist gerade eingeschlafen.«

»Dann kommt mit.«

Mia zog die Tür hinter sich ins Schloss und lief gemeinsam mit Franzi samt Kinderwagen über den Hof, hinüber zum ehemaligen Kuhstall.

»Hey, kannst du uns kurz helfen«, fragte sie Katta beim Betreten der Straußwirtschaft.

Katta, die an einem der Tische vor einem Ordner mit Rechnungen saß, verzog ihren Mund zu einem breiten Lächeln, als sie aufblickte.

»Braucht ihr was oder wollt ihr mich nur von der Arbeit abhalten?«, fragte sie und stand auf.

»Wir hatten die Hoffnung, du könntest Pause machen. Wie wäre es mit einem Kaffee oder einem heißen Kakao?«

»Zu einem heißen Kakao sage ich nicht Nein. Vor allem, wenn ich ihn nicht selbst zubereiten muss.«

Sie begrüßte Franzi mit einem kurzen Hi!, ehe sie ihr half, den Kinderwagen in den Gastraum zu tragen, während Mia ihnen die Tür aufhielt.

»Alles gut bei dir?«, wollte Katta von ihr wissen, als Mia hinter die Theke ging.

»Das habe ich sie auch schon gefragt«, erklärte Franzi, die sich ihre nasse Jacke auszog und an die Garderobe hängte.

»Alles ein bisschen viel auf einmal«, erklärte Mia und begann damit, heiße Milch in zwei große Becher zu füllen.

»Ach?« Katta machte große Augen. »Was haben wir verpasst?« Sie räumte Laptop und Ordner hinter die Theke und half Franzi anschließend dabei, den Regenbezug des Kinderwagens abzunehmen und beiseite zu legen.

»Moment. Ich mache gerade noch den Kaffee für Franzi, dann komme ich zu euch rüber.«

Als sie kurz darauf mit ihren beiden Freundinnen am Tisch saß, wusste sie nicht, womit sie anfangen sollte.

»Am besten startest du am Anfang«, sagte Franzi, als hätte sie gespürt, was in Mia vorging.

»Ich war heute bei meiner Mutter.«

»Oh Gott!«, brach es aus Katta hervor. »Geht es ihr wieder schlechter?«

»Nein, nein«, wiegelte Mia ab. »Ihr geht es den Umständen entsprechend gut.«

Sie nippte an ihrem Kakao und verlor sich in ihren Gedanken.

»Mia Elisabeth Schumann!«, erklang da Franzis strenge Stimme neben ihr. »Nun spann uns nicht länger auf die Folter.«

»Wow, du wirst bestimmt mal eine tolle Mutter«, warf Katta mit beinahe ehrfurchtsvoller Stimme ein.

»Das ist sie schon«, erklärte Mia.

Dann seufzte sie. »Ich bin so eine Idiotin.«

Franzi tätschelte liebevoll ihren Arm. »So schlimm wird es schon nicht sein.«

»Es ist nicht schlimm im wörtlichen Sinne, aber ich frage mich, wie man nur so blind sein kann?«

»Dazu werden wir dir nichts sagen können, wenn du uns nicht endlich erzählst, worum es eigentlich geht«, antwortete Katta ungeduldig.

»Also, ich war heute bei meiner Mutter. Zuerst hatten wir ein sehr höfliches Gespräch über die Familie und dies und das. Dann kam aber die Rede auf das Weingut, und nach einem kurzen Disput, in dem ich meiner Mutter wieder einmal den Verkauf zum Vorwurf gemacht habe, fragte sie mich, warum ich eigentlich keine Winzerin geworden bin, wenn ich es doch so gern sein wollte?«

Franzi stellte ihre Kaffeetasse ab und schaute Mia nachdenklich an. »Von dieser Warte aus haben wir die Sache noch nie betrachtet.«

»Du wolltest immer Winzerin werden?«, wollte Katta wissen. »Warum bist du dann Köchin geworden?«

»Das ... ist genau die Frage, auf der ich heute den ganzen Tag herumgekaut habe. Und dann hat Peter die Frage in den Raum gestellt, ob es mir bei dem Wunsch, Winzerin zu werden, vielleicht mehr um das Leben auf dem Weingut gegangen wäre? Und inzwischen bin ich mir sicher, dass er recht hat. Ich habe es geliebt, meinen Vater zu begleiten oder mit Anton im Weinkeller zu quatschen. Aber genauso mochte ich es, mich um die Esel zu kümmern oder mit Mama zu kochen. Und für das Kochen habe ich richtig gebrannt.«

»Weißt du noch, dass ich dir stundenlang vom Kochen in früheren Zeiten erzählt habe, wenn ich mal wieder auf der Marksburg gewesen war?«, fragte sie Franzi, ohne eine Antwort zu erwarten.

»Deshalb war es, als ich schließlich siebzehn war, überhaupt keine Frage mehr für mich, was ich werden wollte. All die Gedanken daran, dass meine Mutter mich meiner Zukunft beraubt hatte, indem sie den Hof verkaufte, war der lang gehegte Groll eines Teenagers, der sein Zuhause verloren hatte.

Und damit muss ich endlich abschließen«, beendete sie ihre Rede.

»Die Selbsttäuschung beherrscht der Mensch noch sicherer als die Lüge. Dostojewski«, fügte Franzi nüchtern hinzu.

»Ich bin echt sprachlos«, meinte Katta.

Mia stellte ihren Kakaobecher wieder ab, von dem sie einen Schluck getrunken hatte. »Das kann ich verstehen, für dich ist das ja auch absolutes Neuland. Ich bin selbst im Moment ein bisschen damit überfordert, wie ich damit umgehen soll, dass ich meiner Mutter jahrelang etwas nachgetragen hatte, für das sie gar nichts konnte. Mehr noch: Ich habe jahrelang die Augen davor verschlossen, dass meiner Mutter damals gar keine andere Wahl blieb, als das Weingut zu verkaufen. Darauf lagen noch hohe Schulden, und meine Mutter hatte die Verantwortung für drei Kinder zu tragen. Das Risiko einfach weiterzumachen war viel zu hoch.«

»Bis jetzt dachte ich immer, ich könnte ganz gut analysieren«, erklärte Franzi. »Aber in diesem Fall war ich absolut betriebsblind.«

»Du warst eben voll auf meiner Seite.« Ein warmes Gefühl der Zuneigung stieg in Mia hoch, als sie ihre beste Freundin betrachtete.

Franzi erhob ihre Kaffeetasse und prostete Mia zu. »Zwischen uns passt eben kein Blatt Papier.«

»Auf die Freundschaft«, schloss sich nun Katta an und hob ihrerseits ihren Kakaobecher, ehe sie daran nippte.

Nachdem Franzi wieder gegangen und Katta zu ihren Ordnern zurückgekehrt war, fühlte sich Mia einerseits erleichtert und andererseits noch unruhig. Sie musste dringend telefonieren. Sie ging zurück ins Haupthaus, lief die Treppe hinauf in ihr Zimmer und schloss die Tür hinter sich. Dann setzte sie sich auf ihr Bett und atmete tief durch, ehe sie die Wahltaste ihres Handys drückte.

»Hallo Mia«, erklang es am anderen Ende, nachdem es nur zweimal getutet hatte.

»Hallo Mama. Ich möchte mich bei dir entschuldigen.«

Kapitel 20

Als der Wecker um halb sechs klingelte, hätte sie sich am liebsten das Kissen über die Ohren gezogen. Nach dieser Nacht war es einfach noch viel zu früh. Doch da sie ein pflichtbewusster Mensch war, griff sie nach ihrem Handy und schaltete den Wecker aus. Dann schloss sie noch einmal kurz die Augen und seufzte tief. Ihr Geburtstag hatte auch schon mal besser begonnen.

Erschrocken zuckte sie zusammen, als sie plötzlich Pinots Zunge an ihrer Hand fühlte.

»Jetzt brauchst du dich auch nicht mehr zu entschuldigen«, grummelte sie, kraulte ihn aber trotzdem hinter den Ohren. »Was musst du draußen auch immer irgendwelches Zeugs fressen, das dir nicht bekommt? Ich hoffe, jetzt hast du wirklich alles ausgespuckt.«

Sie drückte auf das Knöpfchen ihrer Nachttischlampe und betrachtete ihren vierbeinigen Freund skeptisch. Er musste auf ihrem Abendspaziergang irgendetwas gefressen haben, was ihm nicht bekommen war. Letzte Nacht hatte er sich mehrfach übergeben müssen. Aber jetzt war nichts mehr zu sehen von dem leidenden Blick und der Lethargie der vergangenen Stunden. Im Gegenteil. Er stupste sie auffordernd an und schenkte ihr sein strahlendstes Hundelächeln. Er schien Hunger zu haben.

Erleichtert setzte sie sich auf. »Sieht so aus, als seist du wieder über den Berg. Trotzdem wird es heute Morgen nur in Brühe gekochten Reis geben, da gehen wir auf Nummer sicher. Nicht dass Anton heute Abend wieder Probleme mit dir bekommt, das kann der überhaupt nicht gebrauchen.«

Sie wuschelte dem kleinen Kerl zärtlich durchs Fell, als ihr Blick auf das Geschenk ihrer Mutter fiel, das immer noch auf ihrem Nachttisch lag. Heute durfte sie es endlich auspacken.

Sie nahm das Päckchen in die Hände und strich sanft darüber. Sie war so froh, dass ihre Mutter ihr verziehen hatte. All ihre Wutausbrüche als Teenager und ihr nachtragendes Verhalten die Jahre danach. Sie hatten ein gutes Gespräch am Telefon. Ein ausführliches Gespräch als Ergebnis eines anstrengenden Tages, das ihr die Mutter zurückgebracht hatte, die sie als Kind von Herzen liebte.

»Dreißig Jahre und ein bisschen weiser«, sagte sie zu Pinot, als sie mit einem Ruck die Schleife löste und beiseite legte. Dann öffnete sie das Papier und fand eine hübsche cremefarbene Schachtel.

»Was meinst du, was da drin ist?«

Sie hielt dem Hund die Schachtel vor die Nase und ließ ihn daran schnüffeln. Dann bewegte sie die Box vorsichtig hin und her. Kein Laut war zu hören.

»Ein Buch ist es nicht«, erklärte sie Pinot. »Dafür ist es zu leicht.«

Dann überwog die Neugier dem Bedürfnis, die Spannung zu erhöhen, und sie öffnete den Deckel.

»Wow!« Entfuhr es ihr.

Vor ihr lag ein herrlich weiches Tuch mit einem wunderschönen grün-blauem Muster. Sie zog es heraus.

»Ein Pashmina Schal!«, rief sie bewundernd aus.

Sofort hüllte sie sich in das feine Tuch und fühlte sich augenblicklich darunter geborgen. Tränen stiegen ihr in die Augen, und sie hätte am liebsten sofort ihre Mutter angerufen, um sich bei ihr zu bedanken. Aber dafür müsste sie sich noch ein paar Stunden gedulden.

»Genug geschwelgt«, sagte sie schließlich zu Pinot. »Es wird Zeit, in die Hufe zu kommen, damit das Frühstück pünktlich auf dem Tisch steht.«

Sie stand auf und zog sich an, öffnete die Zimmertür und ließ den Hund fröhlich vorauslaufen. Als sie nach unten kam, hörte sie, wie er in der Küche von Peter begrüßt wurde. Da schien noch jemand keine ruhige Nacht gehabt zu haben.

In ihrem Badezimmer schaute sie als Erstes in den Spiegel. »Herzlichen Glückwunsch zum Geburtstag«, gratulierte sie sich selbst. Schließlich wusste hier im Haus niemand etwas von ihrem Ehrentag, und Franzi würde erst im Laufe des Vormittags bei ihr vorbeikommen. Aber das machte ihr nichts aus, sie war ja keine fünf mehr.

Sie machte sich fertig, bändigte letztlich noch ihre Haare und ging anschließend hinüber in die Küche. Überrascht blieb sie im Türrahmen stehen, als sie sah, dass sich bereits alle um den gedeckten Tisch versammelt hatten. Sogar Vincent war da.

»Herzlichen Glückwunsch zum Geburtstag«, schallte es ihr entgegen.

»Woher wisst ihr, dass ich heute Geburtstag habe?«, fragte sie verdattert.

»Steht in deinem Arbeitsvertrag«, erklärte Peter gut gelaunt.

Hannes stand auf, kam auf sie zu und nahm sie liebevoll in den Arm. »Ganz herzlichen Glückwunsch zum Geburtstag«, raunte er ihr ins Ohr und küsste sie auf die empfindsame Stelle direkt darunter.

Zu schade, dass sie nicht alleine waren, sie hätte zu gern die Augen geschlossen und sich von ihm verführen lassen.

So lösten sie sich wieder voneinander und setzten sich zu den anderen an den Tisch. An ihrem Platz lagen zwei eingepackte Geschenke.

Vor lauter Rührung stiegen Mia die Tränen in die Augen.

»Ihr seid so lieb«, schniefte sie.

»Meins zuerst auspacken!«, rief Benno, an dem dieser rührselige Moment völlig abzuprallen schien.

Er zeigte auf ein flaches Päckchen in einem bunt gestreiften Geschenkpapier, und Mia griff danach.

Ein Buch, dachte sie, während sie es auspackte.

»Weil du doch so gern Krimis liest.« Bennos Stimme klang ein wenig verlegen.

Mia entfernte das Papier. *Siena Carciofine und die Toten im Weinberg* las sie auf dem Cover. Na, wenn das nicht passend war.

Sie schenkte Benno ein breites Lächeln. »Vielen Dank, darüber freue ich mich sehr.«

Der junge Azubi wurde rot, strahlte aber über beide Backen.

»Von mir sind die Blumen. Habe ich selber ausgesucht«, erklärte Vincent und wies auf den Strauß mit pinken Astern und dazu passenden Schneebeeren, der in der Mitte des Tisches stand.

»Vielen Dank. Ich weiß gar nicht, was ich dazu sagen soll.«

»Pack einfach weiter aus«, meinte Hannes neben ihr und strich ihr dabei zärtlich über den Oberschenkel. »Das hier ist ein Teil meines Geschenks.«

»Ein Teil nur?« Mia packte das Päckchen aus, das rechts neben ihrem Teller stand. Es war in dunkelblaues Papier eingepackt und mit einer roten Schleife zugebunden. Als sie das Papier entfernte, glaubte sie ihren Augen nicht zu trauen.

»Du hast mir belgische Sahnepralinen besorgt?«

Hannes Wangen röteten sich ein wenig. »Du hast erklärt, das wären deine Lieblingspralinen.«

»Das sind sie auch! Herzlichen Dank!« Sie beugte sich zu ihm hinüber und küsste ihn herzhaft auf den Mund.

»Das ist aber nur der eine Teil meines Geschenks«, erklärte Hannes, als sie sich wieder von ihm löste. »Heute Nachmittag machen wir beide einen kleinen Ausflug.«

»Mein Chef gibt mir frei?«, neckte sie ihn.

Hannes zwinkerte ihr zu. »Ausnahmsweise. Benno fährt übers Wochenende nach Hause, und Vincent wird heute Nachmittag die Trauben verarbeiten. Und, bevor du fragst, mein Vater hat sich bereit erklärt, in der Zeit auf Pinot aufzupassen. Den können wir nämlich leider nicht mitnehmen.«

»Was hast du denn vor?«, fragte sie neugierig.

»Nichts Weltbewegendes, aber Pinot kann trotzdem nicht mit.«

Mehr schien er nicht dazu sagen zu wollen, sodass Mia noch einmal den Blick über ihre Geschenke schweifen ließ. Obwohl sie sich erst seit ein paar Wochen kannten, hatte sie diese Menschen bereits fest in ihr Herz geschlossen. Und so wie es aussah, schien es auf Gegenseitigkeit zu beruhen. Wärme durchströmte ihren Körper, und sie hätte in diesem Moment die ganze Welt umarmen können.

Da riss sie plötzlich Peters Stimme aus ihren Gedanken. »Ich habe auch noch was für dich.«

Er hielt ihr eine große Papprolle entgegen und wirkte dabei ein wenig verlegen.

Mia konnte es kaum glauben. Hatte er etwa etwas für sie gemalt?

Sie griff nach der Rolle, öffnete den Deckel und zog ein großes Blatt Papier heraus. Als sie es auseinanderrollte, blieb ihr kurz der Atem stehen. Das Bild war wunderschön. In bunten, kräftigen Farben hatte Peter die ganze Fläche gefüllt. Wie eines der Wimmelbilder, die sie aus ihrer Kindheit kannte. Sie erkannte den Rhein, auf dem sieben winzige Boote schwammen. Eine Burg, auf deren Burghof alle möglichen Leute herumwuselten, aber zwei Burgfräulein stachen hervor, die mit wehenden Schleiern einen Schwertkampf ausfochten. Im Hintergrund ritten andere entsprechend gekleidete junge Frauen wild durch die hügelige Landschaft, wieder andere schlichen mit Pfeil und Bogen durch den Wald oder saßen schnitzend auf einem Baumstumpf.

»Die sieben Jungfrauen«, murmelte Mia ergriffen.

Peter räusperte sich. »Ich dachte, das würde dir gefallen.«

Mia reichte das Bild an die anderen weiter, stand auf und

nahm Peter in eine feste Umarmung. Da musste er jetzt durch.

»Schon gut, schon gut.« Er klopfte ihr kurz auf die Schulter, ehe er ihre Umarmung doch noch erwiderte.

Als Mia sich von ihm löste, musste sie doch ein paar Tränen von ihren Wangen wischen. »Ich bin schlicht überwältigt. Ich habe gar nicht damit gerechnet, dass überhaupt einer von euch weiß, dass ich heute Geburtstag habe, und nun das …«

Mia brach die Stimme, und sie räusperte sich. »Vielen Dank. Ihr wisst gar nicht, was mir das bedeutet.«

Alle vier Männer sahen sie ein wenig betreten an, sodass sie sich zusammenriss und betont fröhlich fragte: »Noch jemand Kaffee?«

Vier Stunden später hatte sie nach dem Frühstück die Küche wieder aufgeräumt, Pinot mit Reis versorgt, eine ausgiebige Hunderunde gedreht und einen Himbeerquark für den Nachtisch zubereitet. Vor ihr standen zwei große gusseiserne Töpfe mit Döppekoche, die darauf warteten, in den Ofen geschoben zu werden. Aber wie schon mehrfach in den letzten Stunden, musste sie einen Moment innehalten und erneut die vielen Gefühle genießen, die seit heute Morgen in ihr hochschwappten. Sie hatte bereits in etlichen Wohngemeinschaften gelebt, seit sie damals von zu Hause ausgezogen war. Manche waren eher Zweckgemeinschaften gewesen, aus anderen hatten sich lockere Freundschaften entwickelt. Aber so, wie es sich hier in den letzten Wochen entwickelt hatte, hatte sie es bisher noch nie erlebt. Sie hatte vor allem Peter, Benno und natürlich Hannes in ihr Herz geschlossen, und so wie es aussah, schien das auf Gegenseitigkeit zu beruhen. Sie drückte beide Hände auf ihr Herz, da es vor lauter Emotionen überzuquellen schien. Sie war nicht nur glücklich, sie war zutiefst dankbar, dass ihr so viel Zuneigung entgegenbracht wurde.

Sie stieß einen behaglichen Seufzer aus und schob die Kessel in den Backofen. Zeit für einen Cappuccino, sicher würde Franzi gleich kommen.

Als hätten telepathische Kräfte gewirkt, klingelte es just in diesem Moment an der Haustür.

Na bitte, dachte Mia und folgte Pinot, der bereits aufgeregt in den Flur gelaufen war.

Tatsächlich stand ihre Freundin vor der Tür.

»Herzlichen Glückwunsch, Geburtstagskind!«, rief sie ihr entgegen.

»Danke dir, komm rein.«

Franzi nahm Nico, der fröhlich vor sich hin brabbelte, aus dem Kinderwagen und folgte ihr in die Küche, während Pinot ihr aufgeregt um die Füße herumtanzte.

»Bitte Kaffee«, stöhnte Franzi. »Es war eine heftige Nacht. Einen Crema mit einem Löffel Zucker.«

Mia schmunzelte. »Also wie immer.«

Sie machte sich selbst einen Cappuccino, ihrer Freundin den gewünschten Crema und setzte sich mit beiden Tassen zu ihr an den Tisch.

»Na, mein Freund?«, begrüßte sie Nico, der ihr beide Ärmchen entgegenstreckte.

Begeistert nahm sie ihn ihrer Freundin ab und knuddelte

ihn kräftig durch. »Wie schaffst du es eigentlich, ihn vor lauter Liebe nicht aufzufressen?«, fragte sie Franzi scherzhaft.

Ihre Freundin, die endlich beide Hände frei hatte, knuddelte Pinot hinter den Ohren, der sehnsüchtig darauf gewartet hatte. »Dagegen wehrt er sich mit Händen und Füßen, zum Beispiel indem er letzte Nacht um halb zwei meinte, er müsse nun herumgetragen werden.«

»Dann sei dir der Kaffee umso mehr gegönnt. Ich bewundere alle jungen Eltern, die diesen Schlafentzug durchhalten. Ich schätze, ich wäre in deiner Situation unausstehlich.«

»Das ist ja das Wunderbare an Babys. Mit ihrer Fröhlichkeit lassen sie dich die harten Nächte beinahe vergessen.«

Wie um ihre Aussage zu bestätigen, gurgelte Nico gut gelaunt und patschte Mia mit seinen Händchen ins Gesicht.

»Trotzdem bin ich heilfroh, dass ich mir die Arbeit mit Jonas teilen kann und auch meine Eltern sich regelmäßig um diesen kleinen Räuber kümmern. Da habe ich es tatsächlich deutlich besser als viele andere Mütter.«

Es klingelte erneut. Für Kundschaft war es noch zu früh, die Straußwirtschaft öffnete erst in einer knappen Stunde. Mia lehnte sich vor und schaute aus dem Fenster.

»Katta steht vor der Tür«, sagte sie verwundert.

Franzi grinste sie an. »Ja, ich dachte, es wäre doch schön, wenn sie dabei wäre.«

»Das ist ja ein richtiger Festtag heute.«

Mit Baby auf dem Arm stand Mia auf und öffnete auch Katta die Tür. »Herzlich willkommen!«

Katta strahlte und nahm sie in den Arm. »Alles Gute zum Geburtstag!«

»Na, wenn das Jahr so wird wie der heutige Tag, freue ich mich schon drauf. Komm rein.«

Ehe sie das Haus betrat, wuschelte Katta erst einmal Pinot kräftig durchs Fell.

»Cappuccino?«, fragte Mia sie, als sie schließlich in die Küche kam.

»Du kennst mich einfach schon zu gut.«

Nachdem auch Katta und Franzi einander begrüßt hatten und sie alle wieder gemeinsam um den Tisch herum saßen, fragte Franzi. »Hast du denn auch schon etwas geschenkt bekommen?«

»Etwas? Ich bin völlig überwältigt.«

Sie zeigte den beiden Frauen das Tuch von ihrer Mutter, den Krimi und den Blumenstrauß.

»Und von Hannes gab es meine Lieblingspralinen.«

»Mmh, ein sinnliches Geschenk«, raunte Franzi und nahm Mia Nico wieder ab, der ein wenig quengelig wurde. Dann drückte sie ihm einen Kauring in die Hand, an dem er direkt zufrieden herumlutschte.

»Sehr sinnlich«, bestätigte Mia. »Ich liebe diese Pralinen. Vor allem, wenn es dazu noch einen guten Weißwein gibt. Aber das ist wohl nur ein Teil des Geschenks. Heute Nachmittag machen wir einen Ausflug.«

»Hört, hört!«, neckte Katta sie. »Weißt du schon, wo es hingeht?«

»Nein. Aber irgendwohin, wohin wir Pinot nicht mitnehmen können.«

Franzi sah sie nachdenklich an. »Da bin ich aber gespannt. Hat Peter dir auch etwas geschenkt?«

Mia schlug sich mit der flachen Hand vor die Stirn. »Das

hätte ich ja beinahe vergessen. Ihr glaubt nicht, was er sich für Mühe gemacht hat.«

Sie griff nach der Papprolle, die noch auf der Bank lag, und entrollte das Bild, das Peter gemalt hatte.

»Wow!«, entfuhr es Franzi und Katta unisono.

»Das ist wunderschön«, fügte Katta hinzu.

»Und diese Farben. Meinst du, ich könnte bei ihm ein Bild für Nicos Zimmer in Auftrag geben?«

»Keine Ahnung.« Mia nippte an ihrem Kaffee. »Natürlich habe ich mich sehr über das Bild gefreut, aber beinahe noch mehr darüber, dass er wieder angefangen hat zu malen. Denn so wie es aussieht, verbringt er wieder viel Zeit in seinem Atelier.«

Sie schaute kurz auf die Küchenuhr. »Beinahe halb elf, und ich habe ihn seit dem Frühstück nicht mehr gesehen.«

»Er hat sicher viel nachzuholen«, sagte Katta leise.

»Und darauf stoßen wir an«, erklärte Franzi und erhob ihren Kaffeebecher. »Außerdem habe ich auch noch ein Geschenk für dich dabei.«

Die nächste halbe Stunde verbrachten sie über dem Geschenk von Franzi, die ihr ein Fotobuch aus Bildern ihrer gemeinsamen Schulzeit gemacht hatte, und mit der Diskussion darüber, in welchen Film sie zusammen gehen wollten, denn Katta hatte sie mit einer Einladung zu einem Kinoabend überrascht.

Zwischendurch hielt sie immer für einen kurzen Moment inne und freute sich einfach nur an dem Glück, das sie gerade empfand.

Kapitel 21

Am frühen Nachmittag tanzte sie noch immer auf ihrer Welle des Glücks. Nachdem Franzi und Katta gegangen waren, hatte sie noch ein ausgiebiges Telefonat mit ihrer Mutter geführt. Seit ihrer Aussprache fühlte sich der Umgang mit ihr sehr viel leichter und weniger hölzern an. Wenn sie nächste Woche bei ihr vorbeifuhr, würde sie ihr vorschlagen, demnächst einmal mit ihr shoppen zu gehen. Ihrer Mutter ging es weiterhin besser. Mia hoffte, dass sie sich bald fit genug fühlte, um sich mit ihr ins Getümmel der Innenstadt zu werfen. Wahrlich nicht unbedingt erstrebenswert für Mia, aber sie brauchte noch ein neues Outfit für das Dorffest, das Anfang Oktober stattfinden sollte. Sie war es endgültig leid, immer nur in denselben drei Hosen herumzulaufen, die sie in ihrem Rucksack hatte. Wahrscheinlich sollte sie langsam mal darüber nachdenken, auch ihre restlichen Klamotten bei Florent abzuholen.

Als sie spürte, dass sich bei diesem Gedanken unwillkürlich ein Schatten auf ihre Stimmung legte, schob sie ihn rasch wieder beiseite. Da Florent sich bisher nach wie vor nicht mehr bei ihr gemeldet hatte, schienen ihn Mias Überbleibsel nicht weiter zu stören. Vielleicht hatte er sie auch einfach entsorgt. Zutrauen würde sie es ihm, aber es war ihr egal. Zumindest im Moment. Sie würde sich den heutigen Tag nicht von unproduktiven Gedanken kaputtmachen lassen.

Wegen der geringen Auswahl, was ihre Kleidung anging, hatte sie zumindest versucht, sich mit ein wenig Mascara und Lipgloss herauszuputzen. Nach einem kritischen Blick in den Spiegel erklärte sie sich für vorzeigbar, verließ beschwingt das Badezimmer und wäre beinahe mit Peter zusammengestoßen.

»Ups!«, rief sie aus.

Peter lachte. »Du hast es aber eilig. Ist Hannes auch schon unten?«

Mia spürte, wie ihr die Röte ins Gesicht schoss. »Keine Ahnung, ich habe ihn noch nicht gesehen.«

Dann wechselte sie rasch das Thema.

»Bist du sicher, dass du mit dem Hund zurechtkommst?«, fragte sie Peter und folgte ihm und Pinot ins Wohnzimmer.

Hannes' Vater setzte sich auf einen der Fernsehsessel, auf dem Couchtisch daneben lag bereits ein Bildband über Edward Hopper bereit. »Natürlich kommen wir zwei zurecht. Du warst doch gerade erst mit ihm unterwegs, und seine Verdauung scheint sich auch wieder beruhigt zu haben. Außerdem hast du mir heute schon zweimal gesagt, dass ich dich jederzeit anrufen kann und ihr dann sofort zurückkommt, sollte etwas sein. Aber es wird nichts sein. Du kannst bitte noch Pinots Decke aus der Küche holen. Dann können wir beiden Alten es uns hier ganz gemütlich machen, während ihr zwei Turteltauben euch miteinander vergnügt.«

Er zwinkerte ihr zu, und wären Mias Wangen nicht schon gerötet gewesen, wären sie spätestens jetzt heiß geworden.

»Wir machen nur einen Ausflug«, stellte sie so nüchtern wie möglich fest. Über weitere Dinge würde sie ganz sicher nicht mit Hannes' Vater sprechen. Auch wenn allein der Gedanke daran, was er mit seiner Aussage implizierte, dafür sorgte, dass ihr ganzer Körper zu kribbeln begann.

Sie ging hinüber in die Küche, um Pinots Decke zu holen, und legte sie neben Peters Sessel auf den Teppich. Pinot nahm sie sofort in Beschlag, drehte sich darauf ein paarmal um sich selbst, ehe er sich mit einem tiefen Seufzer niederließ.

»Siehst du. Der Hund weiß schon, wo es ihm gut geht«, erklärte Peter und kraulte ihn hinter den Ohren.

»Ich sehe es. Dann viel Spaß. Bis später.«

»Bis später«, antwortete Peter und griff nach dem dicken Buch.

Mia verließ gerade das Wohnzimmer, als Hannes die Treppe herunterkam. Augenscheinlich kam er frisch aus der Dusche, denn seine Haarspitzen ringelten sich noch feucht um seinen Hals.

»Mmh, du riechst gut«, raunte Mia und schnupperte an ihm, als sie ihre Arme um ihn schlang. Der Duft nach seinem süß-würzigen Rasierwasser und schlicht nach ihm selbst brachte sie in Versuchung.

»Ich könnte mir noch etwas anderes vorstellen, als einen Ausflug zu machen«, sagte sie leise und strich ihm sanft über den Rücken.

Hannes drückte sie fester an sich. »Ach ja? Es macht dir also nichts mehr aus, dass mein Vater mit im Haus ist?«

Mist, daran hatte sie im Moment überhaupt nicht gedacht.

Widerwillig löste sie sich von ihm und schielte Richtung Wohnzimmer. Alle Verführungskünste von Hannes waren bisher daran gescheitert, dass sie Bedenken hatte, mit ihm Sex zu haben, während Peter nebenan schlief.

Deshalb zuckte sie auch jetzt nur bedauernd mit den Schultern und meinte: »Dann lass uns einen Ausflug machen. Bei dem herrlichen Wetter bringt mich das vielleicht auf andere Gedanken.«

»Ich hoffe nicht«, murmelte Hannes und küsste sie auf diesen empfindlichen Punkt hinter ihrem Ohr.

Sie schwankte tatsächlich erneut, schloss die Augen und genoss das prickelnde Gefühl, das durch ihren Körper schoss.

Dann aber schob sie ihn beherzt von sich und rief laut: »Wir sind weg, Peter!«

»Viel Spaß!«, erklang dessen zufriedene Stimme aus dem Wohnzimmer.

Hannes und sie verließen Spay in Richtung Boppard.

»Was hast du vor?«, wollte sie von ihm wissen. »Machen wir eine Bootstour?«

Mia spürte Vorfreude in sich aufsteigen. Eine Schifffahrt auf dem Rhein hatte sie sicher seit mehr als zehn Jahren nicht mehr gemacht. Auch in Straßburg hatte sie die eleganten Schiffe immer nur vom Ufer aus bewundert. Eigentlich schade, dass man sich meist zu wenig Zeit für die vielen Möglichkeiten auf kleine Abenteuer nahm, die direkt vor Ort zu finden sind.

»Also?«, fragte sie nach, als Hannes nicht antwortete.

Doch der verriet ihr nicht das kleinste bisschen. »Lass dich doch einfach überraschen.«

Je näher sie Boppard kamen, desto hibbeliger wurde Mia. Doch nachdem sie die Stadtgrenze von Boppard erreicht hatten, fuhr Hannes nicht nach links in Richtung Rheinufer, sondern bog nach rechts in Richtung Vierseenblick ab.

»Wir gehen wandern?« Mia warf einen skeptischen Blick auf die Sandalen, die sie für ihren Ausflug gewählt hatte. »Das hättest du mir vorher sagen sollen.«

Hannes grinste. »Nun sei doch nicht so ungeduldig.«

Anstatt der Straße den Berg hinauf zu folgen, bog er erneut rechts ab auf den Parkplatz der Bopparder Sesselbahn.

Mia klatschte vor lauter Vorfreude in die Hände. »Wir fahren mit der Sesselbahn!«, quietschte sie vor Vergnügen. »Weißt du, wann ich das das letzte Mal gemacht habe?«

Hannes parkte Peters Wagen, stellte den Motor aus und schaute sie fragend an.

»In der Grundschule. Ich war vielleicht acht, höchstens neun Jahre alt. Damals habe ich meine Eltern so lange damit genervt, endlich auch einmal mit der Sesselbahn zu fahren, bis sie schließlich nachgegeben haben. Woher wusstest du das?«

Hannes lachte. »Woher hätte ich das wissen sollen? Ich dachte mir nur, es würde dir vielleicht Spaß machen, mit der Sesselbahn zu fahren. Auch weil ich es noch nie gemacht habe, obwohl ich auch bereits seit zwei Jahren hier lebe.«

Mia beugte sich zu ihm hinüber und umarmte ihn stürmisch. »Vielen Dank! Das ist wirklich eine ganz tolle Geburtstagsüberraschung.«

Sie kauften Tickets, gingen hinüber zum Startpunkt der Sesselbahn und ließen sich schwungvoll von den beiden Sitzen aus Drahtgeflecht aufnehmen und nach oben tragen.

Mia gluckste vor Freude. »Ich komme mir wieder vor wie ein Grundschulkind. Es ist so ... spektakulär!«

Hannes zog die Augenbrauen hoch. »Eine Fahrt mit der Bopparder Sesselbahn?«

»Das Gefühl, das ich dabei habe.« Sie warf die Arme in die Luft und atmete tief ein.

Als sie Hannes schmunzeln sah, lachte sie laut.

»Okay, ich dreh grad ein wenig über, aber lass mich, es fühlt sich einfach gut an.«

Sie schaute sich um und sog den spektakulären Anblick in sich auf. Auf dem Rückweg hätten sie freie Sicht auf das Tal, aber auch jetzt, wo sie über Bäume und Reben hinwegglitten, konnten sich ihre Augen nicht sattsehen.

Viel zu schnell kamen sie oben an.

»Und jetzt? Vierseenblick oder Gedeonseck?«

»Ich dachte, wir gehen hinüber zum Gedeonseck. Da soll es leckeren selbst gebackenen Kuchen geben, hat mir Katta erzählt.«

Mia stemmte die Hände in die Hüften. »Du hattest Mitverschwörer!«, rief sie gespielt empört aus.

»Mann nimmt, was Mann kriegen kann«, antwortete er gelassen.

Mia lachte, griff nach seiner Hand und zog ihn in Richtung Gedeonseck. »Weißt du, warum das Gedeonseck Gedeonseck heißt?«

»Ich schätze, du wirst es mir wohl gleich sagen«, meinte Hannes.

»Im 19. Jahrhundert lebte hier ein Pfarrer, der Johann Baptist Berger hieß. Er war damals ein bekannter Heimatdichter, und sein Künstlername war Gedeon von der Heide. Er machte auf seinen Ausritten oft hier oben Pause und ließ sich durch den fantastischen Ausblick zu neuen Werken inspirieren. Ihm zu Ehren heißt dieser Platz nun Gedeonseck.«

»Was du nicht alles weißt«, sagte er in neckendem Ton.

»Da brauchst du gar nicht zu spotten«, erwiderte sie. »Du hast mich hierher eingeladen, eigentlich müsstest du mir erzählen, was es mit diesem Ort Besonderes auf sich hat.«

»Das habe ich doch«, erklärte er im Brustton der Überzeugung. »Hier gibt es leckeren, selbst gebackenen Kuchen.«

Mia lachte und schlug ihm spielerisch mit der Faust gegen die Schulter. »Klugscheißer.«

Inzwischen waren sie im Biergarten der Gaststätte angekommen. Das Wetter hatte es heute gut mit ihnen gemeint, und dank eines wolkenlosen Himmels hatten sie wahrlich eine spektakuläre Aussicht auf die große Rheinschleife. Die weißen Häuser von Filsen reflektierten das Sonnenlicht und wirkten alle wie frisch getüncht.

»Komm«, meinte Hannes, nachdem sie einen Moment schweigend den weiten Blick genossen hatten. »Lass uns schauen, ob wir noch einen freien Tisch finden.«

Mia wandte sich um und betrachtete das Gewusel um sich herum. Die meisten Tische des Biergartens waren belegt. Kein Wunder, es war herrlichstes Wanderwetter, und das Gedeonseck wurde von vielen zu einer zünftigen Pause genutzt.

Hannes' Stimme riss sie aus ihren Betrachtungen. »Da hinten wird ein Tisch direkt am Zaun frei.«

Er griff nach ihrer Hand, und gemeinsam gingen sie hinüber zu dem Tisch, an dem ein älteres Paar gerade seine Sachen zusammensuchte.

»Sie müssen unbedingt den Apfelkuchen mit Streuseln probieren«, meinte die Dame, als sie sich ihren Rucksack aufsetzte, und schenkte ihnen ein Lächeln.

»Am besten mit Sahne«, ergänzte der Mann und zwinkerte ihnen zu.

Mia und Hannes bedankten sich für den Tipp und ließen sich gegenüber voneinander nieder.

»Dann brauchen wir gar keine Karte, oder?«, wollte Mia wissen.

»Von mir aus gern Apfelkuchen mit Streuseln und Sahne«, stimmte Hannes ihr mit einem Lächeln zu.

Als die Kellnerin kam, bestellten sie dazu noch zwei Cappuccino und lehnten sich danach behaglich auf ihren Stühlen zurück.

»Das war wirklich eine tolle Idee von dir«, sagte Mia schließlich. »Die letzten Wochen waren doch ganz schön anstrengend. Schön, auch mal wieder ein wenig zu faulenzen.«

»Inzwischen haben wir ja bereits gut die Hälfte geschafft. Noch eine gute Woche, dann müssten wir durch sein.«

»Krönt ihr am letzten Tag auch einen Bacchus oder eine Weinkönigin?«

Fragend schaute er sie an. »Diese Tradition kenne ich nicht.«

»Bei meinen Eltern wurde der letzte Tag der Lese immer mit einem Grillfest für alle Lesehelfer im Weinberg gefeiert. Die Autos und der Traktor samt Anhänger wurden mit buntem Laub und Sträuchern geschmückt, und es wurde ein Bacchus oder eine Weinkönigin gekürt, als Wertschätzung an alle, die mitgeholfen haben.«

»Das gefällt mir, sollten wir auch machen.«

»Okay, dann werde ich das so organisieren, dass wir am Abend vor dem letzten Lesetag alles schmücken können, und kümmere mich um den Grill und das Essen.«

»Ich denke, da werden ein paar Flaschen Wein mehr als normalerweise geleert werden.« Hannes grinste.

»Ganz sicher. Da ist immer eine ganz besondere Stimmung. Schließlich haben die Leute mehrere Wochen miteinander verbracht. Da wächst man schon ein Stück weit zusammen.«

Die Kellnerin kam mit der Bestellung und stellte jeweils ein großes Stück Kuchen vor ihnen ab.

Mia lachte. »Da hätten wir uns glatt eins teilen können.«

»Ganz sicher nicht«, erwiderte Hannes und zog seinen Teller ein Stück weiter an sich heran.

Mia probierte und schloss verzückt die Augen. »Mmh, lecker, mit Zimt.«

Dann schaute sie wieder zu Hannes hinüber. »Wie ist das eigentlich mit dem Dorffest, wo wir gerade von Feiern gesprochen haben. Hast du dir das mit dem Angebot deines Weines noch mal überlegt?«

»Nein«, antwortete er schlicht.

»Du hast dir das nicht noch mal überlegt oder du wirst deinen Wein nicht anbieten?«

»Nein zu beidem. Ich muss das nicht mehr überlegen, ich werde nicht am Dorffest teilnehmen«, erklärte er schroff.

Mia stellte ihren Cappuccino, an dem sie gerade genippt hatte, zurück auf die Untertasse. »Warum nicht?«

»Darum.«

Sie verdrehte die Augen. »Wirklich? Nur ein Wort?«

»Mehr muss ich dir dazu nicht sagen.«

»Musst du nicht, aber ich würde mich freuen, wenn du es mir erklärst.«

Hannes steckte sich ein weiteres Stück Kuchen in den Mund und kaute schweigend. Dann trank er von seinem Cappuccino und schien immer noch nichts zu dem Thema sagen zu wollen.

Aber dieses Spielchen konnte Mia ebenso spielen. Sie schwieg wie er, ließ sich den Kuchen schmecken und genoss den Blick in die Landschaft.

»Ich habe es nicht so mit Bekanntschaften«, erklärte Hannes schließlich.

Mia wandte den Blick zu ihm.

»Ich habe schlicht schlechte Erfahrungen gemacht. Ist es das, was du wissen wolltest?«, brach es aus ihm hervor, und er warf seine Kuchengabel auf den Teller.

»Wenn es dich immer noch dermaßen aufbringt, würde ich sehr gern wissen, was los war, ja.«

Er wischte sich mit einer Hand über das Gesicht. »Es ist schon lange her. Ich war zwölf damals. War gerade als Pflegekind zu Peter und Susanne gekommen.«

»Peter ist gar nicht dein Vater?«, fragte sie perplex.

»Doch. Peter ist mein Vater, der beste, den ich mir nur wünschen könnte. Er und Susanne haben mich adoptiert, sobald ich volljährig wurde und über mich selbst bestimmen konnte. Zu meinen leiblichen Eltern habe ich schon lange keinen Kontakt mehr.«

Er nippte erneut an seinem Cappuccino, und Mia wartete schweigend ab.

»Also. Als ich zwölf war, kam ich zu Peter und Susanne. Sie wohnten in einem kleinen Dorf in der Pfalz. Sie waren nicht die ersten Pflegeeltern, die ich hatte, und ich war zu Anfang skeptisch, wo ich da gelandet war. Nicht nur skeptisch Peter und Susanne gegenüber, sondern auch den anderen Einwohnern des kleinen Ortes. Wahrscheinlich war der Umgang mit mir nicht gerade leicht.« Er zuckte mit den Schultern.

»Aber ich lebte mich ein, fand Zutrauen zu Susanne und Peter. Besonders Susannes liebevolle Art hat mir das Eingewöhnen erleichtert.«

Hannes räusperte sich, und Mia griff nach seiner Hand, die auf dem Tisch lag und nervös an der Serviette herumzupfte.

Wie selbstverständlich verflocht er seine Finger mit ihren und schaute einen Moment darauf, ehe er fortfuhr. »Nach ein paar Monaten, nachdem ich langsam Zutrauen fasste, gab es einen Brand im Dorf. Jemand hatte eine Mülltonne angezündet. Zwei Wochen später war es ein Schuppen auf dem Feld. Die Leute im Dorf suchten nach einem Schuldigen, und wer anders könnte es gewesen sein als das Pflegekind, das neu im Ort war und zu niemandem Kontakt suchte?«, fragte er zynisch.

Mia empörte sich. »Sie haben tatsächlich dich verdächtigt?«

Hannes nickte. »Es gab noch weitere Brände, und ich wurde vor allem von den Kindern im Dorf schikaniert. Bis sie schließlich einen Sechszehnjährigen in flagranti erwischten, verging noch fast ein Vierteljahr.«

Er legte auch seine andere Hand um ihre und schaute ihr in die Augen. »Ich denke, du wirst verstehen, dass mein Bedürfnis nach Kontakt zu den Dörflern sich damit erledigt hatte.«

»Ich kann verstehen, dass der Zwölfjährige keinen Kontakt zu seinen damaligen Mitbewohnern haben wollte, aber inzwischen bist du erwachsen geworden und lebst an einem anderen Ort. Du hast deinen neuen Nachbarn ja noch nicht einmal die Chance gegeben, dir gegenüber freundlich und aufgeschlossen zu sein.«

Er wandte den Blick von ihr ab. »Ich will so etwas nicht noch einmal durchmachen.«

»Ich würde sagen, die Chancen stehen gut, dass dir das auch nicht noch einmal passieren wird. Indem du dich so zurückziehst, raubst du dir selbst die Möglichkeit, neue Freundschaften zu schließen.«

»Ich brauche keine neuen Freundschaften.«

»Ach nein?« Sie lächelte ihn an. »Und was ist mit Vincent? Und mit Benno? Und mit mir?«

Nun hoben sich auch seine Mundwinkel. »Dagegen habe ich nichts.«

Mia erinnerte sich an ihre erste Begegnung. An seine unwirsche Art, die sie offenbar auf Abstand halten sollte. Was sie damals als unhöfliches Benehmen gewertet hatte, war wohl nichts anderes als Selbstschutz gewesen. Aber die Geschichte in der Pfalz lag so lange zurück. Es wurde Zeit, nach vorn zu schauen.

»Benno wird im Urlaub sein, wenn das Dorffest stattfindet. Aber du kennst Franzi, Leonie, Katta und mich. Außerdem freut sich dein Vater sicher auch, wenn er sich uns anschließen kann. Das mit dem eigenen Weinausschank kannst du ja noch mal verschieben, aber was hindert dich daran, mit uns zusammen feiern zu gehen?«

Sie sah ihm an, wie er mit sich rang, aber schließlich antwortete er: »Okay, ich werde es mir überlegen.«

»Das klingt fair«, erklärte sie zufrieden.

Er strich ihr zärtlich über die Hand, und sein Blick vertiefte sich.

»Was hältst du davon, wenn wir uns auf den Rückweg machen?«, fragte er sie mit rauer Stimme.

Einen Moment war sie irritiert ob des plötzlichen Themenwechsels, doch sie fing sich schnell und ließ sich nur zu gern darauf ein. »Ich hätte nichts dagegen.«

Sie spürte, wie sein Verlangen auf sie übersprang, wie ihr Atem schneller ging und ihr Körper vor lauter Vorfreude zu kribbeln begann.

Als sie schließlich wieder auf dem Weingut ankamen, konnten sie die Finger nicht mehr voneinander lassen. Von dem Ausblick auf der Rückfahrt mit der Sesselbahn hatte sie so gut wie nichts mitbekommen, weil sie viel zu sehr damit beschäftigt gewesen war, mit Hannes heiße Küsse auszutauschen. Die Autofahrt war in erwartungsvollem Schweigen verlaufen und schien auf der kurzen Strecke eine Ewigkeit zu dauern. Nun betraten sie leise, hintereinander das Haus. Pinot kam ihnen schwanzwedelnd entgegengetapst, doch ausnahmsweise bekam er von Mia nur eine ganz kurze Streicheleinheit. Dann linsten sie vorsichtig ins Wohnzimmer, doch Peter saß, einen Teller mit Butterbroten auf dem Schoß, vor dem Fernseher, aus dem die Titelmelodie eines Bayernkrimis erklang.

So leise wie möglich zogen sie sich wieder zurück und schlichen die Treppe hinauf. Oben, vor Hannes' Schlafzimmertür, musste Mia ein Kichern unterdrücken, weil sie die ganze Situation gleichzeitig aufregend und kindisch fand. Aber es war gar nicht so einfach, Sex zu haben, wenn man sich das Haus mit dem Vater des Liebhabers teilen musste. Zumindest war Benno bereits auf dem Weg ins Wochenende. Doch bevor ihr Gehirn damit beginnen konnte, sich weitere Gedanken zu diesem Umstand zu machen, zog Hannes sie in sein Zimmer, verschloss die Tür und nahm sie in seine Arme.

»Alles okay?«, fragte er sie leise.

»Alles bestens«, antwortete sie ebenfalls im Flüsterton.

Hannes strich ihr zärtlich über die Wange. »Du bist wunderschön.«

Nun musste Mia doch lachen. »Bist du blind? Mein Gesicht ist voller Sommersprossen.«

»Eben«, erwiderte er völlig unbeeindruckt von ihrem Ausbruch. »Da ist so viel Leben in deinem Gesicht. Die Sommersprossen, von denen jede anders aussieht, das Leuchten in deinen Augen. Das Blähen deiner Nasenflügel, wenn du intensiv an etwas riechst, und der Schwung deiner Lippen, der mich permanent dazu auffordert, dich zu küssen.«

Mia spürte, wie ihr warm ums Herz wurde. Sie hatte schon einige Komplimente bekommen und sich auch darüber gefreut. Aber diese präzise Betrachtung ihres Gesichts hatte sie noch von niemandem zu hören bekommen.

Sie schmiegte sich an seinen Körper, berührte ganz sanft mit ihrem Mund seine Lippen, ehe sie den Kuss vertiefte. Sie hatten so lange darauf gewartet, einen passenden Augenblick für das erste gemeinsame Mal zu finden, dass ihre Fantasie bereits genug Zeit hatte, sich alles bis ins Kleinste auszumalen. Doch nun war keine Zeit für die Finessen ihrer Träume, denn aus dem sanften Kuss war rasch ein heißer geworden, ein dringlicher. Das Verlangen, Hannes' nackte Haut zu spüren, ließ sie an seiner Kleidung zerren, bis sie endlich die Knöpfe seines Hemds geöffnet hatte. Mit raschen Bewegungen zog er es ganz aus und ließ das T-Shirt, das er darunter trug, folgen. Endlich konnte sie mit ihren Fingern über seine nackte Haut streichen, den Formen seiner wohldefinierten Muskeln folgen. Sie genoss den Schauer, der sie erfüllte, als er mit seinen kräftigen Händen ihren Po umschloss, sie hochhob und quer durchs Zimmer hinüber zu seinem Bett trug. Geschickt ließ er sich gemeinsam mit ihr darauf fallen, sodass sie auf ihm zu liegen kam und sie erst einmal darin schwelgte, so viel Körperkontakt auf einmal zu haben. Erneut verbanden sich ihre Münder, suchten und fanden sich ihre Zungen und heizten die Begierde aufeinander weiter an. Nun war es an Hannes, ungeduldig am Saum ihres Henley Shirts zu zerren und ihr dabei zu helfen, es ebenso rasch wie ihr Tanktop darunter auszuziehen. Zärtlich küsste er ihren

Hals, ehe er seine Hände um ihre Brüste schloss. Kein Gedanke mehr an nächtliche Träumereien, kein Gedanke mehr an irgendwelche Finessen. Ihr Hirn war wie leergefegt, und sie überließ sich nur zu gern samt und sonders ihren Gefühlen.

Kapitel 22

Eine Woche später stand sie wieder einmal in der Küche und schnippelte Gemüse. Aus Peters Angebot, ihr zukünftig beim Kochen zu helfen, war nicht viel geworden. Es schien, als habe er viel aufzuholen, denn er war die Vormittage über inzwischen meist in seinem Atelier anzutreffen. Wobei es besser war, ihn nicht zu stören, da er dann sowieso nur ausgesprochen einsilbig reagierte. So hatte sie sich angewöhnt, ihm gegen zehn einen Kaffee und ein paar Kekse nach oben zu bringen, sie schweigend auf der kleinen Kommode im Atelier abzustellen und nach einem kurzen Blick auf seinen Arbeitstisch und die darauf liegenden Arbeiten den Raum wieder zu verlassen. Im Moment zeichnete er einen Comic über eine Katze, die ihr Zuhause plötzlich mit einem Hund teilen musste. Natürlich sah die Katze aus wie Molly, und auch Pinot wurde hier verewigt. Sie war schon gespannt darauf, wann sie die fertige Geschichte über ihre vierbeinigen Freunde lesen konnte.

Das Bild, das er ihr zum Geburtstag gemalt hatte, hing inzwischen gerahmt in ihrem Schlafzimmer. Allerdings bekam sie es kaum noch zu Gesicht, da sie sich eigentlich nur noch darin aufhielt, wenn sie frische Wäsche brauchte.

Mia schmunzelte bei dem Gedanken daran. Nach dem denkwürdigen Nachmittag letzte Woche war alle Scheu von ihr abgefallen, sich in Hannes' Zimmer aufzuhalten, obwohl sie nicht allein im Haus waren. Peter hatte diesbezüglich nicht eine Bemerkung gemacht, weshalb sie davon ausging, dass es auch für ihn nicht problematisch war.

Sie hielt mit dem Schneiden inne und schaute aus dem Fenster. Schon seit dem frühen Morgen nieselte es ununterbrochen. Der Himmel war dunkel bezogen und der Wind war aufgefrischt. Heute war die Weinlese wahrlich kein Zuckerschlecken, und sie würde für die Helfer wieder zwei große Kannen Kakao mitnehmen, der sie schön von innen wärmte. Noch drei Tage, dann wären sie mit der Lese für dieses Jahr fertig. Am Montag würden sie gemeinsam mit den Lesehelfern im Weinberg feiern und anschließend den Tag bei einem Grillabend auf dem Gut ausklingen lassen. Sie freute sich, dass Hannes sich bereit erklärt hatte, dieses Fest für alle auszurichten, wenn sie ihn auch bisher nicht dazu überreden konnte, am Dorffest teilzunehmen. Aber was nicht war, konnte ja noch werden.

Sie nahm das Schneidebrett zur Hand und gab das geschnippelte Gemüse zu dem bereits geschnittenen in die Schüssel. Dann schaute sie auf die Uhr. Es war kurz vor neun.

Sie hatte jetzt so weit alles für den Gemüseeintopf vorbereitet. Das Gehackte für die Fleischbällchen lag im Kühlschrank bereit und die Kürbiskernmousse, die es zum Nachtisch geben sollte, hatte sie bereits gestern Abend gemacht.

Sie wusch ihre Hände und legte ihre Schürze ab. Bis sie die Suppe aufsetzen musste, blieb ihr genug Zeit, um bei Anton und Pinot nach dem Rechten zu sehen. Sie griff nach dem Tagebuch ihrer Urgroßmutter, das Anton gern einmal anschauen wollte, steckte es in einen Jutebeutel, damit es nicht nass wurde, und verließ die Küche.

Gerade als sie ihre Jacke anziehen wollte, erklang der Signalton für eine Nachricht aus ihrem Handy. Sie schlüpfte in die Jackenärmel und zog es anschließend aus der Hosentasche. Beim Anblick des Displays blieb ihr kurz der Atem stehen. Florent hatte geschrieben. Gut fünf Wochen lang hatte er sich nicht gerührt. Wobei, wenn sie ehrlich war, musste sie zugeben, dass sie selbst ja auch nicht geschrieben hatte. Eigentlich war alles gesagt.

Sie öffnete die Nachricht und las:

> Habe deine Sachen zusammengepackt. Wohin soll ich sie schicken?

Keine Anrede, keine Grüße. Offenbar war er nach wie vor nicht gut auf sie zu sprechen. Nun, was er konnte, konnte sie schon allemal. Mit raschen Bewegungen gab sie nicht mehr als die Adresse des Weinguts ein und drückte auf senden. Sie fand es schade, dass nicht mehr als der Austausch wesentlicher Informationen zwischen ihnen geblieben war, schließlich hatte es auch schöne Zeiten mit Florent gegeben, an die sie sich gern erinnerte. Aber ein nüchterner Austausch war auf jeden Fall besser als jede Art von Streitigkeiten. Das konnte sie doch schon mal positiv bewerten.

Da erklang plötzlich Peters Stimme neben ihr. »Schlechte Nachrichten?«

Erschrocken wandte sie sich zu ihm um. Sie hatte ihn gar nicht kommen hören.

»Nein. Nein, alles gut.« Sie steckte das Handy zurück in die Hosentasche.

»Bist du auf dem Weg irgendwohin oder kommst du gerade nach Hause?«

»Ich wollte jetzt eigentlich hinüber zu Anton, er möchte im Tagebuch meiner Großmutter blättern. Was machst du denn überhaupt schon hier unten? Ich wollte dir nachher noch einen Kaffee hochbringen.«

Peter winkte ab. »Heute läuft es irgendwie nicht richtig. Ich dachte, ich mache mal Pause.«

»Willst du mitkommen?«, fragte sie kurz entschlossen.

»Zu deinem Freund?«

»Klar. Anton freut sich bestimmt. Außer es wird dich langweilen, wenn wir über alte Zeiten sprechen.«

»Nein, ganz sicher nicht. Aber ich halte dich auf, ich bin ziemlich langsam unterwegs.«

Mia lachte. »Wir sind doch nicht aus Zucker. Das bisschen Regen. Und es ist ja nicht weit, das ist kein Problem.«

Also nahm auch Peter seine Jacke, zog die Kapuze über den Kopf und begleitete sie humpelnd das kurze Stück bis in die Lotsengasse.

»Hallo Anton? Ich habe jemanden mitgebracht!«, rief Mia ins Haus, als sie es betraten.

»Immer herein in die gute Stube«, erklang Antons Stimme aus dem Wohnzimmer.

Pinot stürmte in den Flur und begrüßte sie beide mit einem wahren Freudentanz.

»Pass auf, du wilde Hummel«, versuchte Mia ihn zu beschwichtigen. »Du wirfst Peter noch um.«

»Na, na!«, beschwerte dieser sich. »Ich bin schon noch rüstig genug, um so einem kleinen Hund standzuhalten.«

Inzwischen tauchte auch Anton an der Wohnzimmertür auf. »Das ist ja schön, dass du Besuch mitbringst.«

Er reichte Peter die Hand. »Ich bin Anton Rech. Aber Anton reicht.«

Peter lächelte und antwortete schlicht. »Peter.«

»Dann kommt man rein. Was für ein fieses Wetter. Ich habe mir doch glatt heute Morgen die Heizung angemacht.«

»Ja«, stimmte Peter zu, als sie zum Wohnzimmer hinüber gingen, »wenn man still sitzt, ist es schon empfindlich kühl.«

»Ab übermorgen soll es noch einmal richtig warm werden«, ergänzte Mia den Wetterbericht. »Da können wir die Sonne noch einmal richtig genießen.«

»Feiert ihr den Leseabschluss?«, wollte Anton wissen, nachdem er es sich in seinem Sessel bequem gemacht hatte.

Peter setzte sich neben ihr aufs Sofa und sagte: »Mia hat uns erzählt, wie es früher auf dem Gut gefeiert wurde. Hannes gefällt die Idee gut und mir auch.«

Anton bekam einen verträumten Blick. »Was haben wir früher für Feste gefeiert. Schade, dass viele davon inzwischen nicht mehr begangen werden. Die Jugend hält es nicht mehr so mit den Traditionen.«

Da Mia jetzt diesbezüglich keine Diskussion anstrengen wollte, holte sie kurz entschlossen das Tagebuch ihrer Urgroßmutter aus dem Beutel.

»Hier. Wie versprochen.« Sie reichte es zu Anton hinüber, der es mit einem Leuchten in den Augen in die Hände nahm.

»Ach, wie schön. Ich bin schon so gespannt, es zu lesen.«

»Hast du Mias Urgroßmutter noch gekannt?«, wollte Peter wissen.

»Aber sicher! Ich bin hier aufgewachsen. Das hier ist mein Elternhaus«, erklärte er mit einem gewissen Stolz und machte eine ausholende Handbewegung.

»Die Schumanns kenne ich von klein auf. Die Elisabeth, Mias Urgroßmutter, war eine hübsche Frau damals. Deutlich jünger als ihr Mann, der Friedrich. Aber trotzdem eine glückliche Ehe. Sie hat sehr um ihn getrauert, als er gestorben ist.

Das muss so Anfang der Fünfziger gewesen sein«, fügte er nachdenklich hinzu. »Danach hat sie den Hof ganz allein geführt und zu einem soliden Weingut ausgebaut.«

Er nickte, als wolle er sich selbst zustimmen, bevor er schließlich das Tagebuch öffnete.

»Hast du schon etwas Spannendes darin entdeckt?«, wollte er von Mia wissen.

Die lachte auf. »Was meinst du denn, was ich darin finden werde? Ehebruch? Intrigen? Kriminelle Machenschaften?«

Anton verzog unwirsch das Gesicht. »Unsinn.«

»Aber wer weiß?«, fügte er kurz darauf leise hinzu.

Nun war es an Mia, die Augenbrauen hochzuziehen. »Gibt es da etwas Bestimmtes, an das du denkst?«

Doch der alte Kellermeister schüttelte den Kopf. »Nein, nein. Alles alte Geschichten.«

»Die ich gern einmal hören will«, meinte Mia.

Auch Peter schien an alten Geschichten interessiert, denn er schob rasch ein »Ich auch« hinterher.

»Ach, das sind Geschichten aus dem Dorf, wie es sie

sicher an jedem Ort auf der Erde gibt. Wie Mia schon sagte: Ehebruch, Intrigen, kriminelle Machenschaften. In nahezu acht Jahrzehnten bekommt man so einiges mit. Aber mir ist nichts bekannt, was Elisabeth in ein schlechtes Licht rücken würde. Sie war wirklich eine gute Frau. Stark und durchsetzungsfähig, klug. Aber sie hatte auch ein großes Herz. Hatte die Ihren immer gut im Blick. Und damit meine ich nicht nur den Friedrich und den Martin. Nein, Elisabeth kümmerte sich um all ihre Leute auf dem Hof.«

»Gab es auch etwas, das sie auf die Palme bringen konnte?«, wollte Mia wissen.

»Natürlich!«, ereiferte sich Anton. »Sie war ein Mensch, keine Heilige. Unehrlichkeit konnte sie nicht leiden. Und Müßiggang. Wer faulenzte, bekam scharfe Worte zu hören, und wenn das nichts nutzte, wurde ihm gekündigt. Da kannte sie kein Pardon.«

Mia fiel der Abschnitt aus dem Tagebuch ein, als sie über ihren kleinen Sohn schimpfte, der die frisch gewaschene Wäsche verdreckt hatte. Auch hier hatte ihre Urgroßmutter gezeigt, dass sie eine strenge Frau gewesen sein musste. Aber wohl auch streng sich selbst gegenüber. Alles, was sie bisher im Tagebuch über ihren Alltag gelesen hatte, zeugte davon, wie beschwerlich das Leben einer Winzerin damals gewesen sein musste. Denn zum Hof gehörte ja nicht nur die Arbeit auf dem Weinberg. Die machte damals nur einen Teil des Einkommens aus. Neben dem Haushalt gab es noch Vieh und hier im Mittelrheintal den Obstanbau. Dazu fiel ihr prompt etwas ein.

»Anton? Darf ich dir mal einen kurzen Abschnitt vorlesen?«

»Sicher.« Der alte Kellermeister lehnte sich vor und reichte ihr das Tagebuch.

Mia blätterte zu der Stelle, die sie gestern Abend noch gelesen hatte.

»27. Mai 1949«, las sie vor. *»Heute sind wir schon den fünften Tag am Kirschen pflücken. Sie sind herrlich süß und schön gewachsen. Wir werden ein gutes Stück Geld damit verdienen. Weidenkorb um Weidenkorb tragen wir zu Rindfüßers Markthalle, und es ist noch lange kein Ende in Sicht. Heute ist Klotzens Bernhard von der Leiter gefallen. Hat sich das ganze Gesicht zerschlagen und das rechte Bein gebrochen. Hoffentlich heilt das Bein wieder gut zusammen. Gretchen hat sich die Augen ausgeheult, aber da hilft alles Jammern nicht, jetzt heißt es kräftig anpacken. Und ihre Kinder sind schon groß, die Jüngste ist neun. Die können schon was wegschaffen. Und Friedrich, Max und Johann werden auch helfen, wo sie können.«*

Mia klappte das Tagebuch zu und schaute zu Anton hinüber.

Bei dem zog sich ein feines Lächeln über das Gesicht. »Ja, Max und Johann waren noch Knechte auf dem Gut, als ich dazukam. 1949, da müssen sie so in ihren Dreißigern gewesen sein«, überlegte Anton. »Zwei gute Männer, die deine Urgroßmutter nach Friedrichs Tod immer unterstützt haben. Der Hof von Klotzens Bernhard war Auf der Schahl. Kein großes Anwesen, aber Gretchen und er sind über die Runden gekommen.«

»Demnach ist das Bein wieder gut verheilt?«

Anton nickte. »Bernhard hat ein leichtes Hinken zurückbehalten, aber das hat ihn nicht weiter beeinträchtigt.«

»Hier wurden Kirschen angebaut?«, fragte Peter interessiert.

»Ja, das nördliche Mittelrheintal war berühmt für seine Süßkirschen. In den warmen Hanglagen reiften sie schnell, sodass im Mai schon geerntet werden konnte. Von morgens früh bis in die Dunkelheit hinein wurde damals gepflückt. Freie Tage gab es da nicht. Aber sie haben auch gutes Geld gebracht. Mit der Erfindung der Kühlmaschinen wurden jedoch Kirschen aus Italien gebracht. Die waren billiger, und so ging der Obstanbau hier in der Region in den sechziger Jahren zu Ende.«

»Das heißt, in dieser Zeit wurde aus dem Bauernhof dann ein Weingut?«, fragte Peter nach.

»Genau«, stimmte Anton ihm zu. »Der Friedrich starb Anfang der fünfziger Jahre. Ab da hat Elisabeth den Hof alleine geführt. In den schlechten Jahren nach dem Krieg suchten sich viele Winzer neue Arbeitsmöglichkeiten und gaben ihre Parzellen ab. So hat Elisabeth ihre Anbaumöglichkeiten Stück für Stück vergrößert und stand mit ihrem Weingut schließlich auf sicheren Beinen. Schon 1964, als ich auf den Hof kam, führte sie ein reines Weingut.«

»Eine zielstrebige Frau, meine Urgroßmutter«, sinnierte Mia.

»Da kommst du ganz nach ihr«, erklärte Anton und strahlte sie an.

Mia lächelte zögerlich, denn sie war sich da nicht so sicher. Schließlich lavierte sie immer noch von Job zu Job und schob ihren Traum vom eigenen Restaurant vor sich her. Immer wieder fand sie Gründe, weshalb der Zeitpunkt dafür noch nicht gekommen war. Vielleicht sollte sie sich wirklich ein Beispiel an Elisabeth Schumann nehmen und endlich handeln.

Über ihre Zukunft dachte sie immer noch nach, als sie nach dem Mittagessen im Weinberg wieder in der Küche stand und die letzte Fuhre dreckiges Geschirr in der Spülmaschine verstaute. Wieder einmal war sie zufällig in einen neuen Job reingeschlittert und hatte in den letzten Wochen keinen Gedanken daran verschwendet, wie es danach weitergehen sollte. Die Wochen flogen dahin, und nun dauerte es nicht mehr lang, bis Peters Bruch komplett verheilt war. Zudem war die Lesezeit fast vorbei und es wurde wieder ruhiger auf dem Hof. Mit leichtem Erschrecken stellte sie fest, dass Hannes und sie noch gar nicht darüber gesprochen hatten, wann genau ihr Arbeitseinsatz hier beendet werden sollte.

Sie schloss die Tür der Spülmaschine, stellte sie ein und machte sie an. Dann lehnte sie sich nachdenklich gegen die Arbeitsplatte. Sie brauchte einen Plan. Nur wusste sie absolut nicht, in welche Richtung dieser Plan sie bringen sollte. Sie fühlte sich am richtigen Ort, umgeben von Menschen, die ihr guttaten. Eigentlich wollte sie überhaupt nichts ändern.

Obwohl …

Wieder tauchte das Bild der Straußwirtschaft vor ihrem inneren Auge auf. Ein wenig umgestaltet, um sie noch gemütlicher zu machen, dazu der Durchbruch zum ehemaligen Pferdestall, in dem eine bestens ausgestattete Küche stand.

Mia seufzte auf. Ja, daraus könnte sie wirklich etwas machen. Einziger Haken war, dass dies alles Hannes gehörte und ihre Beziehung viel zu frisch für solch eine weitreichende Entscheidung war.

Es sei denn …

Aufgeregt kaute sie auf ihrem Daumennagel herum. Es sei denn, sie würde ihm eine Partnerschaft vorschlagen. Sie spürte, wie sich ihr Puls beschleunigte. Eine Partnerschaft wäre die perfekte Lösung, aber war es klug, so emotional eine solch wichtige Entscheidung zu treffen?

Als es an der Tür klingelte, schrak sie zusammen. In Gedanken immer noch bei der Frage nach einer Lösung ihres Problems öffnete sie die Haustür.

»Florent?«, stieß sie fassungslos hervor.

»Salut.« Er warf ihr ein unsicheres Lächeln zu.

»Wie geht es dir?«, fragte er auf deutsch.

»Gut, gut!«, antwortete sie und überlegte hektisch, wo Peter und Hannes sich gerade befanden. Aber die Wahrscheinlichkeit, dass sie mit Florent zusammentrafen, war nicht sehr groß, da Peter sich in sein Atelier verzogen hatte und Hannes vorhin wegen eines Besprechungstermins nach Koblenz gefahren war. Denn ganz im Gegensatz zum dörflichen Geschehen hatte der Herr keinerlei Probleme damit, seine Weine anderweitig zu präsentieren. Aber das gehörte jetzt nicht hierher.

Florent hatte schon fragend die Stirn in Falten gezogen, als sie ihn endlich hereinbat.

Sie ging ihm voran in die Küche.

»Setz dich. Möchtest du einen Kaffee?«

»Lieber ein Wasser«, entgegnete er und setzte sich auf die Bank.

In diesem Moment kam Molly in die Küche, betrachtete den Gast abschätzig und sprang auf die andere Seite der Bank, um sich dort niederzulassen und ihn gekonnt zu ignorieren.

Mia schenkte zwei Gläser voll Wasser ein und stellte sie auf den Tisch.

»Wieso bist du vorbeigekommen, ich dachte, du wolltest die Sachen schicken?«, fragte sie, als sie sich auf einen Stuhl setzte.

»Ich habe morgen früh einen Termin in Köln«, antwortete er knapp. »Spay liegt auf der Route. Ich dachte, ich bringe sie dir vorbei und wir könnten noch einmal miteinander reden.«

»Das fällt dir nach fünf Wochen ein?«, fragte sie gereizt.

»Du hast dich ja auch nicht gemeldet«, entgegnete er.

»Es war alles gesagt.«

Florent nickte und nahm einen Schluck von seinem Wasser.

»Das hatte ich befürchtet«, sagte er schließlich und stellte das Glas wieder auf den Tisch. »Ich finde es sehr schade, dass es so zu Ende gehen musste.«

»Es hat einfach nicht mehr funktioniert. Wir haben zu viel gestritten.«

»Wir haben uns aber auch immer wieder versöhnt«, sagte er mit einem süffisanten Unterton.

»Sex ist nicht alles, Florent. Zu einer guten Beziehung gehört viel mehr.«

»Mach es jetzt nicht so klein«, sagte er mit Nachdruck. »Wir hatten auch gute Zeiten. Es ging nicht nur um Sex.«

Mia hob beschwichtigend die Hände. »Ja, du hast recht, wir hatten auch gute Zeiten. Wir waren gute Freunde, aber wir waren kein gutes Paar.«

Mia dachte an die kurze Zeit, die sie bisher mit Hannes verbracht hatte und die doch so gänzlich anders war als alles, was sie zuvor erlebt hatte.

»Nun gut. Wenn du wirklich meinst, dass da nichts mehr zu machen ist?«

Sie legte ihre Hand auf Florents und drückte sie sanft. »Du hast völlig recht, wir hatten wirklich gute Zeiten«, wiederholte sie sich. »Aber als Paar hätten wir beide keine Zukunft. Erinnere dich doch bitte an unsere Zusammenarbeit in der Küche.«

»Du bist eine famose Köchin.« Ein verschmitztes Lächeln zog sich über sein Gesicht.

Mia lachte und zog ihre Hand wieder zurück. »Eine Köchin, die nie mehr mit dir zusammenarbeiten möchte.«

»Sehen wir uns wieder?«, fragte er mit leiser Stimme.

»Ich liebe Straßburg. Ich werde dich gern einmal besuchen kommen.«

»Also gut.« Er stand auf, und Mia tat es ihm gleich.

Dann machte er einen Schritt auf sie zu und nahm sie in den Arm. »A bientôt – j'espère.«

Mia legte ebenfalls die Arme um ihn und drückte ihn kurz. Dann trat sie einen Schritt zurück. »Au revoir«, verabschiedete sie sich schlicht von ihm, da sie nicht wusste, ob sie sich wirklich schon so bald wiedersehen würden.

Schweigend gingen sie zu seinem Auto, und Florent

drückte ihr den Karton mit ihren restlichen Sachen in die Hand.

»Ich würde mich wirklich freuen, bald wieder von dir hören.«

»Ich werde mich ganz sicher melden«, versprach Mia.

Damit war alles gesagt. Sie nahm den Karton und ging zurück ins Haus. Schaute sich nicht mehr nach ihm um.

Kapitel 23

Am Dienstag darauf hatte sie endlich wieder einen ganzen freien Tag. Ein schönes Gefühl nach den anstrengenden Wochen der Lese. Die Ernte war glücklich eingefahren, die Trauben gut gediehen und weder durch Fäulnis noch durch Trockenheit beeinträchtigt. Gestern hatten sie mit den Lesehelfern ein großes Abschlussfest gefeiert. Traktor und Anhänger mit Weinlaub geschmückt, hatten sie nach den letzten Lesestunden gemeinsam im Weinberg gesessen und die letzten Wochen Revue passieren lassen. Benno war unter großem Hallo zum Bacchus gewählt worden und trug den restlichen Tag voller Stolz seine Krone, die sie am Abend zuvor noch gebastelt hatte. Der anschließende Grillabend zog sich aufgrund des milden Wetters bis in die Nacht, sodass sich der ganze Hausstand ein paar Extrastunden Schlaf gegönnt hatte. Nach einem gemütlichen Frühstück war Benno in seine wohlverdienten Herbstferien gefahren, während Hannes gut gelaunt zum Kelterhaus hinüberging.

Sie selbst hatte sich auf den Weg nach Koblenz gemacht, wo sie sich mit ihrer Mutter zum Shoppen verabredet hatte. Glücklicherweise fühlte sich diese inzwischen wieder fit genug, um sich vorsichtig durch die Geschäfte der Innenstadt zu bewegen.

Während ihres Streifzugs durch die verschiedenen Modeabteilungen hätte sie am liebsten zu einem der vielen knallroten Teile gegriffen, die diesen Herbst so en vogue waren. Aber das biss sich leider mit ihren rostroten Haaren. Wenn sie heute noch Fotos aus ihrer pinken Phase als kleines Mädchen anblickte, konnte sie ihrer Mutter nur Hochachtung zollen, dass sie ihre damaligen Wünsche respektiert hatte. Diese Farbe passte einfach überhaupt nicht zu ihr.

Inzwischen hatte sie sich damit abgefunden, dass Rot nicht zur Debatte stand, und war heute bereits auch fündig geworden. Sie hatte sich für schokobraune Jeans und einen leichten curryfarbenen Rollkragenpullover entschieden. Dazu hatte sie ein bequemes Paar beige Canvas erstanden, die sie demnächst auch gut zu ihren anderen Outfits tragen konnte. Was ihr jetzt noch fehlte, war eine Jacke, die nicht nur praktisch war, sondern auch zu offizielleren Anlässen passte.

Nachdem sie eine braune Cordjacke wieder verworfen hatte, versuchte sie es nun mit einem Blazer, der lang und gerade geschnitten war und vom braunen Farbton her hervorragend zu ihren Jeans passte.

»Was meinst du?«, fragte sie ihre Mutter, als sie sich vor dem Spiegel hin und her drehte.

»Perfekt.«

»Sieht gut aus, oder?« Mia schloss die glänzenden Knöpfe, die in zwei Dreierreihen angeordnet waren.

»Passt wirklich schön zu deiner Figur«, fügte ihre Mutter hinzu.

Mia steckte die Hände in die beiden aufgesetzten Taschen. »Fühlt sich auch richtig bequem an.«

Dann drehte sie sich zu ihrer Mutter um. »Ich nehme ihn.«

Marlies Schumann strahlte sie an und reckte den Daumen nach oben. »Dann haben wir alles, oder?«

»Ja, ich bin so froh!« Überschwänglich und vorsichtig zugleich nahm sie ihre Mutter in den Arm. »Danke, dass du mitgekommen bist. Ich hasse diese Einkauferei. In netter Begleitung ist es so viel schöner. Gehen wir noch einen Kaffee trinken?«

Ihre Mutter schaute auf die Uhr und wirkte plötzlich leicht verunsichert.

»Ach, weißt du«, stammelte sie. »Ich glaube, es reicht mir für heute. Lass uns doch zu Hause noch einen Kaffee aufsetzen.«

Mia hatte ein ungutes Gefühl im Bauch. Hatte sie ihre Mutter doch überfordert? Sie wirkte eigentlich sogar etwas rosiger als vorhin.

»Sollen wir uns zumindest noch ein Stück Kuchen mitnehmen?«, fragte sie, während sie ihre Sachen zusammensuchte.

»Nein. Nein, das ist nicht nötig. Ich habe noch etwas daheim.«

Mia hatte keine Ahnung, warum ihre Mutter plötzlich dermaßen fahrig war, aber es schien, als sei es wirklich am besten, so rasch wie möglich in die Wohnung zurückzukehren.

Sie gingen zur Kasse, wo Mia noch den Blazer bezahlte, ehe sie sich schweigend auf den Rückweg machten. Irgendetwas hatte ihrer Mutter die positive Stimmung verhagelt, dabei war doch überhaupt nichts passiert.

Während sie langsam hinter ihr die Stufen zur Wohnung in den ersten Stock erklomm, hatte sie immer noch ein mulmiges Gefühl, das sich prompt bestätigte, als sie schließlich vor der Wohnungstür angekommen waren. Stimmen. Aus dem Inneren der Wohnung waren eindeutig Stimmen zu hören.

Mist. Mist. Mist. Bei der Planung ihres Shoppingtrips hatte sie überhaupt nicht darüber nachgedacht, dass Lena dienstags ihren freien Nachmittag hatte. Die Wahrscheinlichkeit, sie bei ihrer Mutter anzutreffen, war demnach heute bedeutend größer, als wenn sie sich an einem anderen Tag getroffen hätten. Sie seufzte leise auf und wappnete sich dem, das da kommen mochte.

Als ihre Mutter die Tür endlich öffnete, stürmte jedoch nicht nur Zoe auf sie zu, es folgte noch ein kleiner Junge, den sie zwar ebenfalls schon lange nicht mehr gesehen hatte, der aber zweifelsfrei zu Nora gehörte.

Nicht nur Lena, auch Nora würde sie sich also gleich stellen müssen. Am liebsten hätte sie sich auf der Stelle umgedreht und wäre zurück nach Spay gefahren, aber das konnte sie ihrer Mutter nicht antun. Die Tüten hatten sie bereits im Auto gelassen, weshalb sie nur ihre Jacke ausziehen und an die Garderobe hängen musste. Schade, sie hätte gern noch etwas mehr zu tun gehabt, um ein wenig Zeit zu schinden.

»Da bist du ja endlich.« Nora erschien im Türrahmen zur Küche. Dann fiel ihr Blick auf Mia. Sie verzog die Mundwinkel. »Du hast Mia mitgebracht?«

»Wir waren einkaufen«, antwortete ihre Mutter.

»Wir dachten, du wolltest mit uns Kaffee trinken?«, fragte Nora ungehalten.

»Wir werden auch Kaffee trinken«, erklärte Marlies Schumann, der Mia keinerlei Unruhe mehr anmerkte. »Allerdings werde ich mit den Kindern ins Wohnzimmer gehen, während ihr drei euch endlich einmal aussprecht.«

»Was ist denn hier los?«, wollte Lena wissen, die nun ebenfalls im Türrahmen erschien.

»Familienzusammenführung«, meinte Nora spöttisch.

Marlies Schumann warf ihr einen strengen Blick zu. »Es wird Zeit, dass ihr euch wie Erwachsene benehmt, schließlich möchtet ihr ja auch so behandelt werden. Also setzt euch jetzt zusammen an den Küchentisch, und dann sprecht miteinander. Ich bin es leid, immer zwischen euch zu stehen.«

Damit ging sie, dicht gefolgt von ihren beiden Enkeln, in die Küche. Mia beobachtete abwartend, wie sich auch ihre beiden Schwestern von ihr abwandten und wieder in der Küche verschwanden, ehe sie ihnen mit schweren Schritten folgte. Sie hatte keine Ahnung, worüber sie mit ihren Schwestern sprechen sollte. Sie hatte auch überhaupt keine Lust dazu. Aber die Ansage ihrer Mutter war deutlich gewesen, weshalb sie sich ihr erst einmal beugte.

In der Küche war der Tisch für fünf Personen gedeckt. Einige Stücke Marmorkuchen lagen auf einem Teller, auf einem weiteren drei Rosinenschnecken. Ihre Mutter besprach mit den Kindern, was sie haben wollten, wies Nora an, ihr eine Tasse Kaffee ins Wohnzimmer zu tragen, und verließ mit den Kleinen im Schlepptau den Raum. Lena hatte sich bereits auf einen der Freischwinger gesetzt und starrte vor sich hin. Die Atmosphäre war schwer wie Blei, und Mia hatte das Gefühl, als würde sie komplett auf ihren Schultern liegen. Im Moment konnte sie sich kaum einen Ort vorstellen, an dem sie weniger gern gewesen wäre. Okay, auf einem Foltertisch im Verließ einer mittelalterlichen Burg …

Mia nahm sich einen Teller und eine Tasse aus dem Geschirrschrank, suchte sich umständlich Besteck aus der Schublade und setzte sich schließlich gegenüber von Lena an den Tisch. Dann legte sie sich ein Stück von dem Marmorkuchen auf den Teller, schenkte sich Kaffee ein und tat so, als wäre es das Selbstverständlichste von der Welt, hier zu sitzen, obwohl sie sich überhaupt nicht so fühlte.

Nur wenige Augenblicke später kehrte Nora in die Küche zurück. Sie setzte sich neben Lena und schenkte sich ebenfalls eine Tasse Kaffee ein. Noch immer sprach niemand ein Wort.

Schließlich hielt Mia die Spannung nicht mehr aus.

»Also?«, fragte sie nur.

»Also was?«, fragte Nora schnippisch.

»Worüber sollen wir sprechen?«

»Was meinst du denn?« Noras Ton entbehrte nach wie vor jeglicher Form der Höflichkeit.

»Vielleicht darüber, warum du immer so zickig bist?«, fragte Mia nun deutlich genervt.

»Fällt dir dazu gar nichts ein?« Während Nora sie zornig anfunkelte, saß Lena immer noch stumm daneben, den Blick starr auf ihren Teller gerichtet.

»Sag doch auch mal was«, wandte sich Mia deshalb an sie.

Ihre Schwester hob den Kopf und schaute sie nun unverwandt an. »Mit dir ist es wirklich schwierig«, sagte sie in ruhigem Ton.

Mia fühlte sich wie vor den Kopf geschlagen.

»Mit mir ist es schwierig?«, fragte sie fassungslos. »Ich

tu euch überhaupt nichts, während ihr euch mir gegenüber immer wie zwei Zicken auf Speed benehmt!«

»Pah!«, schnaubte Nora.

Lena schüttelte nur den Kopf.

»Wie war das denn, als Mama nach ihrem Unfall ins Krankenhaus kam? Ihr beide habt die ganze Zeit zusammengegluckt und mich aus euren Gesprächen ausgeschlossen. Während ihr euch gegenseitig gestützt habt, musste ich sehen, wie ich mit der Situation alleine klarkam. So war es doch schon immer.«

»Und was meinst du denn, woran das liegt?«, wollte Nora wissen.

»Na, an mir ganz bestimmt nicht.«

»Oh nein, natürlich nicht an der heiligen Mia.« Noras Stimme troff vor Sarkasmus.

Nun war Mia irritiert. »Was soll das denn heißen?«

»Das heißt zum Beispiel, dass Mama dir permanent den roten Teppich ausrollt, wenn du dich mal dazu herablässt, sie zu besuchen.«

Nun merkte Mia auch Lena ihren Ärger an. »Was meinst du damit?«

»Sie meint damit, dass Mama sich nahezu überschlägt, dir alles recht zu machen. Und du merkst das noch nicht mal. Nimmst das alles als selbstverständlich hin.«

Mia versuchte sich zu sammeln und ihren eigenen Ärger zu unterdrücken. War es tatsächlich so? Als sie an die letzten Male vor dem Unfall zurückdachte, an denen sie ihre Mutter in Koblenz besucht hatte, fiel ihr nichts Außergewöhnliches ein. Aber das konnte natürlich auch daran liegen, dass es nichts gegeben hatte, an dem sie sich störte, außer natürlich an der verkrampften Stimmung. Sie hatte sich immer bemüht, diese Treffen so kurz wie möglich zu halten … und ihre Mutter nach Kräften spüren zu lassen, dass diese bei ihr in der Schuld stand.

Mia spürte, wie sich ihr schlechtes Gewissen regte. Sie hatte sich wirklich wie eine Königin verhalten, die sich dazu herabließ, einen ihrer Untertanen zu besuchen.

Sie schluckte. Dann atmete sie tief durch und schaute ihre Schwestern an. »Ich fürchte, das stimmt.«

Nora nickte zustimmend. »Und ob das stimmt.«

Ihre Stimme klang nicht mehr ganz so aufgebracht, so das Mia Hoffnung schöpfte, das Schlimmste sei vorbei. Doch ihre Schwestern waren noch nicht mit ihr fertig.

»Du warst immer das verwöhnte Nesthäkchen, weißt du das eigentlich?«, fragte nun Lena. »Papas absoluter Liebling. Da konnten Nora und ich nie mithalten. Wir hatten einfach nicht das Interesse am Weinbau, und Papa interessierte sich für kaum etwas anderes.«

»Und wenn du nicht bei Papa warst«, übernahm Nora das Wort, »hast du stundenlang mit Mama in der Küche gewerkelt. Womit ich in keiner Weise sagen möchte, dass Lena und ich vernachlässigt wurden, aber deine Behauptung, Mama hätte dir mit dem Verkauf des Weinguts die Lebensgrundlage entzogen, weil du nichts anderes gehabt hättest, war schlichtweg falsch.«

»Du kannst dir nicht vorstellen, wie anstrengend die Jahre nach Papas Tod mit dir waren. Nichts, absolut nichts konnten wir dir recht machen. Alles drehte sich nur noch um dich und deine Zornesausbrüche, sodass Mama immer bemüht war, irgendwie für gute Stimmung zu sorgen.«

»Dabei ging es ihr selbst nicht gut«, fuhr Nora sie erneut an. »Sie hatte Papas Tod zu verarbeiten und gleichzeitig für drei pubertierende Teenager zu sorgen. Was meinst du wohl, wie sie sich fühlte?«

Mia jedenfalls fühlte sich gerade wie erschlagen und war froh, als ihre Schwestern eine kurze Pause machten. So viele Vorwürfe waren auf sie eingeprasselt, und sie hegte den stillen Verdacht, dass ihre Schwestern damit nicht so sehr falschlagen.

Sie lehnte sich auf ihrem Stuhl zurück und versuchte erneut sich zu sammeln. Sicher hatten Lena und Nora recht, wenn sie sagten, dass sie ein schwieriger Teenager gewesen war. Die Streitereien mit ihrer Mutter hatte sie noch deutlich vor Augen. Daran, was ihre Schwestern während dieser Zeit eigentlich so gemacht hatten, konnte sie sich dagegen überhaupt nicht mehr erinnern.

»Ich habe mich mit Mama ausgesprochen«, setzte sie leise zu einer Rechtfertigung an.

»Wie schön für dich.« Nora schien noch nicht bereit, irgendwelche Zugeständnisse zu machen. »Macht es dir Spaß, so viel Zeit mit deiner Mutter zu verbringen?«

Was sollte denn diese Frage? Mia überlegte kurz, entschloss sich dann jedoch für eine ehrliche Antwort.

»Seitdem wir uns ausgesprochen haben, habe ich unsere Treffen sehr genossen. Und ich denke, Mama auch«, fügte sie beinahe trotzig hinzu.

»Das fürchten wir auch.«

Mia fiel beinahe die Kinnlade hinunter. So viel Missgunst hatte sie gerade von Lena nicht erwartet.

»Ihr gönnt es Mama nicht, dass sie Freude hat?«

»Wir gönnen Mama jede Freude dieser Welt«, erklärte Nora mit fester Stimme. »Aber was meinst du, wie es ihr geht, wenn du irgendwann wieder abtauchst? Dich vielleicht nach Wochen wieder meldest, ohne dass eine von uns weiß, wo du dich in dieser Zeit überhaupt aufgehalten hast, geschweige denn, wie es dir geht?«

Mia war völlig perplex. Der Mensch, den ihre Schwestern da zeichneten, gefiel ihr überhaupt nicht. War sie wirklich solch ein selbstsüchtiges Geschöpf? Sie schaute zwischen Lena und Nora hin und her, die sie erwartungsvoll ansahen.

Sie räusperte sich und rutschte unruhig auf ihrem Stuhl hin und her.

»Ich fürchte«, begann sie zurückhaltend, »ich fürchte, darüber muss ich erst einmal in Ruhe nachdenken. Das Bild, das ihr da von mir zeichnet, gefällt mir überhaupt nicht, auch wenn ich eine leise Ahnung habe, dass einiges davon zutreffen könnte. Aber diese ganzen Vorwürfe muss ich jetzt erst einmal verdauen. Könnt ihr das verstehen?«

Unisono nickten Nora und Lena ihr zu.

»Es wäre schön, wenn du dich bei uns meldest, wenn du darüber nachgedacht hast.« Natürlich war es Lena, die ihr als Erste symbolisch die Hand reichte.

Dass Nora erneut zustimmend nickte, wertete Mia jedoch auch als gutes Zeichen. Vielleicht war ja noch nicht alles verloren. Vielleicht hatte sie ja noch eine Chance, nicht nur das Verhältnis zu ihrer Mutter, sondern auch das zu ihren Schwestern zu verbessern. War das etwas, was sie wollte?

Mia stand auf. »Nehmt es mir bitte nicht übel, aber mir ist jetzt nicht danach, hier zu sitzen und Kaffee zu trinken.

Ich werde mir das, was ihr mir gesagt habt, wirklich zu Herzen nehmen, und melde mich bei euch, sobald ich das Chaos in meinem Kopf ein wenig sortiert habe.«

Als Lena Anstalten machte ebenfalls aufzustehen, sagte sie: »Bleibt ruhig sitzen. Ich verabschiede mich noch kurz von Mama und den Kindern, und dann bin ich weg.

Aber ich werde wiederkommen«, fügte sie hinzu und hoffte, dass ihre Schwestern das genau so verstanden, wie es von ihr gemeint war.

Kapitel 24

Sie hatte eine unruhige Nacht verbracht. Im eigenen Bett, da sie gestern noch nicht bereit gewesen war, mit Hannes über die Vorkommnisse in Koblenz zu sprechen. Er hatte ihr angeboten, ihr zuzuhören, aber sie musste das Erlebte erst einmal für sich selbst sortieren. Das Bild, das ihre Schwestern von ihr gemalt hatten, behagte ihr nämlich ganz und gar nicht.

Nachdem sie sich stundenlang hin und her gewälzt hatte, war sie bereits vor sechs aufgestanden und in Jogginghose und Sweatshirt hinunter in die Küche gegangen, um sich einen Kaffee zu machen. Nun saß sie auf der Küchenbank, Molly auf ihrem Schoß, und starrte aus dem Fenster.

Der Gedanke, der ihr bereits beim ersten Besuch von Anton durch den Kopf geschossen war, schien sich zu bestätigen. Sie war eine selbstsüchtige Tussi, die sich nur um sich selbst drehte. Sie hatte sich nicht um Anton gekümmert, hatte ihrer Mutter immer nur pflichtschuldigst ein paar wenige Anrufe gegönnt und ihre Schwestern einfach ignoriert. Wenn sie ehrlich war, hatte sie nicht einmal ihrer besten Freundin die Aufmerksamkeit zukommen lassen, die sie verdient hatte. Franzi, die sie, ohne eine Frage zu stellen, bei sich aufgenommen hatte, war für sie immer eine Selbstverständlichkeit an ihrer Seite gewesen.

Alle hatten sich in den letzten Jahren nicht nur um sich selbst, sondern auch um ihre Liebsten gekümmert, hatten Verantwortung für sie übernommen, während sie selbst sich hatte treiben lassen, den Blick immer nur auf sich und ihr eigenes Wohlbefinden gerichtet.

Sie zuckte erschrocken zusammen, als plötzlich Hannes neben ihr auftauchte.

»Guten Morgen«, sagte er mit noch schlafrauer Stimme.

»Guten Morgen«, antwortete sie, ohne sich zu bewegen. »Möchtest du einen Kaffee?«, fragte sie trotz oder gerade wegen des ganzen Wirrwarrs in ihrem Kopf. Sich einfach auf die Strukturen der letzten Wochen zu stützen, würde sie vielleicht ein wenig ablenken.

Aber Hannes dankte ab. »Bleib ruhig sitzen. Ich mache mir rasch eine Tasse.«

Wie betäubt beobachtete sie, wie er hinüber zum Vollautomaten ging, hörte das Mahlen der Kaffeebohnen und registrierte das Einlaufen des heißen Getränks.

»Willst du jetzt darüber sprechen, was gestern passiert ist?«, fragte Hannes leise, als er sich ihr gegenüber an den Tisch setzte.

Mia schlang ihre Arme um den Oberkörper. Am liebsten hätte sie seine Frage verneint, aber ihr war klar, dass sie irgendwann darüber sprechen musste, also war dieser Zeitpunkt genauso gut wie jeder andere.

»Ich hatte gestern ein wenig angenehmes Gespräch mit meinen Schwestern.«

»Haben sie dich wieder gepiesackt?«

Mia lachte humorlos auf. »Ja, das kann man wohl sagen. Aber leider berechtigt.«

Hannes schaute sie fragend an. »Sie haben dich berechtigt gepiesackt?«

»Sie haben mir deutlich zu verstehen gegeben, dass ich eine verwöhnte, selbstsüchtige Zicke bin, die ihnen seit Jahren das Leben schwer macht.

Doch, doch«, fügte sie rasch hinzu, als Hannes etwas dagegen einwenden wollte, »sie haben schon recht. Wahrscheinlich wurde ich als jüngstes Kind tatsächlich verwöhnt. Auf jeden Fall bekam ich im Gegensatz zu ihnen immer die volle Aufmerksamkeit meines Vaters.«

»Weil du seine Leidenschaft geteilt hast«, stellte Hannes wissend fest, als sie eine kurze Pause machte.

»Ich teilte die Leidenschaft meines Vaters und beanspruchte ebenfalls die Aufmerksamkeit meiner Mutter, wenn ich mich nicht irgendwo auf dem Gut herumtrieb. Aber vor allem nehmen sie mir übel, wie ich mich nach dem Tod meines Vaters meiner Mutter gegenüber verhalten habe. Ich habe nicht einmal als ich älter wurde darüber nachgedacht, wie schmerzhaft das für sie gewesen sein musste. Wie schmerzhaft es wohl für eine Mutter ist, wenn sich ihr Kind nur sporadisch meldet, um ein paar wenige Oberflächlichkeiten auszutauschen. Ich bin so eine egozentrische Kuh.«

Ohne wahrzunehmen, was sie tat, wischte sie sich mit den Handrücken die Tränen von den Wangen.

Hannes ergriff ihre feuchten Hände und nahm sie zwischen seine. »Du bist überhaupt keine egozentrische Kuh.«

Er hob eine Hand, als sie etwas dagegen einwenden wollte. »Lass mich«, meinte er.

Dann schloss er seine warme Hand wieder um ihre, und

Mia genoss das Gefühl der Verbundenheit, das direkt in ihr aufstieg.

»Ich habe dich in den letzten Wochen gut kennenlernen dürfen«, fuhr er fort. »Du hast dich vom ersten Tage an um uns gekümmert, obwohl mein Vater und ich wahrlich nicht die angenehmsten Hausgenossen waren. Du hast hier nicht nur deinen Dienstplan abgespult, du hast immer überlegt, womit du uns etwas Gutes tun konntest. Du hast zudem großen Anteil daran, dass Benno sich so gut bei uns eingelebt hat und unser unsentimentaler Männerhaushalt durch deine herzliche Art einen ganz besonderen Zusammenhalt erfahren durfte. Da möchte ich auch Vincent mit hinzuzählen, der sich auch öfter hier herumgetrieben hat als in den Zeiten zuvor.«

Mia versuchte sich mit einem wackligen Lächeln. Es tat gut, so etwas zu hören, auch wenn es ihre Schuldgefühle nicht schmälerte.

Deshalb sagte sie: »Danke, das ist lieb von dir. Vielleicht ist doch noch nicht Hopfen und Malz verloren. Aber diesen Vorwürfen meiner Schwestern werde ich mich stellen müssen.«

Sie entzog ihm ihre Hände und schlang sie erneut um ihren Oberkörper. »Ich hoffe wirklich, dass sie mir verzeihen und wir einen neuen Anfang finden. Die letzten Treffen mit meiner Mutter waren so harmonisch, so seltsam vertraut. Wie unterschwellige Gefühle, die nach vielen Jahren wieder an die Oberfläche gekommen sind. Vielleicht wäre das ja auch mit meinen Schwestern möglich.«

»Da ich keine Geschwister habe, kann ich da nicht aus eigenen Erfahrungen sprechen. Aber deinen Wunsch, eine liebevolle Familie um sich zu haben, kann ich sehr gut nachfühlen. Bei einem Zerwürfnis mit meinen Eltern hätte ich auch alle Hebel in Bewegung gesetzt, um mich wieder mit ihnen auszusöhnen.«

Molly räkelte sich auf ihrem Schoß, ruckelte sich zurecht und entspannte sich wieder. Mia lächelte zu ihr hinunter und strich ihr leicht über das Fell.

»Ich werde auf jeden versuchen, noch heute mit ihnen zu sprechen. Vielleicht könnten wir ja gemeinsam via Messenger telefonieren. Oder sollte ich sie besser um einen Termin bitten, an dem wir uns in Koblenz treffen? Was meinst du?«

»Ich kann mir vorstellen, dass dir das Gespräch mit ihnen unter den Nägeln brennt. Wer weiß, wann die beiden Zeit für ein gemeinsames Treffen hätten. Zusammen zu telefonieren ist da sicher einfacher. Aber du kannst den beiden ja die Optionen vorschlagen und hören, was sie dazu sagen.«

Mia legte entschlossen beide Hände auf den Tisch. »Das werde ich tun.«

Dann griff sie nach ihrer Kaffeetasse und nahm einen Schluck.

»Merkwürdig«, sagte sie. »Dass man sich direkt viel besser fühlt, wenn man das Gefühl hat, etwas tun zu können.«

»Was hätte Franziska dazu gesagt?«, fragte er herausfordernd.

Mia überlegte einen Moment, ehe sie auflachte, den Finger hob und dozierte: »Wer leben will, der muss was tun! Ist übrigens von Wilhelm Busch.«

Hannes lachte ebenfalls. »Du hast bereits einiges davon behalten, was Franzi so von sich gibt.«

»Wenn man es oft genug hört, prägt es sich ein.«

»Warum rufst du sie nicht an, ehe du mit deinen Schwestern sprichst? Dann könntest du dich noch einmal in aller Ruhe sortieren.«

Mia stellte ihre Kaffeetasse ab, hob Molly von ihrem Schoß und legte sie neben sich auf die Bank. Dann stand sie auf, ging hinüber zu Hannes und kuschelte sich auf seinen Schoß. Sie legte die Arme um seinen Hals, schmiegte sich an ihn und raunte: »Du bist ein sehr weiser Mann«, ehe sie ihn ausgiebig küsste.

Eine gute Stunde später schaute sie zum zigsten Mal auf ihr Handy. Nach wie vor keine Nachrichten von ihren Schwestern. So langsam steigerte sie sich in ihre Befürchtung hinein, dass die beiden vielleicht gar keinen Wert darauf legten, mit ihr zu sprechen. Was natürlich Blödsinn war, denn morgens um sieben hatten ihre Schwestern sicher andere Dinge zu erledigen, als sich mit ihrer Nachricht zu beschäftigen. Leider hatten sie ihre Messenger so eingestellt, dass Mia nicht sehen konnte, ob sie ihre Anfrage überhaupt schon gelesen hatten. Was die Situation nicht verbesserte. Zudem hatte auch Franzi sich noch nicht gemeldet. Doch bei ihr wusste sie erst recht nicht, ob sie zu dieser frühen Stunde überhaupt schon wach war.

Mia seufzte auf. Sie steckte ihr Handy zurück in die Hosentasche, zog eine Jacke über und verließ das Haus. Draußen war es noch dämmerig, aber sie brauchte jetzt eine Prise frische Luft und Bewegung. Sie ging hinunter zum Rhein, stützte sich auf das Geländer und betrachtete die vorübertuckernden Binnenschiffe. Lampen leuchteten hell hinter den Fenstern der Wohnbereiche und vermittelten Wärme und Behaglichkeit. Auch eine interessante Art, sein Leben zu verbringen, sinnierte sie. Immer unterwegs und doch immer in bekannten Gefilden. Für sie war der Fluss die Heimat, in der alles bekannt und vertraut war. Eine Heimat, die Schutz und Geborgenheit vermittelte, obwohl der Ausblick jeden Tag ein anderer war.

Schon als Kind hatte sie oft hier gestanden, auf den Rhein geschaut und das bunte Treiben beobachtet. Ein tiefes Gefühl der Zufriedenheit durchströmte sie, obwohl sie gerade noch so unruhig gewesen war. Sie war froh, dass sie ihrem ersten Impuls gefolgt und von Straßburg aus hierher gefahren war. Es hatte sich viel bewegt in den letzten Wochen, und egal, wie es sich mit ihren Schwestern entwickeln würde, sie war dankbar dafür, um wie viel reicher sich ihr Leben jetzt anfühlte.

Eindringlich durchbrach der Signalton ihres Handys die ruhige Atmosphäre um sie herum. Mia griff in ihre Hosentasche, zog es heraus und sah, dass Franzi sich gemeldet hatte.

Nico ist gerade eingeschlafen, hast du jetzt Zeit?

Mia tippte:

Hab ich!

Unmittelbar darauf klingelte ihr Telefon.

»Guten Morgen, wie schön, dass du dich meldest. Harte Nacht?«, fragte Mia ihre Freundin.

»Aber so was von. Meinst du, das könnten schon erste Zähne sein?«

Mia lachte. »Woher soll ich denn so was wissen? Wann kommen die denn normalerweise?«

»Ach, das geht von bis, könnte mit fünf Monaten aber wirklich schon losgehen. Auf jeden Fall war er sehr unruhig und wir haben nur wenig Schlaf bekommen.«

»Dann solltest du dich jetzt auch besser hinlegen, anstatt mit mir zu quatschen.«

»Du glaubst doch nicht im Ernst, dass ich ein Auge zubekomme, ehe ich weiß, was bei dir los ist«, protestierte Franzi. »Also, erzähl.«

Mia erzählte ihr von dem denkwürdigen Nachmittag in der Küche ihrer Mutter, von den Vorwürfen ihrer Schwestern und den Vorwürfen, die sie sich selber machte.

»Ich denke, die beiden hatten absolut recht«, schloss sie schließlich ihren Monolog. »Ich war wirklich sehr egoistisch und habe mich immer nur um mich selbst gedreht.«

»Nun mal immer langsam«, sagte Franzi, die bisher still zugehört hatte. »Ich denke nicht, dass du dich gleich als egoistisch bezeichnen musst, nur weil du deinen Schwestern nicht die Aufmerksamkeit gegönnt hast, die sie gern bekommen hätten.«

»Es geht ja auch um meine Mutter«, wandte Mia ein.

»Ja, sicher hättest du da sensibler sein können. Aber hinterher ist man immer schlauer. Der Fehler, den du gemacht hast, ist, dass du deine als Fünfzehnjährige gefasste Meinung nicht mehr hinterfragt hast, als du älter wurdest. Du hast weder deiner Mutter noch deinen Schwestern die Möglichkeit gegeben, sich zu erklären. Aber ein großer

Sinn des Lebens ist doch, dass man stetig dazulernt. Das macht es doch erst spannend.«

»Ich weiß nicht, ob dir die ganzen Romantiker auf der Welt da recht geben würden, was das Spannendste im Leben ist.«

»Die schönste Freude ist die Freude des Verstehens, sagte schon Leonardo Da Vinci, aber das ist wohl ein anderes Thema.«

Mia lachte. »Ich habe heute Morgen auch schon zitiert.«

»Tatsächlich? Du?«, fragte Franzi neugierig.

»Ja. Wilhelm Busch: Wer leben will, der muss was tun!«

»Bravo! Und was wirst du jetzt tun? Hast du schon einen Plan?«

»Ich werde zu Kreuze kriechen. Ich habe den beiden schon eine Nachricht geschickt und warte noch auf eine Antwort.«

»Also zu Kreuze kriechen musst du wahrlich nicht. Eine Entschuldigung ist angebracht, eine Erklärung, warum das alles so blöd gelaufen ist. Aber du bist kein schlechter Mensch, Mia, lass dir das bloß nicht einreden.«

»Ich habe auch Anton vergessen«, sagte Mia kleinlaut.

»Es war nicht deine Aufgabe, dich um Anton zu kümmern. Du warst fünfzehn Jahre alt, als du das letzte Mal Kontakt mit ihm hattest. Dein Vater war gerade gestorben. Es ist doch völlig klar, dass du da nicht auf dem Schirm hattest, dich um Anton zu kümmern, wenn er einmal alt ist. Aber du machst es jetzt. Weil es dir ein Bedürfnis ist. Weil du nämlich nicht egoistisch bist, sondern einer der mitfühlendsten Menschen, die ich kenne.«

Franzi schniefte am anderen Ende der Leitung, und auch Mia stiegen nun die Tränen in die Augen.

»Ich bin so froh, dass ich dich habe«, krächzte sie gerührt ins Telefon.

»Ich auch. Ich drücke dir die Daumen, dass deine Schwestern Verständnis zeigen und sich die Wogen glätten. Aber jetzt mache ich Schluss, denn ich bin wirklich müde und möchte die Zeit nutzen, in der Nico noch schläft.«

»Natürlich. Danke, dass du dich gemeldet hast. Ich drücke dich.«

»Ich dich auch«, erwiderte Franzi und legte auf.

Mia steckte ihr Handy aufgewühlt zurück in die Hosentasche. Mit Franzi hatte sie wirklich das große Los gezogen. Obwohl ihre beste Freundin mit ihrem Superhirn oft in irgendwelchen mathematischen Sphären unterwegs war, denen sie bereits während ihrer Schulzeit nicht hatte folgen können, war es doch nie ein Problem gewesen, mit ihr über all die Dinge zu sprechen, die sie bewegten. Auch wenn sich ihre Probleme im Laufe des letzten Vierteljahrhunderts verändert hatten, war ihre Zuneigung zueinander dieselbe geblieben. Und das war doch auch etwas, auf das sie ein wenig stolz sein konnte, nämlich dass sie die Freundschaft zu Franziska über all die Jahre nicht vermurkst hatte.

Kapitel 25

Inzwischen war es bereits Mittag, und sie hatte immer noch nichts von ihren Schwestern gehört. Als das Handy piepste, griff sie hektisch danach, aber die Nachricht war weder von Lena noch von Nora, sondern von ihrem Chorleiter, der ihr mitteilte, dass die Generalprobe für das Dorffest, die eigentlich für heute Abend angesetzt gewesen war, wegen Erkrankung abgesagt werden musste.

Eine Info, die Mia wahrnahm, aber eigentlich überhaupt nicht interessierte. Ihre Gedanken kreisten seit Stunden nur um ein Thema und machten sie verrückt.

Entschlossen, sich von der Warterei auf Antwort ablenken zu lassen, steckte sie ihr Handy zurück in die Hosentasche und verließ das Haus. Im Gegensatz zu den letzten bewölkten und eher kühlen Tagen zeigte sich heute noch einmal die Sonne und brachte angenehme Temperaturen. Im Hof saßen bereits einige Gäste an den Tischen und genossen ihren Wein bei einer Portion Wurstsalat oder anderen Kleinigkeiten, die Katta zubereitet hatte.

Ein Tisch war noch frei, und sie beschloss, sich gleich dorthin zu setzen, das Gesicht in die Sonne zu halten und sich dabei ebenfalls ein Glas von ihrem Lieblingswein zu gönnen.

Sie betrat die Straußwirtschaft und stellte sich an die Theke.

»Was machst du denn hier?«, wollte Katta wissen, die gerade eine Käseplatte zusammenstellte.

»Ich brauche dringend eine Pause. Hast du noch von dem Wurstsalat?«

»Natürlich«, bestätigte Katta. »Auch ein Glas Wein dazu?«

»Den 21er von der Feuerlay, bitte.«

»Bringe ich dir sofort. Heute habe ich leider keine Zeit, mich zu dir zu gesellen. Drückt dich was?«, fragte sie besorgt.

»Ist schon in Ordnung«, beschwichtigte Mia sie. »Ich brauche einfach eine kleine Auszeit. Warum sollte ich nicht nutzen, dass ich die Möglichkeit dazu direkt hier auf dem Hof habe?«

Als sie schließlich am Tisch saß, spürte sie bereits nach kurzer Zeit, dass ihre Entscheidung genau richtig gewesen war. Sie ließ ihren Blick gemächlich über die anderen Gäste schweifen, ließ Gesprächsfetzen zu einem Ohr hinein- und zum anderen Ohr wieder hinausziehen, schloss zwischendurch die Augen und atmete einfach nur ein und aus.

Das Leben konnte so schön sein, wenn man auch diese kleinen Augenblicke nutzte.

Als Katta mit ihrer Bestellung kam, nahm sie sie freudig entgegen und ließ sich den Wurstsalat schmecken, den sie heute Morgen erst gemacht hatte. Dazu gab es frisches Roggenbrot und Süßrahmbutter von einem Biohof aus der Nachbarschaft. Mia musste sich beherrschen, nicht laut aufzuseufzen. Auch wenn sie sich nicht selbst loben wollte, es schmeckte wirklich gut.

Gerade als sie einen ersten Schluck von ihrem Wein genossen hatte, klingelte das Handy. Erschrocken zuckte sie zusammen und hätte beinahe das Glas umgekippt. Sie zog das Gerät aus der Hosentasche und schaute aufs Display. Es waren tatsächlich Lena und Nora, die sich per Messenger bei ihr meldeten.

»Hallo!«, rief sie nervös und schaute in die Gesichter ihrer Schwestern.

»Hallo«, antworteten die beiden unisono.

»Einen Moment, bitte!« Sie sprang auf. »Ich muss mir kurz einen Platz suchen, wo es etwas ruhiger ist.«

Sie lief mit langen Schritten über den Hof ins Haus, die Treppe hinauf in ihr Zimmer und schloss hinter sich die Tür.

»Alles klar«, sagte sie schließlich, setzte sich auf ihr Bett und atmete erst einmal tief durch.

»Schöne Tapete«, meinte Lena.

»Wo bist du?«, wollte Nora wissen.

»In meinem alten Zimmer.« Mia stand auf und schwenkte das Handy einmal langsam im Kreis.

Lena kicherte. »Interessante Einrichtung. Wobei das Bett und der Schrank wirklich gut aussehen.«

»Ist das kein komisches Gefühl?«, wollte Nora wissen.

Mia setzte sich zurück auf ihr Bett. »Was meinst du?«

»Na, wieder im alten Haus zu wohnen.«

»Anfangs schon«, bestätigte Mia Noras Überlegung. »Aber inzwischen ist es wieder ganz normal. Ich schätze, ich habe hier so viel neue Erlebnisse gehabt, dass ich nicht mehr alles mit früher verknüpfe.«

Nora brummte zustimmend. Dann sagte sie: »Apropos früher. Du wolltest mit uns sprechen?«

Mia räusperte sich. »Ja. Ich wollte mich bei euch entschuldigen.«

Sie machte eine Pause, doch ihre Schwestern blieben stumm.

»Also, ich wollte mich dafür entschuldigen, dass ich überhaupt nicht darüber nachgedacht habe, wie die Situation für euch gewesen sein musste. Nicht dafür, dass Mama und Papa mich verwöhnt haben, dafür kann ich nichts. Aber für die Zeit nach Papas Tod. Ich hätte bereits vor Jahren reflektieren können, was da bei uns abgelaufen ist. Anstatt Mama und euch abzublocken, hätte ich das Gespräch suchen können, um den Streit aus der Welt zu schaffen. Aber dafür war ich zu engstirnig. Ich ging schlicht davon aus, dass meine Sicht auf die Dinge die einzig richtige ist.«

Sie machte erneut eine Pause und wartete ab, ob nun eine Reaktion ihrer Schwestern kam.

Natürlich war es erneut Lena, die als Erste sprach. »Ich finde es gut, dass wir endlich mal darüber sprechen.«

»Sehe ich auch so«, fügte Nora hinzu. »Aber wie stellst du dir das zukünftig vor?«

»Wie meinst du das?«, fragte Mia verwirrt.

»Vor allem in Bezug auf Mama. Sie hat wirklich immer gelitten, wenn sie wochenlang nichts von dir gehört hat«, erklärte Lena.

»Und wenn du dich dann mal dazu bequemt hast vorbeizukommen, wurde der rote Teppich ausgerollt.« Noras Tonfall war noch alles andere als freundlich.

Mia bemühte sich, ruhig zu bleiben und nicht auf die Provokation einzugehen. »Ich habe mich bereits dafür entschuldigt, dass mein Benehmen euch gegenüber nicht das Allerbeste war.«

Nora schnaubte.

Doch Lena schimpfte mit ihr: »Nun lass sie doch mal aussprechen!«

»Ich war stinksauer auf euch alle«, begann Mia erneut zu erklären. »Im Nachhinein betrachtet war es typisches Teenagergehabe. Das ist ja nun vom Tisch. Von daher hoffe ich, dass wir es schaffen, noch mal neu anzufangen. Es ist wirklich nicht so, dass ich keinen Kontakt zu euch haben möchte. Im Gegenteil. Ich wäre wirklich froh, wenn ich auch wieder ein Teil eurer Gemeinschaft werden könnte.«

»Und du haust nicht wieder einfach ab?«, hakte Nora skeptisch nach.

»Nun, ich weiß noch nicht, was die Zukunft bringt«, sagte Mia nachdenklich. »Aber ich werde mit Sicherheit nicht wieder einfach abtauchen.«

»Das klingt gut«, resümierte Lena.

»Okay«, stimmte Nora ihr in ihrer brüsken Art zu.

Mia fiel ein Stein vom Herzen. Sicher wäre nicht sofort alles eitel Sonnenschein, aber es bestand zumindest die Hoffnung, dass sie zukünftig von ihren beiden Schwestern in den Familienkreis mit aufgenommen würde.

»Leider habe ich keine Zeit mehr, ich muss zurück in den Laden«, erklärte Lena nach einem Blick auf ihre Armbanduhr. »Aber vielleicht hast du ja demnächst mal Zeit, bei uns vorbeizukommen.«

Da hatte Mia eine Idee. »Am Samstag haben wir Dorffest hier in Spay. Habt ihr nicht Lust vorbeizukommen? Zusammen mit Mama? Dann könnte ich euch auch zeigen, was aus dem Gut geworden ist.«

»Klingt nach einer guten Idee«, sagte ausgerechnet Nora.

»Ich weiß noch nicht, was bei uns auf dem Plan steht. Mal sehen.«

Auch Lena wusste nicht ad hoc, was sie mit Zoey am Samstag vorhatte, aber sie wollte es mit ihrer Tochter besprechen.

Das klang doch schon wirklich vielversprechend, und Mia spürte, wie sich ein Glücksgefühl in ihr ausbreitete.

Sie wünschten sich gegenseitig noch einen schönen Nachmittag, ehe sie das Gespräch beendeten.

Mia schaltete das Gespräch aus und ließ sich rückwärts auf ihr Bett fallen. Vor lauter Erleichterung schossen ihr die Tränen in die Augen. Sie hatte wieder eine Familie.

Sie hatte wieder eine Familie! Wie Blubberbläschen schoss Freude in ihr hoch. Sie sprang auf und tanzte eine Runde durch ihr Zimmer. Auch wenn Lena und Nora ihr gegenüber noch sehr reserviert gewesen waren, war sie doch zuversichtlich, dass sich das mit der Zeit ändern würde. Sie würde jedenfalls alles dafür tun, dass dem so war.

Nach dem Telefonat war sie in die Straußwirtschaft zurückgekehrt, hatte sich zu Katta an die Theke gesetzt und ihr, während sie die Reste des Wurstsalats und des Weins genoss, die ganze Geschichte erzählt. Es war so schön, mit Katta eine neue Freundin gewonnen zu haben.

Getragen von einem Gefühl der Erleichterung hatte sie den Nachmittag über fürs Abendessen eine Kürbissuppe und auf Peters Wunsch Pasta mit Pfifferlingen gekocht.

Nachdem sie pappsatt um den Tisch herum gesessen hatten, schlug Hannes vor, noch ein wenig mit den Rädern in den Bopparder Hamm zu fahren. Das Wetter hielt sich bei lauen zwanzig Grad, und von der Weinbergschaukel aus hätten sie einen wunderbaren Blick über das Mittelrheintal.

Gesagt, getan. Sie packten zwei große Stücke ihres Birnen-Walnussauflaufs in eine Frischhaltebox, dazu zwei Kuchengabeln, Gläser und eine Flasche Riesling vom Mandelstein in ihren Rucksack und machten sich auf den Weg.

Schon rasch merkte Mia, wie schön es war, Hannes' Idee umzusetzen. Die Bewegung an der frischen Luft tat ihr gut, wenn sie ihr Rad, sehr zu Hannes' Belustigung, auch an einigen Steigungen lieber schob.

Aber irgendwann standen sie dann an der Weinbergschaukel, einer Art Hollywoodschaukel aus Holz, auf der zwei Personen sitzen und ins Tal blicken konnten, wenn sie nur eng zusammenrückten. Gegen diesen Umstand hatten weder Hannes noch Mia etwas einzuwenden. Gemütlich aneinander gekuschelt schwangen sie hin und her, jeder seinen eigenen Gedanken nachhängend oder einfach nur den Ausblick genießend.

Hannes durchbrach die Stille als Erster. »Mein Magen könnte schon wieder etwas vertragen.«

»Mann, du bist echt ein Vielfraß«, monierte Mia.

»Wieso? Als Köchin musst du doch wissen, dass Nudeln nicht lange satt halten. Schließlich haben wir auch schon wieder Kalorien verbraucht.«

Sie schnaubte auf und enthielt sich eines weiteren Kommentars.

»Möchtest du auch was?«, fragte Hannes, der bereits im Rucksack kramte.

»Erst einmal nur von dem Wein bitte.«

Hannes schenkte ein, und Mia kostete. »Mmh, der ist wirklich gut.«

Hannes nippte ebenfalls an seinem Glas.

»Ja, der ist gelungen«, pflichtete er ihr bei.

»Du hast da wirklich ein Händchen für. Ich bin schon gespannt, was Anton bei unserer Weinprobe am Samstag sagen wird.«

»Leider reicht es nicht, ein gutes Händchen zu haben.«

»Wie meinst du das?« Sie wandte den Kopf und schaute ihn an.

Er steckte ein Stück des Birnenauflaufs in den Mund und kaute erst einmal genüsslich. Dann sagte er: »Du musst auch genug Gewinn erwirtschaften.«

»Und das tust du nicht?«

»Sagen wir mal so, es könnte besser sein. Und komm mir jetzt nicht schon wieder mit dem Dorffest!«

Mia schmunzelte. »Mache ich doch gar nicht. Aber in Sachen Marketing muss man heute gut unterwegs sein, wenn man selbstständig ist. Vor allem, wenn es nur ein kleiner Betrieb ist.«

Hannes brummte zustimmend, schluckte den nächsten Bissen hinunter und meinte: »Katta macht da schon einiges. Aber eben nur online. Es wäre wirklich gut, auch im Reallife präsenter zu sein. Hier am Mittelrhein gibt es so viele Events, die wir dafür nutzen könnten. Zudem hätte ich die Möglichkeit, noch weitere Parzellen dazu zu pachten. Nur fehlt mir schlicht die Zeit dafür, das alles zu bearbeiten. Und noch jemanden einzustellen, kann ich mir einfach nicht leisten. Meine Mutter …«

Er brach den Satz ab und ließ seinen Blick nachdenklich schweifen, ehe er weitersprach. »Meine Mutter hatte sich so darauf gefreut, mit ins Geschäft einzusteigen. Sie wollte keine Auftragsarbeiten mehr erledigen, sondern meine rechte Hand auf dem Gut werden. Die ruhigeren Wintermonate für ihre Kunst nutzen und ansonsten überall mit anpacken, wo sie gebraucht wird. Sie war so fit, so voller Energie.«

Mia sah ihm an, wie sehr ihn diese Gedanken schmerzten. Sie legte ihre freie Hand auf seinen Oberschenkel und drückte ihn mitfühlend.

Er schaute sie an, legte seine Hand auf ihre und lächelte ihr zu. »Im Leben verläuft leider vieles nicht nach Plan. Damit hast du ja auch so deine Erfahrungen gemacht.«

»Das ist wohl wahr, aber deshalb tun dir deine nicht weniger weh.«

Hannes trank einen Schluck von seinem Wein, ehe er antwortete. »Es war ein hartes Jahr, das stimmt.«

Als er sie wieder anschaute, war das Funkeln in seine Augen zurückgekehrt. »Genug der trüben Gedanken. Erzähl mir von deinen Plänen.«

»Woher willst du wissen, dass ich welche habe?«, fragte sie provokant.

»Wenn es keine Pläne sind, dann sind es vielleicht Träume?«

Mia spürte, wie sich ihr Herzschlag beschleunigte, als sie an ihren großen Traum von einem eigenen Restaurant dachte.

Doch anstatt ihm davon zu erzählen, fragte sie: »Hast du welche?«

Hannes lehnte den Kopf an die Rückenlehne der Weinbergschaukel und schaute erneut in die Ferne. »Es ist weniger ein Traum als ein Plan, weil ich schon länger darüber nachdenke, ob es nicht sinnvoll wäre, mir noch einen Partner zu suchen. Oder auch nur einen stillen Teilhaber. Ich bräuchte eigentlich nur eine ordentliche Geldspritze und noch so eine gute Ernte wie in diesem Jahr. Damit könnte ich bereits einiges bewirken.«

Mia dachte an das Geld, das sie auf dem Konto liegen hatte, an die Straußwirtschaft auf dem Gut, die sich so gut als Restaurant eignen würde, und daran, dass sie von einer Bank sicher noch einen ansehnlichen Kredit bekommen würde, sollte sie sich auf das Weingut einkaufen wollen. Vor lauter Schreck über all die Möglichkeiten, die sich plötzlich vor ihr auftaten, schlug ihr das Herz bis zum Hals.

Hannes Stimme riss sie aus ihren Gedanken. »Du sagst ja gar nichts. Meinst du, der Plan ist nicht gut?«

Mia schüttelte den Kopf. Dann räusperte sie sich. »Nein. Ich meine – doch, natürlich, das ist ein guter Plan. Du brauchst Unterstützung, um weiterzukommen. Ich wünsche dir sehr, dass dir das alles gelingt.«

Er drückte ihr die Hand und sagte. »Und nun zu deinen Plänen. Oder sind es eher Träume?«

»Ein eigenes Restaurant wäre schon schön«, antwortete sie so nüchtern wie möglich. »Es muss nicht groß sein, vielleicht acht bis zehn Tische. Gute regionale Küche ohne viel Schnickschnack. Dafür gemütlich und familiär.«

»Und wo soll dieses Restaurant entstehen?«, fragte er leise.

Am liebsten bei dir auf dem Gut, dachte sie, sprach es aber nicht laut aus. Dafür war es einfach noch zu früh.

»Das steht noch nicht fest«, sagte sie stattdessen und bemühte sich um einen lockeren Tonfall. »Du weißt doch, dass ich sehr umtriebig bin.«

Das Schweigen, das sich nun zwischen ihnen ausbreitete, hatte nichts mehr von der Leichtigkeit, mit der sie vor einigen Minuten noch hier gesessen hatten. Doch keiner von ihnen schien genug Mut zu haben, genau das auszusprechen, wonach die Situation geradezu schrie.

Kapitel 26

Am darauffolgenden Samstag fühlte sie sich immer noch unruhig. Das Gespräch mit ihren Schwestern spukte ihr noch genauso durch den Kopf wie das mit Hannes auf der Weinbergschaukel. Von Nora und Lena hatte sie seit letztem Mittwoch nichts gehört, und weder Hannes noch sie hatten die Themen Partnerschaft, Lebensplanung oder Träume erneut angesprochen. Dies alles gärte in ihr wie reifender Wein und störte empfindlich ihr Wohlbefinden.

Genau dieses wollte sie jedoch bei der Weinverkostung, die sie vorbereitet hatte, bei Anton, Hannes, Peter und Katta hervorkitzeln, weshalb sie sich jeden weiteren Gedanken an ihre ungelösten Probleme verbot. Die Idee zu dieser speziellen Verkostung war ihr gekommen, als Hannes ihr die Pralinen zum Geburtstag schenkte und meinte, sich noch nicht viel mit dem Zusammentreffen von Schokolade und Wein beschäftigt zu haben. Inwieweit Anton da bereits Erfahrungen gesammelt hatte, wusste sie noch nicht, Katta jedenfalls hatte sofort Interesse bekundet mitzumachen, als sie hörte, was Mia für die anderen plante.

Um sich während der Verkostung von nichts ablenken zu lassen, hatte sie beschlossen, sie in der Straußwirtschaft stattfinden zu lassen. Da ab dem späten Nachmittag das Dorffest stattfinden sollte, hatten sie heute für jeglichen

Verkauf geschlossen, sodass sie auch nicht durch Gäste oder Kunden gestört werden würden.

Nun hatte sie zwei Vierertische zusammengestellt, eine weiße Tischdecke darübergelegt und bereits Wein- und Wassergläser sowie kleine Tellerchen bereitgestellt. Dazu gab es für jeden einen Crachoir – was bedeutend eleganter klang als Spucknapf –, da sie schließlich auch für den Rest des Tages einen klaren Kopf bewahren wollten.

Die Weine hatte sie bereits gestern im Weinkühlschrank deponiert, damit sie auf die richtige Temperatur kamen, ehe sie mit der Verkostung begannen. Nun brauchte sie nur noch einen Korkenzieher, und alles wäre so weit vorbereitet.

Sie ging hinüber an die Theke, öffnete eine der Schubladen und nahm sich ein Gerät heraus. Unwillkürlich sah sie sich um, betrachtete die verschiedenen Arbeitsgeräte, die blitzblank geputzte Arbeitsfläche, Schranktüren und Schubladen, die sich hinter der hölzernen Front verbargen. Das war ihre Welt. Jedwede Form der Gastronomie war für sie wie ein Zuhause, wenn sie sich auch in einer Küche am wohlsten fühlte. In den letzten Tagen und Nächten hatte sie sich immer wieder ausgemalt, wie sie im alten Pferdestall eine Profiküche installieren könnte. Hatte im Geiste an Speisekarten gearbeitet und überlegt, wie sie am besten an gutes Personal käme. Dies alles wirbelte ihr nun auch wieder durch den Kopf, und sie bedauerte, dass sie niemanden hatte, mit dem sie ihre Gedanken teilen konnte. Denn selbst Franzi gegenüber wollte sie sich noch nicht öffnen. Nichts war spruchreif. Sie wusste ja noch nicht einmal, ob sie überhaupt in Spay bleiben wollte.

Sie seufzte auf. Innerhalb der nächsten Stunden würde

diesbezüglich auch keine Entscheidung fallen, weshalb sie dieserart Gedanken am besten in die hinterste Ecke ihres Gehirns zurückschob.

Als sich plötzlich die Tür zur Straußwirtschaft öffnete, zuckte sie erschrocken zusammen.

»Tut mir leid, warst du in Gedanken?«, fragte Peter und humpelte herein.

»Mhm«, brummelte Mia, ohne weiter auf die Frage einzugehen.

»Du hast ja schon alles vorbereitet.«

»Sicher, setz dich.« Sie zog einen Stuhl zurück, damit Peter sich setzen konnte.

Der schaute auf die Uhr. »Ich bin pünktlich.«

Sie schmunzelte. Peter war überpünktlich, wie immer. Er mochte es gar nicht, wenn andere Leute sich nicht genau an die abgemachten Zeiten hielten.

»Anton ist auf dem Weg und Hannes und Katta werden sicher auch gleich da sein. Hannes wollte nur noch Knabberzeug für heute Abend besorgen.«

»Demnach konntest du ihn immer noch nicht überreden, mit zum Dorffest zu gehen?«

»Keine Chance«, antwortete sie resigniert.

Da öffnete sich die Tür erneut, und Anton kam herein.

»Hallo zusammen!«, begrüßte er sie gut gelaunt.

»Guten Morgen!«, antworteten Peter und Mia unisono.

Bevor sich Anton aus seiner Jacke geschält hatte, betraten auch noch Hannes und Katta den Gastraum, sodass sie vollzählig waren.

»Ich bin wirklich gespannt, was du uns gleich so alles zu erzählen hast«, erklärte Katta, während sie sich setzte.

»Ich bin noch nie auf die Idee gekommen, Schokolade zum Wein zu essen.«

»Da hast du was verpasst.« Mia wartete noch einen Moment, bis alle saßen, ehe sie hinüber zur Theke ging und das erste Schüsselchen mit Schokoladenstückchen hervorholte.

»Bedient euch, bitte. Aber noch nicht probieren!«

Katta nahm sich als Erste und legte ein Stückchen der dunklen Schokolade auf ihr Tellerchen, ehe sie die Schüssel an Anton weiterreichte.

»So wie ein Riesling vom Schieferboden völlig andere Aromanoten als ein Riesling auf Muschelkalk oder Löss beinhaltet«, begann Mia zu dozieren, »ist es auch für den Geschmack einer Schokolade wegbereitend, wo die Kakaobohne angepflanzt wurde. Eine Lagenschokolade aus Tansania ist zum Beispiel kraftvoll, eher herb, mit einer kräftigen Säure und erinnert an Waldboden und Himbeeren. Die gleiche Sorte aus Kuba dagegen ist intensiv, aromareich und lässt sogar feine Tabaknoten erkennen. Nicht weil dort edler Tabak angebaut wird, sondern weil der Charakter des Bodens voll zum Ausdruck kommt«, erklärte sie erneut, was sie Hannes bereits vor einigen Wochen erzählt hatte.

»Irre«, sagte Peter. »Ich wusste gar nicht, dass es bei Schokolade so viele Geschmäcker gibt.«

»Und dass sie sich so gut mit Wein kombinieren lässt«, ergänzte Mia mit einem Augenzwinkern, ehe sie hinüber zum Weinkühlschrank ging. »Wir fangen mit einem harmonisch trockenen Riesling vom Bopparder Hamm Ohlenberg an.« Sie öffnete die Flasche und schenkte die Gläser ein.

»Zuerst probiert ihr den Wein.«

Sie beobachtete, wie ihre vier Verkoster die Gläser

erhoben und den Inhalt begutachteten, ehe sie daran rochen und schließlich einen Schluck davon in den Mund nahmen. Für sie selbst hatte eine solche Weinverkostung immer etwas ebenso Ehrfurchtsvolles wie auch Sinnliches. Es war totenstill im Raum, alle Sinne der handelnden Personen waren auf den Wein ausgerichtet.

Nachdem sie ihre Gläser wieder abgestellt hatten, sagte Mia: »Und nun nehmt ihr euch ein Stückchen Schokolade. Ich habe zu dem trockenen Riesling heute eine Vollmilchschokolade mit etwas Marzipananteil und leicht salziger Note gewählt. Auch die Schokolade könnt ihr mit allen Sinnen probieren, wie vorher den Wein.«

Anton rieb mit seinen arthritischen Fingern vorsichtig über die Süßigkeit, hob sie zur Nase und biss schließlich ein kleines Stückchen davon ab.

»Jetzt schiebt ihr euch den Rest des Stücks in den Mund und lasst es schmelzen. Aber nicht schlucken, nur den Mund damit auskleiden. Dann nehmt ihr einen Schluck Wein dazu und lasst sich das Ganze vereinigen, bewegt es im Mund sanft hin und her, ehe ihr langsam schluckt. Anschließend folgt ganz in Ruhe ein weiterer Schluck Wein, um diese neue Geschmackserfahrung zu verstärken.«

»Wow! Ich bin echt geflasht!«, meinte Katta begeistert, nachdem sie ihr Glas wieder abgestellt hatte.

Hannes stimmte ihr zu. »Eine völlig neue Erfahrung. Obwohl ich ja eigentlich überhaupt kein Schokoladenmensch bin, ist das doch eine tolle Kombination.«

Am frühen Abend saß Mia zufrieden an einem der vielen Biertische, die fleißige Helfer bereits am Vormittag auf dem Dorfplatz unterhalb der Feuerwache aufgebaut hatten. Franzi hatte sich eben mit Jonas und einem quengelnden Nico auf den Heimweg gemacht. Katta und Leonie saßen ihr gegenüber auf der Bank und unterhielten sich angeregt über eine angesagte Buchhaltungssoftware, die Katta gern auch für das Weingut installieren würde. Da sie selbst von so etwas keine Ahnung hatte und im Moment auch keinerlei Motivation, sich dafür zu interessieren, hatte sie sich aus dem Gespräch ausgeklinkt und hing ihren eigenen Gedanken nach.

Ihre Liedbeiträge mit dem Chor waren gut gelungen. Die Proben hatten ihr bereits viel Spaß gemacht, aber heute das Singen vor Publikum war noch einmal etwas ganz anderes gewesen. Vor allem bei ihrem letzten Lied, *We are the world*, als das Publikum den Refrain mitsang, hatte sie eine Gänsehaut bekommen. Zu schade, dass nun vorläufig keine weiteren Proben vorgesehen waren. Vielleicht gäbe es ja die Möglichkeit, aus dem Projektchor einen »richtigen« Chor zu machen?

Gedankenverloren trank sie einen Schluck von ihrem Blanc de Noir Spätburgunder. Die Weinverkostung, auch der anschließende Teil ohne Schokolade, war heute Morgen bei allen gut angekommen. Selbst Hannes, der äußerst skeptisch an die Sache rangegangen war, hatte sich davon überzeugen lassen, solcherart Veranstaltungen nun regelmäßig auf dem Gut anzubieten. Aber nicht nur das. Anton hatte ihn tatsächlich dazu überreden können, zum Dorffest zu kommen und endlich am Dorfleben teilzunehmen. Und er nahm nicht nur teil. Nein, Anton führte ihn unablässig herum und stellte ihn all den Leuten vor, die entweder mit Wein oder Gastronomie zu tun hatten oder einfach nur gern einen guten Tropfen genossen. Und das waren viele.

Mia musste lächeln, als sie sah, dass er sich gerade angeregt mit Sebastian Kraus unterhielt, den sie schon seit ihrer Grundschulzeit kannte. Hannes Lehmacher, der so brummelig sein konnte, dass man am liebsten Reißaus nahm, war heute bestens aufgelegt.

Allein bei dem Gedanken an ihn begann es in ihrem Bauch zu kribbeln. Sie legte eine Hand darauf und schwelgte einen Moment in dem aufregenden Gefühl. Doch bei allem Schwelgen waberte unwillkürlich ein unangenehmer Gedanke durch ihr Hirn: Wann würde er darauf zu sprechen kommen, dass ihr Arbeitsverhältnis beendet sei? Die Lese war vorbei. Die Weinstöcke wurden jetzt noch für den Winter vorbereitet, und dann begann eine lange Ruhephase auf dem Weinberg. Peters Bruch war so gut wie verheilt. Ende nächster Woche stand ein letzter Kontrolltermin an, bei dem entschieden werden sollte, ob der Gipsverband abgenommen werden und er mit Physiotherapie beginnen konnte.

Sicher, es entlastete Hannes, dass er sich nicht um die Küchenarbeiten kümmern musste und sie auch die Speisen für die Straußwirtschaft vorbereitete, aber wenn sie ehrlich war, wurde es höchste Zeit, dass sie sich überlegte, wie es mit ihr weitergehen sollte.

Sie seufzte auf und wollte gerade wieder nach ihrem Glas greifen, als sie plötzlich Nora und Lena auf sich zukommen sah.

Ihr Herz machte einen Satz, und sie sprang auf. »Ihr seid gekommen!«

Sie spürte, wie sich ein breites Lächeln auf ihrem Gesicht ausbreitete.

»Wir wollten uns doch nicht die Chance entgehen lassen, uns noch einmal unser altes Gut anzuschauen«, meinte Nora mit einer abwehrenden Handbewegung.

»Und außerdem dachten wir, wir könnten vielleicht den einen oder anderen Kontakt von früher wieder aufnehmen«, erklärte Lena.

»Von Mama sollen wir dich herzlich grüßen«, fügte Nora hinzu. »Sie hat sich zum Babysitten bereit erklärt, weil Timo heute ein Fußballspiel hat.«

Mia dankte im Stillen ihrer Mutter, dass sie ihr die Möglichkeit gab, ohne Ablenkung mit ihren Schwestern zusammen zu sein und sich ihnen so vielleicht ein Stück weiter annähern zu können.

»Wollt ihr erst etwas trinken oder sollen wir direkt zum Gut hinübergehen?«

»Also wenn ich ehrlich bin, bin ich sehr neugierig aufs Gut und würde es mir gern zuerst ansehen«, meinte Lena.

Ihre Augen funkelten unternehmungslustig, und Mia hätte sie am liebsten in den Arm genommen. Aber so weit waren sie noch nicht. Deshalb sagte sie Katta und Leonie nur kurz Bescheid, dass sie mit ihren Schwestern zum Hof hinüberginge, und machte sich mit ihnen auf den Weg.

»Habt ihr überhaupt noch Kontakt zum Dorf?«, wollte Mia wissen.

Lena schüttelte den Kopf. »Also ich war schon seit Jahren nicht mehr hier.«

»Ich schon«, erklärte Nora. »Ich habe noch Kontakt zu Stefanie und Jessy. Aber meistens treffen wir uns in Koblenz.«

Mia öffnete das große Flügeltor zum Hof und ließ ihren Schwestern den Vortritt. Als sie die erwartungsvollen Blicke von Nora und Lena registrierte, musste sie daran zurückdenken, wie sie sich gefühlt hatte, als sie vor ein paar Wochen das erste Mal seit langer Zeit durch dieses Tor gegangen war. Wie sie den Hals gereckt hatte, um bloß alles in sich aufzunehmen, die Blicke in die Straußwirtschaft, Weinkeller und den alten Pferdestall.

Und das erste Aufeinandertreffen mit Hannes …

»Mia?«

Lenas Stimme riss sie aus ihren Gedanken.

»Hm?«

»Habt ihr nur heute geschlossen?«, wollte ihre älteste Schwester von ihr wissen, während sie durch die Fenster der Straußwirtschaft spingste.

»Ja, sind ja alle beim Dorffest.«

»Sieht aber alles sehr gut aus«, erklärte Nora, die bereits weitergegangen war. »Alles gut in Schuss.«

Mia merkte, wie sehr sie sich über das Kompliment freute, obwohl sie mit dem Allgemeinzustand des Guts nun wahrlich nichts zu tun hatte.

»Kelterhalle und Weinkeller interessieren mich nicht so sehr«, sagte Nora und kam wieder auf sie zu. »Aber das Haus würde ich mir sehr gern ansehen. Du auch?«, fragte sie Lena.

»Klar. Ich nehme an, in der Kelterhalle wird sich nicht besonders viel verändert haben, und wenn, verstehe ich doch nichts davon.«

Ein wesentlicher Punkt, der sie von ihren Schwestern unterschied, doch Mia biss sich auf die Lippen, damit kein Wort herausrutschte, das die Stimmung trüben könnte.

»Dann lasst uns mal schauen«, sagte sie stattdessen, als sie die Haustür aufschloss.

»Ist es wirklich in Ordnung, wenn du uns hier einfach so reinlässt?«, wollte Lena von ihr wissen.

»Sicher. Ich habe mit Hannes und Peter gesprochen, die hatten nichts dagegen.«

Sie betraten das Haus, und ebenso wie ihr sprang ihren Schwestern natürlich auch sofort das große Wandgemälde im Flur ins Auge.

»Wahnsinn!«, hauchte Lena.

»Nicht schlecht«, stimmte Nora zu. »Wer hat das gemalt?«

»Hannes' Eltern, Peter und Susanne. Sie sind beziehungsweise waren Illustratoren. Hannes' Mutter ist letztes Jahr gestorben.«

Lena wirkte betroffen. »Das tut mir leid.«

Da Mia nicht weiter darauf eingehen wollte, öffnete sie die Küchentür. »Das hier ist mein Reich.«

Lena folgte ihr als Erste. »Oh, auch so schön bemalt.«

Nora folgte ihr in den Raum und meinte nach einem ausgiebigen Rundumblick: »Und gut ausgestattet.«

»Ja«, stimmte Mia ihr zu. »Hier kann ich mich wirklich austoben.«

»Ich würde mich freuen, wenn du uns auch einmal was Schönes kochst.« Lena warf ihr einen freundlichen Blick zu, der Mias Herz hüpfen ließ.

»Das würde ich gern einmal machen. Sagt mir einfach, wo und wann.«

»Am besten bei Mama«, erklärte Nora. »Die hat die größte Küche.«

Mit einem beschwingten Gefühl im Bauch setzte Mia die Hausführung fort. Ebenso wie sie selbst damals hatten ihre Schwestern natürlich besonderes Interesse daran, ihre ehemaligen Kinderzimmer zu sehen, die nun Peters Reich waren.

»Und wie fühlst du dich jetzt hier?«, fragte Lena sie, als sie schließlich in Peters Atelier standen.

Mia überlegte einen Moment, als es ihr plötzlich wie Schuppen von den Augen fiel. Sie fühlte sich hier tatsächlich wieder wie zu Hause. Die Wärme und Geborgenheit, die für sie ein wahres Zuhause ausstrahlen sollte, empfand sie selbst hier, in Peters Räumlichkeiten. Und schlagartig wurde ihr bewusst, wie schwer es ihr fallen würde, diesen Ort ein weiteres Mal verlassen zu müssen.

Sie spürte, wie sich eine Hand auf ihre Schulter legte.

»Alles gut?«, wollte Nora von ihr wissen. »Du bist ganz blass geworden.«

Am liebsten hätte sie abgewunken, ein Lächeln aufgesetzt und geantwortet, dass alles in Ordnung sei. Aber dies hier sollte ein Neuanfang sein.

Ein Neuanfang mit ihren Schwestern, weshalb sie antwortete: »Mir ist gerade bewusst geworden, wie schwer es mir fallen wird, wieder von hier fortzugehen.«

»Liegt das nur am Haus oder vielleicht auch an dem gut aussehenden Winzer, der hier wohnt?«, fragte Nora mit süffisantem Unterton.

Lena stupste ihr den Ellbogen gegen die Rippen.

»Was denn?« Noras Stimme klang empört. »Du warst

schließlich diejenige, die die Idee hatte, im Internet nach dem Hof zu suchen.«

»Schöne Fotos«, gurrte nun auch Lena in Mias Richtung.

Nun musste Mia doch lachen. »Ja, gefallen sie dir?«

»Okay, ich muss zugeben, dass es auch an dem gut aussehenden Winzer liegen könnte, dass es mir dieses Mal besonders schwerfallen wird weiterzuziehen.«

»Und wenn du nicht weiterziehst?« Lena sah sie mit hochgezogenen Augenbrauen an.

»Ich glaube, darüber will ich mir noch keine Gedanken machen.«

Kapitel 27

Mia reckte genießerisch beide Arme und atmete seufzend aus. Ihr Leben war einfach perfekt. Sie schaute aus dem Küchenfenster und betrachtete nachdenklich das trübe Wetter, das ihr das Gegenteil davon suggerierte. Anstatt goldenen Oktober gab es seit drei Tagen graues Novemberwetter. Zum Glück hatten sie das Dorffest ohne Regenschauer feiern können.

Unwillkürlich dachte sie an das Treffen mit ihren Schwestern zurück. Sie hatten solch einen schönen Abend miteinander verbracht. Nachdem sie sich ausgiebig im Haus umgesehen hatten, waren sie zum Dorfplatz zurückgekehrt und hatten sich gemeinsam wieder an den Biertisch gesetzt, an dem Mia schon vorher mit Leonie und Katta gesessen hatte. Inzwischen waren auch Hannes und Peter dazugestoßen, und Franzi hatte Baby Nico in der Obhut seines Vaters zurückgelassen, um auch noch ein wenig mit ihnen zusammenzusitzen. Die Stunden waren nur so verflogen. Wechselnde Dorfbewohner waren zwischenzeitlich zu ihnen gestoßen, und Lena hatte tatsächlich an alte Kontakte anknüpfen können. Es war wirklich ein rundum schöner Abend gewesen.

Auch das Zusammenleben mit Hannes gestaltete sich als äußerst harmonisch. Auf dem Gut hatte jeder von ihnen seinen Aufgabenbereich, in dem er schalten und walten konnte, wie er wollte. Die übrige Zeit des Tages verbrachten sie fast ausschließlich zusammen, ganz zu schweigen von den Nächten.

Ja, ganz besonders die Nächte, sinnierte Mia, während sich allein bei dem Gedanken daran an ihrem ganzen Körper eine Gänsehaut bildete.

Auch der Sex mit Florent war leidenschaftlich gewesen, vor allem wenn sie sich kurz davor noch heftig gestritten hatten. Aber mit Hannes war der Sex nicht nur leidenschaftlich, er war auch sinnlich, zärtlich, atemberaubend. Was sie aber als etwas ganz Besonderes in ihrer Beziehung zu Hannes wahrnahm, war das Gefühl von Nähe. Von Verbundenheit. Von Tiefe.

Ja, dachte sie und legte ihre Hand beruhigend auf den Bauch, der sofort auf ihre Gedanken reagierte, die Beziehung zu Hannes hatte eine Tiefe, wie sie sie bisher noch nicht erlebt hatte. Sie kannten sich noch keine zwei Monate, doch es kam ihr vor, als wären sie bereits seit Jahren zusammen. In seiner Nähe fühlte sie sich seltsam geerdet, ohne das Gefühl zu haben, dass ihre Flügel beschnitten wurden. Er schaute sie an, mit einer Intensität, die ihr vorgab, es gäbe nichts außer ihr.

Was hatte Franzi noch damals gesagt? *Ich wünsche dir so, dass du auch irgendwann auf jemanden triffst, bei dem du dich wie der Mittelpunkt seiner Welt fühlen darfst.*

Und genau so fühlte sie sich, wenn sie Hannes in die Augen schaute. Wie der Mittelpunkt seiner Welt, so wie er auch zunehmend zum Mittelpunkt ihrer Welt wurde.

»Ach ja«, sagte Mia laut und riss sich vom Blick aus dem

Fenster los. »Und genau deshalb werde ich ihn jetzt fragen, was er gern zum Abendessen hätte.«

Als sie hinaus auf den Hof ging, um ihn zu suchen, stellte sie überrascht fest, dass Peters Auto nicht dort stand. Hannes hatte überhaupt nichts davon gesagt, dass er heute Morgen unterwegs sein würde. Verwundert ging sie zurück ins Haus und stieg die Treppe hinauf. Vielleicht wusste Peter ja, wo sein Sohn abgeblieben war.

Sie klopfte an seine Ateliertür und wartete auf sein knappes »Ja?«. Doch stattdessen wurde die Tür aufgerissen, und Peter stand strahlend vor ihr.

»Ich bin fertig!«

Einen Moment lang war sie irritiert. »Fertig?«

»Mit dem Comic.«

Er nahm sie bei der Hand und zog sie hinter sich her zu seinem Zeichentisch. »Tadaa!«

Sie schaute auf das Zeichenblatt, unter dessen Bilderkästchen das Wort »Ende« zu lesen war.

»Herzlichen Glückwunsch! Das freut mich für dich.«

Sie nahm ihn in eine kurze Umarmung. »Das muss heute Abend gefeiert werden.«

Peter nickte, während er glücklich auf seine Arbeit schaute.

»Weißt du, wo Hannes ist? Ich wollte ihn fragen, ob er besondere Wünsche fürs Abendessen hat, aber er ist wohl mit dem Auto unterwegs.«

»Der ist in Koblenz«, antwortete Peter abwesend.

»In Koblenz? Was macht er denn da?«

»Der ist bei der IHK. Wollte sich mit Leonie treffen, wegen einer Partnerschaft.«

Plötzlich fuhr Peters Kopf herum, und er schaute sie erschrocken an. »Das sollte ich dir gar nicht sagen.«

Mia war so perplex, dass sie gar nicht wusste, was sie erwidern sollte. Er war bei Leonie? Wegen einer Partnerschaft fürs Gut?

»Am besten vergisst du, was ich gerade gesagt habe, und wartest auf Hannes. Der wird dir sicher alles erklären.«

»Bestimmt«, bestätigte sie ihn. »Ich bin dann mal unterwegs.«

Sie tätschelte ihm kurz die Schulter, verließ das Atelier und schloss betont langsam die Tür hinter sich. Dann blieb sie davor stehen und versuchte sich zu sortieren.

Hannes wollte mit Leonie über eine Partnerschaft für das Gut sprechen. Offenbar hatte er jemanden gefunden, mit dem er sich eine Zusammenarbeit vorstellen konnte. Aber er hatte es ihr gegenüber mit keinem einzigen Wort erwähnt. Mia spürte, wie sich ihre Irritation langsam in Wut verwandelte.

Hannes hatte nicht einmal in Erwägung gezogen, sie zu fragen, ob sie Interesse an einer Partnerschaft hätte. Er wusste doch, dass sie von einem eigenen Restaurant träumte. Konnte er da nicht eins und eins zusammenzählen?

Offenbar war die Beziehung, die sie miteinander führten, lange nicht so intensiv, wie es in ihren Tagträumen wirkte.

Sie war nicht nur wütend, sie war auch verletzt. Wenn Hannes sich einen Partner fürs Gut ausgesucht hatte, war hier kein Platz mehr für sie.

Sie ging hinüber in ihr Zimmer und begann, ihre Sachen in ihren Rucksack zu stopfen. Alles konnte sie nicht mitnehmen, aber Franzi würde den Rest sicher abholen kommen und bei sich aufbewahren, bis sie wusste, wo sie letztlich landen würde.

Die Kraft, sich noch von Peter zu verabschieden, hatte sie jetzt nicht. Sie nahm in der Küche ein Stück Papier aus der Schublade und schrieb mit fahrigen Buchstaben ein kurzes »Danke für alles« darauf und legte den Zettel gut sichtbar auf den Küchentisch. Dann setzte sie sich ihren Rucksack auf, prüfte noch einmal kurz, ob sie auch Handy und Portemonnaie dabeihatte, und machte sich auf den Weg zum Bahnhof.

Sie war so wütend. Vor allem wütend darüber, wie sie sich dermaßen in Hannes täuschen konnte. Sie hatte wirklich den Eindruck gehabt, gut mit ihm im Gespräch zu sein. Sie hatten sich stundenlang darüber unterhalten, was sie sich vom Leben erhofften und was sie jetzt bereits liebten. Sie hatten sich über den Weinbau ausgetauscht und darüber, was eine professionelle Gastroküche beinhalten sollte. Sie hatte sich dafür interessiert, wie er das Gut weiterentwickeln wollte, und er ihr zugehört, wenn sie sich Gedanken zu einer perfekten Speisekarte machte.

War das denn alles nur gespielt gewesen? Auch wenn sie nicht explizit davon gesprochen hatte, dass sie gern mit ins Gut einsteigen würde, wäre es doch naheliegend gewesen, sie zumindest einmal zu fragen.

Energisch wischte sie sich die Tränen ab, die ihr über die Wangen liefen. Wieso rutschte sie nur immer wieder in Beziehungen, die ihr nicht gut taten?

Gerade als sie den Bahnhof erreichte, fuhr der Zug in Richtung Koblenz ein. Ohne weiter darüber nachzudenken, wohin sie eigentlich wollte, stieg sie ein und blieb kurz hinter der Tür stehen. Bis Koblenz waren es nur zwei Stationen, und sie fühlte sich zu aufgewühlt, um still zu sitzen.

Am Hauptbahnhof angekommen, verließ sie den Zug und wandte sich der Tafel mit den Fahrplänen zu. Sie würde sich einfach in den nächsten IC setzen und schauen, wo es sie hintrieb, überlegte sie. Doch sie sah, dass der nächste IC zwar schon in gut zehn Minuten von diesem Gleis abfuhr, jedoch bereits in Köln endete. Das war ihr auf keinen Fall weit genug.

Sie setzte sich auf die nächstgelegene Bank und starrte vor sich hin. Wo sollte sie hin? Sie griff nach ihrem Handy und scrollte durch ihre Kontakte. Aber bei niemandem empfand sie den spontanen Impuls, ihm einen Besuch abzustatten. Sie war einfach nicht in der Stimmung, mit irgendjemandem zu reden. Wenn überhaupt, fiel ihr nur Franzi ein, doch auch dieses Gespräch würde noch warten müssen, bis sie sich ein wenig gesammelt hatte.

Sie schaute auf und grüßte kurz, als sich zwei junge Frauen neben ihr auf die Bank setzten.

»Ich freu mich schon so!«, sagte die eine zur anderen. »Ich hatte so lange keinen Urlaub mehr.«

»Frag mich mal«, antwortete die andere. »Was meinst du, wie uns das guttun wird, uns mal wieder so richtig vom Wind durchpusten zu lassen.«

»Und der frische Fisch erst«, fügte die eine schwärmend hinzu.

Die beiden setzten ihre Unterhaltung voller Vorfreude fort und brachten Mia so auf eine gute Idee, wo sie hinfahren könnte: An die Nordsee.

Wenn sie sich schon in solch einer frustrierenden Lage befand, konnte sie sich wenigstens an einem schönen Ort in ihrem Elend suhlen. Vor allem da sie noch nie an der deutschen Nordseeküste gewesen war. Ob sie dort oben außerhalb der Saison einen Job finden würde, war fraglich, allerdings gab es sicher keine Probleme beim Finden einer Unterkunft.

Dieser Gedanke brachte sie wieder zurück zu ihrer Ankunft in Spay. Es war so schön gewesen, Franzi wiederzusehen. Überhaupt hatte sie in den letzten Wochen genossen, nicht nur mit Franzi, sondern auch mit Katta zwei tolle Frauen um sich zu haben und schöne gemeinsame Stunden miteinander zu verbringen.

Sie zog den Reißverschluss ihrer Jacke ein Stück höher, denn hier auf dem Bahnsteig wehte ein feuchtkalter Wind. Nicht gerade die beste Jahreszeit, um irgendwo neu anzufangen, dachte sie niedergeschlagen. Ihre Wut war inzwischen abgeflaut, und sie fühlte sich nur noch leer. Leer und antriebslos. Am liebsten würde sie einfach hier sitzen bleiben.

Sie beobachtete, wie die beiden jungen Frauen aufstanden und nach ihrem Gepäck griffen. Der IC in Richtung Köln fuhr ein, und Mia saß noch immer auf der Bank. Sie konnte sich einfach nicht rühren. Der schrille Pfiff des Schaffners erklang, die Türen des Zugs schlossen sich, und er rollte langsam aus dem Bahnhof.

Was war bloß mit ihr los? Sie rieb mit den Händen über ihr Gesicht. Als sie sich von Florent getrennt hatte, waren ihre Gefühle völlig andere gewesen. Da hatte sie sich voller Energie auf den Weg nach Spay gemacht, zwar wütend auf das, was hinter ihr lag, aber auch den gewissen Reiz verspürend auf das, was da kommen mochte.

Das war heute völlig anders. Irgendwie war alle Energie aus ihrem Körper gewichen, als wolle er verhindern, dass sie sich weiter fortbewegte.

Sie holte ein Taschentuch aus ihrer Jacke und putzte sich ausgiebig die Nase. Dann ließ sie erneut ihren Blick schweifen, ohne wirklich etwas zu sehen. Sie fühlte sich müde. Wünschte sich mit einem heißen Kakao auf die Wohnzimmercouch des Guts …

Sie seufzte auf. Sie wollte nicht weg. Sie wollte weder das Gut noch Hannes verlassen. Sie hatte auf dem Dorffest so sehr genossen, eingebettet in eine große Runde von Freunden und Familie zu sitzen, hatte sich Gedanken darüber gemacht, wie sehr sie sich wieder verwurzelt fühlte, und nun war sie schon wieder auf der Flucht?

Sie atmete tief durch und richtete sich auf. Sie hatte gerade erst wieder den Kontakt zu ihren Schwestern und ihrer Mutter vertieft, hatte in Katta und Leonie neue Freundinnen gefunden, und wahrlich nicht zuletzt hatte sie sich in Hannes verliebt. Wollte sie wirklich all das hinter sich lassen, ohne darum zu kämpfen?

Nein, ganz sicher nicht. Mia stand auf und griff nach ihrem Rucksack, orientierte sich an der Fahrplanauskunft, zu welchem Gleis sie musste, und machte sich auf den Weg, den nächsten Zug zurück nach Spay zu nehmen. Sie würde nicht gehen, bevor sie Hannes nicht gehörig ihre Meinung gesagt hatte. Und wenn sie das Gut verlassen müsste, würde sie eben noch einmal bei Franzi unterkriechen, ehe sie etwas Eigenes für sich fand.

Eine gute halbe Stunde später schritt sie mit energischen Schritten erneut die Koblenzer Straße in Richtung Weingut entlang. Alle Energien waren zurückgekehrt, und sie verstand schon gar nicht mehr, warum sie überhaupt so kopflos davongestürmt war. Es hatte schon ganz andere Auseinandersetzungen in ihrem Leben gegeben, denen sie nicht ausgewichen war. Und selbst wenn das Gespräch mit Hannes bittere Wahrheiten ans Licht bringen sollte, war sie bereit, die Konsequenzen zu tragen.

Als sie auf dem Gut ankam, sah sie im Hof Peters Wagen stehen. Hannes war also bereits zurückgekommen. Ob ihm überhaupt schon aufgefallen war, dass sie Reißaus genommen hatte?

Als die Haustür aufflog und er auf sie zustürmte, hatte sie ihre Antwort.

»Mein Gott, Mia, was machst du denn?«

Er schlang die Arme um sie und drückte sie fest an sich, was aufgrund des großen Rucksacks auf ihrem Rücken keine einfache Angelegenheit war.

Doch obwohl bei dieser Bärenumarmung bereits all ihre Nervenenden zu flattern begannen, war sie noch nicht für eine Versöhnung bereit. Sie schob ihn mit einer kräftigen Bewegung von sich und funkelte ihn wütend an.

»Wo bist du gewesen?«

»Wo ich gewesen bin?« Auch Hannes schien nicht frei von Ärger zu sein. »Wo bist du gewesen? Wieso bist du einfach abgehauen? Ein schlichter Zettel auf dem Küchentisch, und das wars? Mehr bin ich dir nicht wert?«

Moment. Das lief hier völlig in die falsche Richtung. Schließlich war sie diejenige, die verletzt worden war.

»Du bist mir sehr viel wert«, knurrte sie. »Deshalb bin ich jetzt wieder hier. Aber so wie es aussieht, hast du an mir nicht besonders viel Interesse?«

Hannes blieb der Mund offen stehen. »Was? Wie kommst du denn darauf? Ich bin wie ein Verrückter durchs Haus gefegt und habe nach Hinweisen gesucht, wo ich dich finden könnte!«

»Hättest du vorher ein bisschen besser nachgedacht, wäre ich überhaupt nicht weg gewesen!« Ihre Stimme wurde genauso laut wie seine.

»Ich habe keine Ahnung, wovon du sprichst!«

Hannes wirkte nahezu verzweifelt, wie er jetzt Haareraufend vor ihr stand. Er schien wirklich keinen Schimmer zu haben, weshalb Mia so wütend auf ihn war.

Männer!

Mia versuchte sich zu beruhigen. »Warum sollte Peter mir nichts davon erzählen, dass du bei Leonie warst?«

»Weil es eine Überraschung sein sollte.«

»Na, die ist dir gelungen«, ätzte sie.

»Ja«, stimmte er ihr kleinlaut zu, »das habe ich wohl falsch aufgezogen. Eigentlich hatte ich gehofft, dass wir um diese Zeit schon bei einem Glas Sekt zusammensitzen und feiern.«

Nach feiern war ihr wirklich nicht zumute.

»Deinen neuen Partner?«, fauchte sie ihn an.

»Mein Vater hatte mich gewarnt. Er hat mir gesagt, ich solle meine Idee erst mit dir besprechen, ehe ich zu Leonie fahre. Aber ich wusste es ja mal wieder besser.«

»Ja«, stimmte sie ihm zu. »Es wäre wirklich schön gewesen, wenn du mich in deine Pläne eingeweiht hättest.«

Hannes griff nach ihrer Hand und zog sie hinter sich her zum Haus. »Komm mit!«

Gegen seinen festen Griff hatte sie keine Chance, weshalb sie erst gar nicht versuchte, sich daraus zu befreien. Außerdem musste sie zugeben, dass sie das Gefühl der Verbundenheit genoss. Ihre Handfläche prickelte und ihr verräterischer Körper schrie nach mehr. Doch hier ging es um zu viel, als dass sie sich so schnell besänftigen ließ.

Als sie in die Küche kamen, sah sie einen großen Stapel Flyer und Papiere auf dem Tisch liegen. Hannes ließ sie los, ging hinüber und suchte kurz darin herum.

»Da!«, sagte er schließlich kurz angebunden und hielt ihr eine Broschüre vor die Nase. *Gründungswerkstatt Rheinland-Pfalz* war der Titel.

»Na und?«, fragte sie nicht weniger aufgebracht. »Ich weiß bereits, dass du einen neuen Partner in Petto hast. Vielen Dank auch, dass du mich in keiner Weise in dieses Projekt mit eingebunden hast!« Erneut flammte der Ärger in ihr hoch, und sie hätte ihm vor lauter Frust am liebsten mit der Hand gegen seine breite Brust geschlagen.

»Du kapierst es immer noch nicht.« Ebenso frustriert wie sie stemmte Hannes seine Hände in die Hüften. »Der neue Partner sollst du sein! Du, du, du! Ich Hornochse dachte tatsächlich, dass ich dich heute mit meiner Idee überraschen könnte. Dass du bei mir im Gut mit einsteigst und in einem deinen Traum von einem eigenen Restaurant erfüllst. Aber das war ja wohl ein Schuss in den Ofen.«

Nun war es an Mia, mit offenem Mund dazustehen. »Du willst mich? Ich soll deine Partnerin werden?«

»Was denkst du denn? Das wäre doch optimal. Du hängst ebenfalls an dem Gut, und hier hättest du optimale Bedingungen für dein Restaurant.

Mich könntest du übrigens gleich als Stammgast einplanen.« Inzwischen war seine Stimme wieder ruhig. Er griff erneut nach ihrer Hand und zog sie an sich.

»Ich möchte dich in meinem Leben nicht mehr missen«, raunte er. »Könntest du dir vorstellen, nicht weiterzuziehen, sondern dich hier auf dem Hof zu verwirklichen?«

Sie war sprachlos. Die Gefühle in ihr tanzten wild durcheinander, und es fiel ihr schwer, überhaupt einen klaren Gedanken zu fassen. Also nickte sie nur mit dem Kopf und schaute ihn an.

Als sich seine Lippen zu einem zärtlichen Lächeln verzogen, musste sie auflachen, und alles Durcheinander in ihr sortierte sich. Sie umfasste sein Gesicht mit ihren Händen und drückte ihm überschwänglich einen Kuss auf den Mund. »Ich kann mir tatsächlich sehr gut vorstellen, hier bei dir zu bleiben und dein Gut zu unserem zu machen. Aber ich fürchte, an unserer Kommunikation müssen wir noch ein wenig arbeiten«, neckte sie ihn und ließ sich in seine Arme sinken.

»Wahre Worte«, bestätigte Hannes und drückte sie fest an sich. »Aber dafür haben wir ja die nächsten fünfzig Jahre Zeit.«

Epilog

Sechs Monate später feierten sie endlich die Eröffnung ihres Restaurants. Hannes und sie hatten stundenlang darüber diskutiert, wie sie es nennen sollten, bis Peter eines Tages *Zur Lese* vorschlug, da sie sich während der letzten Lese ineinander verliebt hatten.

Ohne das Gewusel um sie herum zu beachten, schaute sie sich zufrieden um. Der Gastraum war wirklich wunderschön geworden. Sie hatte einfache Tische aus Pinienholz mit dunkelgrün gepolsterten Essstühlen kombiniert. Die Wände waren ebenfalls in einem dunklen Grün gestrichen und mit weißen Zierleisten von der Decke abgesetzt. Davor hingen große Fotografien von grünen und roten Trauben, Rebstöcken und Aufnahmen vom Bopparder Hamm. Für die Farbakzente hatte sie sich für einen warmen Lilaton entschieden und damit das Farbkonzept der Küche im Haupthaus übernommen. Dort hatte sie sich vom ersten Tag an wohlgefühlt und hoffte nun darauf, dass es ihren Gästen im Restaurant ebenso erging.

»Alles in Ordnung?« Hannes war hinter ihr aufgetaucht, legte die Arme um sie und verschränkte die Hände vor ihrem Bauch.

»Es sieht so aus, als würden sich alle gut unterhalten«, antwortete sie und schmiegte sich an ihn.

»Sind ja auch alles nette Leute hier.«

Sie wandte kurz den Kopf und betrachtete ihn schmunzelnd. Seit dem Dorffest herrschte auf dem Weingut ein emsiges Kommen und Gehen. Hannes und Peter hatten dort einige Kontakte geknüpft und im Laufe des letzten halben Jahres auch fleißig gepflegt und ausgebaut.

Als sie wieder hinüber zum Gastraum sah, fiel ihr Blick auf Benno. »Unser Azubi hat den Abend seines Lebens.«

Sie wies mit dem Finger auf den jungen Mann, der sich, in schwarze Jeans und ein weißes Hemd gekleidet, mit einem Tablett voller Sektgläser durch die Menge schlängelte. Er hatte es sich nicht nehmen lassen, ebenfalls eine wichtige Rolle am Eröffnungsabend zu erfüllen. Schon bei den Planungen wollte er mit eingebunden werden und hatte mit ihnen gemeinsam stundenlang am Küchentisch gesessen, in Gastrokatalogen geblättert und über die Vor- und Nachteile verschiedener Lebensmittelanbieter diskutiert. In den letzten Monaten waren sie zu einer verschworenen Gemeinschaft zusammengewachsen, die für Mia wie eine zweite Familie geworden war.

Bei diesem Gedanken wanderte ihr Blick unwillkürlich durch den Raum, bis sie ihre Mutter und ihre Schwestern sah, die mit Franzis Eltern an einem Tisch saßen und sich angeregt unterhielten. Selbst von hier aus konnte sie den wohlgerundeten Bauch ihrer mittleren Schwester ausmachen, die in wenigen Wochen ihr zweites Kind erwartete.

Auch Franzi war wieder schwanger. Das war allerdings noch ein Geheimnis. Den Test hatte sie erst heute Morgen gemacht und bisher niemanden außer Mia und Jonas eingeweiht. Die beiden hatten die Aufmerksamkeit heute nicht von der Restauranteröffnung abziehen wollen, was Mia total süß, aber auch völlig unnötig fand. Jetzt gerade saß ihre Freundin mit Leonie und Katta zusammen und labte sich an dem Fingerfood, das sie speziell für diesen Abend vorbereitet hatte.

»Es scheint allen zu schmecken«, sagte sie zu Hannes. »Hoffentlich kommen wir aus.«

Als er auflachte, genoss sie das Vibrieren seines Brustkorbs in ihrem Rücken. »Du hast genug vorbereitet, um das halbe Dorf zu verköstigen. Keine Sorge, hier wird niemand hungrig bleiben.«

Beruhigt von seinen Worten, löste sie sich aus seinen Armen und drehte sich zu ihm um.

»Dann werde ich mich mal wieder unter die Gäste mischen«, sagte sie und gab ihm einen zärtlich Kuss.

»Mmh«, raunte er, als sie den Kuss beendete, und leckte sich über die Lippen. »War das ein Versprechen für später?«

»Das war ein Versprechen für immer«, entgegnete sie und fuhr ihm mit dem Finger über die Wange.

Hannes' Augen verdunkelten sich, und ihr fiel schlagartig wieder ein, was Franzi damals zu ihr gesagt hatte, als sie gerade in Spay angekommen war: *Ich wünsche dir so, dass du auch irgendwann auf jemanden triffst, bei dem du dich wie der Mittelpunkt seiner Welt fühlen darfst.*

Damals hatte sie sich nicht vorstellen können, wie sie sich in solch einer Situation fühlen würde, geschweige denn, dass es überhaupt jemals so weit kam. Doch jetzt, in diesem Augenblick fühlte sie sich tatsächlich so, als sei sie der Mittelpunkt seiner Welt, nahm ihn mit jeder Faser ihres Körpers wahr und verspürte eine Verbundenheit, die ihr den Atem raubte.

Hatte sie damals noch gedacht, dass sie bezweifelte, sich jemals verlieben zu können, musste sie nun einsehen, dass sie sich geirrt hatte. Aber in diesem speziellen Fall machte es ihr überhaupt nichts aus.

ENDE

Danksagung

Es heißt immer: »Um ein Kind zu erziehen, braucht es ein ganzes Dorf«. Ähnlich ist es mit dem Schreiben eines Buchs. Bis es letztlich in den Händen der LeserInnen liegt, haben viele Menschen daran mitgewirkt. Manche eher passiv, andere dagegen durch aktive Unterstützung. Daher möchte ich auch diese Möglichkeit nutzen, um mich bei ihnen zu bedanken.

Zuerst einmal ein großes Dankeschön für meine wunderbare Agentin Elisabeth Botros, ohne die diese Reise im Buchbetrieb für mich gar nicht möglich gewesen wäre. Sie hat bereits an mich geglaubt, als ich selbst noch Zweifel an meinem Weg hatte. Sie schafft es immer, mich mit ihren kreativen Ideen zu inspirieren, und gibt mir so die Möglichkeit, mich weiterzuentwickeln.

Ebenso herzlich möchte ich mich bei meiner Lektorin Mareike Müller bedanken, die mich in der Anfangsphase dieses Projekts, aber auch beim vorigen Buch begleitet hat. Ich habe mich in unserer Zusammenarbeit immer äußerst wohl gefühlt!

Ein weiteres dickes Dankeschön geht an Pascalina Murrone, die diesen Roman letztlich lektorierte. Vielen Dank für die harmonische Zusammenarbeit und die guten Ideen, die die Geschichte noch runder gemacht haben. Ich freue mich schon auf das nächste Buch!

Auch die Recherche funktioniert am besten, wenn man auf Menschen trifft, die ihr Wissen – und in den nächsten Fällen auch ihre Weine – gerne weitergeben.

So jemanden traf ich zu Beginn meiner Arbeiten mit Julia Bertram vom Weingut Bertram-Baltes in Dernau. Liebe Julia, ganz herzlichen Dank für die geduldigen Antworten auf meine vielen Fragen und dafür, dass du mir deine Schafe für meinen Roman geliehen hast. Ich habe es sehr bedauert, dass wir unsere Zusammenarbeit wegen der großen Flutkatastrophe beenden mussten.

Ebenso in diese Kategorie fällt Marianne Müller vom Weingut Matthias Müller in Spay. Etliche Mails wurden während der Entstehung der Geschichte ausgetauscht und Prozesse geduldig erklärt, wenn ich sie nicht gleich verstanden habe. Vielen Dank, liebe Marianne, für die tollen Gespräche und die umfangreiche Unterstützung.

Mein Dank gebührt auch Herrn Paul Gieler, der mir sein exquisit recherchiertes und gut verständliches Büchlein über den Weinbau an der Ahr für die Recherche zur Verfügung stellte.

Alle Fehler, die sich bezüglich fachlicher Sachlichkeiten in diesem Roman trotz eingehender Recherche eingeschlichen haben, gehen natürlich voll auf mich.

Nicht vergessen möchte ich meine Testleserin Judith Schleicher, die mich durch ihre treffenden Kommentare zu einzelnen Szenen stets motivierte, im Schreibfluss zu bleiben. Liebe Judith, ich freue mich schon auf unser nächstes Projekt.

Ganz besonders danke ich meiner Familie und meinen Freunden für ihre Unterstützung, allen voraus meinem

Mann und schärfsten Kritiker, aber auch meinen Kindern, Schwiegerkindern und Enkeln. Es ist solch ein großes Geschenk, euch um mich zu haben!

Nicht zuletzt möchte ich aber auch meinen LeserInnen ein großes Dankeschön aussprechen. Es macht so viel Spaß, miteinander im Austausch zu sein! Im Laufe der Jahre sind daraus bereits einige sehr schöne Kontakte entstanden. Unter dem Namen Jule Böhm Autorin bin ich übrigens auf Facebook und auf Instagram zu finden.

Ganz zum Schluss wollte ich noch darauf hinweisen, dass ich mir, auch wenn ich mich trotz zeitweise schwieriger Coronasituationen bemüht habe, die regionalen Besonderheiten korrekt darzustellen, bei einigen Örtlichkeiten ganz bewusst künstlerische Freiheiten erlaubt habe, damit sie besser zur Geschichte passen.

Rezepte von Urgroßmutter Elisabeth

Schnippelbohnensuppe

Friedrichs Leibspeise, für ihn extra viele Kartoffeln

- 600 g Stangenbohnen
- 4 Mettenden
- 2 Möhren
- 2 kleine Zwiebeln
- 100 g durchwachsener Speck
- etwas Öl zum Anbraten
- etwas Butter für den Geschmack
- 1,5 l Gemüsebrühe vom Vortag
- Pfeffer und Salz zum Abschmecken
- Kartoffeln nach Bedarf

Die Bohnen säubern und in kleine Stücke schneiden und beiseite stellen. Auch die Möhren waschen und in Scheiben schneiden. Die Zwiebeln schälen und fein hacken, den Speck in Würfel schneiden.
Im Kessel Öl mit einem guten Stich Butter erhitzen und Zwiebeln und Speck darin anbraten. Mit der Gemüsebrühe ablöschen und die Bohnen, die Möhren und die Mettenden hineingeben. Das Ganze gut zwanzig Minuten köcheln lassen.
Nebenbei einen Topf mit Salzkartoffeln aufsetzen und ebenfalls ungefähr zwanzig Minuten kochen lassen.
Wenn die Suppe fertig ist, die Kartoffeln grob stampfen und frisch zur Suppe geben.
Macht satt und schmeckt.

Weincreme nach Lenchens Rezept

Mit einem guten Wein gibt es auch eine gute Creme!

- 600 ml trockenen Riesling, zum Beispiel vom Mandelstein
- 150 ml Wasser
- 2 Päckchen Puddingpulver Vanille
- 175 g Zucker
- 2 große Eier
- 400 ml Sahne

Zuerst die beiden Eier trennen. Dann das Wasser und den Wein in einen mittelgroßen Kessel geben und erhitzen. Zucker, Puddingpulver und die beiden Eigelbe hinzugeben und aufkochen lassen. Gut verrühren!
Abkühlen lassen, bis es richtig kalt geworden ist.
Anschließend kräftig verrühren.
Die Eiweiße werden zu Eischnee und auch die Sahne wird steif geschlagen. Eischnee und Sahne werden vorsichtig unter die Creme gehoben.

Döppekoche

Von dieser Menge werden ungefähr 10 Erntehelfer satt!

- 5 kg Kartoffeln
- 7 mittelgroße Zwiebeln
- 300 g durchwachsener Speck in dünnen Scheiben
- 8–10 Mettenden
- 5 Eier
- ungefähr 2 gehäufte Esslöffel Mehl
- 2–3 Esslöffel Salz
- Muskat und Pfeffer nach Geschmack
- ein guter Schuss Öl
- Butterflocken für obenauf

Zuerst werden die Kartoffeln geschält und gerieben, anschließend das Wasser ausgedrückt und die Kartoffelmasse in eine große Schüssel gegeben. Dann die in Würfel geschnittenen Zwiebeln dazugeben und mit den Eiern, dem Mehl, Pfeffer, Muskat und Salz vermengen.

Nicht zu viel Salz, wegen des Specks und der Mettenden!

Die Mettenden in grobe Stücke schneiden und unterheben.
Den großen gusseisernen Bräter großzügig mit Öl einreiben, dann mit den Speckscheiben auslegen. Die Kartoffel-

masse hineingeben, und eine gute Portion Butterflocken obenauf geben.
So kommt das Ganze für 2 bis 3 Stunden ~~ins Rohr~~ – bei 220 Grad in den Backofen.